稀見清代科舉文集選刊

肆

陳維昭 編

復旦大學出版社

分法小題濬靈秘書

〔清〕樓　渢　編撰

劉洪强
陳俊生　點校

分法小題濬靈秘書提要

《分法小題濬靈秘書》不分卷，清樓渢編撰。

樓渢（一六八二—一七四八），字季美，浦江大溪樓（今浙江省浦江縣蔣塘村）人。天性篤厚，弱冠爲諸生，勵志讀書。流寓江西德化，郡守馮公課試得其文，大加欣賞，縣人咸師禮之。其授徒一以存心制行爲本，讀書稽古爲用。著有《明文分類小題貫》、《分法小題濬靈秘書》二書，亦有刻本將《明文分類小題貫》卷首之《舉業淵源》輯出單行。《光緒浦江縣志稿》卷之九《文苑》有傳。

《濬靈秘書》卷首爲自序；正文之首爲《幼儀箴》，迻録自方孝孺《遜志齋集》；其次爲《字學正宗》，輯自多種書法理論著作；再次爲《發蒙秘要》，分初學立志、初學習静、初學熟書神法、初學記書神法、初學講書易入之法、初學讀本選法、初學讀文課文法、初學作文易通法、東君延師教子法等，是作者切身之經驗總結。再次爲《初學破承格式》，題體十種，範例三十二個。再次爲《初學起講格式》，起講格式二十法，範例六十個。後有增訂，起講格式達四十八法，範例一百六十八個。以上爲上册。下册爲冠以「學文小引」之範文選，共八十篇，範文目録篇目前分别標以「元」、「亨」、「利」、「貞」，以示文章風格及層次，方便子弟循序漸進。

本書涉及題型豐富，作法多端。既有學法教法之總論，又有細微貼切之點評，有垂範舉業之名作，亦有親朋子弟之習作，更有作者自作範例三十多篇，有些爲「同題異構」，極盡作法變化之能事，可見作者之文思及技巧。此爲本書特色。

中國國家圖書館藏《濬靈秘書》上下兩册，三讓堂梓行，序言落款爲「乾隆三年」，下册有「真州吴氏有福讀書堂藏書」印。另有陳俊生藏本兩種，甲種（下稱陳本）是兩個殘本的拼合。上册序言落款爲「乾隆五十年」，下册只有文選正文，無「學文小引」及目録。上下册開本大小不同，非同一個版本。乙種（下稱陳乙本）亦屬殘本，僅存《初學起講格式》部分前五十頁。

本次點校以國圖本爲底本，以陳本、陳乙本爲參校本，陳本多出之篇，附於書後。

分法小題濬靈秘書

浦江樓季美先生評〔一〕

序

小子胸中，原自有一種天機文字，乃人家子弟往往窮年累月教之不通者，此非文理之難通，亦非小子之難教，良由爲父師者不能迎其機而導之也。夫小子，人欲未入，天性未漓，其機之發也，不特如火之始然，抑亦如泉之始達，靈莫靈於此矣。《易》曰：「山下出泉，蒙。君子以果行育德。」是小子勃勃欲發之靈機，正父師之所當及時而濬者也。濬之之法奈何？一曰正容體，次曰一心思。日用之間，講明義理，内以淑其性情，外以變其氣質，此容體之所由正也。服勞有暇，即教以讀書；讀書有暇，即教以學字。塵囂日遠，風雅日親，此心思之所由一也。容體正，心思一，則爲人之本已立，而學文不難矣。於是勿忘勿助，從容調養，心若外逸，不得過寬；心若内用，不必過嚴。四子之書且就其心之所易明者教之，使知聖賢所言，皆是切身要務，一身所行，皆當效法聖賢，俟其心中會得，口中講得，方就四書白文、《四書集注》講明實字義理、虚字口吻，使知聖賢説話，即是我的文字；我的説話，亦即是聖賢文字。至於白文、《集注》中上下呼應、反正曲折之法，亦只就其口氣之自然者暢快言之，不可誦説講章，不得叮嚀繁瑣。如此積久，即破承起講未讀，而文氣已先通矣，此即迎機而導之之謂也。雖然，小子胸中有靈機，文字亦有靈機，文字之靈機得小子之靈機而易入，小子之靈機得文字之靈機而易出，此其中又有濬靈之訣焉。夫大匠誨人，必以規矩；學者亦必以規矩，巧固不出於規矩之外者也。是故單題長題，截上截下，兩扇三扇，題體明而文字出焉；反正開合，賓主順逆，文體明而心思出焉。選讀本，必簡其節奏，非略也，恐其以文字中繁多之曲折，亂題目中清真之機緒也；必省其文采，非樸也，恐其以文字中富麗之辭華，掩題目中真切之義理也。如此循序漸進，似乎難以速成，不知題緒題義，一旦豁然，得之於心，即能應之於手，正如順風揚帆，頃刻千里，以之學明文可也，以之學古文可也，即推而廣之，學詩、學詞、學歌賦，亦無不可也，豈徒記時下堆砌臃腫之文，以邀求青紫於可必不可必之間哉！世之教子弟者，果能細思其弊，改途易轍，迎機而導，則向之窮年累月而不通者，亦將一旦豁然矣。是爲序。時乾隆三年歲次戊午孟春人日浦江樓渢季美氏題〔二〕。

上册目録

初學破承格式

初學起講格式

幼儀箴

浦江樓渢採〔三〕

道之於事，無乎不在。古之人自少至長，於其所在，皆致謹焉，而不敢忽，故行跪、揖拜、飲食、言動有其則，喜怒好惡憂樂取與有其度，或銘於盤盂，或書於紳笏，所以養其心志，約其形體者，至詳密矣。其進於道也，豈不易哉。後世教無其法，學失其本，學者汩〔四〕於名勢之慕、利禄之誘，内無所誘，外無所約，而人之成德者難矣。予之疾乎此也蓋久，欲自其道而易行者爲學而未能，因列所當勉之，目爲箴，揭於左右以攻缺，由乎近而至於遠，其功蓋始諸此，非謂足以盡乎自修之事也。森森齋謹序。

坐箴　維坐容，背欲直。貌端莊，手拱臆。仰爲驕，俯爲戚。毋箕以踞、欹以側。堅静若山，乃恒其德。

立箴　足之止也如植，手之恭也如翼。其中也敬，而外也直。不爲物遷，進退可式。將有立乎，聖賢之域。

行箴　步履欲重，容止欲舒，周旋遲速，與仁義俱。行不畔乎仁義，是爲坦途。

寢箴　形倦於晝，夜以息之。寧心定氣，勿妄有思。偃勿如伏，仰勿如尸。安養厥德，萬化之基。

揖箴　張拱而前，肅以紓敬。上首宜徐，瞻視必定。勿游以傲，勿佻〔五〕以輕。（叶音慶。）遠恥辱於人，動必以正。

拜箴　古拜有九，今存其一。數之多寡，尊卑以秩。宜多而寡，（叶音果。）倨以取禍。宜寡而多，爲諂爲阿。以禮制事，不爽其宜。（叶音義。）

食箴　珍腴之慚，不若藜藿之相宜。萬鐘之尸〔六〕居，不若釜庾之有爲。苟無待於富貴，夫孰得而貧賤之。噫！

飲箴　酒之爲患，俾謹者荒，俾莊者狂，俾貴者賤，而存者亡。有家有國，尚慎其防。

言箴　發乎口，爲臧爲否。加乎人，爲喜爲嗔。（嗔音避。）用乎世，爲成爲敗。傳乎書，爲賢爲愚。嗚呼！其發也可不慎乎！

動箴　吾形也人，吾性也天，不天之秪〔七〕，而人之隨，徇人而忘返，不稟〔八〕其天，而淪於禽獸也幾希。

笑箴　中之喜，笑勿啓齒。見其異，勿侮以戲。内既病乎德，外爲禍階。抵掌絶纓，非優則俳。

喜箴　得乎道而喜，其喜曷已。得乎欲而喜，悲可立俟。惟道之務，惟欲之治。顔孟之樂，反身則至。

怒箴　世人於怒，傷暴與遽。切齒攘袂，不審厥慮。聖賢不然，以道爲度。揆道酬物，已則無與。暴遽是懲，聖賢是師。顔之好學，自此而推〔九〕。

憂箴　惰學與德，汝日戚戚。憂爲有益，名位不光。惟日憂傷，汝志則荒。棄其所當憂，而憂其所不必憂。世之人皆然，汝孰憂哉？勉於自修。

好箴　物有可好，汝勿好之。德有可好，汝則效之。賤物而貴德，孰謂道遠？將允蹈之。

惡箴　見人不善，莫不知惡。己有不善，安之不顧。人之惡惡，心與汝同。汝惡不改，人寧汝容？惡己所可惡，德乃日新。己無不善，斯能惡人。

取箴　非吾義，錙銖勿視。義之得，千駟無愧。物有多寡，義無不存。畏非義如毒螫，養氣之門。

與箴　有以處己，有以處人。彼受爲義，吾施爲仁。義之不顧，陷人爲利。私恵雖勞，非仁者事。當其可與，萬金與之。義所不宜，毫髮拒之。

誦箴　誦其言，思其義。存諸心，見於事。以敬畜德，以静養志。日化歲加，山立川駛。聖道卓然，焉敢不至。

書箴　德有餘者，其藝必精。藝本於德，無爲而名。惟藝之務，德則不至。苟極其精，世不之貴。汝書不美，自視可羞。德不若人，乃不知憂〔一〇〕。先乎其大，後乎其細。大節〔一一〕可傳，人不汝棄。

字〔一二〕學正宗

浦江樓渢採

何士明曰：　書字乃最切要之務，考試之日，倘字不佳，又兼差錯塗抹，縱是錦綉文章，亦不動人愛慕矣。

衛夫人云：　學書先學執筆。

虞世南曰：　執筆之法，大抵真一寸，行二寸，草三寸，其大概也。

張懷瓘曰：　筆在指端則掌虛，運動適意，有騰躍頓跌之勢，生意出焉。　筆居指半則掌實，如樞不轉，筆不自由，乃成棱角，字則死矣。

唐翼修曰：　握筆有法，筆管在中指、無名指之間，則兩指在上，兩指在下，是謂雙包雙抵，筆始有力。　若以單指包之，單指抵之，筆無力矣。

又曰：　執筆宜淺，大指宜在上節指面，食指宜在中節之旁，中指宜在指頭，無名指宜在首節之側，庶掌虛指活，轉動自由。　盧攜云〔一三〕：　執筆必使掌中空虛，可以握卵，此要法也。

又曰：　大指下節用力，則字健勁；　大指下節寬鬆，則字圓秀；　食指次節但倚筆，不曲抱筆，則筆圓轉如游龍；　若彎曲緊抱，則筆不圓轉而滯硬，作字不速，亦且難佳。故五指全重大、食二指，而二指尤重在食指也。

歐陽公云：　當使指運而腕不知。

唐太宗曰：　腕豎則鋒正，正則四面鋒全；　次實指，實則節力均平；　次虛掌，虛則運動便易。

唐翼修曰：　小字多運指，大字多運腕，後人不分字之大小，而或單言運指，或專重運腕者，皆偏見也。然運指甚難，必於平日提筆在手，時時操練，令手之五指柔和婉轉，屈伸低昂，左右無不如意，而字始能過人也。

孫過庭曰：　作字要手熟，熟則神氣完實而有餘韻。

鍾繇云：　多力多筋者勝，無力無筋者病。

衛夫人曰：　點畫撇捺，屈曲轉折，須盡一身之力運之。

徐浩曰：　筋骨不力，脂肉何附？兼而致之，斯妙矣。

翟伯壽問書法之要於米芾，曰：有往皆收，無垂不縮。

董内直曰：側峰取妍，晉人不傳之妙。

唐翼修曰：書法偏重藏鋒，亦非正法。必當藏而藏，當露而露，方入妙也。

姜堯章曰：筆正則鋒藏，筆偃則鋒露。一正一偃，一藏一露，則神奇出焉。

梁武帝云：肥不露肉，瘦不露骨。純骨無媚，純肉無力。少墨淡澀，多墨濁鈍。黄魯直亦云。

姜堯章曰：方圓者，真草之體用，真欲方，草欲圓，方者參之以圓，圓者參之以方，方圓曲直不可顯露，直須渾化，一出自然，斯稱佳構。

《書指》曰：書必先生而後熟，亦必熟後而更生。始之生者，學力未到，心手相違也；熟而生，不落蹊徑，不隨世俗，新意時出，筆底其化工也。

東坡曰：大字難於結密而無間，小字〔一四〕難於寬綽而有餘。真書難於飄揚，草書難於嚴重。

《書法離鉤》云：長短闊狹，字之態度；點畫斜曲，字之應對。卑者奉，尊者接；審其疏密，取其停匀；空則襯補，孤則扶持；以下承上，以右應左；以大包小，以少附多。皆法度也。

姜堯章曰：諸點隨字異形，有向有背，要得顧盼精神。横直欲長短合宜，起止有法，結束匀净；撇捺隨宜變化，貴伸縮合度，如魚翅鳥翼，有翩翩自得之状；挑剔貴乎長短適宜。晉人挑剔或帶斜拂，或横引向外，至顔柳始正鋒爲之，字雖勁，但少飄逸之氣。

又曰：轉折之理，不離方圓。真多用折，草多用轉；折欲少駐，駐則有力；轉欲不滯，滯則不遒；然真以轉而得妍，草以折而得勁〔一五〕。此又不可不知也。

蔡邕〔一六〕云：落筆結字，上皆覆下，下皆承上，使其形勢遞相映帶，無使相悖。

歐陽詢曰：不可頭輕尾重，毋令左短右長，斜正如人，上下須稱。

《離鈎》曰：字之肉，筆芒〔一七〕是也。疏處捺滿，密處輕裝；平處捺滿，險處輕裝。捺滿則肥，輕裝則瘦。

《書法三昧》云：如「龍」字則分左右爲二停，「衝」字則分左右中爲三停，「雲」〔一八〕字則分上下爲二停，「素」字則分上中下爲三停。凡四方八面點畫皆拱中心，左短者齊上，右短者齊下；重畫上仰下覆，重捺上斂下放〔一九〕。上下重字宜上小下大，左右重字宜左促右展。

隋僧智果云：「無」字四直，上開下合，四點上合下開，當明開合之法。「上」〔二〇〕字二畫，「畺」字三畫，當知仰覆之法。一點一畫，獨立者則大書之，所謂孤單必大也。「呂」、「昌」、「爻」等字宜上小，「林」、「棘」、「羽」等字宜左促，所謂並重異勢也。

《書法離鈎》曰：「黍」、「泰」、「裘」、「率」字〔二一〕，上下之撇點，有陰陽之分，不分則不相配。「術」、「衝」字三直畫，中直畫須卓然中立，其左右宜有拱揖之情。「畺」字上中下三横畫，中畫須截然平直〔二二〕，其上下有仰〔二三〕覆之別。「反」、「及」二撇，上長而斜硬，下差短而婉轉。「盧」、「多」一〔二四〕撇，先婉轉而後斜硬。「口」、「曰」二字，下畫宜承，直末不可長。「臣」與「巨」先左直而右旁短〔二五〕畫應之。「匀」〔二六〕與「匊」裏面字，與勾齊方稱。「長」、「馬」短横畫，不可與直相粘。「衣」、「良」之捺，比左鈎須略平起。「莫」、「矢」下畫右捺宜長，上畫左撇宜短。「貝」、「頁」中短畫，不可與右長直相粘，左撇貴短，右點要承直末。「還」、「遠」裏字，上大下小方稱。「用」、「周」左撇，首尾稍向外，右鈎首尾，亦微向外。「行」、「作」左短右長。「於」、「佳」左長右短。「自」、「因」左直要短，右鈎微長。「亦」字、「馬」字之點，必分屈伸變換，否則如棋布。「川」字、「册」字之直，必分屈伸向背，否則如布算。「倉」、「食」撇捺，不可作波。「上」、「下」字直宜短，點宜近上。「是」、「足」字下撇須横，而欲微波。「心」左點向裏，中點取高，第三點須與中點相近，不可太平。「風」兩邊宜曲，名曰「金剪刀」。「柔」下「木」字二點，左右須齊〔二七〕。「者」下「日」字不宜正對「土」〔二八〕字。「十」字横畫宜長，直〔二九〕畫宜短，畫宜左不足，直宜下有餘。「七」字畫宜長，更宜左卑而右亢，左長而右短。「和」字右邊單薄，左邊之點畫宜舒。「毡」〔三〇〕字右邊兀碍，左邊之撇畫宜縮。「棗」字重併，上半點撇宜收斂。「書」字九横，宜疏密停匀照應。

一字有一字之體勢，要在結構得宜，細對法帖，其義自見。此特舉其大概耳，其間錯綜變化，惟會心者自得之，未可執一論也。

點，（**古名側**〔三一〕。）《書法離鈎》曰：側下其鋒有尖秃、斜正、俯仰、横波、雁陣諸法，要在随勢用之。

《離鈎》曰：點雖微細，然有偃仰向背等勢。或竪如蓮瓣〔三二〕，或眠如瓜子，或圓如栗子，或尖如鼠矢。如斯之類，皆當各適其宜。

《離鈎》曰：如「清」、「江」等字，旁三點，上點側，中點偃，下點仰。如「冷」、「凉」等字，旁二點，上側覆，下仰剔，須相承揖。

姜堯章曰：一點欲與畫相應。兩點欲自相應。三點者必一點起，一點帶，一點應。四點者，前一點起，中二點帶，後一點應。若四〔三三〕點平直，狀如算子，便不是書。

姜堯章曰：「燕」、「無」等字，下四點左右要成八字，中二點可就上，不可就下，若四點勻〔三四〕則俗矣。訣曰：聯飛如雁陣當秋。

右軍曰：字有緩急，如「烏」、「馬」、「焉」等字，橫直畫須遲，下四點宜急。

姜堯章曰：書「宀」（音綿。）頭者，上點須長，又不宜與畫相着。「曾」字頭，上開下合，形稍縱；其字脚，上合下開，形稍橫。

長畫，（古名勒。）柳子厚曰：勒不得卧其筆，須筆鋒先行。

唐太宗曰：畫貴澀而遲。

董内直曰：左貴去吻。

《書法離鈎》曰：落筆鋒當向左，急回轉向右，至末宜駐鋒折回。鍾、王、虞、永多用篆體，歐陽、褚、薛多用隸體。又云：橫畫須直入筆鋒，竪畫須横入筆鋒。

唐太宗曰：橫畫有偃仰平三法，如「士」字二畫，宜上仰下偃。「三」字多〔三五〕畫，上宜仰，中宜平，下宜覆。「春」、「生」等字，式亦如之。

短畫，（古名策。）或云：橫長畫，兩頭下而中高；橫短畫，兩頭高而中下。如「夫」、「天」之類，皆短畫也。

《書法離鈎》曰：仰筆露鋒，輕挨而進。

直，（古名努。）樓涣初曰：直筆釘頭，古人所忌，起處暗下一點，即從中鋒抽下，方覺渾含有味。

《書法離鈎》曰：鋒須先發，管逐勢行，緊收澀進，如錐畫沙。又云：努不宜直其筆，筆直則無力，稍左偃而下方得勢。

《離鈎》曰：初橫入筆向上行而少駐，復引鋒下行，至末復駐鋒向上，此垂露法也。末鋒盡而不收，狀若垂針，此懸針法也。又曰：欲垂復縮如垂露然，此垂露法。上下端若引繩，末如針鋭，故謂之懸針。

《離鈎》曰：右軍始用懸針法，張顛始用偏拂法。

《離鈎》曰：畫多則分俯仰，以别其勢。豎多則分向背，以别其形。此畫〔三六〕法也。

《離鈎》曰：凡二直並落者，宜分向背。向筆貴和，背筆貴峻。

《離鈎》曰：「尚」、「當」、「堂」字頭上之直，上下俱宜去鋒。

鈎，（古名趯。）張敬員曰：中鈎宜直，下筆便挑，不宜停筆。

柳子厚曰：駿快如飛。

一曰：「丁」、「打」、「寺」字，挑宜疾，不宜遲。

唐翼修曰：直鈎鋒貴短。

《離鈎》曰：直鈎分三體，左如「氏」、「長」字，長其趯以應右；右如「門」、「丹」字，短其趯以應左；中如「東」、「乘」字，須朝上也。

轉角鈎，右軍曰：回角不宜峻及有棱，是也。張敬員曰：如「固」、「國」等字轉角之勢，一切貴圓潤，不宜棱角努張，否則體俗。

董内直曰：左欲去吻，右欲去肩。

倒戈鈎，《離鈎》云：須以中指遣至盡處，以名指拒而輕趯之，則鋒藏。

右軍曰：上欲俯，下欲曲。（稍竪起曰俯。）

彎[三七]脚鈎，「乙」、「九」、「也」等字是也。庾肩吾曰：欲挑還置，駐筆而後趯之，則鋒短。又云：如壯士屈臂。

展翅鈎，「風」、「凡」、「鳳」等字是也。《離鈎》曰：其勢如飛，宜曲而直。

《離鈎》曰：書法多尚澀，惟鈎法皆尚疾。

長撇，（**古名掠**。）樓渙初曰：鼠尾之撇，古人亦忌，以其神不到也。筆輕而神到，則老而逸矣。

柳子厚曰：掠左出而鋒欲輕。

《離鈎》云：長撇須迅其鋒，筆勢送至轉處，左撇貴利，又貴微曲。或曰：送筆宜至出鋒處，則力勁而匀，半途撇出，則無力而瘦弱，如「天」、「成」〔三八〕字，須直筆而彎出之，大概左撇須斜硬，右捺須婉轉也。

短撇，（**古名啄**。）柳子厚曰：如利劍斬犀角象牙。

《離鈎》云：啄不宜遲，須疾爲勝。

姜堯章曰：旁撇須令狹長，則右有餘地，立人如鳥在柱上。

唐太宗曰：多字四撇，一縮，二少縮，三亦縮，四出鋒。

捺，（**古名磔**〔三九〕。）《離鈎》云：微斜曰捺，「人」、「大」、「欠」等字是也。橫過曰波，

「之」、「道」、「遠」等字是也。抑而後曳，勢不宜緩。

《離鈎》云：筆或藏鋒或出鋒，皆不必拘，但須飛動不滯。又曰：捺宜不疾不遲，勢盡不可便出，須駐筆而後放。

《禁經》云：宜如生蛇渡水。

唐翼修曰：學楷字成個學，又須拆開學。成個以學其結構，拆開以學其筆法，庶乎能入妙也。

張儀薛曰：初學書二〔四〇〕日只須學一字，或分或合，竭誠摹擬，不必問其字之多寡，功之久暫。直待心手相應，自然而然，方可換第二字。

朱聲仲曰：欲求字佳，必須寫到點畫撇捺不肯一筆苟簡，此筆畫之到也；上下左右一處不肯欹斜虧缺，此形體之到也。「到」之一字是徹上徹下道理，自入門以迄成功，總離不得此一個字。又曰：日日爲之，而可以遣興，隔日爲之，而不患其荒疏者，字是也。學字得趣，洵是人間樂事。

孫過庭曰：初學分布，但求平正；既得平正，務令放縱；既得放縱，復歸平正。

一云：大率〔四一〕書有三戒：初學分布，戒不均與欹；繼知規矩，戒不活與滯；終能純熟，戒狂怪與俗。若不均且欹，如耳目口鼻，開闊長促，邪立偏坐，不端正矣。不活與滯，如土塑木雕，不説不笑，板定固窒，無生氣矣。狂怪與俗，如醉酒扶風，丐兒村漢，胡行亂語，顛仆醜〔四二〕陋矣。又，書有三要。第一要清整，清則點畫不混雜，整則形體不偏邪；第二要温潤，温則性情不驕怒，潤則折挫不枯澀；第三要閑雅，閑則運用不兢持，雅則起伏不恣肆。以斯數語，慎思篤行，未必入上乘，定爲卓焉名家矣。

《書指》云：善學書者，其初不必多費楮墨，但取古人之書熟視〔四三〕之，閉目而索之於心，若有成字在前，然後舉筆追之，始得其一二，既得其四五，然後多書以極其量，自去古人不遠。

《筆勢》論曰：意在筆前，未下筆時，胸有成式，字始得佳。又曰：勿以字小而忙行筆勢，勿以字大而緩展毫端。

《書指》云：楷書貴修短合度，意態完足。字形本有長短、闊狹、大小、繁簡之不齊，但能各就本體，盡其形勢則佳。强使之齊，反不自然矣。

真行草書，東坡云：真生行，行生草。真〔四四〕如立，行如行，草如走，未有未能立而能行能走者也。

祝京兆曰：行草間架須要明净，不要亂筆纏擾，貴穩雅秀老爲主，下筆疾則失勢，緩則骨癡，以右軍爲祖，次參晉人諸帖與懷仁《聖教序》。

又曰：草書墻壁間架，須要分明，一點一畫，俱有規矩方合晉人法度，下筆易於急疾，須放令少緩，徐行穩步爲〔四五〕佳。然又不可太遲，遲則緩慢無神氣。

唐太宗曰：草書有承接上文者，有牽引下文者，乍疾還徐，忽往復收，緩以仿古，急以出奇，有鋒以耀精神，無鋒以含氣味，横斜曲直、鈎環盤紆，皆以勢爲主。横畫不欲太長，長則轉換遲滯；直畫不欲太多，多則神癡意盡。直用懸針，若欲生筆意，則用垂露。最忌横直分明，畫多則如積薪束葦，無蕭散之氣，時一出爲妙。

或曰：草書之體，如人坐卧行立、揖遜忿争、乘舟躍馬、歌舞擗踊，一切變態，非苟焉已者。又一字之體，率有多變，有起有應。如此起者，當如此應；如彼起者，當如彼應，各有義理。

小子學書，楷字尚未能工，何暇旁及行草？然吾觀生童試卷，往往有楷書甚精，而草堂稿字不堪入目者，未免心焉鄙之。故附録行草書法，以俟天下少年有志者究心焉。

凡書不用映本而寫曰「臨」，專用映本照樣寫曰「摹」。

《書法離鈎》云：　臨書易失古人位置，而多得古人筆意；　摹書易得古人位置，而多失古人筆意。臨書易進，摹書易忘，經意與不經意也。

唐太宗曰：　初學者不得不摹，亦以節度其手，易於成就。須是古人名筆置之几案，懸之座右，朝夕諦觀，思其運筆之理，然後可以摹之。

虞安吉曰：　未得意者，一點一畫，皆求象本，轉自取拙耳。

唐翼修曰：　臨摹法帖相似之後，再加工臨摹百餘遍，則反不肖且不能自辨其工拙，過時寫出，竟相似矣；　若臨摹相肖之後，不加工多寫，後日再書，便不甚相似。

利器〔四六〕。右軍云：　紙剛用軟筆，紙柔用硬筆。純剛如錐畫石，純柔如泥洗坯，既不圓暢，則格亡矣。書石同紙剛例，蓋相得也。

右軍曰：　書小字用筆著墨，止宜三分，不得深浸，深浸則毫弱無力。

歐陽詢曰：　墨淡則傷神采，太濃又滯鋒毫。

《書譜》云：　乾研墨，濕點筆；　濕研墨，乾點筆。

《離鈎》曰：　凡作書不得自磨墨，令手戰，筋骨不强。

又〔四七〕曰：磨墨不得用研中宿水，令墨滯筆沍，新汲水乃佳。

姜堯章曰：研池寬面細，每夕一洗，則水墨調勻，骨肉得所。

又曰：端石惟取細潤停水，歙研惟取發墨，兼之斯美。

發蒙秘要

浦江樓渢著

初學立志

小子未就傅時，磨煉之功全憑父母巧思篤志。迨入學讀書，稍稍明理，漸漸老成，便當豎起骨力，立起志向，日夜用工夫，做一個通人上品，不可悠悠忽忽，虛度光陰也。

初學習静

道理全賴此心收入，文章全賴此心發出。心不静，書且不能讀，何以講究作文。讀性、記性、悟性，俱由習静而進，不習静而委咎天資，誤矣。

朱子曰：昔陳烈先生苦無記性。一日讀《孟子》「學問之道無他，求其放心而已矣」，忽悟曰：「我心不曾收得，如何記得書。」遂閉門静坐，不讀書百餘日，以收放心。

後去讀書，遂一覽無遺。先賢成人尚且如此，況後生小子乎？

頭容直，目容端，聲容静，氣容肅，手容恭，足容重，玉色，山立，時行，俱是習静工夫。然心不先静，外面容體亦必不能如是也。

初學熟書神法

凡有生書，先生教過，若隨學生自念，他便會左看右看，紛心遊戲〔四八〕。今立一法，使其無刻得閑，而且令其急忙求熟。余向有一學生，每念書，前熟後生，或後熟前生，自謂天資甚鈍，不能念書。余謂讀書何難，只須一遍，便可熟背。彼駭而不信，當即教生書兩句，立刻背來，他纔信熟書有法。自此教一行背一行，教兩行背兩行，極有興會。因一兩〔四九〕三行加至二十行，一滚背來，如瓶瀉水。他只道我有神法，殊不知分段而念，念一段即記一段，書少則易記，心專則易入，故不求熟而自熟也。余今開明讀法，奉勸天下學生，凡生書只請先生先教二行，當教時即自忙記，教完了上位連讀五遍，須字字清白〔五〇〕，句句分明，不可夾帶「咿唔唉呀」之聲，念至五遍即自己試背。若背不來，可再添一二遍；若背得來，即掩卷自背十五遍。此下再請先生教二行，自讀五遍，自背十五遍，一如前法，則後二行又熟矣。及此時，將四行自己合背十遍，方送上先生，連滚三遍，吃茶一杯； 吃罢又請先生先教二行，後教二行，自讀自背，分背總背，一如前法，不可少减。如此用工，則已讀之書不忘，新讀之書日益，資質高者不過五年，低者不過七年，《四書》、《五經》、《性理》、《周禮》皆可通熟，而古文鑑史亦可旁及矣。

初學記書神法

讀書能記，皆由能解，若不講解，讀之無味，雖一時背得極熟，久後必至遺忘。故爲父師者，必須字字與之講明，若其中有難〔五一〕講之處，須就眼前俗事，譬喻通之，然後付他熟讀，讀一遍，想一遍； 讀十遍，想十遍。讀既有味，自然孜孜不厭，一時牢记，必然永遠不忘。

初學講〔五二〕書易入之法

初學見識甚淺，深講不可也； 初學見事不多，遠講不可也； 初學不能融會貫通，繁講亦不可也。更有一種可慮者，紈褲之子頑耍游移，祖父恐其隨講隨忘，即携講章一部，託先生與之逐字逐句細講，因此岐路之中生出岐路，看講章反忘《集注》，看《集注》反忘白文，目之所見，心不能記，心之所記，口不能言，及祖父面覆，啞口無言，不咎自己立法之不善，反怨先生講解之不勤。豈不冤哉！是以予教小子雖心中刻刻望其速成，而講解《四書》，必先就「上論」中眼前易解之書，淺淺講説，話不繁多，書已雪亮。然按之講章中至精至妙之理，却又隱隱包羅無所遺漏。如此則小子易懂易記，且又易於覆講。講至下半本，若小子心中所見稍闊，即仁義道德、禮樂刑政等項，亦不妨搭帶講去。俟「上論」一本講完，方將以前粗講之書重加細講，方講「下論」。「下論」講完，方講「上孟」，「上孟」講完，方講「下孟」，講此二書，遇有道理與《學》、《庸》相發明者，即將《學》、《庸》之理參互插講，以後〔五三〕只將《學》、《庸》一點，書理自然了了，講者、聽者俱不費力也。即如「子使漆雕開仕」一章書，若講得精細，也須半日，余只教之曰：「聖門中學生不一，如子路則有治兵之才，冉有則有爲宰之才，子游、子夏〔五四〕俱是通今博古、有才有學之人，一概出去做官了。內中有漆雕開者，從游夫子，爲學已久，論其學問，亦可以事君治民，故夫子叫他出去做官。此時漆雕開若有干禄之心，必然唯唯從命矣，乃漆雕開則對曰：『做官有做官的道理，吾於此理，雖能見其大概，然其中精微奥妙處，尚窮究不到，未能自信，如之何可以驟然出仕也？』即此一答，可知其所見者大，不肯自安於小成，其篤志爲學之心，有出於夫子之意外者，故夫子聞而説之。」如此講解，小子雖魯，未有不懂者。講之既久，心機自活，心花自開。邇來南京光裕堂書坊，有《啓幼引端上下論》講章一書，最爲明亮，可買與看，看完此書，方看直解、正解、備旨、備要等書。蓋必待《四書》中實字虛字起落轉接，逐一看通，然後可讀破承、讀起講、讀《濬靈秘書》文字。是書理固時文之根本，而講書即學文之先資也。教小子者，書理未明，其可驟讀時文哉？

初學讀本選法

小子初學爲文，心思淺，聞見狹，才情短，所讀之文定以深入淺出、局短氣長爲主。若夫心思刻劃、徵引淹博、波瀾壯闊、文情藴藉、筆意〔五五〕平淡之作，文品非不高貴，然躐等而進，讀其一種，即能槁〔五六〕其生意，而阻其進機，故但可用之以教成材，不可用以教小子也。

初學求其速通，先須多讀起講，方令開筆作破承；次須多講全篇，方令開筆作起講。凡以培其根本也，根本厚則枝葉茂，此〔五七〕中須用勿忘勿助工夫，若工夫未到，文機未動，切不可强之使作。乃今之教小子者，讀破承，即勒他作破承；讀起講，即勒他做起講。殊不知胸中凉薄，筆下必然蕭索，及至勒不出來，東家忠厚者，或謂子侄資性不逮；其刻薄者，反怪先生教法不如；甚則囑託先生横加撲責，致令子侄撤底罰誓，以自明其胸中之實無所有。此等教法真堪令人絶倒。

「之乎者也」若干虚字，皆文字腔板也。小子胸中原自有一種天機文字，所以格格不吐者，只因這幾個虚字不明耳。爲父師者先將破承起講中虚字指明用法，令他讀去，一如自己口中説話，則意之所到，筆自隨之矣。用筆既順，何患文氣之不通？文氣既通，何患文理之不進？

文氣通矣，文理進矣，若還不知立局，又須以分拆題字之法教之。然欲拆題字，須先明題字之虚實。即如「學而時習之」題。曰：「學」字最實，須先點先發，次出「習」字，次出「時」字，然後將「而」、「之」兩個極虚字並上。數實字總發以詮題義，以還題位。由此而推，若實字在中，須先從中間抽出先發；若實字在下，須先從底下倒提。先發其餘，次第俱按題字虚實，隨點隨做，大約一篇通，則篇篇可通矣。父師於此或就所讀之文講出層次，令他貼題著想，或就所命之題，指明層次，令他靠題發揮。讀了做，做了又讀，外與内互相觸發，何患篇法之不明也？篇法既明，則始而清楚，終而渾化；始而勉强，終而自然。雖先輩可漸幾矣，况於時文？

小小文字亦須排場正大，氣魄浩落，心思曲折，氣度閑雅，方可令小子奉爲典型。若如邇來坊刻課幼之文，或浮淺而不透，或直率而不婉，或短缩而不暢，或滯澀而不順，或粗俚而不雅，或六檞八檞，不論題之虚實層次，一做提股，即將題句突出，此最鄙陋，不可爲訓者也。若令小子熟讀，病入膏肓，不可救藥矣。他日即遇名師，教以先輩，豈能去其陋習哉？

文章不論今古，只許上文遥起，不許下文突接。何則？上起下便有生氣，畫家所謂「筆所未到意已吞」是也；下接上總是死路，軍家所謂「千里屯兵，隨地另起爐灶」是也。若夫六檞八檞之文，就如爐匠鑄鐘，鑄一截難一截；又如鄉人搗米，搗一下苦一下；又如烏龜上坳，上一坳怕一坳。讀此等文，陋不可言；作此等文，亦復苦不可言矣！即明文有此，教者尚當唾之、棄之、燒之，况時文乎？

課幼短篇，正是作文真種子。清真則易於理會，直截則易於貫串，短小則易於照顧，此其所以易讀易解而且易學也。先讀此種，俟其文理稍通，即以條暢有辭藻者相間讀之，自能化短爲長矣。況小子爲文，惟恐已意不達，説了又説，未有失之太短者。乃欲速者，或曰「罈裏養孩子，未必養得大」，豈其然哉，豈其然哉？

流水之爲物也，不盈科不行。小子未經講究，心裏空虛，正如空坟一般。設教者須令多讀起講，俟他心中流出一點文理來，即是通破承； 又令多讀全篇，俟他心中流出一點文理來，即是通起講。 故未做破承時，父兄雖日日望他做破承，先生且與之解起講； 未做起講時，父兄雖日日望他做起講，先生且與之解全篇。 蓋惟恐此時一鬆，弄得游游移移，不生不熟，漸漸坍塌下來。 即後來倍加功力，亦不能挽其舊習也。 是以書夜不寧，寸心欲裂，千金一刻，度日如年，學生此時，正當如榜人撑上水船，進一步恐退兩步，此即並日加力，猶恐不足，若悠悠忽忽，只以油嘴一背塞責，直是辜負先生不淺。

書有必當終身佩服者，有必當窮年諷詠者，有必當時時細閲牢記者。 若小子破承起講及明顯文字，不過古文大家之敲門瓦耳！ 先生細講，學生細聽，諒無不了了者，正不必四五天念一個起講，七八天念一篇文章也。 蓋誦讀書文，頭一回必分讀分背，念得極熟，向先生連滚五遍而去，一時且擱着，俟他時生力重温，方覺新鮮有味。 若四五天念一個起講，七八天念一篇文章，念熟之後必然苟安不念。即先生逼之使念，亦不過隨口亂滚而已。即先生與之再講，亦不過隨常侍聽而已，那里有會心之益。是故生起講，每日只須念一個，熟起講每日理兩個。及至念文字，一日半篇，兩天一篇，三天總温，每日如此。所讀既富，文理自然融通；隔時一温，心思自然易入，此一定不易之法也。

邇來文宗考秀才，偏出小題，意謂秀才不能做小題也；考童生，偏出長題，意謂童生不能做長題也。不知單題似易實難，長題似難實易。故余於單、實題外，即繼以截上、截下，次即繼以兩扇、三扇、段落，次即繼以短搭、長搭，次即繼以全章、連章。蓋小子讀截上、截下及搭題文，方知扣題之宜清；讀兩扇、三扇、段落題文，益知對股之容易；讀全章、連章題文，更知作文之可以任意剪裁，隨手變化也〔五八〕。

初學讀文課文法

唐翼修曰：「凡事試驗者方真，憑臆斷者多無當也。」如幼童入手，莫若〔五九〕於成、弘、正、嘉四朝之文。人謂其與時趨太遠，童子不宜讀者，皆未試驗而臆斷者之言也。余至親二人，一學文五年，一學文六年，而文理皆不能明通。代思其故，何以余少時學文僅一年而即條達，彼何以學五六年而不明通？意必其從近時之文入手也。問之果然。余以宜讀先輩之文語二人，並語其師，師與徒皆大笑，以余爲妄。余以爲此非余一人之臆見也。前輩熊次侯、陸稼書、仇滄柱、陸雯若、何屺瞻諸先生皆大贊成，弘、正、嘉之文，皆謂童子必宜讀，豈盡無稽之言耶？予豈欲害汝輩者哉？何不勉强試之，如果無益，棄去未晚也。又再三勸之，且勸其所作之文，亦如先輩簡短樣。乃勉强行之，不半年而文理條暢矣。二友天資高邁，其設教也，雖極初幼學，亦以高深之文授之。自以爲教法盡善，然諸弟子竟無文藝條達者。語人曰：「余弟子盡不成才，奈若何？」余聞言急趨而語之曰：「君以高深之文，令初學讀，是猶責十餘歲童子而令之肩百斤之擔，行五十里之途，此豈易能之事乎？即君少時，天資雖敏，能讀此解此否也？」於是恍然自失，曰：「吾誤矣！且忘己之本來面目矣！」於是急令弟子改讀先輩之文，而諸弟子之文藝頓進。他日登堂謝曰：「君真余之大恩人也。向微君直言，吾幾誤殺人子弟矣！」

又曰：子弟人人皆有可進之資，苟得其法，一二年文理必能條達。乃有五六年猶未條達者，皆其父師害之也。夫父師，豈欲害子弟哉？緣其無有遠大之識，欲子弟速成，謂先輩之文與時不合，雖讀乃〔六〇〕終當棄去，又當更讀時文，多費工夫耳。不知此最陋之見也。蓋學問工夫，必非一截可到，若不分層次致功，欲其速成，必反至於遲成，資下者甚且至於終不成。且先輩之文，氣體謹嚴深厚，非淺近不可擴充者，加讀時藝以參之，便沛然不可遏抑，如酒力之串水，厚使之薄，少使之多，甚易易也。雖誦讀在幼時，而獲益在中晚。此其故，豈無識之人所能知耶？

又曰：今人最惡者，成、弘先輩之起講。謂寥寥數句，與時勢大不相符。不知雖與時不符，然簡短樸直，短則不須曲折，樸則不須辭采，易學也。近文講體長，幼童讀之，一則不能學其曲折，二者未能多讀時文、古文，胸中空乏，無所取資，不能自撰辭華，此幼童所以與之不相宜也。凡幼童讀文，但取其易學，易學則易條達，不合時式無害也，由條達而再學時式，豈有終不能之理？烏可因一起講簡短之故而棄去之，閉塞其直捷之門路也？

又曰：幼童讀文，貴分層次。故必讀成、弘、正、嘉之文六七十篇，以爲入門之路。此四朝文者，制藝之鼻祖，讀此方知體格之源流也，此第一層也。過此宜讀近時平易之文百篇，多方選擇，不可謂平易中無精佳不朽之文也，此第二層也。上二層必宜選有用之文，如學問、政事、倫紀、品行等題爲妙。過此須讀精細深厚之文六七十篇，亦須雅俗共賞者，若高深過於正則者，不相宜也，此第三層也。已上第三〔六一〕層，皆宜讀一二句短題，長題未能領略，驟讀無益也。或疑小題讀之太多，不知單句題中如「爲政以德」、「約之以禮」、「修己以敬」之類，已是極大之題，多讀於此〔六二〕時，即可少讀於後日，不相碍、轉相通也。過此可以讀搭題矣，約略其數不過三十餘篇，此第四層也。過此則可以讀長題矣，篇數不拘，只看得力，此第五層也。要之，童子讀文，必宜分其層次，先易後難，方有進益；混亂致功，不分先後，是深害之矣。

又曰：小題最難得佳，雖大名公之作亦不能無弊病，必改去之使歸盡善，讀之方益，制藝非聖經賢傳，改何嫌於僭乎？

又曰：童子開手，宜先讀有用之文，如學問、政事、倫紀、品行之類，約一百篇，即有文料可以取資，不然腹空之至，將以何物撰成文藝？讀百篇之後，稍有文料，又當知作文巧妙不盡在於書理，每題各有作法，一類不讀數篇，則不能周知題竅，故又貴以作法分類致〔六三〕功，使諸題作法盡爲我知，無有遺漏。如此則胸中有主，重疊無益之文自可以不多讀矣。

又曰：　童子某時讀某類題文，即以其類命題課之，最佳法也。

愚按〔六四〕，理學、經學、史學、詩學皆須於初學時下個種子，雖一時不能多讀也，須與以一臠令嘗滋味，庶可爲後日擴充之地。

初學作文易通法

作文以辭能達意爲妙。而初學作文，尤須以童子之辭達童子之意爲妙。故欲小子達意，必須以易於達意之題命之，若小子無意可達，又須以題之層次教之，若教之而能依樣寫來，層次不差，便須濃圈密點以鼓其興，即或全無文理，亦當曲爲改正，略加圈點，另用好言撫慰，如此則學生但覺自己文章做得妙，並不知其爲先生所指點也，此後作文必然異樣高興。然雖有高興，而命題之時，仍當與他講明篇法，誘他性靈，若此後文理漸通，意思亦須講得漸少，此非吝教，恐其性靈閉塞也，從此加工不已，聞見日多，性靈日暢，則雖有難達之意，彼亦自能達之矣。

甘受和，白受采，清真即文字中之甘白也。父師要子弟速通，引誘入門必須此種。六槪八槪之文，正如鄉間小户人家，終日只此一片蓬門，自爲開合，有何氣象可觀？有何意味可玩？若夫一氣相生之文，前幅步步拓開，後幅步步收攏，總以通篇爲起承轉合，氣局便非小可。

初學做文，必須尋出篇法，命意措辭方有靠着。即如「節用而愛人」題，平分兩大股，是正格也，股中第一層須抉出「用之所以當節，人之所以當愛」意作「原」，第二層透發「不節不愛之弊」作「反」，第三層先就「人君自己儉樸慈祥」意説起，次發「節愛」正面是「正」，第四層就「節非吝嗇、愛非姑息」意，挖進一層作「推」，此一股中，「原反正推」法也。若分作碎股，前幅就將上第一層意原二股，次將第二層意反二股以下收上一筆。隨將「人君躬行節儉仁慈」意頓四句或六句開出後幅，以下方正詮〔六五〕「節愛」二比作正面，挖進一層，二比作推論，以下「節愛交互」作收，篇法益加完密矣。此等局法是先輩正法，亦是墨卷當行，即此隅反，不可勝用。至於文體之高下厚薄，則視乎人之天資學力何如耳。

又有「引注添題」之法。即如「先進於禮樂，野人也」，就題而論，亦似無門壁可依，幸有朱注説得極明、極透、極活，即另裁紙一條，將朱注寫作題目，云：「先進於禮樂，文質得中，今反謂之質樸，而以爲野人。」即此爲題，細細咀嚼，心思既活，議論自出，故場中欲討便宜，朱注不可不熟讀也。小子念之。

又有「依注行文」之法。即如「在明明德」題，注云「人之所得乎天」，講「德」字；「虚靈不昧，以具衆理而應萬事」講「明德」，此注中原法也。作文者即以「虚具衆理，靈應萬事」意分柱作「原」。「但爲氣稟所拘，人欲所蔽，則有時而昏」，此注中反法也。作者即以「氣拘物蔽」意分柱作反。注又〔六六〕云：「然其本體之明，則有未嘗息者，故學者當因其所發而遂明之。」此注中轉法也。作者即以此作一段，或作二股，以爲通篇轉捩，下正發「明」字，可以五事、五常分柱，須暗含知行意，發揮「明之」之功。以下推論二股，即以「明其衆理，靈應萬事」分柱，發「明」復初之效，似此則朱注數語即是通篇局法矣。平日若能體認朱注，豈非場中一大快事乎？

又有「倚注馭題」之法。長章題朱注自有脉絡可以駕馭，但恐小子習而不察耳。即如《大學》聖經一章，注云：「此三者，大學之綱領也。」「此八者，大學之條目也。」綱領即條目之綱領，條目即綱領之條目，只此二語便已貫通前後。三節注云：「明德爲本，新民爲末。知止爲始，能得爲終。本始所先，末終所後。」此逆捲上文法也。五節注云：「修身以上，明明德之事也。齊家以下，新民之事也。物格知至，則知所止矣。意誠以下，則皆得所止之序也。」數語玲瓏剔透，從此得解，以前文掣動後幅可也，即以後幅應轉前文亦可，長題作法皆在注中，朱注何可不玩？即如《上孟》「齊桓晉文之事」一大章，總注云：「此章言人君當黜霸功，行王道。而王道之要，不過推其不忍之心，以行不忍之政而已。」「交鄰」章總注云：「此言人君能懲小忿，則能恤小事大〔六七〕，以交鄰國；能養大勇，則能除暴救民，以安天下。」「魯平公章」總注云：「此章言聖賢之出處，關氣運之盛衰。乃天命之所爲，非人力之可及。」此等語該括通章，最有力量。小子熟此，再玩長題作法，巧妙之文唾手可得也。

歐陽永叔曰：爲文有三多：讀多、作多、商量多。多讀所以明其理路也，多作所以熟其思路也，多商量所以挽其差路也。三者缺一，文必不精。

進德之法，見得十分，不如行得一分；學文之法，讀得十篇，不如作得一篇。蓋思路純熟，則他人難做的題，他人難説的話，自我爲之，無不頭頭是道矣。古人云：「文〔六八〕到妙來無過熟。」真至言也。

眼前情理，即是妙絶文章。昔人貫串經史，故能發揮情理；後人善會情理，亦能包羅經史。初學之士，試用明文善道人情者，深思而熟讀之，自然心空胆壯，不憚爲文。若自嫌聞見淺狹，必待記誦飽滿而後作文；又恐作文無料，必欲多記時文，以備套寫，則文章一道愈難而愈遠矣。

東君延師教子法

七歲以下蒙童多讀多講，七歲以上初學先講後讀。《四書》大字，就蒙童時一氣讀熟爲妙。若以小字同讀，便有先熟後生之弊。《四書》大字其本也，朱注枝也，講章葉也。先讀大字而後讀朱注，讀朱注而後看講章，此初學一定不易之序。

欲開〔六九〕筆，必先熟讀、熟講，此先一步工夫也。已先無此工夫，東家雖欲開筆，先生必故遲之，非遲之也，蓋學生胸中之虚實，先生早已知之矣。此時若欲其速成，勢必終於無成，萬萬不可相强。乃今之延師者，子侄纔讀一二論，未曾講得明白，便欲强之開筆，及强作之後，久而不通，反咎教者無功，是何異於風暴欲作，强使開船，及中流欲覆，反怨操舟之無術也！悲夫！

小子稍能動筆，只要他放胆寫得出爲妙，未成句者能成句，即是進步；已成句者能轉折，即是進步；有轉折者合篇法，即是進步。此時按之書理，即不能十分親切透露，不須責備，且當大加讚嘆，以鼓其興，興高者看書讀文更有機趣，漸漸加功，不怕他不到細密田地也。乃有一種東家，即將先生所圈之文抄去，與人批閱，彼但知據理推敲，那知教者步步引誘苦心，因此爲東家者反疑先生眼力不濟，甚且疑先生有意誤他。自此先生之有身分、有聲名者，强勉終局，必然納履告去； 其貧窮係戀者，必有代作文字、欺飾東君之弊矣。然則學生之不成，非先生誤之，皆東家自誤之也。

一、先生請到，雖其家不愁缺用，亦必暗地使人存問，如此則先生之父母妻子必然感激勸勉，以後誨我子侄，自無不盡心竭力矣。

一、先生服食器用藥餌之需，不但不可假手於奴婢，並不可專諉於妻子，十日之内，必須陡然查點一二次，令家人不敢褻待先生，庶先生心樂身安，知之無不言，言之無不盡也。不然銀錢雖費，而開罪已多矣。《書》曰：「狎侮君子，無以盡其心。」教子者可勿慎乎？

一、先生子侄到館，非爲公粮私債，用度不周，必其家中别有疾病事故。東君必須探其來意，給以修金，資以路費，如此則吾視先生如腹心，先生視我亦如手足矣。不然吾藐視其子侄，彼亦安能重我子侄乎〔七〇〕？

一、先生教不盡心，須積誠以感動之。人非土木〔七一〕，豈有塊然不知者，如先已十分盡心，不可復曰託先生爲我加功也。若如此説，彼不但不能比前加功，而且比前減功矣。余在揚州，見有一位西賓，盡心教人子侄。閲〔七二〕時東家到館，必云託先生再爲我加功。因此先生心灰意懶，草草應副，勉强終局。吁！純陽度世，非不盡心，無奈人心難測，不願〔七三〕點金，思截指，所以鶴馭雲軿，至今寂寂也。

從來先生設教，貧者多而富者少，爲東翁者必能安其家，然後能用其身；必能安其家，然後能用其心。身家俱安，則心無二用，雖欲不盡而不能矣。是故不安其身家，而欲用其心者，東家之痴也，安〔七四〕也；身家已安，而猶不用其心者，則先生之狂也，愚也。

一、古人八歲就傅，即入家塾，家塾之地，未必不離家數武。後世人心不古，變故多端，凡教小子，須以宅内書房爲妙。蓋門上必有〔七五〕閽人，外客不能輕入，一妙也；先生不能輕出，二妙也；即先生有事公出，閽人早已了了，館僮不能借端生事，三妙也。且學生一出即到館〔七六〕，一入即到家。到家頑耍，先生知道；到館用功，東家亦知道。館僮不能瞞飾内外，呼唤回家；學生亦不能欺瞞父師，出外遊玩。只一館地得宜，便已十分綿密矣，況再以賓主相得，晝日三接，弟子學問，有不日就月將、日新月盛者乎？

初學破承格式

浦江樓沨採

破題式

破題者，破説本題之大意也，其法不可連上，不可犯下。語帶上文謂之連上，語侵下文謂之犯下。不可漏題，不可罵題。題中義理未經破全，謂之漏題；題中字眼全然寫出，謂之罵題。

破題只用兩句，兩句中有明破、暗破。明破者，明明破出，如「孝弟」字，明破「孝弟」，「道德」字，明破「道德」是也。暗破者，將題目字眼暗暗點换，如「孝弟」類以「倫」字代之，「道德」類以「理」字代之是也。兩句中又有順破、逆破。順破者，照題面字眼，自上而下，如「學而時習之」，先破「學」字，次破「時習」是也。逆破者，將題面字眼，自下而上，如「其爲人也孝弟」，先破「孝弟」，次破「爲人」是也。

破題兩句，或上句破題意，下句破題面，則上句即題前也；　或上句破題面，下句破題意，則下句即題後也。是故破法不一，有上句領章旨，下句講本題者；　有上句講本題，下句承章旨者；　有上句冒全章，下句切本題者；　有上句講本題，下句或推開，或吸下，或直斷，或虛托者。要不出破意、破句、破字〔七七〕三法，三者破意爲上，破句次之，破字爲下。

文之有破，如面之眉目，堂之門户，貴冠冕，貴流利，貴大雅，貴古健，貴刻劃，貴自然，一毫俗氣、滯氣俱來不得。

破要氣概，須如馬首高昂，矯矯動人，一見便知是良騎，方能壓伏通場。

古今人名破法　孔子破聖人，顔、曾、思、孟破大賢，孟子破亞聖，則須相題用之。閔子亦破大賢，其餘孔子弟子俱破賢者，或破賢人。兩賢並稱，則破二賢，數人則破群賢，或破諸賢。子路或破勇士，曾皙或破狂士。其餘如從者、小子、二三子俱破門人，孟子弟子亦破門人。堯破唐帝，舜破虞帝，堯舜並稱，則破二帝，又破古帝。禹破夏王，湯破商王，文武破周王，三代並稱，則破三王。文武並稱，則破二聖，伊尹、周公破元聖，伯夷、叔齊破古聖。齊桓、晉文破霸主，魯哀公破魯君，衛靈公破衛君，齊景公破齊君，戰國齊梁諸君則破時君。孔文子、公叔文子俱破衛大夫，子産破鄭大夫，其餘各依注中某國某大夫破之。三家、陽貨、王孫賈等皆破權臣。儀封人、陳司敗、太宰等凡有官爵者皆破時官。師冕、師摯、師曠等破樂官，林放、微生高破魯人，亦破時人。微生畝、長沮、桀溺、荷蓧丈人等俱破隱士。楚狂破狂士，原壤、告子、許行、夷之則皆破異端。其餘君子小人則仍以君子小人破之。注中稱人稱民，則仍以人民破之，其餘一切鳥獸草木器用等物，則俱以「物」字破之，此皆一定之法，不容錯亂者。熟玩類推，破題之法備矣。

破題虚字煞法　破題正格，只用兩句，兩句中上一句不用虚字煞脚，下一句方用虚字，如「也」字、「矣」字、「焉」字、「者也」字、「者焉」字、「者矣」字、「而已」字、「而已矣」字俱可用。至「乎」、「哉」、「耶」、「歟」字，則斷不可用矣。

承題式

承題者，承明破題之意也。破題兩句，止可包括大意，承題則可承破説明，其格以三句四句爲主，至五六句則太長矣。起句用「夫」字、「蓋」字、「甚矣」字。「夫」字承上意而指點之辭也，「蓋」字承上意而推原之辭〔七八〕也，「甚矣」字承破意而懇切言之也。末用「乎」字、「哉」字、「耶」字、「歟」字。「哉」字直截，「乎」字輕揚，「耶」字輕而婉，「歟」字疑而未定。大約承題要與破題相關照，正破則反承，反破則正承；順破則逆承，逆破則順承；分破則合承，合破則分承〔七九〕。一起一伏，自相呼應，不可使破自破，承自承爲妙。

最忌平頭，亦忌合脚。凡起句與破題起句相同爲平頭，末句與破題末句相同爲合脚。然平頭易避，合脚難防。

題目有上文者，承題第一句必須從本題説起，即有難撇上文者，亦須先承本題，倒〔八〇〕入上文，方使題位不亂。切記。

破題於聖賢帝王諸人，須用暗講，承題則直言之，如堯舜則直稱堯舜，孔子則直稱夫子，其餘諸人皆依題直稱，無復避忌矣。

承者，接也。接上生下，以圓轉不滯、輕便飄逸爲工。

承題須要有開合，議論紆徐委曲，如登羊腸峻阪〔八一〕，令人一步一止而九嘆息方住〔八二〕。蔡虚齋嘗云：若承題一直説去，只是個加〔八三〕字破題耳。

以上破承格式，皆昔人所已言者。今謹去其繁蕪，存其切要，庶令天下好學之士詳而玩之，或可爲入門之一助云。

破承題目録

單題

兩扇題

兩截題

人不知而　二句　　吾少也賤　二句

仲尼日月　二句　　天下溺援　二句

相因題

舉直錯諸　二句

截上題

不亦説乎　一句

截下題

士志於道　一句　　雖欲勿用　一句

如用之　三字　　雖孝子慈　一句

虛冒題

君子易事　一句　大學之道　一句

結上題

是以謂之　一句　物有本末　一句

如此然後　一句

口氣題

女器也　一句　禮義由賢　一句

記事題

子張學干　一句　遇諸塗　一句

以上題體十種，共選破承三十二個，個個皆有作意，個個不拘死法，小子從此入門，指日可成高手，若舍此而他適，則膚淺庸陋，病入膏肓，雖欲速反不達矣。或曰：「以下所選起講，何以如此之多？此處破承，何以如此其少也？」曰：「破承三十二個，不過示以格式，往後當接念起講，且〔八四〕即此三十二個，中有必當先念者，亦有不妨緩念者，若或不足，何妨以起講中破承教之。」或曰：「讀完此數十，可作破承乎？」曰：「未也。」「可先作破題乎？」曰：「未也。蓋小子此時文心未開，文機未動，必不可驟以破承苦之，若欲免其苦而予之樂，其必多讀起講，熟讀起講，久讀起講而後可。」

破承題式

學而時習之（單題）

聖人以學勉天下，（破〔八五〕「學」字。）而先示以無間之功焉。（破「時習」。）夫人孰不學？而時習者鮮矣。（反二句。）誠時習之，（正一句。）其功不已深乎？（收一句。）

事父母能竭其力（單題）

有力而不私，（題面。）誠於事父母者也。（題意。）夫人子之力即父母之力也，（如此打通，方見不可不竭。）以父母之力，竭之父母，（正二句。）其心可不謂誠乎？（收一句。）

君子不器（單題）

君子有神於用者，（破題面。）以其體無不〔八六〕具也。（破題意。）蓋人必全乎其體而後能全乎其用，（題前大發議論。）德如君子，又安得以器名之？

不恥下問（單題）

不自恃其位者，（題意。）雖下問而不恥焉。（題面。）夫以上而問下，固常情之所恥也。（反二句。）而文子則不恥焉，（正一句。）其虛心爲何如哉？（收「不自恃」意。）

仁者先難而後獲（單題）

仁者以所難爲先，而獲非所計矣。（分破順破法。）夫獲未嘗不在所難中也，（合承逆承。）而先於難者獨後獲，（正還「先難後獲」。）此所以爲仁者之心。（逆收「仁者」。）

約之以禮（單題）

君子有反約之功，而博文乃非泛騖矣。（找上文以醒「之」字。）蓋禮即文之有序者也，（將禮與〔八七〕文打通，「之」字自出。）約之以此，所博者何〔八八〕慮其泛乎？（又從「納」字〔八九〕找上「博」字。）

有德者必有言（單題）

德可兼善〔九〇〕，聖人爲有德者信焉。（破題虚説。）蓋理得於心之謂德，（承題透發。）心發於聲之謂言，（極分明，極高老。）有德無言必不爾矣。

今之愚也詐而已矣（單題）

愚以行詐，（誅心。）並愚亦非古矣。（「並」字連「而已矣」亦出。）夫愚未有能詐者也，而今人乃以詐爲愚，（用筆善變便不合脚〔九一〕。）古之愚尚可得耶？

仁親以爲寶（單題）

亡人有不忍其親之心，（破「仁」字。）而所寶得矣。蓋存没之際，他人猶不忍釋然，（入情便動人。）况爲其子者乎？宜公子之獨寶此也。

君子篤恭而天下平（單題）

聖人不顯其敬，（分破。）而天下化成矣。蓋敬者天德，（合承。）王道之本，不顯其敬而敬純矣，天下有不化成者哉。

巧言令色（兩扇題）

心平外飾者，（照下。）觀其言色而可知矣。（暗破「巧」、「令」扣題。）夫言而中理，（反面照起「仁」字。）色而近信，即不巧令可也，奈何世之務外者必欲以巧令自飾耶？（二句正轉，先透下，後扣題。）

加之以師旅因之以飢饉（兩扇題）

內外交困，（破題面。）任事者難矣。（反擊下文。）蓋師旅、飢饉，有一焉則國不得安，（此等起下，純是神理，俗手那得有此？）而况既加之矣，又因之乎？

言思忠事思敬（兩扇題）

君子致思於言事，（順破。）可以徵主[九二]一之學焉。（精解。）蓋一而不貳之謂忠，（說來又極平妥。）一而無適之謂敬。是故[九三]言事之極也，君子能弗思哉！（倒煞「思」字。）

人不知而不慍（兩截題）

忘乎名之見者，（破題意。）惟有說樂而已。（暗破「不慍」。）蓋心而有慍則說樂忘矣，（反承。）抑思人不我知，（正轉忘[九四]名意，醒出「不慍」。）初非有損於學也，而又何慍乎？

吾少也賤故多能（兩截題）

聖人之多能，聖人之窮也。（逆破語有逸氣。）夫夫子即不少賤，未必不多能也，今推其故於少賤，（還題極活。）亦姑託以辭聖云耳。

仲尼日月也（兩截題）

聖之超於賢也，亦人所易見矣。（「也」字醒。）夫在人爲仲尼，（字字超脱。）在天爲日月。不知仲尼，獨不見日月乎？

天下溺援之以道（兩截題）

援天下者，反其所由溺焉而可也。蓋天下無道，故溺也，援之者不以道，（必以道援之，故十分透露。）是以溺之者援之，而溺不救矣。

舉直錯諸枉則民服（相因題）

舉錯順乎民心，（一句打通。）民自無不服矣。（一句完題。）夫好直惡枉，民之常情也，果能舉直而錯枉，（二〔九五〕句還題。）安有不服之民乎？

不亦説乎（截上題）

學中之趣，（破「説」字。）惟時習者喻之也。（破取神。）夫學而不説，（以「説」字截上。）必其所學者未熟也，（收〔九六〕我「時習」。）不〔九七〕然則得心之趣，（正還「説」字，並還虛神。）非時習者孰喻之？

士志於道（截下題）

士而志道，宜其專向於道矣。（反擊下文。）夫人之不志於道者，（反承用逆。）必非士也。士志於道，（正還用順。）安有不心乎求道者哉？（擊下。）

雖欲勿用（截下題）

以可用者而勿用，（以截爲找。）亦徒有其欲而已。（破「雖」字意。）夫物之可用者，（「用」字説起截上。）莫騂角若也，如欲勿用，（正還。）果能使之勿用否？（虚含下文。）

如用之（截下題）

禮樂不可漫用也，（含下扣題。）聖人因時論而轉計焉。（吸出「如」字神理。）蓋舍己以徇人者，（反照下文。）時人之用禮樂也。夫子於此，能不爲之轉計耶？（還題。）

雖孝子慈孫（截下題）

惡人不禁其有後，（「雖」字妙會。）政所以絶之也。蓋幽厲所屬者，孝子慈孫耳。然既爲幽厲，即予之以孝慈，（含下而不侵下，「雖」字體貼妙絶。）亦更不復有孝慈矣。

君子易事而難説也（虛冒題）

以事説者觀君子，而有難易之異焉。（「難易」字正從旁人看出也。）夫事之何以獨見其易，而説之何以獨見其難乎？正以其爲君子耳。（著眼君子，點出小人。）

大學之道（虛冒題）

人之大者學亦大，（老實切當。）其道不可不審也。夫大學非小學比也，（以「小學」相形「大學」，二字乃醒。）大人既入大學，安可不審其道乎？（「之」字亦出。）

是以謂之文也（結上題）

衛大夫之文，亦節取其學問而已。（着眼「是以也」三字。）夫文雖不易稱，而苟能勤學而好問，（「是以謂之也」口吻，全從數虛字轉〔九八〕出，此等非老手不能。）則亦可以謂之文矣，何必復核其他哉？

物有本末（結上題）

明爲本而新爲末，（明破。）物之不同可見矣。（包下知先後意。）蓋明德新民無非物也，（順承。）物既〔九九〕有本末，安可混然視之乎？（起下。）

如此然後可以爲民父母（結上題）

隆進賢者之稱，難之也。（「然後」醒。）夫民之父母，隆名也，彼不慎於進賢者，（「然後」精神奮迅而出。）即欲幾此能乎？

女器也（口氣題）

賢者有可用之材，（題意。）聖人以器許之焉。（題面。）夫器亦人所難也，（承「器」字一筆。）夫子以之許子貢，（還「女器」也。）非謂其材之可用耶？（收明題意。）

禮義由賢者出（口氣題）

以禮義歸賢者，將以責之也。（題意。）蓋自出之而自違之，天下之責之所聚也，（方過題後一步，鄧艾追兵之手〔一〇〇〕。）然則以禮義之出歸賢者，其意豈爲尊之也乎？

子張學干禄（記事題）

學而干禄，（破題面。）賢者之心紛矣。（斷一句。）夫禄所以彰學，學不可以求禄也，（題前發論駁到子〔一〇一〕法。）干禄如子張，（正一句。）其心不亦紛乎？（收一句。）

遇諸塗（記事題）

聖人之可遇，（先有承題，方有此破。妙妙。）聖人之不可見也。夫不遇於家而遇於塗，（妙手空空，題句皆化。）亦塗之人已耳，貨豈能見孔子哉？

初學起講格式〔一〇二〕

浦江樓渢採

起講式

起講〔一〇三〕者，扼一篇之綱領，而發其大旨者也。蓋破承僅可解題，其精思妙義首於起講發之，故文之全篇，猶人之全體，而起講則人之頭目也。頭目不端，則全體俱失，欲動人之顧盼，其可得乎？善作文者，必先著意起講，妙處全在包籠大勢，切而不拘，虛而不泛，既能發全題之神，復能養全篇之局，使人閲之如春雲乍吐，曉日初昇，景色一新，神氣俱爽，斯爲得之。

堪輿家有「尋龍捉脉」之説，聖賢立言之意，自有正龍正脉，起講是文字入題處，若差一指，如隔萬山。須從正龍正脉上説下來，無絲毫走作纔妙。

一要説理正，二要命意高，三要遣辭古。

起講貴有議論，若不作議論，須會題意，虛講不得一口道盡。

或對起，或散起，對者煉辭，散者運意，此正格也。然煉辭者必用意警策而後工，否則俳矣；運意者必措詞古健而後勝，否則弱矣。

起講醒題捷法，莫如一反一擊。反題拗折題意，擊處攻入題旨，盡有一二語而全題通身雪亮者，此法不可不知。

破承皆係斷做，自起講以後，皆須設身處地體貼口氣。如孔子語則順孔子口氣，孟子語則順孟子口氣，其餘仿此。又有記人記事等題不順口氣，只以我意斷作者，皆正格也。又有口氣題，亦斷作一起至起講之後，方順口氣者。又有口氣題竟全篇斷者，皆變格也。凡順口氣題，文起語如「意謂」、「若曰」等字，皆可通用；惟斷做題，衹用「今夫」、「且夫」等字，其餘俱不可用。

此亦前人所言，語皆切要，今並録之。

起講目録

正起法（同一正起而用筆不同，故目録不能依書編次）

人十能之[一〇四]　二句　居則曰不　二句

君子疾沒　一句

反起法

其行己也　二句　其愚不可　一句

一匡天下　一句　天命之謂　一句

父母俱存　二句

先正後反法

吾斯之未　一句　行己有恥　一句

悠久所以　一句　溥博如天　一句

先反後正法

子不語　一句　沽之哉沽　二句

當仁不讓　一句　植其杖而　一句

旁襯法

晏平仲善　二句　小子　二字

微生畝　三字　　比干諫而　一句
叟　一字　　二老者　三字
柳下惠不　一節
對襯法
諸侯多謀　一句　　是簡驩也　一句
反襯法
旱　一句　　二母彘　一句
夾襯法
乘桴浮於　一句
疊襯法
舜有臣五　一句　　有攸不爲　一句
連襯法
飲水　二字　　泰山之於　一句
補襯法

從我於陳　二句　　爲之者疾　二句

暗擒法

吾未見能　者也　　夫子欲寡　一句

予一以貫　一句

明擒法

文王視民　一句

單擒法

行人子羽　一句

雙擒法

群居終日　一句　　孔子聖之　一句

鼻之於臭　一句

雙擒側注法

默而識之　一句

正剔法

夫子温良　一句〔一〇五〕

別開生面法

所謂立之　四句　　百世以俟　一句

如琴張曾　一句

移步换形法

自西　二字　　自東　二字

自南　二字　　自北　二字

引伸不窮法

吾黨之小子　其一至其八　終

人十能之己千之（正起法　簡煉）

王肯堂

君子百倍之功，因人而益進焉。夫學不可有懈心也，（便是此題開口。）人千己千，而功益倍矣，困勉者不當如是耶！夫子告哀公也，蓋曰：「道之無窮者，愈造則愈見其有餘；（二句是題之所以然。）而質之不敏者，愈進則愈見其不足。（二句方切題位。）困勉者之百倍其功也，豈特人一己百而已哉？」

起四句確切不混，以下急忙領出上文，賓清而主益白矣。○四語煉法，有題前題位之別，手法與王文恪公「有朋自遠方來」同。

居則曰不吾知也（正起法　疏宕）

黄淳耀

以諸賢而不遇，宜其不能無感也。夫諸賢何如人也，而莫之知耶，居而有感，則其望世殷矣。今夫遇合之難，（起首句。）有生所共悲也；意氣之感，（起次句。）賢者所不能忘也。士生斯世，（是諸賢發嘆之由。）亦既蒿目時艱矣，而猶然伏處衡茅，（切次句。）又安能默默以終耶？（切首句。）

疏宕中殊多蕭瑟凄凉之意，晉文中往往有此。

君子疾没世而名不稱焉（正起法　疏宕）

劉巖

身没而名湮，君子之所痛心也。夫没世無稱，斯必無可稱者矣，君子安得而不汲汲哉？且俯仰乎天地之茫茫，而嘆昔之人游焉、息焉於其中，而至於今澌滅無聞者，不知凡幾也，而吾烏知其人爲何如人乎哉！然吾幸而生今之世，爲今之人，未幾而忽焉以没者，後之人又烏知予爲何如人乎哉！君子曰：名之不可已也，如是夫。人奈何不以悲昔人者撫躬自悲也？

蕩然自恣，不拘法律，然法律却精不過〔一〇六〕。

其行己也恭其事上也敬（反起法）

江嶠孫

君子有恭敬之道，鄭大夫得其二矣。夫行己宜恭，事上宜敬，而子産能兼有之二者，不已無愧於君子乎？嘗思世之所乏〔一〇七〕者非才也，挾經世之才而不濟之以小心，

（不恭不敬。）則以才立身，而才既足爲身累；（不足以行己。）以才佐君，而君亦終不欲用其才。（不足以事上。）故天下有服物之能而人不許，有震主之功而名不終者，無他，未聞道也。

疏爽似大蘇策論。

其愚不可及也（反起法）

陳際泰

聖人難衛大夫之愚，（合破。）難其任事之心也。夫君父之事，任之以愚而心盡矣。（分承。）今之任事者，孰能如武子之愚乎？且天下非太平無事之可恃，（蘇文好看如此〔一〇八〕。）而禍患之足憂。夫當禍患之來，平日自矜爲智者，則皆愚矣；（縱筆一撲，無非蘇文氣脉，爽快無比〔一〇九〕。）平日共推爲愚者，則皆智矣。何者？以定禍亂，則無一人而不愚；以爲身家，則無一人而不智也。

英鋒快剪，咄咄逼人。

一匡天下（反起法）

唐順之

霸佐有輔世之功，聖人所以取之也。甚矣，聖人取善之公也！以管仲正天下之功，（中有貶意。）而夫子稱之，其亦不没人善之意與？自今觀之，春秋之時何時也？（一句救起。）繻葛一戰，而天下之人不知有君臣之分；（周室不尊。）蔡師一敗，而天下之人不知有夷夏之防，天下之不正也甚矣。（一句總上。）其孰能起而匡之？（引起管仲。）

只説春秋之天下不正，而管仲一匡之功自顯。《其愚》一起，以尖利勝，此以莊重勝，亦緣其題有不同耳。

天命之謂性（反起法）

劉巖

原性於天，而千古性善之論定矣。夫天之理無不善，賦予人而性成焉，性固通極於天之命者也，何不善之有哉！今天下之言性者多矣，乃言性者多而性之説愈晦者，以其雜乎氣而言之，而以氣爲性也。然則將離氣以言性乎，抑又非也。蓋離乎氣以言性，而性之附乎氣者，其説不備；雜乎氣以言性，而性之超乎氣者，其説又不明。此皆未求其故於天而已矣。

看題精切，非熟於程朱語録者不能道隻字。

父母俱存兄弟無故（反起法）

周延儒

人有得全乎天倫者，天也。夫父母俱存，兄弟無故，不難值也，而正不易得也。故曰「天也」。蓋人生而有父母，即有兄弟矣。然而天意若靳其全，人事多遭其變。古來王天下者，猶然灑歷山之淚，（父母不能俱在。）吊羽淵之魂；嗚滚〔二一〇〕井之琴，（兄弟不能無故。）破東山之斧。則父母兄弟之間亦誠難言之也。

從王天下者之不能無恨説來，便見俱存、無故者之可樂，然襯在題前却不侵犯末句。

吾斯之未能信（先正後反法）

王選

難於言信者，重於言仕者也。夫仕必有仕之理也，開未能信，敢輕言仕哉？且天下之事，何一爲吾儒可遜謝之事？又何一爲吾儒可輕任之事乎？苟急於乘時，而理有未徹，迨至事與心違，而始嘆其研窮之不早也，則愧悔何及矣！

唱嘆低徊，深得當時慚謝神理。

行己有恥（先正後反法）

王選

士有恥心，所以存此己也。夫恥之不有己，安可問乎士之所爲兢兢耳！且天下有不可没之人心，而後有不可卑之人品。（士有恥，然後有此己，二語鄭重，極有斤兩。）苟或寡廉鮮恥，漫無所樹，立於當時，猶自矜曰：「士耳！士耳！」齗齗者亦安足道乎？

義吐光芒，辭成廉鍔。

悠久所以成物也（先正後反法）

朱書

誠極於悠久，物之所以成也。夫物歸覆載，難於成也，而至誠以悠久得之，豈猶夫成之者之成物哉？且夫誠也者，萬物之所以成始而成終也。（擒「成物」又切「悠久」。）是故物無不成之謂「誠」，一成而無不成之謂「誠」。（能成物方見其誠。）然而容有不成者，必其誠之息於未徵以前也，（物不成，必由其誠之不能悠久〔一二〕。）否則息於既徵之後也。夫誠而或息，即自成且不可必，又何以能成物乎？

筆筆如劃沙印泥。

溥博如天（先正後反法）

張映辰

至聖溥博之盛，（分破。）觀天而得其象焉。夫溥博者，（合承。）莫如天也，而至聖之體如之，其充積抑何盛歟？嘗思五者之德，原於天而具於人，則人之具足於内者，本無不與夫相肖矣。然或偏而不舉，（不溥。）未能周萬物而無遺；隘而不宏，（不博。）未能含萬有而無外，則雖與造物相衡，（安得如天。）識者已窺其内理之不足。

理題最難得似此醒豁。

子不語（先反後正法）

記聖人之不語，而聖心可想矣。（虛破題意。）夫事之當語者，（反頓。）夫子亦何必不語？夫子之不語也，蓋亦以其不可爲訓耳。（實承題意。）且吾黨從事夫子，固無日不望夫子之教矣，（擒「語」字。）使望之者殷然，而教之者默然，（反「不語」。）吾黨何所恃以爲學乎？雖然，（轉。）理所當言者，（二句賓。）夫子固不得不言；理所不當言者，（二句主。）夫子又[一二二]未嘗輕言也。

筆路分明，入門正式。

沽之哉沽之哉（先反後正法）

王選

聖人决於沽，（總破「沽」字。）不覺其辭之再也。（醒出重言意。）夫欲沽而不决者，懼〔一一三〕其玉之不美也。玉既美矣，如之何不决於沽？且天下事其可以婉轉而商者，（四句反起。）必商之；而不敢决也，即决之，而猶有可商也。若夫勢有必至，（正轉。）理有固然，則又不必別設一念，以躊躇於其際矣。

處處切定疊句下筆，自無寬泛話頭。

當仁不讓於師（先反後正法）

陳承瓚

勇於當仁者，雖師亦無所讓焉。（當讓分破。）蓋可當而不可讓者，仁也，（合承。）既當仁矣，雖師亦何所讓乎！若曰：「事之可以旁貸於人者，（反起。）必其理之不切於身者也。若夫元善之良本於天，（正轉「仁」字。）具於性，此即勇往以赴，尚恐其不能勝任也，況敢諉之他人乎？（折一筆收足「宜當不宜讓」意。）」

不以旁義掩却正意，相題甚確，出筆亦靈。

植其杖而其芸（先反後正法）

樓瀶

見賢者而猶芸，何其貌之倨也！夫丈人雖習於農，豈果不知賓主之禮者哉？乃植杖而芸，此時之倨傲已如此。（對下止宿。）且夫人苟見有可敬之人，（反筆軒豁無比。）即事屬難，已猶將輟其事以禮之，而況乎未事之先哉？乃不謂〔一一四〕田家者流，其心既左，其貌益疏，（是題之所以然。）即以賢者遇之，竟亦置之不問也。

題似有致，義實蕭索，起用反筆一撲，頓覺興趣勃勃。

晏平仲善與人交（旁襯法）

沈愷曾

交以善著，於齊大夫有深嘉焉。夫人盡有交，而善者蓋寡，夫子獨稱平仲，是遵何道而致此乎？問嘗考齊軼事矣，有管子者，（天然陪客〔一一五〕。）嘗與鮑叔遊，鮑叔知其賢，因善遇焉。已而進爲齊相，以身下之，（下文早已透起。）故天下稱善交者多稱管鮑。乃越百餘年，而又有一晏平仲。（自然入古。）

引《史記》如出己手，不得復以摹古目之。

小子（旁襯法）

周延儒

大賢有意於門人，而呼之使自覺也。夫小子則有小子之身矣，呼之而有不悚然者哉？昔夫子以一貫之統傳曾氏也，（的襯。）有所以呼之者，曰「參乎」；迨曾子以守身之法，語門弟子，而亦有以呼之，曰「小子」。此曾子言下之提撕，正小子當身之指示也。其情迫，其辭切，吾試揣而擬之。

枯題開手無心思，便無意味。作者就曾子身上尋出襯法，便覺思致斐然。

微生畝（旁襯法）

樓渢

隱士也而實紀其姓名，可以想見其爲人矣。夫《魯論》誌隱士多矣，而實紀其姓名者蓋寡。今於微生畝而誌之，豈無所見而然耶？昔魯之人有微生高者，（確襯。）矯情飾節，要譽于（二一六）時，夫子嘗以乞醯一事，斷其非直矣。乃不謂周流之下，（照「栖栖」。）適然相遇者，又有微生畝。

以微生襯微生，發想不浮。要其所以能不浮者，爲其隱隱與下文反照也。

比干諫而死（旁襯法）

馬世奇

商臣死於諫，爲商之心盡矣。（注「仁」字。）夫諫紂必死，干所知也，而寧以死諫，干之心亦苦矣哉！嘗稽商周鼎革之際，死節者三人，曰夷，曰齊，曰干。夷、齊死於餓，在戎衣既定之後，（二死相形確甚。）則其迹顯；而干死於諫，在孟津未會之先，則其心隱。（「仁」字已起。）

迹之顯者，尚有求仁得仁，一斷；則心之隱者，安可不闡其幽乎？一起。全爲下文立案，筆意孤矯不群。

叟（旁襯法）

雲中官

一見大賢而尊其稱，梁王之意有在矣。夫孟子之爲叟，與王見孟子而稱以叟，均無足異也。然觀其一言叟，即知其有屬望於叟者矣。戰國時遊士之見侯王也，列侯王相與敬而稱之曰先生，故聽其言，以爲非先生莫能也；違其言，則曰先生且休矣。獨孟子至梁，梁惠王一見面直稱之曰叟。夫叟之與先生，或亦有不得而概視者耶？

凡題之枯窘者，非襯不活，固也。然腹笥寒儉者，欲襯不能，雖襯不雅。此五經古文之不可不熟讀而深思也。

二老者（旁襯法）

趙廷英

於老者而列言其二，商周得失之關也。（起下「大老」。）夫伯夷、太公之就養，彼亦以爲適然耳。夫孰知商周之得失，皆於二老係之也哉？孟子若曰：「吾觀商周之際，而嘆商之所以亡，周之所以王，皆未嘗無人也。商之亡也，有三仁；周之王也，有十亂。而其間由商而周，（以「三仁」、「十亂」陪出「二老」，便見二老不凡。）或終於商，（伯夷。）或不終於商，而終於周，（太公。）則有此二人。」（住筆矯絶。）

將二老說得十分鄭重，下文大〔一一七〕老意自起。至其筆之蒼古遒〔一一八〕勁，尤堪辟易萬人。

柳下惠不以三公易其介（旁襯法）

黄楷

聖之和者，大賢特表其介焉。夫惠以介爲和，而人則但知其和，不知其介也，故孟子以三公不易表之。且夫古之人，有矯然絶俗、義不苟合〔一一九〕當世者，厥惟伯夷；而周之季，有和光同塵、與物無忤者，咸稱〔一二〇〕柳下惠。説者遂謂柳下惠之和不如伯夷之介。吁！是未深知柳下惠之心者也。（此係斷起，下文方入孟子口氣。）和不如介，世俗必有此論。一起推原，深得孟子闡幽之旨。

諸侯多謀伐寡人者（對襯法）

殷兆魁

謀伐者之多也，齊王有戒心矣。夫諸侯謀伐齊，已足慮矣，而况其多乎！君子謂齊王於是有戒心，想其意曰：「寡人撫有青齊，席霸業之餘威，一時泗上十二諸侯，其爲齊伐者亦多矣。（妙從對面跌入，且能照後「天下固畏齊强」。）乃不意平日之屢伐乎人者，一旦而人反欲伐乎我焉。（正轉「謀伐」。）且欲伐乎我者，（次轉多字。）不一而足也，如今日之諸侯是已。」

對襯之法最易學，學之亦最易奪目，學者從此隅反，巧妙不可勝言。

是簡驩也（對襯法）

無名氏

責大賢之簡者，不自知其可簡也。夫宵小如驩，固其可簡者耳，而乃以簡責孟子乎？若曰：驩自備員齊廷以來，莫不慮驩之侮慢矣。苟不爲驩所侮慢，斯亦其人之幸也。安有赫赫如驩而反來人之侮慢者乎？

以己不簡人襯出人之簡己，出筆最爲靈巧。

旱（反襯法　中映帶扣題法）

蔡華植

設言大旱，一嗜殺之象也。夫好生者天也，胡爲而旱？旱而偶遇物，且以天爲嗜殺矣。且今何時也，繁霜其降乎？雨雪其雱乎？終風其暴乎？識者謂寒沍之意居多，此殺人以陰肅者也；（以陰肃反襯陽剛。）而孰知恣睢之習過亢，此即殺人以陽剛者也，請與王言七八月之間。

筆意鮮脆，一似哀梨并剪。

二母彘（反襯法）

馬世奇

聖王廣畜之利，即二不爲少也。夫彘亦養老所必需也，而取之母則利已多，誰云二猶不足乎？且人主知玉食之樂，不知藿食之憂。是故奇獸在囿矣，未聞有爲民貴用物者；肥肉在庖矣，未聞有爲民分餘甘者。夫亦思文王養老之政，五母雞而外，又有二母彘乎？

二母彘雖出自民間，要皆自文王心窩裏來也。文以反筆映出此意，正不徒以雋穎見長。

乘桴浮於海（夾襯法）

葉琛

聖人托爲避世之論，（照注得解。）道窮而心滋戚矣。（我止道不行。）夫夫子豈真避世之人哉？其曰「浮海」，蓋傷之耳。想其意謂：士君子涉世，不越出處兩途，（二〔一二二〕句總。）得志則廊廟而已矣，（二句分。）不得志則山林而已矣。獨至顛與時違，進退維谷，（二句承上作轉。）廊廟既不可居，（二句夾。）山林亦不可托，則不得不以殷然求濟之身，（二句歸題。）轉而爲蕭然高寄之身。（住筆勁。）

兩路〔一二三〕夾出浮海，文情甚豪，筆意極爽。

君子有九思（夾襯法）〔一二三〕

張鈞

君子切於自治，九思不容已矣〔一二四〕。夫理之所在，非思不得，非九思焉〔一二五〕恐有遺也。此君子之九思所以獨得其要也歟？且人非聖人，而遽希乎不思而得之詣，吾懼〔一二六〕其心之蕩然而無所用也；（反「思」字。）而矯乎其失者，或用心於虛無之地，吾又懼其思之泛濫而無歸。（反「九」字。）夫不思者無得，（二句夾。）而泛思者寡當，則思誠之功亦可以約略計矣。（二句歸題。）

舉止大方，意思着實，可爲輕浮小巧者下一針砭。

舜有臣五人而天下治（疊襯法）

歸有光

古之聖人，得賢臣以弘化者也。夫聖王未嘗不待賢臣以成其功業也，有虞君臣之際，所以成其無爲之化，而後之言治者，可以稽矣。且夫天之生斯民也，必有聰明睿智之人，以時乂〔一二七〕萬邦，而統治於上，以爲之君；（襯筆。）其有是君也，亦必有篤棐厲翼之人，以承辟厥德，而分治於下，以爲之臣。有民無君，（襯筆。）則智力雄長，固無自胥匡以生；而有君無臣，（正筆。）則元首叢脞，其不能以一人典天下之職，明矣。

識見高，氣局大。即此一起，已若黄河之發於星宿海矣。

有攸不爲〔一二八〕臣東征（疊襯法）

姚希孟

周王以義正名，而有不臣之討焉。夫不臣於周，此其罪未可定也，而遂以不臣之罪征之，所謂名以義起耳。且君臣定位也，而至於天怒人怨、親離衆叛之秋，則君臣又非定位矣。（此之謂名以義起。）故興王崛起，而順之者昌，（襯筆。）逆之者亡，（正筆。）順之者爲王佐，（襯筆。）亦爲帝臣，帶礪之所必及也；逆之者爲賊黨，（正筆。）亦爲亂臣，斧鉞之所必加也。（此之謂以義〔一二九〕正名。）

以義正名，名以義起，八字是先生讀書識大義處，起講即從此説起，以下便勢如破竹矣。昌明博大之文，必須疊襯，文氣方厚，觀此二起，可知其概。

飲水（連襯法）

張學藝

設言所飲，復與疏食同貧矣。夫人未有廢飲者，奈何飯疏之外，所飲惟水乎？若謂：生人之奉食以養陰，必飲以養陽。（跟上〔一三〇〕「食」字襯起。）而吾黨之士一簞之食，亦有一瓢之飲，有如飯而疏也，稱此而飲，則何如哉？

借上作襯，人所共知，此獨心空眼曠，故自與衆不同。

泰山之於邱垤（連襯法）

周昶

論聖更徵諸山，而高卑可並舉焉。夫泰山高矣，邱垤卑矣，論聖者復並舉之，豈無謂哉？若曰：「吾觀王者之世，麟遊於國，鳳儀於庭，斯固有道之休徵也。然物呈其瑞者，（引入有情。）山亦效其靈，安得謂崇巘在望，可獨遺夫岡阜耶？」

此一起與跟領法相仿，然只是連上作襯，算不得跟領上文，故連襯跟領題前脱卸三法，必須比驗細勘乃明，不可草草混過。

從我於陳蔡者皆不及門也（補襯法）

章懋

聖人於與難之賢，而深致其思焉。夫陳蔡諸賢，固夫子所不忍忘情〔一三一〕者，思而不見，其奈之何哉！意謂師友相依之誼，（是襯筆亦是補筆。）本不忍一日而忘〔一三二〕，而人情之所最不忍離者，則常與共患難之人也。

補襯一筆，題意方圓，不然，可與共患難而不可與同安樂，並聖賢亦變成蛇頸烏喙人物矣。先生三立不朽，炳炳金華，此文肫摯和平，足徵粹養。

爲之者疾用之者舒（補襯法）

金聲

王〔一三三〕者之生財也，有用心於爲與用者焉。夫爲以生之，而用耗之，非道〔一三四〕也，以疾以舒，則生財之道備矣。蓋聞王者甚愛天下之人力，（補。）而初〔一三五〕非怠緩之也；（爲疾。）王者能盡天下之人力，（補。）而初非迫竭之也。（用舒。）開之以勤〔一三六〕，節之以儉，生財之道存焉。

刻入之思，清剛之筆，文品之最貴者。

吾未見能見其過而內自訟者也（暗擒法）

樓渢

有〔一三七〕過而不知自責，（破題面。）聖人之所重慨也。（找上文。）夫見過而內自訟，

（翻一筆。）此亦訟〔一三八〕之未〔一三九〕純者也。然而見之已難矣，夫子其奈之何哉！（找上文）。子若曰：「學者但有克〔一四〇〕己之功，君子從無自欺之學。（原評：擒□題精卓，元家手法〔一四一〕。）是以人之有志自修者，吾無日不思〔一四二〕見之也，而今果何如耶？」（虛合。）

夫子欲寡其過而未能也（暗擒法）

鄧以瓚〔一四三〕

觀〔一四四〕夫子省愆之心，而賢可知矣。夫人惟不自知過之患也，欲寡過而常若未能，可不謂賢乎？使者若曰：「君子之交所以最相繫者，不在離合之迹，而在道義之真。此夫子何爲之问，所爲惓惓也。小人事夫子有日矣，敢對以所知。」（入夫子神吻宛然。）

不作套語，直云「寡過未能」，正是蘧使特識。開口即擒下文，「使乎」一贊早已埋伏於此。○隨手領上，以下即自行文，不用再作領筆，此又一領題妙法也。

予一以貫之（暗擒法）

樓渢

即少以觀多，聖人之所以善用其多也。夫不知一貫，雖多亦復何益耶？子貢聞此，可以知所返矣。子謂子貢曰：「天下之理，（是精切指示口吻，不是泛言一貫。）必當推其所自來；吾人之學，必當究其所終極。予之從事於斯也，蓋非一日矣，初未敢爲淺見寡聞道也。」（能多識方可言一貫。）

文王視民如傷（明擒法　中藏賓主法　然必以單擒爲主）

許獬

尚論周王，而得其矜民之心焉。夫以如傷視民，則所以矜之者至矣，君子者不當如是耶？且人主軫念元元，其淺深厚薄，一存所視〔一四五〕。（直擒「視」字。）視以爲將安將樂也者，（賓。）則怠忽必甚矣；視以爲可哀可矜也者，（主。）則焦勞必甚矣。聿稽文王，其視民果何如哉！（緩來急受。）

此法易見手眼，且輕鬆便利，尤與小子相宜。

行人子羽修飾之（單擒法）

劉必達

鄭所用以修辭者，即以其官用之也。（主意。）夫行人之將命者久〔一四六〕矣，討〔一四七〕論之後寄修飾於子羽，豈無謂哉？且國事〔一四八〕惟期共濟耳，用其所聞，（一眼注定「行人」兩字。）與用其所見，事不同而功無異焉。此鄭之命，復以子羽爲之乎？

此題若只言「子羽修飾」，便丢却「行人」兩字矣。文特從「行人」上發出「修飾」本領來，看題甚精，馭題甚巧。

群居終日（雙擒法　内藏引證入題法）

楊證〔一四九〕

類聚而有〔一五〇〕可乘之時，人當無自負矣。夫居不可曠也，而時尤不可失，是所望於同群者。夫子若謂：「予〔一五一〕之論學也，首曰『時習』，次曰『朋來』，則薰德而善良，方資良友，日新而不已，尤賴乘時藉勢者。而會逢其適，是亦天人相與之秋也。」

文有生氣，不同熟爛。

孔子聖之時者也（雙擒法　簡煉）

唐順之

至聖之所以爲聖者，不外乎中而已。蓋道之所貴者中也，孟子以「聖之時」名孔子，非以其異於群聖歟？意謂人至於聖而止，道至於中而止，（四句便包得下二節。）不觀伯夷、伊尹、柳下惠之偏，（隨手帶領上文。）孰知孔子之全乎？

提出「中」字，不但「時」字有下落，並三子之不及於孔子處，亦被此一字照出。

鼻之於臭也（雙擒法）

江喬孫〔一五二〕

形有與氣通者，即微亦不可忽也。夫處乎身之至微而實有關者，鼻之於臭是也。孟子既歷叙之，即安得不並及之。今夫形氣之屬，盡人而皆受矣，顧無形不攝乎氣，而更有專司乎氣之形。（是鼻。）凡氣皆寓於形，而又有潛接〔一五三〕乎形之氣，（是臭。）然後知造物之嘗我者多端，而神明之訴合爲無盡也。

大雅。

默而識之（雙擒側注法）

名闕

理貴存諸心，聖人深有念於默識焉。蓋必有言而後識之，是於心終無得也，默而識之，夫子所爲重思之也歟？若曰：「辨天下之理者以言，（起「默」字。）存天下之理者以心。（起「識」字。）心不足以存理，而徒沾沾於言，淺矣；（不默而不識者固淺。）然即沾沾於言，而後存其理於心，亦猶之淺矣。（不默而能識者亦淺。）謂其言之而後存，不如無言而能存也。」（二句側重「然」字上。）

曲折條達，心地極清。

夫子温良恭儉讓以得之（正剔法）

錢禧

一見而即聞政者，聖人之神也。夫聖人之感人最神，（只從外見處説。）而又最易於温良恭儉讓，誰不見夫子而傾心者乎？（運化題句，自然無迹。）而烏有不得聞之政乎！子貢之意以爲至德之感人，未可以恒情測也，（是剔法，亦是補法。）而威儀氣象之際則〔一五四〕雖在承學者，亦可以望而知焉。（子貢原就自己所見〔一五五〕推出夫子聞政之由。）

以至德〔一五六〕之中藏，剔醒外見之德輝，文情淡遠，得子貢默會夫子之神〔一五七〕。

所謂立之斯立道之斯行綏之斯來動之斯和（别開生面法）〔一五八〕

張標

聖不移時而化，（破「立之」四句。）智者信其説也。（破「所謂」二字。）天作而應，

（「之」字、「斯」字俱醒。）應而速，立道綏，動之化，愚者疑焉，而智者信。（「所謂」意醒。）其曉子禽若曰：「儒者身處衰晚，不知三代；（暗藏「立道綏動」四語〔一五九〕。）身處三代，不知唐虞。其見日陋，其持論日卑，欲出一語，（反切「所謂」。）仿佛大聖人之所爲，亦卒不可得。嗟乎，不疾而速，化馳若神，於今缺有間矣，（空中將「立〔一六〇〕道綏動」四語摇之宕之。）未易爲淺見寡聞道也。雖然，世亦未嘗無傳語焉。」（正落「所謂」。）

「立道綏動」四語，呆發何難？所難者，討取「所謂」二字之神耳，此文處處從此着想。雋思健筆，直抗《莊》、《騷》。

百世以俟聖人而不惑（别開生面法）

樓　渢

聖人異世而相感，則三重之盡善可知矣。夫百世甚遠，聖人甚神，如之何其能俟而不惑哉，吾於是而知君子之道之盡善也。且夫人苟有一快意之事，必曰「恨古人不見我」，不知古人不見我，此古人之恨非我之恨也，所恨者今人不見後人耳。

如琴張曾皙牧皮者（别開生面法）

高玢

聖門有人，隨指之而即得也。（得「如」者之神。）夫孔門多才，詎止琴張、曾皙、牧皮耶？然以狂士論，三子固其選也。且古今天下，無非此數奇人在天地間，（照下「狂」字説起。）而卑卑者無稱焉。竊嘆世之名磨滅而不傳者何多也，及爲之訪才於聖門，乃知聖道尚矣，（仙筆。）而天下尚自有人也。蓋不勝神往云。

戛戛獨造，異樣生新。

自西（移步換形法　此法須合下四個總看乃出）

名闕

王化始於西，（切第一句。）《詩》詠其所自焉。夫周之西，固起化之地也，《詩》是以首言其所自乎？昔周之王業實始自西，（「西」字正襯，「自」字借襯。）稷之邰也，公劉之豳也，太王之岐，文王之豐也，凡皆天下之西也。（就祖業四面引起鎬京之西，又以鎬京之西推出自西恩□〔一六一〕井。）至武王自西而遷鍾〔一六二〕，則其地亦不偏倚於西矣。然就天下之大勢論之，則鎬京仍然是西； 而就鎬京論之，則鎬京又自有西。彼《有聲》之言自西者可先述也。

鎬是西之主，要説自西，須從鎬京説起，此定理也。今則以鎬之在西作襯，且以遷鎬以前之西作襯，則花色層起，非復尋常景象矣。

自東（移步換形法）

名闕

□□而言東，已得天下之半矣。（切第二句。）夫鎬固西京也，而詣〔一六三〕曰自東，其所□□不已遠乎？昔周之興也，皆自西而徂東，由邠而岐，由豐而鎬，□□□有漸東之勢。（帶上「自西」襯出「東」字，即以王業之漸□□□出王化之自東。）然以天下之大勢較之，鎬且居天下之西矣，則鎬以外，所謂東面而臨者，（至此又以近東之西推出自西而東，「自」字亦見下落。）且不啻半天下也。此《有聲》之詩所爲，繼自西而咏自東乎？

跟上「自西」説，王業自西而東，此「自東」一襯也。然鎬雖近東，仍然不離乎西，鎬既在西，則以西爲主，而在東者，可推矣。題係「自東」，文偏要拉「自西」，此即先輩「借賓定主法」也。

自南（移步换形法）

名闕

美周德者及於南，幾遍天下矣。夫南亦猶夫東與西也，然由東而及於南，則天下之大不幾遍乎？且王化始於二南，是周之興也雖以西，（扣清「南」字截上。）而被於南者爲最早矣。則立乎鎬京，而嚮明而理，亦豈徒一東漸西被已哉？（順手找上，東西主位亦楚。）《有聲》之詩咏之矣，曰「自南」。

文王爲西伯時，早已化及二南，豈武王定鼎鎬京，徒自西東而不及於南乎？襯處扣清「南」字截上，正處找上西東，暗藏「自南」，第三句題仍拉上文「東」、「西」兩字，托醒「南」字，亦「借賓定主之法」。

自北（移步换形法）

名闕

因所自而推及於北，地已盡乎天下矣。夫言地而至北，天下之勢盡矣，《詩》故因其所自而終及之。且世之以力不以德者，何其有似於北方之强也？（扣「北」字截上。）然天地温厚之氣始於東北，（帶上「東」字。）天地嚴凝之氣盛於西北，（帶上「西」字。）北固以德行仁者之所必及也。況二〔一六四〕南之化，起於西京，西與北尤相密邇耶。（帶上「南」字，明收「北」字，暗藏「自」字。）然則《詩》之言自北者，可得而述矣。

一起扣清「北」字，次則就「北」字帶找「東西」，末將「鎬」與「北」一攏，補找「南」字，暗收「自」字，借賓定主之妙，較之上三起，又大變矣。

吾黨之小子（引伸不窮法）

樓沨

聖人爲道計，（得解。）特念夫弟子之在魯者焉。（扣清。）夫夫子之所以出於魯者，欲行道也，今道既不行，能不還念弟子耶？且儒者之身，大道所係屬之身也。道而克行，則弟子皆爲行道之與，而天下咸蒙吾道之功；（一開。）道而不行，則天下不蒙吾道之功，而弟子皆爲傳道之器。（一合。）今日者一車兩馬，周流倦矣，安能不望吾魯而興思耶？

傳道是此題正旨，若離却此旨，空纏「吾黨小子」，則全無把鼻矣。故諸作俱緊切此意。○聖心始終爲道，此一起獨見全理，恰是其一作法。

其二

聖人以道望小子，（切「小子」。）身在陳而心已在魯矣。（切「吾黨」。）夫夫子即不在魯，（分破合承。）心未嘗不念小子也，今道既不行，安能不爲道而歸耶？（找上文。）且夫斯人之徒皆吾人之與也，（將「吾黨」二字一翻。）則車馬所臨之地，安往不可作吾黨觀哉？然吾人以一家視天下，天下不以一家待吾人，則東山泗水自有同心，又何必栖栖於道路間也？（找上歸此意。）

此亦以傳道作主，然一起全從「身在陳而心在魯」意用筆。一翻一轉一收，亦覺雋雅不俗。

其三

聖人以憂天下者憂弟子，雖在陳猶在魯也。夫夫子固無日不心乎天下者也，今而還念小子，孰非爲道之心耶？且夫同人於宗之吝，（此一起賓主開合，運成一氣，「我黨小子」亦一滚渾説。）不若同人於野之亨，此吾昔之所以僕僕於周流也。乃無何一車兩馬，所如不偶，則於野而未見其亨者，於宗而亦不患其吝矣。奈何不返旆而還歸焉？

此亦以傳道作主。然既云聖人以憂天下者憂弟子，則起手更不容脱離此意，玩其羅紋倒注之法，意自明。

其四

以聖人而念弟子，其所期益以遠矣。夫欲行其道於天下者，夫子之心也，今而還念小子，其所期豈在一時耶？且夫天下之任，一人所能荷也；（大聖人身分，是大聖人胸襟。）萬世之任，非一人所能勝也。是故世而用我，則吾以一人而濟天下；世不用我，則吾以弟子而濟萬世。今何時也，而猶不事還轅耶？

破云「所期益遠」，則傳道意益顯矣。開講從此落想，出筆殊覺爽健。

其五

聖人不得已而思魯，愛約而情愈專矣。夫夫子即行道於天下，（才自一層。）犹不忘魯之小子也，况乎道已不行耶？想其意曰：「吾不意至今日而猶不得見吾小子也。（開口便見「不得已」意。）夫行道濟時，吾固以此自許，小子亦未嘗不以此望吾。乃今則小子之望吾者難必，（「不得已」意和盤托出。）而吾之念小子者轉殷矣。如之何而可以不歸耶？」

起講全從「不得已」意發論，至今讀之，猶令人悽惻不勝也。

其六

聖人以弟子爲心，（切「小子」。）故地遠而情益親也。（切「吾黨」。）蓋天下之責在乎聖人，萬世之責在乎弟子，（切「小子」。）此夫子所以在陳而思魯歟？（切「吾黨」。）意謂：「儒者生叔季之秋，必當以天下爲己任，非謂呫嗶一堂，可以謝天地生我之心也。

（將以「弟子爲心」意一翻。）然世運而亨，則天下需我；　世運而否，則我又不能不需弟子矣。今日者弟子在魯，吾身猶在陳耶。」（正還以「弟子爲心」並思「吾黨」。）

以「弟子爲心」即是以傳道爲心也。起講一翻一正一拖，殊有蕭疏淡遠之意。

其七

聖人爲道而思弟子，歸魯之心益切矣。夫弟子在魯，非徒然在魯者也，夫子心乎弟子，如之何而不歸？且夫致君澤民者，（賓。）吾人救世之心；　繼往開來者，吾人傳世之志。吾向也周流天下，尚不能不念弟子，（小子。）其不能不念吾魯之弟子也。（切「吾黨」。）至於今而猶能釋然於心耶？

以上起講，或云爲道，或云念弟子，俱是邊明邊暗。此云爲道而思弟子，則兩邊俱明說矣。工整起，疏散收，亦「濃淡相間法」。

其八

念弟子而思宗國，聖人愛道之心也。夫道不能行，即不可以不傳也，然則小子在魯，夫子安能不歸魯耶？且天生君子，爲一時亦爲萬世；吾人之志，當澤今亦當傳後。故道未之行，雖欲爲小子，而反魯不暇也；而道終不行，則小子雖在於魯，亦若懸懸於心目間矣。（「小子吾黨」俱一氣渾説。）今日者吾其歸與，吾其歸與？

始終以傳道意作主，此一起仍見全理，故列於末以爲殿云。

下册目録〔一六五〕

學文小引

小子出就外傅，塵氛日遠，聰明日啓，爲父師者果能就《四書》白文講明實字虚字，且就破承起講，講明反正開合，則文氣已通，可以授讀文章矣。是集之選，共八十篇，皆係明白條暢之文，不論先生高下，皆能講究；不論學生敏鈍，皆能領受，誠哉學文之捷徑也。但文從題出，不辨其題，安能識得文字？文以序進，不循其序，安能學得文字？是集之題，體雖未備，各題之體，文亦未全，然就文論文，亦未嘗無題可辨，未嘗無序可循也。余故於集内之文，或單題，或兩截，或截上，或截下，各標一類於前，令小子先認其題，後讀其文，或元或亨或利或貞，各冠一字於上，令小子先求其序，後講其文。始而學文，當讀元集，何則？元集之文極清真，極流利，只要引出他心中白話，爲文不必驟言高遠。然此種文字意思雖淺而興會甚豪，局段雖微而轉折甚敏，小子熟讀深思，心花指日可開也。雖其中亦或參以風雅，然清利之文既已熟悉，則風雅之文亦可以漸而道矣。其次當讀亨集，何則？亨集心思漸開，格局漸老，而辭華亦漸加腴潤，較之元集進一籌矣。此中清利之文亦自不少，然揆之愚見，實欲人以元集清利之調，作亨集艱澀之題，非欲其習常而蹈故也。次而利集，則學問才情放焉大作，或於平淡中藏濃麗，或於博大中含[一六六]精微，一談一笑，一步一趨，無非大家舉止，殆將與王侯將相揖讓於清廟明堂之上矣。若不由元而亨，循序漸進，那得到此境界？此利集之所當繼亨而讀也。利集之文既讀，則貞集之文其又可以不讀乎？夫貞集學問才情渾含無迹，一似丹成九轉，白日飛昇，其神明變化可以出於九天之上，可以入於九地之下，可以周遊於蓬萊三島、瑶池閬苑之間。然要皆是少小時一粒玄珠磨煉而成，非有加於本來面目也。予家藏此集已非一載，凡親朋子侄從此加功者，無不矯首青雲。今恐其久而失傳也，特爲鐫之梨棗，以公海内。所有文目，具列於左。

單題

兩截題

截上題

截下題

截上下題

口氣題

序事題

記事題

倒綱題（順綱題文缺）

結上題（虛冒題文缺）

兩扇題

二扇分輕重題

三扇題

三扇分輕重題

段落題

上偏下全題（上全下偏題文缺）

割截題

搭截題

横擔題

全章長題

連章長題

有朋自遠方來(單題)

李錫

朋來自遠,(扣題。)感於學者深也。(找上亦起下。)夫朋未易遠來也,(反説。)來自遠方,(正轉。)非其學之感者深乎?(找足。)且儒者同心之助,果易得乎?果不易得乎?(切「朋」字起,特作摇曳,追出上文來脉。)吾無以感之,而同心之助,洵不易得矣;(六語一反一正,韵致翩翩。)吾誠有以感之,而同心之助,又無不易得矣。試就時習而説者驗之。(領上文。)夫説不過自得於心耳,何嘗念及於朋;(此比反挑「朋」字。)抑説不過學之自足於内耳,何嘗念及於朋之有?(此比反挑「有」字。)然吾雖不念及於朋也,而朋已有知我者矣;(二比轉出「有朋」。)吾雖不念及於朋之有也,而朋已有知我之學者矣。夫獨不見信我者之於於焉,(飄然而來,興會不凡。)向吾門而請謁耶?彼何人斯?則吾朋也;(二比暗從「來」字意説起,倒出「朋」字。)夫獨不見從我者之油油焉登吾堂弦誦耶?豈伊異人?固吾朋也,爲吾朋者必爲吾有,而烏乎不來?(此比從「有朋」引出「來」字。)爲吾來者乃爲吾朋,而何憚於遠?(此比從「朋來」追出「遠」字。)朋而來也，吾之學固已得朋而傳矣，（收過體位，拖起下文。）寧猶是自得於心已耶？朋而來自遠方也，吾時習之學固已得朋而廣矣，寧猶是自足於内已耶？吾知向之説者至是而且樂甚也。（即以上文「説」字引起下文「樂」字。）

筆意輕圓，如新荷拋雨。○題徑甚熟，文徑特新，乃知流水高山在伯牙，不在琴弦也。（許雲峰）

來踪去路一一分明。「朋」字、「來」字、「遠」字、「有」字、「自」字，一一安頓停妥。筆極轉，氣極暢，而語句偏極簡約。真有篇如股、股如句之妙。初學得此門徑，後來充以學力，方可造至古大家地位。（樓季美）

本立而道生（單題）

吴殿雲

培道於本，生機自暢矣。夫天下無無本之道，則道之生，端由於本之立矣。君子誠知所務哉！且夫道廣矣，大矣，（提「道」字倒入「本」字。）吾以爲盛德之藴，發爲日新，（精煉。）大業之揚，資於富有，此其中固有本焉！君子何以務本哉？（領脉健。）彼夫隱然内含，而藏於不匱者，本是也；　及夫燦然外見，（四比字字清出，却又一氣呵成。）而用無不周者，道是也。　道者，本之化裁，流而不息，固無時而不生；　本者，道之根柢，合同而化，是所貴於能立。　静而專也，動而直也，乾以之大生矣，（二比透發，本立道生，妙在文情開展。）而君子之守約而施博者，殆亦如其暢遂之機；　静而翕也，動而闢也，坤以之廣生矣，而君子之精義以致用者，殆亦並其發舒之致。　因本見道，推而行之，神而明之，近固不遺，而遠亦不禦也；（二比極咏「而」字，綽有〔一六七〕餘閒。）由立以生，固而存之，放而準之，取之不禁，而用之不竭也。　本立而道自生，知其所由生，則知立之不容已矣；　知所以盡道，則知本之不可忽矣。（正點題句，仍就道生，注到本立，追出上文，遥應起講，一絲不亂。）是以君子務本。（住筆峭。）

鎔鑄《易》理，如金在冶。（翟汝礪先生評）

脉正理真，守溪家法。〇此八股非八橛也，入手「本」字、「道」字，順叙作提。次二比，道生立本，逆追作轉。　中二比引證作波，實發題義。　後二比清出題字，咏嘆作收。　至於起用逆入，末用逆捲，恰好領上繳上，精神有餘，吐露甚少，正是好花半開時候。（樓季美）

君子食無求飽（單題）

李錫

君子有重於食者，（照下。）而飽非所求也。（扣題。）夫食而求飽，（反挑。）人情也，君子無之，（正轉。）非以其有重於食者乎？（照下。）且夫理義之悦心，不啻芻豢之悦口，（照下逆入，妙切題位。）乃不謂今之人不求其心之悦，（反。）而但求其口之悦也，曾君子而如是乎？（正。）夫君子之在天下，（入君子，又照下文，同一照入，而地位又别。）固以仁義爲膏粱〔一六八〕者也，謂君子而一無所求也，（此比反筆照下。）何以爲君子？謂君子而漫有所求也，（此比反筆扣題。）又何以爲君子？而無如人之不知所求也，（反二比局勢寬展。）不知所求，遂不免於食之中有求矣；（逐字放出，妙有層次。）而無如人之漫有所求也，漫有所求，遂不免於食之中求飽矣。而君子豈其然哉？（正轉。）君子之心固有所當求者在也，（照下「事」、「言」。）心有所當求，則惟知有當求者已耳，（照下「敏」、「慎」。）而何有於食？君子之志又有所必求者存也，志有所必求，亦惟知有必求者已耳，而何有於食之飽？是故君子非必却夫食也，（一開。）然而君子則固不暇計及於食也；

（一合。）君子非必辭夫食之飽也，（前文俱是照下，至此方按住本位。）然而君子則固不暇攖情於食之飽也。（直趕下文，神氣不隔。）再觀於居無求安，益可以思君子之所求矣。

君子若僅僅食不求飽，亦不過自安淡泊已耳。曷云好學？此文處處從「敏」、「慎」就正鈎轉題面，透下而不犯下，探驪得珠，允稱妙〔一六九〕構。（樓季美）

用之則行（單題）

李錫

行有其道，視乎用而已。（逆破注重「用」字。）夫人第知行，（輕承「行」字。）而亦知用之則行乎？（重承「用」字。）夫子以此謂顏淵也。而曰：（收句即是起講開口。）學者無取乎諱言仕也，而亦無取乎輕言仕。（別擒「行」字，暗剔「用」字。）蓋仕固有其道焉，（虛筆作收。）非可苟而已也。夫所謂仕者，非行耶？（出「行」字。）所謂仕之道者，非以行視乎用耶？（出「用」字。）然而難言之矣。（宕開作翻。）於時之子，役志紛華，則未用而即思行者有之；肥遁者流，矜言高蹈，則既用而不欲行者人〔一七〇〕有之。（一股未用而行，一股既用而不行，總以夾〔一七一〕出「則」字。）是豈知仕之道者哉？（束上即以起下。）有如聖君隆闢門之典，而束帛下逮焉； 賢相慕吐哺之風，而干旌辱臨焉。用矣乎？曰「用矣」！（將「用」字略一停頓。）而於是乎彈冠而相慶，而於是乎驅車而就道，而於是乎以獨善者進而兼善，（順流而下，筆無停機，總爲追出「則」字神情〔一七二〕。）而於是乎以隱居者出而從王，而於是乎上而致君，務抒其平日之守，而於是乎下而澤民，務展其生平之蘊。 拜爵王庭，無俟躊躇也； 黼黻皇猷，無煩再計也。是固非未用而即行者比也，（應前二意，逼「則」字愈緊。）是亦非既用而不行者類也。用之則行，（「則」字躍然。）其斯爲得仕之道者乎？

題中神理，既在一「則」字，則一切用行門面語都用不着。文亦何嘗不用「闢門吐哺」等字句，但都爲「則」字驅遣，故字字皆靈，亦字字皆新，如龍在頷珠而不在鱗中也。（樓季美）

樂多賢友（單題）

殷善根

賢樂其多，衆思廣矣。夫友而能賢，難矣！而茲且樂其多焉，衆思不亦廣乎？且夫淬礪之功雖操諸己，（賓。）而切磋之助端賴夫人。（主。）人而無志也則已，人而有志，賢友顧可少乎哉！（開講只將「賢友」虛虛説起。）雖然天下之物莫不聚於所好，（轉入「樂」字，筆意矯然別俗。）吾而能好賢也，則賢之散者亦聚；吾而不好賢也，則賢之聚者亦散。是故吾心之趨向，即賢人聚散之機也。（空中扑〔一七三〕宕，令人心目俱曠。）有人於此，知夫明道進德之功，非吾一人之力也，（先題鋪墊，語見根柢。）而孜孜焉樂夫賢友；知夫規過勸善之事，必俟群賢之輔也，而切切焉樂多賢友。當其求多而未得也，則晦明風雨之下，每切蒹葭秋水之思；（二比實發「樂」字，是兩對，亦是流水，文情疏宕自喜。）及其求之而既多也，則優游厭飫之餘，不啻性命肌膚之愛。夫什己伯己之賢，皆能攻我之短者也，而不謂茲之心儀心寫者，（二比又從「賢」字、「多」字倒收「樂」字，按住上文，以下方作推論〔一七四〕。）獨有噬肯來遊之慕；千里百里之聚，皆其出我之上者也，而不謂茲之旁搜博採者，獨有多多益善之思。是豈特賢之聚首一堂者，有如蘭之好哉，（得此二比，推論「樂」字，益加酣足。）即山陬海澨亦恨其不能與我相砥砺矣；是豈特賢之並世而生者，有斷金之契哉，即昔聖昔賢亦恨其不能與我共觀摩矣。夫賢友者，禮樂之宗也，惟多是樂，則陶淑爲之愈深；（二比就本題倒納上文一頓，以下方作總結。）

抑賢友，又衆善之歸也，能樂其多，則道德因之益備。以是言益，益可勝言乎哉？命意沉著，運筆風流。先生雅量高懷，於此可想。（樓季美）

今之愚也詐而已矣（單題）

張夔

愚以行詐，並愚亦非古矣。夫愚未有能詐者也，而今人乃以詐爲愚，古之愚尚可得耶？且自人情之日流於詐也，一有愚者於此，（「詐」字、「愚」字清出眉目。）轉以爲近於古矣。然而今之知者，（對面擒題。）方以愚爲可罔；而今之愚者，且以智为可欺。君子於此，每不能無升降之感焉。（收筆愴然，讀者亦難爲變。）愚也而直，此古之所謂愚也。吾想其人直以處己，固受人之詐而不知；直以處世，亦任人之詐而不覺。是即有導之爲詐者，（透過一筆，逼起「今」字。）彼亦不知其何以詐矣，奈之何至於今而不然也哉？爲之觀其貌，貌固愚也，而不知樸拙之中，偏多狡獪；（六比由淺入深，疊發實義。）爲之觀其行，行亦愚也，而不知拘墟之内，總是戈矛。有時人辨而彼獨訥，則不言之餂更甚於有言之餂；有時人勇而彼獨怯，則勇退之才更勝於躁進之才。是何必顯行其技乎？即寡昧自安，而不測之謀已伏矣；亦何必加害於人乎？即委蛇隨俗，而中傷之計已深矣。斯人也，欲指爲詐，而愚魯之名自彼居之；（六語清衍，數筆收束上文以飛〔一七五〕。）欲指爲愚，而巧詐之機又自彼出之。然則今人之愚非真愚也，（三語結出本旨。）飾愚以行其詐也。設古人可作，吾知古人之直必不足以勝今人之詐矣。（三語遥應入手〔一七六〕，繳清上文。）吁，世風日下，即三者之疾亦有升降如此，吾其奈之何哉！（「而已矣」三字語氣總上，自當並上二者而總結之。）

中間六比，刻劃愚以行詐技倆，無微不入，前後來踪去路，作法尤極工整。（樓季美）

舉而不能先（單題）

無名氏

賢之宜舉也，甚樂其能先矣。蓋舉必先而賢始爲我用也，如其不能先，亦何貴乎舉哉？且人主之於賢也，非第不舉之患，（以連爲撇〔一七七〕法。）而亦有舉之患。非舉之果可患也，（折出「先」字。）舉焉而或處於後，（含到「先」字。）雖舉猶之不舉也。如見賢而不能舉，則是車服弗庸，（順承上文。）而徒切伊人之慕也，夫賢亦何須予之虚慕也，（折一筆落到「舉」字。）知宜隆選建之典矣！抑圭組弗授，而徒博好賢之名也，夫吾亦何取好之名高也，知宜效登俊之風矣！然則賢之舉也，（出「舉」字如題，一頓。）顧不重哉？獨是國家之需人孔殷，（二〔一七八〕比一開一合轉落「先」字，步武從容。）而子孫有賴，黎民有依，利必周乎其後；（以「後」字襯出「先」字。）而朝廷之用人難緩，則選之一旦，拔之崇朝，事當争乎其先。（正出「先」字。）必也進賢人而告之曰：（行文活法。）「從吾遊者，吾能尊顯之。」（二〔一七九〕比敷衍「能先」，以寬題勢。）庶幾朝拜官而夕奏疏也；更進賢人而告之曰：「不能早用子，寡人之過也。」庶其修之家而獻之廷乎？若之何舉而不能先也？（點明「不能先」三字。）情亦知選建之典宜隆也，（起句逆筆有力，二比方正寫「不能先」，又是活法。）而或存一姑待之心以自解，曰：「異日而榮以車服，未爲晚也。」曾亦思夢卜旁求之謂何？（收筆神情酣足。）而竟姑待如是乎？情亦知登俊之風宜效也，（俱應提比。）而或設一遲緩之期以自恕，曰：「從容而授以圭組，會有時也。」曾亦思虚左側席之謂何？而乃依回如是乎？直謂之命焉而已矣。（趕出下句。）

「舉」字一層，以「後」字襯出；「先」字一層，止説「能先」一層，然後轉出「不能先」以完題面。法律工整，幼學楷模。（樓季美）

修身則道立（單題）

李錫

著修身之效，（節旨。）而道成於己矣。（順破。）蓋道必期其立，（逆承。）而非修身不能也。公盍睹其效而思勉乎？（是對哀公語。）且古之美天子者曰「建極」、曰「作則」，（擒「道立」。）固非無所本而然也。（虛籠[一八〇]「修身」。）請與公言修身之效。（醒節旨。）夫人君一身，家國所式效之身也，（「身」字重頓。）天下所觀型之身也。以身爲家國所式效，則不惟其身而惟其道；以身爲天下所觀型，（即從「身」字生「道」字。）固惟其道而尤惟其道之立。（又從「道」字出「立」字。）然而道或不立者，何也？（一語踢翻，妙有波折。）以未嘗修身之故。弗修身，則吾雖有身，不過虛器也；（隨反一股。）不以道修身，則身雖有道，不過虛理也。而如其見吾有身，（正轉。）不可以不修也，而修身矣；（落「修身」。）如其見身有道，（以「身」字包「道」字。）更不容以不修也，而修身矣。修身矣，（接「修」字。）猶得謂吾有身不過虚器乎？（緊趕「道立」。）修身矣，猶得謂身有道不過虚理乎？吾知身爲家國所式效之身，而家國即無不式效於吾身也；（實寫「道立」。）吾知身爲天下所觀型之身，而天下即無不觀型於吾身也。身在是，修即在是；修在是，道之立即在是。（一齊打轉，通〔一八二〕身俱動。）無乎非道者，無乎不立也；無乎不立者，無乎不本於修身也。（得此四句神力愈厚。）此修身之效也。（老筆。）

身者，載道之器。修則立，不修則不立，上下交關甚緊，篇中處處從此着筆，自覺渾淪一片。（樓季美）

聖人與我同類者（單題）

吴殿雲

人同者類亦同，不可以其聖而疑之也。夫聖人之所以異於人者，非異之乎人，異之乎聖也。倘以聖故疑之，聖人其許我乎？且人生宇内，我與爾居，爾與我游，孰不以同類自處，乃一遇聖人遂不覺爽然驚矣，何也？彼其心固疑聖人之不與我同類也。（起講反筆作波，入手恰好正轉，明文道法於今未墜。）殊不知人而爲聖，其聰明才力雖特出於同類之上；（一開一合展局。）聖而爲人，其官骸形器實不出於同類之中。上古之世，恒以聖人而爲君，其功業亦異於我矣，然其類既同，終無彼此之殊；（二比虛發同類。）叔季之世，或以聖人而爲師，其道德亦異於我矣，然其類既同，終無爾我之别。是以聖人之氣雖極其清，而要之同此知覺也，（二比透發「同類」。）故夫婦之愚，亦有可以與知之事；聖人之質雖極其厚，而要之同此運動也，故夫婦之不肖，亦有可與能行之時。蓋人之受氣本於天，聖人與我同此天，（二比抉出「所以同之」之故。）即不能不與我同此氣；人之禀質原於地，聖人與我同此地，即不能不與我同此質。然則我與聖同爲人，（一句正還題面。）聖與我安得異其類哉？顧同是類也，有不安於同類而出於其類者，即有苟安於同類而不肖其類者，是非聖人之異於我也，亦我之自異於聖人而已矣。（妙論至論，抉破千載疑團，一片疊點，人何〔一八二〕處硬嘴。）而不知者，且以爲異〔一八三〕而疑之，則奈何不還就夫衆物而一思之也。（煞句迴合上文，大〔一八四〕有意味。）

清真諦當，舉業正宗。（樓季美）

進吾往也（兩截題）

樓紹梁

吾而欲往，（逆破。）雖難亦進矣。（找上。）夫進在一簣，甚不易也，（順承。）雖然，吾已往矣。胡爲不進？且天下無志之徒，（賓。）每因人以成事；而天下有志之士，（主。）恒恃己以有爲。有如平地而方覆一簣也，（句領。）前無所藉，（一句承。）後無所資，以是而言，進不亦戛戛乎其難哉！（一句反逼。）雖然，就勢而論，（開。）進固甚難；就心而論，（合。）進何能已？於焉汲汲以進，（疊發「進」字四比。）必無因循之意；於焉悠悠以進，必無苟且之情；於焉循序以進，必無躐等之思；於焉發憤以進，必無中止之患。進而如是，（四字找上。）意者有人焉勸之往耶？（挑「吾」字。）而不必勸也，（轉。）吾而欲往，則竟往矣；（合。）意者有人焉激之往耶？而不必激也，吾而欲往，則遂往矣。夫一簣之覆，至約也；平地之覆，至艱也，（重理來脉作開。）而吾心欲往，竟無不進。（收合本位。）彼未成一簣而忽止者，（繳清上文，神完氣足。）亦獨何哉，亦獨何哉！

短而暢，約而詳，布格遺辭，超然自異。（家塾偶評）

如有王者必世而後仁（兩截題）

王鏊

論聖人之興，必久而教化浹也。夫聖人久於其道，而後天下化成也。教化之浹天下，豈一日所能致乎？夫子意謂：天道之常五百年而聖人出，聖人之常三十年而教化成。（理精氣壯。以此冒起通篇，真覺光芒萬丈。）當今之時，（單句。入「如有」。）使有如禹如湯者膺峻命而馭九重，如文如武者居天位而臨四海。（二比夾出「一世」。）謂百世而後仁乎？不若是之遲；謂期月而遂仁乎？不如是之速。殆一世乎！（點「一世」。）聖人而在位一世，（又一單句。）則禮樂之薰陶於天下也久，仁義之漸摩於四海也深。（二比實發內經濟，筆透紙背。）以天下論之，則東漸西被無一處而非仁也；（此比就大處橫（一八五）說「仁」字。）以斯民論之，則風移俗易無一人而非仁也。（此比就細處緊說「仁」字。）公子之仁則如麟趾，諸侯之仁則如騶虞，（二小比指出真象，恰與入手相称。）非積久何以致之！（單句結定老絕。）

理泉得其體，岳陽得其論。（唐宜之）

突兀見奇。又是先生一格文。（吴具茨）

老成宿學，那得輕易到此。然而篇法清，則初學易於理會；股法短，則初學易於摹仿。予選此種，正欲以成人咋舌之文令小子放胆爲之也。（樓季美）

見賢焉然後用之（兩截題）

王鏊

親知其人，斯可以用其人矣。甚矣，知人之難也，不親見其賢而遂用之，豈可謂謹之至哉！告齊王曰：天下至難得者賢，至難知者亦賢。（反起著筆俱靈。）雖人言嘖嘖，豈可因而遂用乎？蓋必從而察之。（以領爲轉，妙與起講一氣。）先知其身之所修合乎公論，而非過實之名；先識其德之所就協於人心，而非不情之譽。試之以事即以見其智也，（由虛漸實。）投之以變即以見其節也，而權衡由此定矣；納之於繁擾有以見其能也，驅之以難危有以見其勇也，而藻鑒自此精矣。見賢如此，（鎖「見」字，落「用」字。）然後以天下之心用天下之士，視如手足之親而任之勿二，托以心膂之耑而待之必誠。（「手足」、「心膂」亦見淺深。）明揚在位，（即應轉前文，以爲章法，先正多如此。）用其智以集事，用其節以定變，雖卑逾尊，有弗顧已；　尊禮於朝，用其能以處繁治擾，用其勇以戡難扶危，雖疏逾戚，有弗恤已。是惟弗用，（收住本位。）用必得人。今日可以爲親臣，他日即可以爲世臣矣。（放出餘意。）吾王於此可不慎哉！

「見」字、「用」字如此着實經營，真匡濟巨儒之筆。（艾千子）

「見」即見其可用，「用」即用其所見，上下關生，篇法一氣。（樓季美）

觚哉觚哉（截上題　兼口氣）

無名氏

慨觚之名，（切「哉」字。）以其無實也。（找上文。）夫觚之所以名觚者，（截上。）以有觚之實也，（反找上文。）不然，觚尚可名哉！（反找扣題。）故夫子重慨之，若曰：　吾不解夫世之稱名者，胡爲不思其所以名也？（開口便切「哉」字神理，截上極清。）夫名因實而起者也，有其實斯有其名。天下事固無往不然矣，奈何於觚而忽之。（一筆鈎轉，化實爲虚。）有如觚而不觚也，（頂上。）不觚則其實亡矣，實亡而名尚可留耶；（頂上「不觚」，便見不可名「觚」。）不觚則其實去矣，實去而名將焉附耶？然而人固已謂之觚矣。

（落清本題「觚」字。）清廟明堂之内，用之者已非一日，至問其觚之何以名，則昧焉不知也，（二比重頓本題「觚」字。）而第沾沾曰「觚」；　里巷都邑之間，需之者亦非一人，至告以觚之有其實，則習焉不察也，而第緦緦曰「觚」。使謂之觚而猶是昔見〔一八六〕之觚也，（比比進接作開。）則人曰「觚」，吾亦曰「觚」，往制猶存，何必爲撫今之慨；　乃謂之觚而竟如今日之觚也，（此比正轉作合。）則人曰「觚」，吾豈敢曰「觚」，前模既泯，亦徒增慕古之思。或曰：「先王之制之者已然也。」夫先王利用前民，曾作法之初，（轉筆特見排宕。）而有此殘缺之制乎？此即起先王於今日，（收筆尤見機趣。）當亦嘆此制之非古矣；　或曰：「古人之習之者已然也。」夫古人因物命名，曾制器之始，而有此苟簡之事乎？此即質古人於當年，亦無解此制之非真矣。觚哉！觚哉！吾其如此觚何哉？

題面似薄，題意實濃。此文曲曲鈎出，可謂心細於髮矣。（樓季美）

何有於我哉（截上題　兼口氣）

李錫

不自覺其有者，聖人之心也。夫夫子何所不有乎？（順承「有」字截上。）而猶歉於

「默識」、「不厭」、「倦」三〔一八七〕者也，（蒙上三項以實題中「何」字。）此其所以爲聖人之心。若曰：　久矣夫，我之不敢自誣夫我也。（從「我」字起截清題位。）我之生平，我自知之，我生平實有不敢自信之處，（切「何有」意收。）亦我自知之而烏得不與天下共明之？即如「默識」、「不厭」、「不倦」三者，此非我所勉勉焉期其有者哉？（承上三項即反喝「有」字。）此非我所勉勉焉期其有而無不有者哉？向使我勉勉焉，期其有而果能有之也，我所深願也；　向使我勉勉焉，期其有而果無不有之也，尤我所甚慰也。今試思，（合。）我果期其有而有之者乎？今試思，我果期其有而無不有之者乎？求之識而我有之，求之默識而我未也，（襯一〔一八八〕筆。）我安敢自信曰：「我有是默識也。」求之學誨而我有之，求之不厭不倦而我未也，（襯二筆。）我安敢自信曰：「我有是不厭不倦也。」（二股實寫「有」字。）夫勉勉焉期其有，而卒不克有，我滋愧矣；　勉勉焉期其無不有，而竟不能無不有，我尤慚矣。所謂我之生平，我自知之者此也。所謂我生平實有不敢自信之處，不得不與天下共明之者此也。何有於我哉！（應起作收，又恰恰出得題句。）

題有最忌連上，又不可脱離上文者，此類是也。蓋連上固令題界不清，若竟脱

離「何有」二字，將何處生出乎？作者精熟於法，故不消措置，寫來恰在個中。（樓季美）

樂亦在其中矣（截上題）

樓紹梁

聖人之心任乎天，非貧境所能移也。夫樂之有在有不在者，私累之也，聖人則任乎天矣，推是心也，夫亦安往而不樂。且今之學者孰不曰：「吾心自有真樂哉！」乃歷一境焉而樂在，又歷一境焉而其樂不知何往矣。此無他，以其得於天者淺也。（亦瀟灑亦警拔。）即如飯而疏也，飲而水也，枕而曲肱也。以情而論，雖前此有樂，至此亦不能不改矣；即後此有樂，此時已不能無間矣。若是，則其樂固不在疏水曲肱中也。（反剔「在其中」。）天之所命，亦復何常，（「樂亦在中」之故，已就其中說透。）疏水曲肱，身之困，非心之困也，吾獨何爲而戚戚也？人心之天，與物無預，疏水曲肱，人之累，非天之累也，吾獨何爲而鬱鬱也？是故食可以飯，不必不飯，人以爲疏食，吾以爲玉食也，（「其中」二字俱靠上文衍出。）則疏食之中有樂矣；水可以飲，不必不飲，人以爲飲水，吾以爲醇醪也，則飲水之中有樂矣；　曲肱可枕，不必不枕，人以爲曲肱，吾以爲筦簟(一八九)也，則曲肱而枕之中有樂矣。樂無往而不在，則境無往而不忘，(上三比合得灑落，此二比又束得精警。)天高地厚之間，皆可以得吾性情之趣；　境無往而不忘，則樂無往而不在，仰觀俯察之内，皆可以見夫天地之心。誠如是也，吾亦惟知有樂而已矣。無所執，自無所滯；　無所乖，自無所戾，(四句又極警峭。)又安知有貧賤哉！又安知貧賤之外有不義之富貴哉！

此題神理狠做便傷，惟此淡宕夷猶，酷肖聖人胸次。(家塾偶評)

可以人而不如鳥乎(截上題　帶口氣)

無名氏

止貴於知，聖人深爲人致警焉。夫人之知即如鳥，猶難寬矣，况不如乎！而謂其可乎？故夫子深警之。嘗思天地之性，人爲貴，(從人説起截上。)顧人何以貴？貴於人之有知耳，(如此截上便不連上。)貴於人之有知，大異於物之無知耳。(反擊「不如」最醒。)乃今觀於黄鳥之知止，(以轉筆爲領筆，題情活現，又極虚靈。)而不禁瞿然有感也。

夫鳥其微焉者耳，微則似無望於知矣，而猶且擇止〔一九〇〕而安也，况其在人乎？（别出「人」字。）抑鳥其蠢焉者耳，蠢則宜無責於知矣，而猶且度地以處也，况其在人之於止乎？（語分深淺。）人則必有人之識，（即接「人」字説起截上。）倫常日用，其爲當止者何限？其爲止之當知者又何限？（照下「君父仁慈」等。）人而不至惘惘也，鳥且遜焉恐後矣；（故作停頓，反擊「不如」。）人則必有人之哲，身世酬接，其爲當止者有定，其爲止之當知者又有定，人工無或貿貿也，人且駕鳥而上矣。（人鳥變换，便不合掌。）乃不謂惘惘者隨地皆是也，是鳥知而人愚也，夫以愚者與智者較，如乎？不如；（合到「不如」，留住可乎，局勢寬然。）乃不謂貿貿者無在不然也，是鳥明而人昧也，夫以昧者與明者衡，如乎？不如。不如而人將何以自處也？論貴賤之分，（是不可實義。）人即如鳥，猶有儕等鳥獸之談，（打進一層作襯。）而顧退謝不敏也，（轉合本位。）黄鳥有知，不且笑斯人之汝汝乎？（至此方倒煞「可乎」。）而謂其可乎？不如而人將無辭以解也；論靈蠢之異，人即遠勝於鳥，（再進〔一九一〕一層作襯。）亦屬降格品評之論，而須〔一九二〕敬遜不遑也，人孰無心，（人鳥又變换合對。）何甘讓黄鳥之察察乎？而謂其可乎？可以人而不如鳥乎！（至此方點全題。）

層次相生，心思特穎。（樓季美）

則移其民於河東（截上題）

無名氏

以移民爲善策，梁王亦自謂盡心矣。（**領來脉**。）夫移民非救荒之善策也，惠王以此自矜，抑何所見之陋乎！今夫輕去其鄉，民情之所苦也。（**截上楚楚**。）而獨至就食之際，則苦也，而反以爲甘，此固人情之常，而寡人所不憚心焉計之者也。有如河内凶矣，（**領上**。）在無意斯民者，（**反襯二比**。）以凶爲時數之常，人固無如之何也。於是置民於度外者，（**説人不好，抬高自己**。）往往然矣。即好言愛民者，（**變換**。）亦以凶爲天道之變，是誠吾心之憂也。然而措民於奠安者無幾人矣，而寡人於此，何如哉？（**虛合一句**，下復放開。）賑濟之文，古有行之者矣，然而有限之升斗，（**此比逼出「移民」**。）恐難以給無限之求也，可若何？告糴之謀，古亦有爲之者矣，然而異邦之粒食，（**此比逼出「河東」**。）恐未足以救吾土之急也，又奈何？於是幾爲籌之而得一善全之術焉，（**寫出「盡心」**。）惟兹小民其移之便；（**分點題面，文心極細**。）又幾爲籌之而得一可遷之地焉，維彼河東其移民便。以河東之有餘也，（**二比主寫題面**。）慶大有而歌豐年，當不吝此周恤之惠；而以河内之不足也，去危殆而就安全，其誰不争爲糊口之資。於是河内之民競相告曰：「移於河東，飲之食之，今而後，吾儕有更生之慶矣。」（題後一比，大作鋪張，歸功自己。）然使非寡人，（無限誇張。）安得有此更生之慶乎？而河東之民亦代爲幸曰：「天灾流行，何地蔑有，今而後，河内有得所之樂矣。」然使非寡人，烏能有此得所之樂乎？然而寡人之盡心於國者，尚不止此也。

步步矜張，摹擬酷肖。（樓季美）

其爲人也孝弟（截下題）

李錫

爲人之量甚大，（冒下。）能孝弟者可思矣。（扣題。）夫既爲人矣，而可以不孝弟乎？（切本位。）其爲人也孝弟，而又寧止可以孝弟乎！且天下之大皆人也，則皆爲人者也。（起層層剔清，最易入目。）然以名求之，（轉筆快絶。）而爲人者皆是；以實求之，而無愧於爲人者又甚少，何也？以其不能孝弟也。（反收極醒。）夫不能孝，則不可以對我之父母，而何以爲人？不能弟，則不可以事我之兄長，而何以爲人？（二比反本位。）

且不能孝，則不可以對我之父母，而又不止不可以對我之父母，而何以爲人？不能弟，則不可以事我之兄長，而又不止不可以事我之兄長，而何以爲人？（二比反吸下文。）有如其爲人也，（正轉。）知我有父母，不可以不孝也，而於是乎問寢焉，視膳焉，凡可以竭之父母者，（又圓一句。）無不竭焉，孝矣乎？（點「孝」字飛舞。）曰「孝矣」！有如其爲人也，知我有兄長，不可以不弟也，而於是乎隅坐焉，隨行焉，凡可以盡之兄長者，無不盡焉，弟矣乎？曰「弟矣」！如是乎其能孝也，固可以對我之父母，而寧止可以對我之父母乎？（拖起下文。）如是乎其能弟也，固可以事我之兄長，而寧止可以事我之兄長乎？吾是以不能不思其人也，（摇拽出題，躊躇滿志。）吾是以不能不思其爲人也。其爲人也孝弟。

人但知下文是題外推出，不知「不好犯上，不好作亂」意總鈎攝於「也」字之内，不容不預爲探取也。文先審題，諸如此類。（前幅）

在陋巷（截下題）

黄毓礽

觀大賢之所在，愈知貧矣。夫巷之陋也，而回在焉，一貧至此哉。夫子若曰：　夫人有食必有居，而居之况猶夫食。（語有斤兩，意思便警。）今觀於回，食則一簞矣，而簞食之回恶在？（唤起「陋巷」。）飲則一瓢矣，而瓢飲之回恶在？入而視其室，（借上文襯出本題，「居猶夫食」之意乃出。）室則空也，環堵蕭條，既無以爲饔飧之儲；出而視其巷，巷則陋也，四鄰湫隘，自不同於闤闠之華。陋矣哉！巷無居人，（二[一九三]比正講題面。）豈回喜人迹之卒到，而故卜而居焉？匪卜而居也，惟其不能卜居於此巷之外，是以在於此耳；陋矣哉！巷無服馬，豈回恶轍迹之何深，而故擇而處耶？匪擇而處也，惟其不能擇處於此巷之外，是以在於此耳。稱此而食，則一簞宜一簞食，食之陋也，非一簞而已者不在此巷矣；（前云「居稱夫食」來路妙矣，此又云「食稱夫居」更妙。）稱此而飲，則一瓢宜一瓢飲，飲之陋也，非一瓢而已者不在此巷矣。或曰：「陋如之何？（「陋」字餘波亦復綺麗。）人之不甚[一九四]其憂也。」君子曰：「何陋之有？回之不改其樂也。」賢哉回也！

簡傲。（繆太質）

易説得[一九五]似在陋室，此乃是在陋巷。（汪易齊）

總欲逼出「不堪其憂」意來。淡淡着筆，丰神自遠。（黄際飛）

文尚浮辭，便無真理真脉。此文清真雅淡，勝於藻績爲華者遠甚。（樓季美）

好之者（截下題）

李錫

學不可安於好也，（統下匀[一九六]妙。）可即其人而覆思之焉。（還本句。）夫第曰：好而已，是其於學猶未得也。（留「樂」字地。）不可即其人而覆思之乎？（應破還清本句。）且夫人之爲學也，將徒孜孜然求之而已乎？（切「好」字意起。）亦不徒孜孜然求之而已乎？（探下句。）如不徒孜孜然求之而已也，（轉。）則夫孜孜然求之者固未可为止境也。（勒住本位，還他未了語氣。）如知之者既不如好之者矣，是知固遜於好也，（借「知」字抬高「好」字，欲抑先揚，故作聲勢。）是好固進於知也。知遜於好，人亦求爲好而已；好進於知，人亦由知之者以求爲好之者而已。又何必取好之者而再計之哉！（跌醒。）不知人不可不好，亦不可徒好也；（將上意撥轉即到本位。）人不可不爲好之者，亦不可徒爲好之[一九七]者也。是故人而未好也，（提起。）吾將引之曰：「爾當好也。」人而既好也，（扣本位。）吾又將勉之曰：「爾不當[一九八]安於好也。」（落下。）人而未爲好之者也，（颺起。）吾將誘之曰：「爾當爲好之者也。」人而〔一九九〕既爲好之者也，吾又將策之曰：「爾不當止於好之者也。」（落下。）好之〔二〇〇〕而人或自幸焉，曰：「吾能好也。」（又颺起。）而吾則曰：「爾亦第能好也〔二〇一〕。」（又落下。）好之而人或自矜焉，曰：「吾爲好之者也。」而吾則曰：「爾不過爲好之者也。」（又落下。）豈曰「知遜於好而好」，遂無所遜乎？（繳應上文，趕落下句。）豈曰「好進於知」，而好之外，遂無進於好之者乎？吾安得不覆思夫好之者。（如題而止，不添蛇足。）

題是過脉語，最難措手。不用伸筆則題意不盡，不用縮筆則題位不明，不頻用颺筆恐其步促，不頻用落筆恐其步寬，篇中伸〔二〇二〕

説之雖不以道（截下題）

李錫

説小人者，不以道而無傷也。（「雖」〔二〇三〕字之神。）夫説人當以道，然所説者小人也，又何必以道哉？（取「雖」字之神。）子若曰：欲得人之歡者，（從「説」字意起。）亦視其人爲何如人耳。吾已熟悉其人之生平，（蒙上「小人」以實題中「之」字。）而欲得其歡者，或不出於正焉，（切「不以道」。）人以爲不宜然，（略揚。）吾以爲何必不然也。（按下。）彼說不以道而不說者，固君子也。若夫小人則何如哉？（領出「小人」字，題中之字方有着落，將「不以道」安插「小人」身上，已爲「說」字埋根。）今夫小人者，不以道自處者也，彼不以道自處，而猶欲以道說之焉？左矣！小人者，又不以道望人者也，（「自處」、「望人」二意分柱。）彼不以道望人，而猶欲說之以道焉？疏矣！於是說小人者，遂群起而大肆其謀；（「說之」二字情態畢出。）於是說小人者，遂共進而曲投其隱。或則巧言以試之，（是一種說。）不以道也；或則令色以媚之，（是一種說。）不以道也；或則誘以聲色之可娱，（又是一種說。）不以道也；或則告以貨利之可樂，（又是一種說。）不以道也。是非不知說人當以道，而說小人則不必以道也；（「雖」字。）是非不知不以道不可說人，而不以道則無不可說小人也。（擊「雖」字。）蓋說人不以道，則慮其無濟；說小人不以道，則不慮其無濟也。（反擊「雖」字。）不以道說人，則慮其鮮當；不以道說小人，則不慮其鮮當也。（反擊「雖」字。）說之雖不以道。（恰好出「雖」字。）

題情全在「雖」字。然一露「雖」字，又如鼠入牛角，蠅投窗紙。故只在題前聲擊，不在題後拖拽也。（樓季美）

其家不可教（截下題）

李隆九

教不行於家，（破題面。）當不止不行於家也。（含下起〔二〇四〕。）夫家也而顧不可教耶？（反承。）家不可教，（正點。）而又寧止家不可教耶？（應破含下。）從來治必有所由推，（蒙「治國」來，不脱〔二〇五〕章旨。）化必有所由始。宮庭之内，（擒「家」字。）起化之源也，則甚矣家之貴乎能教也。（反擒「教」字收。）治國在齊家，果何謂哉？齊之者，教之也。（從「齊」出「教」。）齊其家者，教其家也。（從「齊家」出「教家」。）今夫家亦無不可教矣，（反張作勢。）家之外不乏遠於我者，（照「國人」。）而家則近於我者也，家既近於我，而何不可教？（剔「不可教」。）家之外尚多與我疏者，而家則與我親者也，家既與我親，而何不可教？然而家亦未易教矣。（兜轉。）家視乎身也，（照注補出「身修」筆意，空宕可愛。）家之教視乎身之修也。必吾之身足以儀型於家，（是「教」字源流。）則家始可教，不然而家不可教矣；（合到「不可教」。）必吾之身修可以式範於家，則家始無不可教，不然而家又不可教矣。吾方不止於教家，（又照「國人」。）而不可教者顧已在家耶；吾方不止期家之可教，（又照「國人」。）而家顧已不可教耶。家近於我尚非，（將前面機軸撥轉，恰中題竅。）遠於我者而不可教矣！吾爲家也，惜吾不僅爲家也，惜矣；家與我親尚非，與我疏者而不可教矣，吾爲家也，（逼下緊。）慮吾不第爲家也，慮矣。化有由始，（更將起句翻轉，逼下愈緊。）何以爲始也？治有由推，何以爲推也？而謂能教人耶？（逼出。）

題是轉身語，只將「齊家」翻轉，不必另生頭腦，入手從「齊」出「教」，從「齊家」出「教家」，已見此題來脉，其得法更在家之外，不乏「遠於我」二股在前面，是逆透下句，使其步寬；後面撥轉，又是順趕下句，使其步緊。卷舒隨意，緩急自如，真是心有化機。（樓季美）

及是時（截下題）

李隆九

時不可失，宜知所乘矣。夫時而閑暇未易得也，（「是」字虛，故以實字替之。）人主其無負是時而可哉！（含下意收，即有「及」字在内。）且天下有意所期之一候，（以「先時」、「後時」二意夾出「是時」，逼醒「及」字。）而不必適如乎我意，亦有意所期之一候而已。過而不可留者，君子徒悼嘆於無如何也，今何幸而國家閑暇乎！國家而閑暇也，（再復「閑暇」，以醒「是」字。）是向之望其有是時者而已，有是時也；（明點「是時」。）是向之不易有是時者，（鄭重「是時」，遥擊「及」字。）而竟有是時也。於是時而或有以爲可幸者，（題外布景，以宕其勢。）幸則幸其爲是時也；於是時而或有以爲可寬者，寬則寬其爲是時也。顧予思之，來而不可執者，時也；（緊寫「是時」，而「及」字已躍躍言下。）往而不可挽者，時也。來而不可執者時，而是時固無多也；往而不可挽者時，而是時特一瞬也。（正寫「是時之人」，字恰在筆尖。）在人之爲是時幸也，（應前。）彼固以爲可幸，特恐徒然幸之，（二比方緊逼「及」字。）則不免失是時也；在人之爲是時寬也，彼固以爲可寬，第恐偶然寬之，即不免誤是時也。是時無多，前此焉而不易有是時也；（仍用「先時」、「後時」意，緊緊逼出「及」字。）是時一瞬，轉盼焉而已非是時也。時乎！時乎！（再襯一句。）不再來，（點出題句。）及是時者可不動念哉！

題神全在「及」字，然却着急不得，文只將「是時」二字頻加提頓，其提頓「是時」字，精神却全注在「及」字，故提之頓之，頓之提之，頻提頻頓，頻頓頻提，末後忽醒「及」字，便似龍睛一點，破壁而飛。（樓季美）

夫出畫　三字（截下題）

趙音

齊地而既出也，則出者良可念矣。夫晝之未出，孟子猶在齊也。而今則既出晝矣，人孰無情，誰能遣此？今夫離合之際，人情所不能忘也，而人之所最不能忘者，（一起亦甚清老。）莫若合於始合之時，尤莫若離於終離之頃。如予之三宿而後出晝也，能弗念出者之爲晝乎？（重頓「出晝」。）自晝以内，而郊關、而國中、而館舍廊廟，近則益近，（二比將「晝以内」、「晝以外」夾起「晝」字。）而實自晝而近之也；自晝以外，而道途、而他邦、而山陬海澨，遠則益遠，而實自晝而遠之也。然則未出於晝，（此將「未出晝」、「既出晝」夾起「出晝」。）尺地亦齊，居一日齊之地，猶爲一日齊之人。既出於晝，尺地非齊，知我將安行？知我將誰遇？夫不見送行者至此而止，夫不見祖道者至此而歸，（正點「夫」字。）夫不見戒行李者至此而嚴，夫不見召僕夫者至此而亟。人情久在目前，或亦習而相忘耳，（二比正做題面。）至此時也，猶有庭前之迹乎？迴顧國人爲我告王，雖彼孟氏過齊界矣，人情厭而思棄，亦由數見不鮮耳，過此時也，能卜繼見之期乎？遥謝吾王善遇來者，若我外臣越齊疆矣！千里驅車，（四小比總是題後緊拍，然上二比一開一合是將收時宕法；下二比方是緊收「出晝」正位，細細分之，用筆又自不同。）昔之入於晝也何心？三宿就道，今之出於晝也何意？出晝矣，半生遇合，仍投荒草之墟；出晝矣，此後懷人，不過雲烟之際。設也遥里後塵，（去路又作一波撲〔二〇六〕下，文境如收似變，令人不忍卒讀。）千旌聿至，奉謝過之書，挽長驅之駕，予雖出晝，能不翻然回轍乎？而孰意王竟不爾也！

只極寫「出晝」之難爲懷，下半句已不呼自動。文生情耶？情生文耶？讀之令人聲淚俱盡。（薛二宜）

「晝」是齊之「晝」也，「出晝」即是「出齊」也，將「晝」與「齊」寫得十分關切，則「出」字自覺十分凄凉矣。俯仰今昔，百感橫生，神致絶似《離騷》，非特江淹《别賦》比也。（樓季美）

如以利（截下題）

李錫

利不可〔二〇七〕以也，（反一句。）以之而利心急矣。（正一句即拖下意。）夫誰謂利而可以者，（反承。）以之而利心不於是急乎？（正點下意。）孟子曰：　天下利之一途，與其近之，何如從而遠之之正也。（反「以」字。）然固宜遠之，何妨設爲近之之說也。（擒「如」字。）彼枉尺直尋，既以利言矣。　夫利非君子所不欲言，且不屑言者哉？（反「以」字意。）利爲君子所不欲言，則利爲君子所不欲以也；　（反出「以」字。）利爲君子所不屑言，則利爲君子所不屑以也。（反出「以」字。）惟不以利，（反「以」字。）而君子乃有其志行，天下仰君子之志行者，爲其不以利也；　惟不以利，而君子乃有其節操，天下重君子之節操者，爲其不以利也。　如其慇然而思曰：　「（轉出「如」字。）吾而爲道，何若爲利？」如其皇然而念曰：　「（轉出「如」字。）吾而顧義，何若顧利？」如其夙夜而計曰：「（愈出愈奇。）人皆慕利，吾何必以迂疏自守？」如其寤寐而籌曰：　「世皆圖利，吾何必以正誼鳴高？」由是而變其向時之志行矣，由是而改其平日之節操矣，由是而居恒之不欲以利者而以利矣，（一路都〔二〇八〕是繳應前意思趕下。）由是而生平之不屑以利者而以利矣。　以利如是，利心誠急矣哉。

如此類題都無深義可發，只要肖得「如」字神氣，文如題中「如」字，直令如矢在兹，引滿不發，其不發也者，審固也，審固則發必中的，又何疑焉？（樓季美）

今曰性善（截下題）

李隆九

門人有疑於「性善」，（破「性善」。）而姑述其言焉。（破「今曰」。）夫性安有不善者乎？（正承一句。）孟子以「性善」为言，（點「性善」。）何公都子之疑而述之也？（合「今曰」意收。）且夫人之立説也，（切「曰」字起。）寧使人信，毋使人疑，乃何以言之者獨持其是，（最合「今曰」神氣。）而聽之者轉不能釋然於心也？如言性而有三説，（上三説剔出「今」字。）則性之理已明矣，至於今，宜不復有言性者矣；（反擊「今曰」字。）然言性而有三説，性之論已備矣，至於今，夫子不尚言性乎？（正逼「今曰」字。）且夫性固無不可言也，且使夫子言性，而亦曰：「性無善無不善也。」（又用上三説反挑「性善」。）則言有可徵，吾又何必致疑於今？使夫子言性，而亦曰：「性可以爲善，可以爲不善也。」則言有可憑，吾又何必再議夫今？且使夫子言性，而亦曰：「有性善，有性不善也。」則言有據，吾又何必深怪夫今？而今之所言不然也，不曰「性無善無不善也」，而獨曰「性善」；（仍用上三説折落「性善」字。）不曰「性可以爲善，可以爲不善也」，而獨曰「性善」；且不曰「有性善，有性不善也」，而獨曰「性善」。借非性果善，而夫子何以言「性善」乎？然奈何「性善」之説獨一夫子也；（轉敲「今」字。）借非善在性，而夫子何以云「性善」乎？然奈何夫子之外，更無云「性善」者也？今曰性善，（出本句。）然則彼皆非與？（帶出下句。）

「今曰」二字，上應前三説，起下「然則」句。縱着意摹繪，難得兩邊俱肖也。此文只將上三説引來作襯，襯在前面，則「今」字自然跳躍；襯在後面，則「善」字自然清醒。且細細涵咏，與下文「然則」字、「彼皆非與」字，皆暗暗有激射，有關會。真是兩邊俱肖，真是不消摹繪而已肖也。（樓季美）

欲知舜與蹠之分（截下題）

吴承淋

聖狂有分，（兩句破。）不難知也。夫舜與蹠誠有分也，（承明「分」字。）苟欲知之，（點「欲知」字。）亦何不可知之有乎？（吸下〔二〇九〕。）且夫人品之相懸，（切「分」字起。）有一想像而可得者，乃世人往往昧之，惜也未嘗厘心於想像也。（切「欲知」意收。）爲善爲利，既爲舜之徒、蹠之徒矣。吁！舜何人乎？較之蹠而不大相遠乎？舜較之蹠而大相遠也分矣；（二比點「分」字。）蹠何人乎？方之舜而不迴然異乎？蹠方之舜而迴然異也分矣。舜與蹠分，猶是人而何以爲舜也，則舜難知；（反點「知」字。）蹠與舜分，猶是人而何以爲蹠也，則蹠難知。（反點「知」字。）雖然，以舜爲難知者，特未欲知舜耳，（轉出「欲」字。）如其愨然而思曰：「舜何以爲舜乎？」而舜豈難知乎？（以[二一〇]摇拽「知」字。）以蹠爲難知者，特未欲知蹠耳，如其皇然而念曰：「蹠何以为蹠乎？」而蹠豈難知乎？舜非生而即舜也，蹠非生而即蹠也，（正點「欲知」字。）苟欲知之，則知之矣；舜有所以爲舜也，（包含「善」、「利」。）蹠有所以爲蹠也，苟欲知之，則知之矣。舜非生而即舜，蹠非生而即蹠，爲舜則舜，爲蹠則蹠也，苟欲知之，（鎖鎖點逗，筆陣高奇。）則知之矣；舜有所以爲舜，蹠有所以爲蹠[二一一]，舜[二一二]亦可蹠，（□包[二一三]含「間」字。）蹠亦可舜也，苟欲知之，則知之矣。知之而[二一四]必有致慕於舜者，（一氣趕落，有亂流赴壑之勢。）知之而必有致慨於蹠者；知之而必有爲舜與蹠幸者，知之而必有爲舜與蹠危者；而不且曉然於舜與蹠乎？而不且曉然於舜與蹠之分乎？欲知舜與蹠之分。（扣題而止。）

長題團得攏，短題拆得開，此先輩行文之妙也。文將題中字字拆開，便自綽有餘地。至其運筆之輕清，更有蜻蜓點水、乳燕穿簾之妙。（樓季美）

與衣狐貉者立（截上下題）

無名氏

衣有其至美者，難爲與立者矣。蓋狐貉之衣至美也，而衣敝緼袍者乃與立焉，其將何以爲情？今夫富者樂與富者偶，人情乎？（扼〔二一五〕題截上，文勢寬然。）乃有時與偶者不出於富而出於貧焉，在富者或不覺也，（是宕法，亦是襯法。）而正可以觀貧者矣，（虛按留下。）如人之衣敝緼袍是也。（頂上。）夫天下之不緼袍者何限？而兹乃緼袍也，（二比重頓上文，本題自起。此是上文題後文字，用之此題，入手即爲題前。）袒褐不完，自顧甚爲減色矣； 天下之不敝緼袍者何窮？而兹乃緼袍而敝也，捉襟肘見，旁觀嘆其無華矣。此即違衆以處，（此以加一倍法逼題。）而自問之下，亦覺難安； 然苟違衆而處，（此又少鬆一步法逼題。）則相習之餘，猶堪自慰。所不能堪者，有與立者耳，（先點出「與立」二字，忽振一筆，爲狐貉作波。）雖然與立，亦何常之有？設其人所衣者，亦如我之衣也，（反逼「狐貉」。）則此也號寒，彼也無褐，雖與之立焉，兩情應共相憐耳；　即不然，其所衣者，或稍勝我之衣也，（再逼「狐貉」。）則此也鶉結，彼也安燠，（通幅得此二比養局，文勢便寬。）雖與之立焉，兩人亦不甚遠耳。　乃不謂與立者，儼然衣狐貉者也。（折出「衣狐貉者」四字。）自貧富之不敵也，（二比正寫題面。）衣狐貉者多驕，縱使不驕焉，而偶爾相遇之際，（以鬆爲緊，姿致橫生。）人且將望而去之，而何意衣敝縕袍者適介其側也？周旋之下，（如題收煞，用筆越輕，起下越緊。）一貧一富兩相對矣；　自〔二二六〕貴賤之相懸也，衣狐貉者常傲，即使不傲焉，而群然相對之時，人猶將畏而避之，而詎意衣敝縕袍者且列其前也？晉接之頃，（兩股脚直刺入與立者心窩，妙去妙絶。）一貴一賤互相形矣。　藉非吾由，誰是不耻者與？

能截上，又能找上；　能起下，而不犯下。　此爲截上下題妙品。（樓季美）

求之與（口氣題）

李錫

賢者以求測聖人，（扣題面。）識亦淺矣。（斷一句。）夫求非所以測聖人也，（照下

「得」字，反取「求」字。）而亢顧以爲問，何其識之淺乎！以爲人至聖人，則不可知；（開。）人至聖人，則又無不可測，（合。）何則？聖人亦猶是人情中人也。（收筆淡妙。）夫子至是邦，而必聞其政。吾幾不解夫子之何以聞之也，夫子而聞之，意必有操其作合之具者矣；（二比虛籠「求」字。）吾又不識夫子之何以必聞之也，夫子而必聞之，意必有工於邀致之術者矣。古者君求士，（二比一開一合，正落「求」字。）士不求君，此風已不可再；今也士求君，君不求士，夫子能不因時？雖曰「夫子以道自重者也」，（四比二開二合，局陣甚新。）似不出於求，然而夫子固欲聞政者也，安能不出於求？雖曰「夫子以德自高者也」，似不可以求測，然而夫子又欲聞政者也，何必不可以求測？縱不至巧言令色，下同於諂媚之流，（二比上半開，下半合，曲折以取「與」字之神。）而或者俯仰從人，稍貶其生平之節；縱不至趦趄囁嚅，下等於希榮之輩，而或者依回隨俗，稍改其夙昔之心。吾蓋思夫子之聞政，（搖曳二筆，引出「與」字，是口氣題一定之法。）而不能定夫子也；吾深推夫子之聞政，而若有以得夫子也。意者其求之與？（點題活現。）

看下句「抑」字一轉，是子禽問意本在「求」，然必「求」、「與」並說，則又意在於

「求」，而未敢必其在於「求」也。故此題「與」字，與下句「與」字雖同一疑辭，而神理自别，篇中追魂攝魄，恰是「與」字之神，且恰是此句「與」字之神。真神筆也。（樓季美）

其從之也（口氣題）

無名氏

設爲從井之説，窮仁於其難也。夫井果可從乎？從井之説，特設以難仁者耳。若曰：「吾今而知仁道之不易爲也。」（截題清健。）仁必切於救人，而救人必至於喪己。夫既切於救人，即欲不喪己而不得矣。吾今而知仁道之果不易爲也。（呼應自成〔二一七〕章法。）彼人之溺於井也，誰溺之哉？乃忽向仁者而來告也。（二比頓住「仁者」二字，引起「從」字。）誠以時窮勢迫，在他人固無濟耳，溺者之待救也，誰不可救之哉？乃偏爲仁者而來告也。亦曰：「滅頂濡首，惟仁者能相救耳。」（二股即妙有正側之勢。）仁者於此，其從之耶？人蹈其危於前也，吾又蹈其危於後，從之之説似迂，（是開是縱，是擒是合。）然他人可以爲迂也，而仁者不可以爲迂也；人方待拯於我也，我又忽待拯於人，從之之術似愚，然他人可以爲愚也，而仁者不得以爲愚也。四海爲家，仁者之心也，（上二比先開後合，此二比正起反收，俱是題之正面。）苟於井中人而弗之從，則患難不能相恤矣，將四海爲家之謂何？萬物一體，仁者之術也，苟於井中人而不之從，則憂患不能相救矣，將萬物一體之謂何？從之而得仁之名也，（此二比説「仁之害」是題後意。）從之而亦得仁之禍，受人之實禍，以博仁之虚名，仁者何樂乎？從之而世享仁之利也，從之而我受仁之害，我必受仁者之害，而世乃得享仁者之利，仁者不誠難乎？從耶？否耶？敢以質之夫子。

井不可從，却又不能不從，拈定「仁者」，層層刺入，信道不篤意，不覺和盤托出。（樓季美）

古之賢人也（口氣題）

無名氏

許遜國之賢，以其善處人倫也。（切夷齊對衛事。）夫賢非易言也，子於夷齊而許其賢，非以其善處人倫乎！且夫人不能著名於一時，愚人而已；（襯入爽雋。）不能爲法於後世，庸人而已。而非所論於夷齊。（一筆鈎轉。）子問夷齊之爲人乎？（頂上。）夫伯夷叔齊，以商季之公子作周初之逸民，（以商季周初發明「古」字。）孰不推爲古之人也哉？（「古之人」三字先出。）獨是古之人多矣，而苟無德之可稱，（二比反「賢」字。）則雖爲古之人，亦置之不論不議已耳，曾何足爲當時望？抑古之人衆矣，而苟無品之可許，則雖爲古之人，亦置之若有若無已耳，曾何足爲後人法？而夷齊不然也。（轉入正面。）論其制行，制行則甚高也，（二比以「高潔」二字分柱。）非君不事，非民不使，雖入乎流俗之中，而實出乎流俗之外也，（緊切「高」字。）而落落者獨伸千古矣，（俱切「高」字意。）賢矣；（「賢矣」字韵絶。）語其立身，立身則甚潔也，名不足繫，利不足動，雖不出乎污世之外，而實不染乎污世之中也，而皎皎者不玷清名矣，賢矣。人之不能爲賢者，私心累之也，（此是題後抱進一步法，人用正抱，易失之乎〔二一八〕，此用反抱，便覺超脱。）苟一聞夷齊之風，而卑污者且變爲廉潔矣，倘非賢也，而何以起其靡？（住筆壯〔二一九〕健。）人之不能爲賢者，貪心累之也，（對衛事。）苟一聞夷齊之風，而游移者且化爲堅定矣，倘非賢也，而何以振其懦？閒嘗登首陽之巔，睹其遺迹，未嘗不喟然嘆興曰：「此夷齊採薇處也。」蓋低徊留之，而不能去云。（結意古雋，得司馬子長遺法。）

注射衛事，著筆清新俊逸，兼開府、參軍之長。（樓季美）

信乎夫子不言不笑不取乎（口氣題）

李錫

矯乎人情者，（破下三項。）聖人所不信也。（破「信乎」二字。）夫人有不言、不笑、不取者乎？（承明下截三項。）子於文子亦何敢遽爲信也？（醒「信乎」意。）想其問於公明賈曰：始吾以爲天下皆人情中人，（只此一起已定一篇之局。）無人情外之人也。而顧有出於人情之外者焉？是誠予之所不解矣。所謂天下皆人情中之人者，何以其言也、笑也、取也？（第一層點「言」、「笑」、「取」實字。）所謂天下無人情外之人者，何以其無不言也、無不笑也、無不取也？（第二層將他人之無不言、無不笑、無不取作反。）而夫子則出乎人情之外矣，何也？以人皆言而夫子不言也，以人皆笑而夫子不笑也，以人皆取而夫子不取也。（第三層方正説夫子不言、不笑、不取。）顧吾思之，天下有可信者，（轉合「信乎」，提綱極老。）有不可信者。夫子而言，夫子而笑，夫子而取，此可信者也；（應可信。）夫子而不言，夫子而不笑，夫子而不取，此不可信者也。（應不可信。）可信者吾從而信之，不可信者吾亦敢從而信之乎？（逼「乎」字。）可信者吾從而信之，且〔二二〇〕將與天下共信之，不可信者吾尚不敢信之，將何以使天下共信之乎？（逼「乎」字。）信乎夫子不言、不笑、不取乎。

題意本自婉轉，題句本自摇曳。若一用直筆，則題之情貌兩失矣。文妙在善用曲筆，乃即以題之婉轉爲婉轉，以題之摇曳爲摇曳，其婉轉摇曳處不知是文是題。讀之只覺心目間一路曲折，婉轉不定、摇曳不定也。（樓季美）

君子亦有窮乎（口氣題）

無名氏

君子之窮也，賢者有不平之心焉。夫窮然後見君子，而子路乃以有窮爲問，何其不平之甚也！想其愠見，若曰：天下通塞之數，豈不因乎人哉！（開口便見「愠」，見神理。）人而宜通也，其所遇自無不通矣；（賓。）人而宜塞也，其所遇自無不塞矣。（主。）而非所論於今日，（虚挑一筆。）今日者非所謂窮也哉！（逆提「窮」字。）窮豈人之所必無，然而無怪其窮也，何也？以其人非君子也；（從「窮」字追出「君子」。）窮亦人之所時有，然而窮或自招也，何也？以其人非君子也。乃今之窮者非君子也哉。（正點「君子」，留住「乎」字。）修德必獲報，君子之説也，（曲折〔二二一〕尋思，越想越真。）何至今日而其詞不驗也？試思往日之窮，不過不得天位耳，不過不食天禄耳，而孰意藜藿不充，（抱乏絶粮。）竟至斯極乎！是真吾黨所弗解矣。得志澤於民，君子之心也，（二比正做題面。）何至今日而轉難自濟也？試思往日之窮，不過人弗信吾仁耳，不過人弗信吾智耳，而孰意爨火久虚，竟至斯極乎！是又旁觀所不平矣。將謂以窮勵君子之行乎，（二比題後推來。）而君子之修其行也久矣，何必窮而始成也？（慎極語。）人皆豐而君子獨嗇，是身爲君子反不如卑卑者之享厚禄矣，（見清色，至今如見。）天下誰復樂爲君子哉！將謂以窮試君子之守乎，而君子之貞其守也素矣，寧待窮而始見也？人皆亨〔二二二〕而君子獨困，是身爲君子反不如碌碌者之食萬鐘矣，吾徒又何貴爲君子哉！君子亦有窮乎？敢以質之夫子。（恰是塞〔二二三〕口夫子語。）

此亦時下六股法。然入手二比，亦不肯放出「乎」字，尚未見其可厭，故附録之。（樓季美）

吾將仕矣(口氣題)

無名氏

聖人之言仕也，亦姑以應權臣而已。夫孔子即仕，豈樂與貨言哉？將仕云者，亦姑以應貨云耳。若曰：吾自周流以來，豈不知用世之不容緩哉！(即扣「仕」字。)而猶不免於顧慮者，蓋徒見事勢之有待，(頂上作收。)而未計歲月之云阻〔二一四〕耳。乃至於今，而中情不覺隱隱欲動也。(轉合題面，妙在不盡。)予大夫所云，非望吾之仕也哉。(振起「仕」字。)望吾以仕，而吾顧不仕焉，是重負大夫之雅意也，然而雅意則何敢負也？抑非願吾之及時而仕也哉；(淺深合法。)願吾及時而仕，而吾終不仕焉，是深違大夫之高誼也，然而高誼則何忍違也？且吾亦非無志於仕者也。(是緩脉急受法，亦是進一步逼題法。)平居企懷彼美，常切周公之願，乃夢寐久切，而又辱大夫劝勉之言，吾亦人情也，而猶仍故智，况吾又極樂於仕者也。(上二比從大夫說到自己，此又從自己說到大夫，股法俱變。)夙昔睠懷，用我時厘，東周之志乃徒托空言，而猶煩大夫好音之誨，吾復何待也，而不思變計耶？况天下之大，策名者有人，拜爵者有人，皆以仕行其志者也，

（此二比又從題外生情，文勢亦復開拓。）感時序之易遷，吾亦願從其後矣；况宗國之中，印纍纍者何人？綬若若者何人？皆以仕展其學者也，念韶華之不再，吾亦願附其列矣。蓋致君澤民之志，消磨於已往者，雖無可追；而安上全下之猷，建立於將來者，猶堪自勉。（一開一合頓住全局，妙以已往剔出將來，此處一醒，則上文無不醒矣。）敬謝大夫，無爲我慮矣，（二語引出題句。）吾將仕矣。（點題。）

貨云亦云，有順無逆，處處得「諾」字神理。（樓季美）

亦將有以利吾國乎（口氣題　帶截上）

無名氏

以利國詢大賢，不知爲國者也。夫利非國之本也，惠王以此致詢，豈知爲國之道者哉？想其意曰：寡人自有國以來，（提出「國」字説起。）蓋數世於兹矣，然而國用不充，國威不振，其不利也實甚，（是不利之實。）其不利而急求其利也實甚，（以「不利」引起「利」字，題前布勢，極有手法。）何忽焉叟不遠千里而來也？來則梁之國得停長者之車，（頂上「來」字，以孟子引入寡人，以寡人引起「國」字、「幸」字、「益」字，淺深分股。）高賢在望，寡人之幸也，而實國之幸也；來則梁之國獲睹有道之容，大雅當前，寡人之益也，而實國之益也。何也？以其有以利吾國也。（先點「利吾國」三字。）且夫世之欲利吾國者不乏矣。（忽振一波，爲「亦」字預安地步。）挾策而來者曰：「國不富無以爲國。」（「利」字照注詮發。）其爲寡人籌府藏者幾何？其爲寡人拓土地者幾何？（比先説人之利吾國。）寡人不禁心焉計之曰：「是皆有以利吾國者也。」（清出「有以」二字。）而况乎其在叟。（隨手帶起「叟」字，妙。）叩關而至者曰：「兵不强無以爲國。」其爲寡人聚士卒者若何？其爲寡人精簡閲者若何？寡人又不禁心焉喜之曰：「是誠有以利吾國者也。」而况乎其在叟。叟之積於幼學也素中，（上二〔二二五〕比合到「叟」字，接法自然一片。）利國之事，其知之者必詳，使不能以修之家者獻之庭，其必不爲列國之遊焉可知也；（以反筆回頓上文，截上題自應有此一找。）叟之期於此行也又殷矣，利國之謀，所圖之者必大，使不思以坐而言者起而行，其必不輕千里之駕焉可知也。亦將有以籌府藏乎？（緊接以照應之筆引出全題。）亦將有以拓土地乎？亦將有以聚士卒而精簡閲乎？亦將有以利吾國乎？（出全身。）

層次相生，神行一片。（樓季美）

暴未有以對也（口氣題）

查遴

欲對而不對，亦齊臣之慎也。夫好樂之對，似易而實難者也。暴而未對，暴亦加人一等矣。想其問孟子曰：臣子之賢愚，每以對颺而見；君心之邪正，即因獻納而分。甚矣，夫應對之難也，（起妙有虛致。）有如王之以好樂語暴也。蓋亦謂所好而是，則將順其美者，惟暴；（入手逗起「對」字。）所好而非，則匡救其失者，亦惟暴也。夫豈不望暴之能對也哉？使暴也果能斷之以理，（二比逆提養局。）則忼慷而談，固屬書思之誼；不然，或準之以情，（股法活。）則委曲而導，亦爲拜獻之誠。審若是，則王而問暴，（二比跟〔二二六〕上。）暴即有以效其忠矣，何難禁閉其邪心？暴而對王，（流水對法。）王即有以定其志矣，何難引君子當道？而無如理有未明也，（二比應上「理」字，「情」字暗點「未對」。）問者猝然，而對者方且寂然也；而無如情有未悉也，問者殷然，而對者方且茫然也。將欲以好樂爲非耶，（二比摹出未對時兩難情景，遥應入手。）而六代之音列於太常，何以相傳而不朽？將欲以好樂爲是耶，而鄭衛之作流於里巷，何以貽誚於後人？是非暴之有所隱而不對也，（**二比搜出所以不對之故。**）蓋朝廷之舉動，草野每沿爲風俗，故欲對而中止耳；　是亦非暴之有所怯而不對也，蓋祖宗之好尚，子孫每視爲典型，故欲對而不敢耳。　夫人君下問，而臣子弗言，（**二比一開一合作收。**）暴誠難免夫隱默之罪；　然報主無能，而對揚有志，暴更難已於訪問之誠。　未有以對，暴蓋至今耿耿也。（**點全題收住虛神。**）敢以質之夫子。

曲曲鈎出題神，尖新靈穎，純是慶、曆家福〔二二七〕。（**樓季美**）

豈以爲非是而不貴也（口氣題　兼截上下）

李錫

異端之所是，異端之所貴也。（**分破。**）夫惟是而貴之，斯以之矣，（**承「是」、「貴」字應上文「以」字。**）不然而夷子其謂之何？（**點「非**〔二二八〕**不」字，合「豈以」字收。**）孟子謂：夫凡人之情，其隱者不可見也。（**切題意反起。**）雖然，吾從而揣之而已，不啻得之，則不可見也，（**切「豈以爲」意收。**）而無不可見也。　有如薄道，詎可易天下，（**領上句。**）而夷子則以之矣。　異哉！夷子之以之也，（**略申説上意。**）竟以薄道也；　怪哉！夷子之以薄道也，竟欲易天下也。雖然，勿異也，勿怪也。其以之者，其是之也；其是之者，其貴之也。（從「以」字出「是」字，從「是」字出「貴」字。）其以之者，其不以爲非是也；（又從「以」字出「非是」字。）其不以爲非是者，其不以爲不貴也。（又從「非是」字出「不貴」字，並「以爲」字亦〔二二九〕出。）如不以为貴，必不以为是；夫既以爲是，則必以爲貴。（四句開下二股。）是故就旁觀而论，（陪一筆。）以为非是也，以为不貴也，以爲非是而不貴也，可也；而就夷子而論，（正一股恰合「豈」字之神。）以爲非是也，以爲不貴也，以爲非是而不貴也，謬也。此夷子之情不可見，而無不可見者也。（應起句。）不然，而思以易天下者，無謂矣。夫豈其然？（「豈」字結穴。）

不正說「是」與「貴」，乃說個「非」字、「不」字，並「豈以爲」字。是已有「葬其親厚」在意中也。作者筆底所拈，筆鋒所射，真有手揮目送之妙。（樓季美）

是簡驩也（口氣題　兼截上）

無名氏

責大賢之簡，不自知其可簡也。夫如驩者，固其可簡者耳，而〔二三〇〕乃以簡責孟子乎？若曰：驢自備員齊廷以來，莫不慮驢之侮慢矣。（對面襯入。）苟不爲驢所侮慢，斯亦其人之幸也。安有赫赫如驢而反來人之侮慢者乎？（用反筆虛籠題意。）乃今於孟子之不與驢言而有異矣。（以轉筆領〔三三一〕出上文。）人之思親於人也，必借言以導之，言固所以結人之歡也，而不謂孟子乃默默如是；（蒙上文徑出「是」字。）人之思暱於人也，（「親」字、「暱」字以深淺分先後。）必賴言以通之，言又所以洽人之情也，（比句〔三三二〕亦比前深些。）而不謂孟子乃落落如是。吾始思之而疑焉，（二比一開一合，頂上「是」字，虛含「簡」字。養局。）疑夫孟子之默默者必不於驢；吾繼思之而駭焉，駭夫孟子之落落者何竟於驢。人曰「是不愛〔三三三〕驢也」，（接法妙，以愛敬反襯「簡」字。）夫第曰「不愛」焉，驢猶可解也，（寬一步逼題，妙。）而孟子之意不止不愛驢已也，人曰「是不敬驢也」。夫第曰「不敬」焉，驢已難甘矣，（緊一步逼題，筆頭善變。）而孟子之心不止不敬驢已也，是簡驢也。以驢之入侍於王也，王猶優之以禮貌，是簡人者宜莫如王，而且不簡驢也，（此比以王不簡驢反襯孟子簡驢。）而謂驢可受簡於孟子乎？以驢之出蒞夫政也，從不假人以詞色，是簡人者宜莫如驢，（此比以驢不簡孟子對襯孟子簡驢。）而且不簡孟子也，而謂孟子可簡驢乎？使驢因其簡而亦簡之，吾恐齊卿之位不可保矣；（二比是簡驢題後生發。）且驢因其簡而亦簡之，吾恐萬鐘之粟不可得矣。吁！孟子乎！（結更入神。）

要人怒氣，躍躍紙上。是吴道子寫生之筆。（樓季美）

今若此（口氣題）

無名氏

述夫之行，若有不忍明言者焉。夫乞非齊婦之所望也，而今則若此，齊婦何以爲情？若曰：自吾與汝爲良人婦也，（恰是婦人聲口。）無日不唯良人之言是听矣。乃始也，聞所聞而慕；（賓。）繼也，見所見而悲。蓋有述之不堪述者焉。（「若此」二〔一二三四〕字神理宛然。）如良人者，非吾與汝所仰望而終身者哉！（領題活相。）人之豐約何常？（二比題前蓄勢。）一日者，良人而爲富人焉，吾與汝方且飄輕裙、曳長袖，里巷間交相羡曰：「此富家婦也。」其愉快爲何若矣。（側帶「若」字。）士之窮達更何定？一日者，良人而爲貴人焉，吾與汝方且張冠蓋、從車騎，鄉黨中咸相稱曰：「此貴家婦也。」其誇耀更何若矣。奈何而至於今也？（出「今」字，凄〔一二三五〕然。）今之富非所敢望矣，然使良人而止於貧已也，（二比反逼「若此」。）則四壁蕭然，亦曰：「士之常耳，吾何必輾轉於今。」今之貴非所敢期矣，然值良人而止於賤已也，則淪落不偶，亦曰：「命固然耳，吾何必感慨於今。」而今則奚若哉？（唱起「此」字。）向以爲臨淄之中，無人不厚我良人也，而今已矣，彼其之子何爲而至於若此？（出「若此」。）向以爲閨門之外，無人不知我良人也，而今已矣，乃如之人胡爲而至於若此？若此而飲〔二三六〕，若此而食，（二比雖實寫「若此」，而飲食饜足之所以然却不説出，故實而能虚。）雖其與飲食者，未始非富貴之家，而不謂飲食之盡於富貴者乃若此； 若此而饜，若此而足，（□□。）却其所饜足者，何常非顯者之輩，而不謂饜足之出於顯者乃若此〔二三七〕。 今若此。〔二三八〕（總點〔二三九〕題面。）

婉轉低徊，聲情逼肖。（樓季美）

爲其多聞也（下）一句（接口過脉題）

李錫

多聞而可爲，宜即其説而審之矣。（「也」字。）夫君而見士，詎不爲其多聞乎？然章亦知爲其多聞也乎？孟子即其説而審之也，曰： 人主圖治，必賴夫備顧問之人，（切

「多聞」。）此古今之常也； 人主賴夫備顧問之人，而其人遂爲人主所欲得焉，（切「爲」字。）此亦古今之常也。 我問子以君欲見士之何爲，初不意子亦知士之多聞也。（出「多聞」。）初不意子亦知士之多聞，而君之見士，即爲其多聞也。（出「爲」字。）假而子不知士之多聞也者，（反「多聞」。）則士之多聞隱； 假而子不知君之爲其多聞也者，（反「爲」字。）則君之爲其多聞亦隱。 然而士之多聞，（正轉〔二四〇〕「多聞」。）子知之矣，子言之矣； 然而君之爲其多聞，子知之矣，（正轉〔二四一〕「君」字。）子言之矣。 藉非多聞，而何以致君之見？（略宕。）子曰「多聞」，吾亦曰「多聞」，（足「多聞」。）則子「多聞」之説，洵是也。 借非爲其多聞，（略宕。）而君又何以見士子？ 曰「爲其多聞」，吾亦曰「爲其多聞」，（足「爲」字。）則子「爲其多聞」之言，誠當也。 獨是子不知士之「多聞」則已，（緊〔二四二〕逼題氣，灼灼有神。）子不知君之「爲其多聞」則已，而子既告我曰「爲其多聞」也，（拉上句作陪。）我何得不曰「爲其多聞」也？（恰肖「也」字之神。）

題與〔二四三〕上句一字不易，但一出孟子口中，便自臭別薰蕕，勢分吴越。 後生欲讀此文，只將上下兩句反覆涵泳去，便知題中「多聞」字，不復是上句「多聞」字，題中「也」字，亦不復是上句「也」字。 篇中「多聞」字，乃恰是題中「多聞」字，篇中

「也」字，乃恰是題中「也」字。一毫蒙混不得也。○上句「多聞」字尚輕率，下句「多聞」字始珍重。上句「也」字即是輕率語氣，全無意味； 下句「也」字即是珍重語氣，大有意味。細讀此文自然了了。（樓季美）

鄉人長於伯兄一歲則誰敬（口氣題）

李隆九

以「誰敬」爲詰，難行敬者也。夫鄉人於伯兄，雖曰一歲之長，然自有當敬者在也。季子設此爲問，殆欲難行敬者乎？若曰： 子以行吾敬爲內，在子之意是謂敬由己矣。是謂敬由己，故義在內矣。顧子言敬，吾試即以敬論；（婉合語氣。）子言行吾敬，吾試即以行吾敬論。今夫天下之人多矣，夫不有與我疏者乎？則鄉人乎？（出「鄉人」。）抑不有與我親者乎？則伯兄乎？（出「伯兄」。）且也鄉人之與伯兄，年不必其相同也，其間不有長者乎？（出「長」字。）鄉人之與伯兄，齒亦不必其大遠也，其間不有一歲之長者乎？（出「一歲」。）於此可以觀敬矣。（唱〔二四四〕「敬」字虛挑一筆，停頓關鎖，妙有遠神。）向使伯兄長於鄉人，則敬伯兄可也，而無如鄉人長也； 向使鄉人甚長於伯兄，（逐層播弄，總欲掀動「誰」字。）則敬鄉人可也，而無如僅一歲之長也。將敬鄉人乎？而伯兄在上，（細寫「誰」字神理。）吾恐以疏間親，大不義也，可奈何？將敬伯兄乎？而鄉人在前，吾恐以少凌長，至無禮也，可奈何？至是而行敬者難矣，敬鄉人不可，（逼「誰」字緊。）敬伯兄亦不可也；至是而行敬者窮矣，敬鄉人無以處伯兄，（逼「誰」字愈〔二四五〕緊。）敬伯兄又無以處鄉人也。子試思之果誰敬乎？（煞「誰」字，神理恰肖。）

難公都子處，全在一「誰」字，若〔二四六〕一直說出，勿論無好文勢，亦並不似設難神理。看此文鋪排處、頓挫處、緩圍急攻處，都爲「誰」字，却不直擒「誰」字，要其所以不直擒者，擒活物不擒死物也。（樓季美）

仲子齊之　一節（序事題）

歸子慕

大賢歷舉齊士之行，激而不情者也。夫廉者，道之常也，而仲子好激之，宜其出於人情之外與？孟子曰：道不以有所刻畫而後立，（先題起義壓倒仲子。）人不以有所屏絕而始高。是故廉静寡欲之士不絶望於世禄之家，一介不取之節固並行於禄以天下之日，夫安往而不得哉？若陳仲子者可異焉。今雖處於陵，非於陵產也；今雖織屨，非織屨子也。其家世家，（散者整之，矜〔二四七〕煉入古。）其兄名戴，其禄萬鍾，屨人道之，常有天倫之樂，即使伯夷處此，亦必無西山之逃也；而仲子者乃無故而自成憤激，（二語畫出仲子許多性情。）居易而自生崎嶇，有禄可食曰「不義」，有室可居曰「不義」，有兄不敬曰「可避」，有母不愛曰「可離」，必去之於陵而後快焉。乃其他日之歸，適感生鵝之饋，斯亦世家交際之常禮，（斷制曲折。）而仲子則頻顣而非之；以至他日就食於母，自令鶃鶃反尔於兄，斯豈苦節道窮之一驗，而仲子則竟出而哇之。夫貞廉列於禮義，禮義出於天性，（改句恰與起處相顧。）惟其不推本於精微，故日相尋於枯槁。反情亂常之爲，既非可繼可久之道；而充類至義之盡，遂啓天下責備之端。吁！爲仲子者亦難矣。

精神厚，氣局大，叙議並行，尺幅中波濤萬里。（樓季美）

舜之居深　幾希（序事題）

李隆九

深山中有聖人，（渾破。）異而不異矣。夫舜而不異於野人乎？（含下。）然即居深山以觀，（符首尾〔二四八〕，括中間。）即謂之野人也亦宜。今將謂聖人無異於人，（反擒「異」字，截下又含下。）何以爲聖人乎？然而聖人固有不遽形其異，且幾幾乎處於無異者，則如舜之居深山是已。（落首句。）今夫深山之中，何所有哉？（從「深山」開出「野人」，並開出「木石鹿豕」，布景如畫〔二四九〕。）野人而已矣。野人之外，木石而已矣，鹿豕而已矣。夫深山之中有野人，則野人自居於深山也，（就「野人」透出「居遊」字，且頻醒無異，是襯墊法。）無異也；野人自遊於深山也，無異也。野人之外，有木石，有鹿豕。則野人自與木石居也，無異也；野人自與鹿豕遊也，無異也。舜豈野人乎哉？舜豈無異於野人乎哉？（轉出「舜」來，又反喝「異」字一筆。）而何以深山之居，野人如是，舜亦如是也？而何以木石之與居，鹿豕之與遊，野人之居深山如是？（考〔二五〇〕爲「幾希」字作地步。）舜之居深山亦如是也。斯時也，（遥對「及其」，妙，一〔二五一〕上文變化離奇，總是竹勢〔二五二〕之筆，此處輕點一段，不言「幾希」，而「幾希」意已活見毫端。）曠曠者深山耶，森森磷磷者木石耶，儦儦俟俟者鹿豕耶，荷蓑荷笠者野人耶，鋤雨犁雲者舜耶。是則深山不知有舜也，（滚二比痛寫「幾希」，至此則大珠小珠盡落玉盤矣。）木石不知有舜也，鹿豕不知有舜也，即野人亦不知有舜也。然而舜若相忘於深山也，舜若相忘於木居也，舜若相忘於鹿豕也，舜又若相忘於野人也。異乎？不異乎？（正點「異」字。）即謂之異，亦幾希耳。（點「幾希」字，鏗〔二五三〕然。）

是題皆有天然線〔二五四〕索，如此題一提掇「異」字，不但割題止處，並足驅駕全題，篇中靈妙一一從〔二五五〕此生出，如繅繭而已得其緒也。通幅雲烟滿紙，尤令讀之者飄飄欲仙。（樓季美）

問人於他邦（記事題）〔二五六〕

查楷

寄問遠人，則非親見比矣。（反敲下文。）夫人在他邦，可以問而通，不可以問而見也。試觀夫子，果僅以一問畢乃事否？且自交情之日替也，偶爾相逢，則喜出望外；倏而遥别，則置若罔聞。即欲其遣人致詢，亦已難矣，遑問其進於此者乎？（反照。）則試以觀我夫子。夫夫子一車兩馬，周遊歷聘，屈指一生，大約宗邦之日少，他邦之日多也。（點「他邦」。）想其輒〔二五七〕迹所至，藘使僑向輩，咸通結納；一旦還轅息轍，則諸人邈矣，未免有情，亦復誰能遣此。（起「問」字。）故昔也自魯而適他邦，（賓。）考文徵獻，無時不切其綢繆； 今也自他邦而返魯，（主。）離群索居，不可不通吾問詢。吾縱不能與吾友共切磋，吾縱不能與吾友共琢磨，而友有學問，一介亦可通也，（暗從「他邦」逆入「問」字，寫得濃至，下文「拜之」自起。）夫何爲而不問？吾縱不能與吾友共諏謀，吾縱不能與吾友共詢度，而友有事功，一伻亦可道也，夫何爲而不問？是故未問以前，（夾寫「問」字。）使者未往，吾心已先往焉，迨至授簡而望他邦，（此從「問」字順拖到「他邦」，「問」字寫得懇切，下「拜之」愈起。）則曩時之耿耿者將自此終矣； 既問以後，使者獨往，吾心亦偕往焉，迨至策馬而赴他邦，則他日之懸懸者又將自此始矣。（悠然神往。）嗟乎！百年情事，邈若河山，遥念伊人，恨不起東山之駕； （斷雁寒蛩，凄然欲涕，恰是將拜未拜時神理。）兩地暌違，悲深萍水，乍逢彼美，幸深吾契闊之情。於是見吾使如見吾友，敬吾友轉敬吾使，（四語玲瓏剔透，出下文精神百倍。）不覺殷殷然拜而送之，且再拜而送之矣！

卓識宏文，直可争光日月。〇向余在瓊花觀評選刊江會稿，與其郡士大夫遊，咸嘖嘖稱道梅婿不置。今重客荆州，始獲交梅婿。見其人敦厚篤實，古道照人。因叩其所爲詩古文辭，則欿然不足，亦復陶然自得。蓋已窮極工巧，而猶自以爲未臻古人神境也。居常養性讀書，多所著述，所選宋詩及千家詩評注已刊行海内，其於四書制義，尤出經入史，力追先正，不敢苟下一字。然以古文爲時文，方可圭壁渾若天成，幾不可尋行數墨矣。今刻《濬靈秘書》，略登數藝，庶令好學者共想其全豹云。（樓季美）〔二五八〕

升車必正　全章（記事題）

黄儀

聖容安於正，即在車而可歷指焉。（此兩字可偷。）夫升車而正，車中而亦罔不正，其容何藹以吉也，故敬誌之。昔吾夫子之在春秋，恒思道濟天下，一時所歷之地，咸有車轍馬迹焉。（「升車」有來歷。）蓋自南宮敬叔以一車兩馬，與夫子適周，東西南北之人大抵車中之日多也。（二句〔二五九〕眉目一起早已挈清。）迨〔二六〇〕夫中都作宰，司寇攝相，以爲今而後，正朝廷，（首節夾起。）正百官，正萬民，庶幾得慰素心矣乎。無何道大竟莫容矣，顧僕夫而命駕，歷九州而遄征。正服儼容，憑軾起敬。富教之思，車中之經濟也；（次節宣染。）楚狂之避，車中之悲憫也；問津之使，車中之憂思也；臨河之返，車中之四顧悠悠，無可如何也。然而樂天知命，其道也至；（四語轉落，渾身筋節。）盛德中禮，其動也天。維時或登車而攬轡，（首節。）或在輿而從容，（次節。）其身容必端，（首節。）其目容必直，（次節。）其口容必静，其手容必恭。嚴以正也，（收首節。）無所於苟也；肅而安也，（收次節。）亦無之或肆也。此在夫子周旋中節，（回一筆。）或不自覺；而在二三子之親炙風采者，（並記者自記亦説得有情有致〔二六一〕。）則恒不敢以或忘。爰是珥筆而書之曰：「升車，必正立執綏。車中，不内顧，不疾言，不親指。」（至此方總點全題。）

以我馭題，自爲爐冶，筆力在漢魏間。（查梅婿）

不作對偶，不作兩截。總起總翻，總轉總發，總收總點。運全題只似一句，此法開自慶、曆，予往往竊而用之，不意此翁在四川郢〔二六二〕縣若與予遥相唱和也。（樓季美）

伯夷叔齊餓於首陽之下（記事題）

胡友信

考貧境於古人，困莫甚矣。夫餓於首陽，夷齊之迹也。吁！此固古之賢人也，而困窮一至哉！且貧而必求其富者，人情也，乃不謂古之人，竟有辭富而居貧者。（反對景公。）吾深有感於夷齊之事矣。彼其承孤竹之侯封，非無世及之禄，（一層生。）可以養其廉也；（剔出「飢」字。）值武王之大賚，非無鉅橋之粟，可以代其耕也，乃變伐清明而後，夷齊獨悲商祚之淪亡，（是所以餓於首陽之故〔二六三〕。）忿周家之日熾。以爲首陽之山，（代法。）商山也，（句中有〔二六四〕眼。）吾從而居之，處其地，思其君，誠不忍居商之地，（是又所以要主〔二六五〕之故。）而復食周之食也，雖餓其體膚，奚恤焉？首陽之薇，商薇也，吾從而采之，睹其物，懷其主，誠不忍爲商之臣，而復食周之粟也，雖没其身，奚恤焉？向也居於北海之濱，（活路。）國存與存，（透絶。）將以待天下之清；今也餓於首陽之下，國亡與亡，（透絶。）又何心西伯之養。是非擇而取之也，哀商祀之忽諸，而吾不能安其食也，不然，則孟津之會，（反兜一筆，文情淡遠，意味無窮。）人皆順之，吾何獨以首陽爲孟津也？是非激而行之也，憫商孫之臣僕，而吾不敢愛其軀也，不然，則紹休之風，人皆被之，吾何獨以飢餓爲見休也？

天機流暢，精思處，無迹可尋。（黄葵陽）

中二比神氣已竭，妙在「向也」、「今也」，一開一合，生出活路，遂有末二股妙

論。此法予曾創之，不意先生在昔，早已先得我心也。（樓季美）

微子去之（記事題）

查楷

可以去而去，（「可以」字妙。）身去而心益悲矣。（照〔二六六〕一「仁」字。）夫微子豈欲去殷者哉？然宗國不能留，宗祀不可滅也，（「仁」字曜然。）故去之。且夫見幾而作之說，（翻筆義夾秋霜。）僅可語於異姓之孤臣，不可語於天潢之冑子。乃不謂求之於古，竟有以宗室阽危，孑然行遁如殷之微子其人者。夫微子身爲子字，分屬宗臣，固當與國同休戚者也。今乃决然去之，二十世之疆圉置之度外，（此段徹底掀翻，令微子無地容身，以不轉身得出方見識力。）上無以對我先王；六百年之廟社委之闇君，下無以繫吾億兆。此豈非不忠不孝之尤，而爲後世背國者藉口哉？乃微子寧使一身當背國之譏，不忍千秋絶祖宗之祧；（滿紙血淚。）寧以不忠不孝之罪見討於吾君，不忍以亡身絶祀之尤致傷於吾祖。以爲舊云刻子，父師啓我深矣，使徘徊審顧，（二比發明不可不去之故。）一旦而來不赦之誅，誰復能全宗祧乎？王子出迪，宗親莫幾代矣，使依回留恋，一旦而來殄滅之傷，誰復能全宗祀乎？是以抱器歸周，即潛身遠害之日，（「仁」字已透紙背。）早已積河山故國之悲；　輸誠銜璧，即辱身歸命之時，亦不存封宋作賓之想。　雖武庚嫡系，（聖人之去日〔二六七〕具十分識力、十分胆量，非投荒避亂者可比。）亦堪承祧，然而六七王之靈爽，不可漫付諸毒痛之遺孤；　雖興王〔二六八〕勘亂，難庇吾宗，（四比無義不按，具見論世知人之識。）然而數百世之明禋，何妨直委諸永清之義主。　吁！此微子之所以不忍不去也。（一句束住通篇。）然而微子一去，殷亦不可復留矣。（古〔二六九〕風清。）

渾雅凝煉，隆、萬佳構。（趙難洞）

趨而辟之（記事題）

樓鳳來

辟必以趨，舉動皆狂矣。夫欲辟聖人則辟之而已，胡爲而趨也？其斯之謂狂乎。想昔者楚狂之歌而過也，指鳳德之爲衰，（一〔二七〇〕起古調自舜，蹊徑自别。）目舉世之皆殆。孔子聞之，必撫然曰：「此狂士也，吾謹避之耳。」（對面反撲妙。）若其遮道扳轅，行踪漸迫，則趨而辟之其可也。乃不謂事有大謬不然者。蓋當是時，孔子下矣，欲與之言矣。（上文已增虛合題面一筆，此三句忽然補〔二七一〕領上文，領法之別無逾於此。）彼接輿而吾下車，不知其爲狂也；彼作歌而我贈言，亦不以爲狂也。（數句又遥遥作勢。）吾意楚狂於此，必將整尔容，肅尔度，以待長者之至，（筆參差入古。）挹其言論丰采，與之俱而不忍去矣。（及「辟」字。）即不然，（層折。）而徘徊岐路，長吟而去，（反「趨」字。）雖覿面不可期，猶爲近情之舉也。而奈之何其辟耶？而奈之何其趨而辟耶？（層次點題。）嗟乎楚狂！方其長歌浩浩，來於車前也，（二比沉吟往復，言有盡而意無〔二七二〕窮。）竊疑其以是而結傾蓋之緣，胡爲而令人聞者，終不令人見也？且其指陳世事，致意懃懃而懇懇也，方意其躊躇而談天下之務，胡爲而能使人下者，又能不使人親也？今而後，知向之過皆狂態矣，（遥應入手〔二七三〕，極有章法。）向之歌皆狂音矣。車中人，車中人，既已識其爲狂，（去路更別。）不知亦復升車避之否？

身有仙骨，縹緲欲飛，每讀一過，不覺翩翩然有淩雲之意。〇先叔字羽皇，天資奇俊，年雙弱冠，無書不讀，平生著作每帶烟霞幽逸之氣。惜乎有才無命，纔過顔子二齡，即已修文地下矣。謹刻時文二首，聊以誌區區悲痛之意云。（侄渢謹識）

抽思遥秀，結體清妍，芳草渡頭，亂山雲外。（汪丹麗姨丈）〔二七四〕綢繆繾綣，一往情深，取下處，有花香蝶過之妙。至若丰神娟秀，則儼然若士身後。（樓季美）

子路從而後遇丈人（記事題　帶割截）

周鳳鳴

所從者失之意中，所遇者若得之意外焉。（於極難聯合處生出聯合，及〔二七五〕妙天然。）夫子路與丈人固絶不相謀者也，而乃忽焉遇之，何其所遇之左耶！《易》曰：「雲從龍，風從虎。」（映「從」字。）蓋言所遇者之必以其類也。（映「遇」字。）然則天生聖賢於天下，正宜慰之以巷遇之期，豈可使之碌碌於窮途耶？時至春秋，聖賢遺佚，孔子與其徒周遊歷聘，相從者惟子路居多。（點「從」字、「子路」字。）夫子路具治賦才，不獲遭遇明主，（一逗「遇」字。）即旦夕左右夫子，猶悲其所遇之窮，（再逼「遇」字。）而何意瞠乎其後也！（出「後」字。）當是時，爲夫子者，徘徊中道，（此一段以夫子之念子路，引出子路之念夫子，又以子路之念夫子，引出子路之遇丈人，思路曲折靈妙。）悵風塵之潦倒，有不望子路而情深者與？而爲子路者，知先生之何在，知行旌之誰遇，中懷怏怏，望岐路以興悲，抑鬱無聊，欲追隨而無自，不禁感慨係之矣。乃不意流連道左，忽有皤皤黃髮於於然而來者，則丈人也。夫丈人舉止飄然，（此一段又以丈人之不知子路，襯出子路之不知丈人，以子路之不知丈人，引出記者之記子路遇丈人。□思尤極靈變。）優遊自得，固不知子路爲誰氏子；而子路倉卒彷徨，急不及待，又安知丈人爲何許人耶？於是記者遂因所見而誌之，曰「遇丈人」。吁！子路從夫子遊，轍踪已將遍矣，上之不遇於君，下之不遇於相，何其遇之窮也！乃行踪寥落之餘，（浩浩落落，非復時文蹊徑。）如晨門，如荷蓧，如楚狂、沮溺，又往往無心遇之，彼丈人者，豈其流亞耶？君子觀其所遇，（文境蒼落〔二七六〕淡遠。）轉以傷其不遇也。

不拘常法，而法度倍加精細，一往空明靈幻，如遇我於蓬萊三島間。（樓季美）

王色定（記事題）

樓溎

即王色而記其定，難之也。（誼〔二七七〕作意。）蓋王色不定，則其怒正未可知也。然孟子既歸責於王矣，雖欲弗定，惡得而弗定？且人臣之巧於容悦者，每伺人君之喜怒爲從違；　而人君之深於拒諫者，（寫出驕君伎〔二七八〕兩。）每恃一己之喜怒爲操縱。頃者王勃然變乎色，其默與孟子相對者，（「變」字摹神。）蓋已非一瞬矣。使其變之不已，則斥焉可也，（疊疊振起「定」字。）辱焉可也，甚而殺之戮之亦無不可也。雷霆之下，無物不摧，其勢豈可復量哉！雖然孟子業已辨之矣，（二語開出下文六股。）齊王業已思之矣。以爲貴戚之卿吾所問也，（代。二比就自己身上推敲出當定之故，是淺深法。）吾問之而復怪之，咎將安歸？易位之對彼論理也，彼論理而吾尚氣，過將誰屬？且吾怒不解，雖孟子之予奪維我，（二比又就己與孟子推敲出當定之故，是對勘法。）孟子之榮辱維我，而我已顯然有怙過之迹；　吾怒不解，縱予奪不加於孟子，榮辱不加於孟子，而孟子已居然有直諫之名。況今日者，列國之富强皆資遊士，（二比又就群臣百姓推敲出當定之故，由近及遠，是旁通法。）倘孟子一屈，則遊士皆爲之寒心矣，吾即不顧孟子，安可不顧群臣？抑今日者，賢哲之風規重於四境，倘孟子一屈，則四境皆爲之解體矣，吾即不畏孟子，安能不畏百姓？於是乎彷徨瞻顧，（描寫齊王做作處，情事宛然。）聊以持重者，釋左右之疑；　於是乎再四躊躇，聊以寬容者，表人君之度。而向之勃然以變者，

（即以上文襯出題面。）遂不覺安然而定矣。吁，賢臣者，家國之貞也；忠言者，社稷之利也。今王以喜怒示孟子，已開容悦之門矣。（過〔二七九〕。應起講首二句〔二八〇〕以作去路。）王色雖定，其如王國之不定何！（煞句異思天開〔二八一〕。）

中六股以代字訣疊寫定之之故，純是空中樓閣，而前後關鎖，章法又極緊嚴，是先生傳世不朽之作。（門人談潤謹識）

仁且智夫子既聖矣（倒綱題）

李錫

仁智之德無不全，而聖之名無容辭矣。蓋仁智之德，惟聖能全之也。（將「仁智」納入「聖」字内。）夫子既仁且智矣，（點上句。）而豈容辭聖之名哉？（點下句。）子貢曰：天下詣之至者，（提「聖」字倒捲「仁智」。）惟其德之全也。而天下德之全者，又何歉於詣之至也？（從「仁智」煞入「聖」字。）子以聖爲不能，（領上「聖」字引出本題「聖」字，又蒙上文「仁智」引出本題，來脉極清。）而能解於不厭之爲智乎？而能解於不倦之爲仁乎？夫古今來以聖稱者，（憑空起勢，魄力甚大。）未有不全乎仁智者也。聖全此仁之德，令夫子而未仁也，（反「仁」字即反「至」字。）夫子不可謂聖；　聖全此智之德，令夫子而未智也，（反「智」字即反「聖」字。）夫子不可謂聖。　聖全此仁智之德，令夫子或智矣而未仁，（再用互筆剔醒「且」字，遥擊「既聖」。）或仁矣而未智也，夫子亦不可謂聖，何也？天下無不仁之聖也，（將上文三股反頂一筆，方轉出正面。）天下無不智之聖也，天下無智而不仁之聖，無仁而不智之聖也。　而夫子非全此仁之德者乎？（落到「仁」字。）非全此仁之德而且全此智之德者乎？（落到「智」字，並帶出「且」字。）全此仁之德，微聖而胡能全此仁也？（從「仁」字勘出「聖」字。）全此智之德，微聖而胡能全此智也？（從「智」字勘出「聖」字。）全此仁且智之德，微聖而胡能全此仁智也？（從「仁且智」勘出「聖」字。）則是仁之所在，即聖之所在也；（又將上文三股正收一筆，方點清題面。）智之所在，即聖之所在也；　仁且智之所在，即無乎非聖之所在也。　仁且智，夫子既聖矣，（點題。）而猶云不能聖乎哉？（對針緊。）子貢之言如此。（收煞老。）

機神旋轉，浩氣孤行，奔放處如風馳雨驟，呼應處如急湍迴瀾。題之神氣，注在「既」字。　然不重頓「且」字，亦跌「既」字不出。　此文得機，全在入手，將「聖」字逆裹「仁」、「智」，見得「聖」與「仁」、「智」，原自脱離不得。　以下重剔

「且」字，「且」字醒，「既」字亦透。其所以必注意「既」字者，以「既」字對上「吾不能」字也。（樓季美）

自天子以　爲本（結上題）

葛陵

學重修身，君子當務本矣。蓋修身，學之本也，天子至庶人無二學，寧有二本哉！且學莫要於務本，而本莫切於修身，（提「本」字逆入「修身」。）由格物以及天下平〔二八二〕。大學之功序盡此，而皆責成於身矣。（蒙上落清「身」字。）自天子以至於庶人，（提句高老，已開後來元局。）人皆大學之人也，身皆大學之身也。人無問貴賤，厥身維均；身無問賢愚，慎修爲要。（二比「人」字、「身」字、「修」字遞下，開從來流水股法。）天子自修其身而明德以新民，庶人各修其身而明德以自新。（二比天子、庶人平分二柱。）而天子以下視諸此，（補中間許多人。）庶人以上視諸此，修身爲本，（以點作結。）壹是皆然。蓋「格致誠正」皆緣此身而盡，（索性填入注疏，人不肯爲，便無此精實圓綻。）「家國天下」皆由此身而推。上焉者，修之而清明在躬，百度式型；下焉者，修之而秉彝從好，歸其有極。誠務本也，大學之道，朝野上下一以貫之矣。（結歸大學之道。）於戲大哉！

落落數言，無法不備，臨了大放厥辭。精深渾噩，真與二典三謨[二八三]相表裏。此制義中金科玉律也。（樓季美）

山節藻棁（兩扇題）

無名氏

求所以悦蔡者，謂工於媚蔡則可矣。夫山也、藻也，蔡之所悦者也，而山節、而藻棁，其媚蔡也，孰謂不工哉？且吾觀世之媚人者，大抵欲其心之悦，而不欲其不悦也。（是化實爲虚之筆。）且惟恐其不悦，而必極求其所以悦也，乃不意文仲之居蔡也亦然。（一句鈎轉，以轉爲領。）夫蔡至浄者也，（從根説起。）浄而不如其浄者以居之，（一二比引起「山藻」。）蔡其許我乎？抑蔡至潔者也，潔而不如其潔者以居之，蔡能無憾乎！孰知文仲固善揣蔡意也。（虚轉妙，轉接一片妙。）天下至浄者莫如山，（二比出「山藻」。）惟山可以象蔡之浄焉，（是以山居蔡之故。）則嵯峨之致固其所甚樂者矣；（收明善揣蔡意。）天下至潔者莫如藻，惟藻可以昭蔡之潔焉，則荇菜之芳又其所甚適者矣。然蔡之所樂在山，而居則無山奈若何？（二〔二八四〕比又作折筆，轉出「山節藻梲」。）文仲曰：「居雖無山，不可不使之如在山也。」爰命梓人刻其形焉，於是乎山節。（出「山節」。）蔡之所適在藻，而居則無藻奈若何？（如此作曲，總是要鈎出文仲謟媚入神來。）文仲曰：「居雖無藻，不可不使之如在藻也。」爰命畫工繪其象焉，於是乎藻梲。（出「藻梲」。）蓋人與神交，巧於取者不妨拙於與，（上文層次出落，此二比總發全題，局勢方有歸宿。）山耶？藻耶？吾之靡費者幾何也！萬一以此博蔡之歡心，（上二比明代，此又暗代，用筆絶不重複。）而惟我請謁焉，吾之所得於蔡者奢矣。虚而往者可以實而歸，山耶？藻耶？吾之崇奉者直虚文耳。（二比就文仲心中生出話〔二八五〕，計較處寫出謟瀆鬼神來，明明是一介市儈〔二八六〕小巧，安得爲知？二股脚是一意化二意。）萬一以此邀蔡之降監，而於我覆庇焉，蔡之所利於我者大矣。吁！蔡果有知乎？無知乎？無知而山節藻梲，果何爲也？（此二股題後宕漾摇曳，下文已躍紙上。）有知而山節藻梲，又何爲也？蔡果有靈乎？無靈乎？無靈而山節藻梲，（二比寫得文仲謟瀆全然無謂。）蔡自若也，有靈即不山節藻梲，而蔡亦自若也。夫文仲知也，居蔡如此，其知果何如也哉？

層次出落，將臧氏本意推原至盡，下句已宛然若揭。（樓季美）

冠者五六人童子六七人（兩扇題）

葛應秋

狂者志有所與，不必問其多寡也。夫冠者、童子，皆一時之與也，點也志在於斯，何必問其多寡哉！意若曰：吾當此莫春時，而被此春服也。（以連上起法作領題。）夫非斯人之徒與，（總起。）而誰與哉！即今而觀，（參活。）夫子之庭固成人受業之區也，（起句方有着落。起「冠者」。）英俊之士雍然侍坐，（二句正叙「冠者」。）冠者不知凡幾矣。（活一筆。）是日也，（切「莫春」。）其五人乎？其六人乎？夫何暇計？（回一筆。）乃其年相若也，道相似也，（數語透發冠者之所以可與。）以此而相聚於春和之景，（又切「暮春」。）點之志用是暢矣，（又切「言志」。）而況乎不止於冠者也。（蟬聯而下。）抑夫子之庭又小子問業之所也，（「受業」、「問業」俱有分寸。）總角者流熙然隅坐，（「熙然」、「雍然」各有切貼。）童子不知凡幾矣。是日也，其六人乎？其七人乎？（兩「其」字、兩「乎」字俱下得活。）亦何暇計？乃其累既寡也，天既真也，（恰是童子身分。）以此而相偕於和暢之天，點之志用是洽矣，而又烏知其爲童子也。（「又」字亦瞻顧上句。）噫！當時適有童冠之樂，（二句收住本題。）點亦與人为童冠之志，向令點任天下，（二句推出題外。）志不在天下乎？然則童冠之志即天下之志也。（三句又收又放，餘韵不盡。）是可以觀點矣。

化工肖物，大有先輩典型。（馮具區）

《筌蹄》所載守溪作，猶未免於題目後增出「樂」字半篇，是下面「浴沂詠歸」景象矣。此文筆墨町畦之外，讀之悠然可樂，却不離題目部位。如此乃是官止神行，守溪作未爲允也。（黄際飛）

瀟瀟灑灑，純是鳶飛魚躍天機。人或高大其辭，以爲善摹狂士，不知彼乃狂放之狂、狂妄之狂，而非聖人之所謂狂也。（樓季美）

與木石居　二句（兩扇題）

樓鳳來

與物爲群，聖人之静況也。（仙筆。）夫木石鹿豕，深山之所有，如是而已矣。（烟雲滿眼。）則舜與居遊之物，亦如是而已矣。嘗考舜生平，陶漁耕稼，無定居也，而亦無常游。（「居」字、「遊」字出之灑然。）惟彼深山非其寄乎？雖然，此中亦正可觀舜矣。（文情更進。）想其時，（三字生出下文。）白雲縹緲，但餘供職之犁；芳草萋迷，惟伴力耕之犢。以大聖人坐卧其中，蓋亦甚寥寥矣。（言此時一無所與，托起「木石鹿豕」。）或曰：「山有木可賞可悦，（點出「木石鹿豕」，筆意錯落。）山有石可枕可棲，山有鹿豕可召可麾。舜而當此，庶亦可以破無聊之況，（反敲一筆。）舒鬱結之情乎！」雖然，斯何物也，（轉出静況，用筆時鮮。）堪作聖人之侶；舜何人也，竟爲異類之賓。木欣欣以向榮兮，未解窮人之慕也；（透説「木石鹿豕」無當，夫聖人静況自出。）石磷磷而堅確兮，未明孝子之心也。維鹿與豕儦儦而俟俟兮，又不識友恭之義也，與居而不可與語，與遊而不可與言，（點明「居遊」二字，束住上文。）斯亦極天下凄凉之況矣。當是時也，俯仰上下，徘徊四顧，（此時何嘗無所見聞，然見聞亦静況也，入「見聞」字大奇。）所見者惟是叢木之陰翳、怪石之崚嶒，所聞者惟是荒禽野獸悲鳴上下而咿嚶。舜於是黯焉神傷，潸焉出涕，不知號泣之何自而來矣。而爾時牧童樵叟有入此山而樵牧者，日竊竊然相與曰：「此吾儕野人匹也。」（舜之無異於野人，妙從野人口中説出。）嗟嗟！亦何以異？

二句對下及其而言，則此乃静境，非苦境也。然舜之净實從居深山得來，舜之

居深山實從逆境得來。說到苦處，則浄境愈出，而舜之身分亦愈切矣。通體幽奇歷落，洵是文中仙品。（任渢謹識）

父父子子（二扇分輕重題）

樓紹梁

父子各正於家，家斯齊矣。夫家之不齊，何以治國？果能父父而子子，政之本不已立乎？告景公曰：　宇宙太和之氣不始於天下，而始於家庭，則闉門之地，天性之親，正未可忽而不講也。何則？朝廷之上，尊者惟君，而家之中，亦有與君同尊者，非父乎？（承上君臣分落。）朝廷之上，卑者惟臣，而家之中，亦有與臣同卑者，非子乎？父爲家君，（接句切。）厥道在慈，是故父而不愛，固非所以爲慈，即愛而悖義，亦非所以爲慈也，（反一層對針景公。）則爲政者，當盡其道而父父；　子爲家相，厥道在孝，是故子而不順，固非所以爲孝，即順而達〔二八七〕禮，亦非所以爲孝也，則爲政者，當盡其道而子子。蓋創業惟父，垂統惟父，爲子者未必無覬覦之心，然而父有父道，正〔二八八〕不得徇私以相恤；（對針更切。）抑光前惟子，裕後惟子，爲父者未嘗無顧戀之意，然而子有子道，終不得恃愛以自驕。要之，父爲子倡，欲子道之無虧，必先自正其爲父；（專責景公尤得題旨。）子爲父續，苟父道之無忝，必能自正其爲子。此政之先見於家者也，（結出「政」字不泛。）家不齊則國不治。君欲爲政，尚於此加之意哉！

辭義嚴正，一字不可增減。○起講渾寫大意，入手承上君臣，分落父子，中間實發父父子子；後比緊照齊事，交互剔漬〔二八九〕；末二比專重父父，責重景公。局法之正，無逾於此。（家塾偶評）

君子而不仁　者也（二扇分輕重題）

唐寅

聖人指君子忽微之地，而慨小人迷復之終也。（分破、順破而不罵題，惟其邊〔二九〇〕也。）蓋循理者或忽於微，而縱欲者必忘返也，要之，君子小人胥以辨矣。今夫無私而當理謂之仁，（這邊主腦一筆提清。）惟聖人能全體之。（此句識踞題巔。）修此者君子也，悖此者小人也。（界清面面劃然，如分水之犀。）夫君子修德，孰不嚴豫養順動之功？（題前補此句，方見君子是偶然失足。）然而群動弗齊者，物之感也〔二九一〕；（四句轉出所以不仁之故。)出入無定者，人之心也。是故斯須不莊不敬，(四句正發不仁，推勘甚細，方合君子身分。「斯須」字、「或」字當玩。)而慢易之心或入之矣；斯須不防不畏，而怠忽之心或入之矣。想其不遠之復亦奚祇於悔乎？蓋時有適然，義無終咎也。(收足語飽綻可愛。)小人悖德，亦孰無既剥暫復之機？(此題故下此句有胆。)然而善無根而難以襲取也，(第二層。)欲已錮而難以頓拔也。是故良心雖萌於夜氣之清，(第三層。)而旦晝之爲已牿矣；天機雖發於乍見之感，而依回之念已滋矣。安能惕然修省，而卒入於善乎？(第四層。)蓋蹈溺既久，悔悟無機也。(第五層。)吁！此君子所以修之而增吉，小人所以悖之而愈凶也。(應前作收，收本位却能又出新意。)

有矣夫，放開活路，未有也，坐實推求。辭簡義豐，正使後人累幅不能過。(黄際飛)

勉君子、惕小人意不於語外增加，已見爲仁不可不密。最是善會題神。(汪易齋)

理欲危微之介，見得真，説得透。即此一作已足壽先生於不朽矣。(樓季美)

齊景公有　二段（二扇分輕重題）

王鏊

名有由得，非貧富所能囿也。蓋名者，實之賓也。實有不同，斯名有顯晦，時君雖富，安得如古人之貧也哉！夫子若曰：公論定於人心，美譽本於善行。（先題起義頂上，園〔二九二〕老。）今之君有景公者，（直入，老。）地衍膏腴，出車有千乘之富；爵崇屏翰，繫馬有千駟之繁。其富如此，宜乎有可稱矣！（曲折。）而況乎身死之日，（更曲。）正人心哀慕之時乎！夫何君道有虧，隨死而泯，（二句起下。）時猶景公之時也，民猶景公之民也。（即就死之日頓折生姿。）欲稱其政，則紀綱之不立；（四句實發「勿稱」。）欲頌其德，則倫理之不明。富雖極於千乘，譽不隆於一時，（二語收上。）然則富何足恃哉！（忽然遊神題外。）古之人有夷齊者，棲遲自得，寄食於西山之薇；隱約終身，甘心於首陽之餓。其貧如此，宜乎無可稱矣！而況乎到今之時，又歷世久遠之後乎！然而芳聲益著，（轉側俱活。）雖死猶生，初非得於目擊也，初非得於觀感也。（二比互相激明。妙妙。）不曰遜國而逃，（四句實發「稱之」。）古之賢人；則曰諫伐而餓，周之義士。

美譽既著於前，休聲復流於後，然則貧果可忽哉！（結語自〔二九三〕寓軒輊。）是則富而無善可稱，（束二比神氣一開，然後結住，此行文定法，却自先生開山。）則時雖近而名已晦；貧而有善可述，則世雖遠而名益彰。名之不可苟得也如是夫！

只就「死之日」、「到於今」，頻頻提掇，暮鼓晨鐘，不知醒人多少。（樓季美）

知者不惑仁者不憂勇者不懼（三扇題）

錢禧

人能進於德之全，則其學成矣。甚矣，學必始於知也，（與「自道」意異。）知進於仁，仁立〔二九四〕於勇，則德全而學成矣。人而不學也，即奈何自安於惑憂懼之中乎？夫子之意，以爲人莫不有德也，而惜乎不學也，當其不學，（襯〔二九五〕起便得題竅，而用筆尤極清真。）天下無不足以累吾心者；及其學之不已，而底於成，天下無一足以累吾心者。試爲學者次第言之。今夫學之始，有所以啓其端者，（是「知」。）知是也。聰明之德，本於天錫，而格物之至，（是致知工夫。）則能達其用。如其有得於知也，（是格物後現成知者。）事物之來，各有其故，是非可否，不得而淆之矣。蓋無惑者，知之本然也，學而至於知者，（語中言外兩妙。）又奚惑焉！學之中，有所以履其實者，仁是也。（是「仁」。）無私之德，亦由於性生，而克己復禮則能全其體。如其有得於仁也，（是克復後現成仁者。）心德之全，與理爲一，造次顛沛，不得而困之矣。蓋無憂者，仁之本然也，學而至於仁者，又奚憂焉！學之終，有所以要其成者，勇是也。（是「勇」。）剛大之德，即具於吾身，而見之真明、守之真固則能配乎道義。如其有得於勇也，（是集義養氣後現成勇者。）知至知終，强立不反，器重道遠，不得而危之矣。蓋無懼者，勇之本然也，學而至於勇者，又奚懼焉！知以明之，仁以體之，勇以强之，此達德之全也，大成之學也。

一口咬定注中「學」之序意，無一語可移到「自道」章去，此方是切題文字，學者此作曰：「書中相似題〔二九六〕，要須如此設想。」（樓季美）

一不朝則　移之（三扇分輕重題）

胡友信

王者待不庭之臣，罪漸著而天討始行焉。夫貶之削之而猶不臣，則諸侯之罪極矣，六師之移安能免哉！且天子之兵不擅加於諸侯，（對針「摟伐」，特提末句，逆入「三不朝」並含着「一再不朝」。）其或不免於勤兵者，有所自來矣。蓋諸侯爵自天子頒之，（又將三扇末一字提起，逆入「不朝」，下三股方從「二不朝」，順落貶削移之，是逆來順往之法。）土自天子胙之，而子孫之世有其國，皆天子之賜也，苟有不朝，則無王甚矣，天子豈能晏然已乎！是故一不朝則貶其爵焉，（不朝之罪上已説透，此下只説「貶爵」。）上公降而爲七命也，侯伯降而爲五命也，（二句正説貶爵。）子男降而爲三命也。罪當貶則貶之，（以脱語收住此股，妙在氣度從容。）品秩衣冠之賜，不得仍其故矣。然而封疆猶舊也。（蟬聯而下。）至於再不朝，則削其地焉，大國不得有其百里也，（正説「削地」。）次國不得有其七十里也，小國不得有其五十里也。罪當削則削之，河山帶礪之盟不得執其初矣，然而藩翰猶舊也。至於三不朝焉，（加一〔二九七〕「焉」字方見罪之重，隨將「貶削」形〔二九八〕起「移之」。）則貶不足以伏辜，削不足以成罰，乃内命司馬振九伐之威，外連方伯統列國之衆，墟其社稷而覆其宗祀，使簪纓世胄委棄於皂隸之間，王者亦不得復愛之矣。（暗暗照顧「貶削」，妙。）此王者之兵，所以服不廷之罪者也。下此則何所朝而何所貶哉！

起講逆入，妙在不脱。上二層入手分提總落，爲貶、削、移之埋根，所以不復側重者，以起講先已側提也；後三股上以蟬聯注下，下以回顧撇上，輕重了然。六

轡在手，深得馭題之法。（樓季美）

柴也愚參　四句（段落題）

陳英詰

質各有偏，宜速化矣。夫偏質不化，何以任道？四子盍各自勵焉？夫子若謂：大道之傳，必賴中行之士，（從傳道説入，大有把握。）然而中行卒不可得者。非中行之難，變化氣質之難也。今日者，洙泗之間，彬彬如也，其有號哲人稱克敏者乎？（以反筆籠起全題，步驟從容，文情開展。）其有抱樸以遊、雅氣迎人者乎？果爾，則群英畢集，氣質無疵，皆可起而任道矣。夫何環顧吾徒？但見夫考德問業者，（二語以單三引。）祇各得其性之所近。爲之觀柴曰：「拘哉！（兩段長短參差，絶不拘板。）謹而不肆，其有長厚之遺乎？然未有遠識。」爲之觀參曰：「篤哉！其不見異思遷乎？然遲而未敏矣。」爲之觀師曰：「美哉！翩翩乎文采風流，此則佳士也，然華而鮮實焉且文爲？」爲之觀由曰：「勇哉！剛而不屈，果而好勝，其吾道之干城乎？然其野已甚，人弗能堪也。」吾於是而知，（總收一筆。）愚也、魯也、辟與喭也，四子蓋未免乎是也。雖然，古今有天能定人者哉，（一筆開出下文，一頭天外。）有人不能勝天者哉。愚而好學，則愚者明矣；（四子病痛各自完他一個治病的方子。）魯而深思，則魯者敏矣；辟而存誠，喭而能文，則辟者樸而喭者雅矣。夫拘而未化，（又因他不〔二九九〕能變化氣質，責成一番。）識者病之，若何不學，而使愚魯辟喭終至不可爲耶，四子勉乎哉！吾聞化與時遷，業與時進，（此處又加一番勸勉，深得古文放活之路。）苟知其偏而力爲〔三〇〇〕之，則愚魯辟喭之失，無一非載道之器也，四子勉乎哉！

有合有分，能擒能縱，似此化板爲活，真覺異樣風流。（樓季美）

太師摯適齊　一章（段落題）

王鏊

魯伶之遁，聖化之神也。夫樂官不賢，惡能去亂？然非聖人正樂，彼亦安能去亂哉？想夫子返魯正樂之餘，遂使伶人皆能識樂之正，（補一層。）及樂益衰，三桓僭妄，（補二層。）於是知樂其廢矣。而懷失職之愧，（補三層。）魯其衰矣。而决避地之謀，（原領。）彼太師名摯者，（起。）群工之長也，而首適於齊，乃爲去魯之倡焉。其長既去，其屬安歸？（悲感〔三〇二〕入神。）時則以樂爲亞飯之侑者干也，而其適則於楚矣；樂爲三飯之侑者繚也，而其適則於蔡；四飯之侑非缺乎，而所適之邦則秦也。魯於是始無侑食者矣，（凄絶。）以至擊鼓是職，蓋有方叔其人，而問其入則於河，魯復有鼓工乎？播鼗是掌，乃有曰武其人，而問其入則於漢，魯復有鼗工乎？稱少師者爲陽，掌擊磬者爲襄，其職事之任雖異也，（又變。）而海島之入則同焉。（止。）魯之樂工豈復有少師擊磬者乎？（三段三結，無一不令人魂銷。）是則地之或遠或近，（束。）固隨其意之所適；（活看。）去之不先不後，則由其見之皆同。記者於此，（應小講。）其亦美其去也夫，其亦慨其時也夫。

開口即補，以後自不消另起爐竈。入手以整筆冒起，束處以整筆作收，中間點逗白文。自太師單提外，或三人一結，或三段三結，每於結句中唱嘆。魯事一筆，不但段落變化，而神韵亦甚無窮。（樓季美）

行寡悔禄在其中矣（上偏下全題）

李錫

再即行而計之，不求禄而禄至矣。夫行而寡悔則行善矣，（先承「行」字截上。）合諸寡尤之言，而禄不在其中哉。（再補上句，方完得題中「其」字。）且吾人爲學，苟行之不善，即言亦未可恃也。（單擒「行」字，起即以「行」字包裹「言」字。）若行與言之交善，而得報詎外是乎？（切末句收。）如言既寡尤矣。夫人之言，特慮其不能寡尤耳；抑人之言，亦莫難於寡尤耳。言既寡尤，而禄不在其中耶？未也。（挈下截。）蓋人之爲學，視乎言，尤視乎行。（從「言」出「行」。）人莫不有行，而行之負疚者何多也，（及二股作勢。）如是則不可謂寡悔，行孰當有悔？而行之抱慚者恒衆也，如是則不可謂寡悔，而茲則又寡悔矣。（正點「寡悔」。）夫行而寡悔，可以持身也，（四語足上生下，迎送有情。）即可以淑世也；可以家修也，即可以庭獻也。以是而合之，（補全上句，即接出下句，便捷無比。）寡尤之言，寧曰不言禄，禄終不及耶？或則車服以庸之，（此股正寫末句。）或則幣帛以招之。士方獨寐寤歌，而舉行而揚言者已殷然至也，（先繳「行」，後繳「言」。有法。）自是而離乎衡茅矣，自是而登乎廟堂矣。（用流水對法，兩股只是一股。）君方適館授餐，而行坊而言表者祇分內事也，禄在其中，非必之行之寡悔耶？（繳題首。）非必之行之寡悔並言之寡尤耶？（帶繳上句。）子〔三〇二〕亦求善其言行而已，何必紛心於禄哉？

此題固要鈎結兩頭，幹補上句，然須看其鈎結處，在有意無意之間，幹補處在不知不覺之際。惟其力大於題，故能自然中節如此也。（樓季美）

而好犯上　令色（割截題）

查楷

士之能不欺乎天下者，必其能不欺乎一己者也。夫犯上作亂，則欺人甚矣，而要皆由於言色之自欺始，曾務本之君子而肯出此乎？從來欲致天下和平者，（上下兩截折然而合。）必先敦愛敬於一家，而欲敦一家之愛敬者，必先正儀型於一己。有如人能孝弟，則觀其一家之内柔聲怡色，（挈下無迹。）即可知其能悦安夫天下矣。以是事長，則言必和也，（再逗。）色必温也，何有於犯上？以是事君，則言必忠也，（三逗。）色必信也，何有於作亂？夫無犯上，無作亂，此至仁之象，（運題脱化，筆更奇横。）而大道之行也，而皆於一人之孝弟致之。此可見孝弟爲爲仁之本矣，而謂孝弟可不務乎？此可見言色爲孝弟之徵矣，而謂言色可或僞乎？果其人而能柔爾言、怡爾色與，即未嘗有仁民愛物之事，（一開一合，杼極〔三〇三〕子怪。）吾亦必以仁民愛物許之，何也？以其形之身者，先已無欺人之言，先已無欺人之色也；苟其人而或巧爾言、令爾色與，即未嘗有犯上作亂之事，吾亦必以犯上作亂加之，何也？以其形之身者，先已有欺人之言、欺人之色也。是故君子欲仁天下，必先仁於而家，仁於而身。此無他，孝弟爲仁之本，而仁更爲孝弟之本也。君子務本，亦惟務其所以为仁者而已矣。（以「仁」字關通上下，滴滴歸原。）

浩然直達，無法不備，官止神行，神乎技矣。（方石樓）

離合變化，一氣鼓蕩，上下聯合，渾如無縫天衣。（樓季美）

不處也貧與賤（割截題）

李錫

不處富貴者，（分破。）若不知有貧賤矣。夫貧思處富，賤思處貴，此常情也。兹獨不然，豈復計境之有貧賤耶？且夫人之溺於所處者，（直擒「處」字截上，即映起「貧」、「賤」字截下。）固謂必如是而後免於貧也，且必如是而後免於賤也。夫如是而免於貧賤，恐辱身賤行，反爲貧賤者羞矣。如不以道而得富貴，是貧者忽焉而可富也，（將「貧」字納入「富」字内。）是賤者忽焉而可貴也。（將「賤」字納入「貴」字内。）夫貧者忽焉而可富，苟念夫平日之貧，則必處富矣，（又將「貧」字逗入「處富」内。）苟念夫平日之貧，可轉而爲不貧，則愈處富矣；　賤者忽焉而可貴，苟念夫平日之賤，則必處貴矣，（又將「貧」、「賤」字逗入「處貴」内。）苟念夫平日之賤，可易而爲不賤，則愈處貴矣。　亦烏有視爲不當處、不可處、不必處且不屑處者哉？（填點「處」字，與聖歎〔三〇四〕批文語同一筆妙。）雖然亦有視爲不當處、不可處、不必處且不屑處者矣。　此其人豈甘貧守賤者流耶？（落下無迹。）嗚乎！天下無境不可處也，而貧難處；　（將「處」字嵌入「貧」字内。）天下無境不可處也，而賤難處。（將「處」字嵌入「賤」字内。）貧而難處，即貧已足憐也，而加之以賤，則益難處；　（再用互筆嵌「處」字，且令「與」字不漏。）賤而難處，即賤已不堪也，而重之以貧，則益難處。　貧乎？賤乎？即向之不處富貴者，（正繳上截即反擊下文。）毋亦至此而又不處貧賤乎？然而，若人之視貧賤，固不同於視富貴矣。（一轉如歸雲赴壑。）

做搭題者，若只在起訖處鈎鎖，中間便可着得閑筆。　此文總不欲着一閑筆，故將題之前後攬作一團，滚成一片，不但分不出題之首尾，亦並辨不出題之界縫也。蘇氏迴文，有此巧妙。（樓季美）

子適衛冉（至）我者（割截題）

宫𧼗文

聖人不得用於衛，轉而望之天下焉。夫夫子富教之略，非特可以治衛也。衛既不用，能不轉而望諸天下乎？且夫聖人之於天下也，有救之之具，有救之之心，（一起總冒全題，口氣清而筆老。）而至於用與不用，究不能不聽諸天下。吾夫子轍環列國，至衛者三，蓋深冀衛之我用也。（挈「用我」。）使衛果能用夫子，則興利除害，（藏過「富」、「教」，實者虚之。）爲所欲爲，將見樸者散於井田，（從「富」、「教」逆入「庶」字。）秀者聚於學校，雖庶而不見其庶矣。然則衛民之見其爲庶，（此又從「庶」字暗捲「富」、「教」，明起「用我」。）固由衛之不能治衛，亦由衛之不能用夫子以治衛也。雖然衛不用夫子，（轉入下截捷。）而夫子用世之具自在也。夫制田里，教樹畜，此其道可以富衛，（「富」、「教」實發，反從下節承出，得虚者實之之法。）何嘗不可以富天下？立學校，明禮義，此其道可以教衛，（不脱「衛」字妙。）何嘗不可以教天下？惜乎世無用我夫子者耳，（反揭「用我」。）顧可用而不用者，夫子之遇；不用而望用者，夫子之心。苟有用我，（正點下截。）則富之教之之略，（挽。）豈僅與冉有商略於車中已乎？（補點。）迨至轍環不遇，（「入」字收拾全文。）自衛反魯，然後知千古以來，衹有一夢卜；（咏嘆作收，餘勇可賈。）四海之内，無地不蜚鴻也。悲夫！

詳者略之，略者詳之。飛騰變化之中，出筆獨見遒勁。（樓季美）

入於漢少師陽（割截題）

改定時文

入漢之人，少師當有同心矣。夫漢雖不可居，猶不如魯廷之可悼也，武既入漢，少師將若之何？昔者魯伶去國，如亞飯之適楚，亦老徘徊於漢水之墟矣。（借扣妙。）夫聚散之感，人所難忘，（蜿蜒而下。）心乎避地者業已飄然而長往，心乎避世者豈能孑然而獨處也？（自是少師一位。）如太師以下，諸人紛紛去〔三〇五〕魯。想其時，武與少師送之境上，（挈少師自然無迹。）感慨欷歔，泣數行下，當必握手而相戒，（「握手」二字妙。）曰：「太師諸人固皆舍我而行矣，（以上俱爲未入漢時布景〔三〇六〕。）爾與我幸勿有遐心也。」奈之何哉！武亦興思去魯耶？一日者投戮而起，（此又爲將入漢時布景。）輾轉躊躇，公事一付少師，（逗「少師」，妙。）於是乎扁舟一葉，杳不知其所之矣。（妙！不即出。）久之，人從漢中來述，（倒從入漢以後作開，至魯方點出入漢，説來有情有理，自然巧絶巧絶。）漢中有人異甚，時而鼗聲激烈，與漢上下；時而鼗聲磊落，與漢潺湲；時而鼗聲悠緩，與漢流連。乃知武固入於漢也。斯時魯廷之上，（妙想妙算。）問誰执籥而秉翟，曰「有少師在」；（「少師」二字前已疊疊理〔三〇七〕伏，此處正點，自不费力。）問誰設業而設虡，曰「有少師在」。嗟乎！漢行滅迹，（迴頭一看無限凄凉，神行自然，令我忘〔三〇八〕乎其爲挽矣。）曹署一空，言念故人，音沉響絶，陽獨何心，能不悲哉！獨思前日者，（設想俱妙。）武之入漢，既舍少師而往。今少師在魯，誰復與諸同調也？爲我歸報漢中人曰：「（顧上起下，無限丰姿。）爾已入漢，吾亦與襄入海矣。念彼江漢朝宗於海，倘亦溯洄而從我乎？」（文生情耶？情生文耶？吾無以名之。）

割截題似此，枯窘極矣。然因其時而想其地，因其地而想其人，因其人而想其情，情至則景自現，此天孫雲錦，非人間組織之所及也。（樓季美）

載華岳而　殖焉（割截題）

無名氏

觀所載所振，而山水皆爲功於地矣。夫山水，一生物之區也，而廣大如華岳，不測如河海，皆地載之，則皆地生之，甚矣哉，地之廣厚也！（此句接上生下，妙絶。）廣故能生，（精確。）而生者亦不窮於生；（一頭兩脚，無不包舉。）厚故能載，而載者益不盡其載。是故自天以下皆地也，（此句補「天」字妙，接上生下又妙。）其西北高是多山，（高古。）言山而至華岳尚矣，（「山」字、「水」字自然提挈。）而凝然載於地上者，未見其重也；其東南下是多水，言水而至河海尚矣，而晏然振於地中者，未見其泄也。至哉坤元！（似收似瘦，大方之極。）蓋萬物莫不載焉矣。試觀夫山，（直接，老。）今夫卷石皆山也，皆地之静而翕者也，（分配精確。）而及其廣大〔三〇九〕，萬物之精聚焉，（練字。）諸如草木禽獸寶藏之屬，山固有之矣，（收下截即頭上截。）獨華岳乎！試觀夫水，今夫一勺皆水也，皆地之動而闢者也，而及其不測，萬物之氣通焉，諸如黿鼉蛟龍魚鼈貨財之屬，水固有之矣，獨河海乎！唯萬物托命於山水，（此以上截互下截。）故雖卷石一勺，亦得以其土膏水澤，而佐順動之功；　唯山水效靈於地，（此以下截互上截。）故雖華岳河海，不過隨其峽峙流行，以成直方之體。此地所爲與天合德而資始資生，一以貫之者也。（單收「地」字，以足「天」字，心思極細，魄力極大。）可測乎？不可測乎？

題本自然，作者雖極經營錘煉，却無一不順其自然，所以天造地設，令人不敢移易一字。文品至此，已臻絶頂，惜乎文可得而見，名不可得而聞也。（樓季美）

事君能致　忠信（割截題）

李錫

倫以忠信而全，學以忠信而固也。（破便渾成。）蓋不主於忠信，則必不能致身有信也，（末句「忠信」安在首二句内，自成一片。）而固學之君子，又烏可外是以爲主乎？且此爲學者所以學爲忠與信也，（以「學」〔三〇〕字作主擒「忠信」字，綰兩頭，緊聯題首。）苟得一實盡夫忠信者焉，斯其學爲何如學耶？苟得一常存夫忠信者焉，（緊聯題尾。）斯其學又爲何如學耶？如易色、竭力、賢賢、事親，固已誠矣。夫誠則自無不忠也，（借「誠」字出「忠信」字，挈下不覺。）誠則自無不信也。然無不忠而忠莫切於事君，（就「忠」字轉出「事君」。）無不信而信莫切於交友。（就「信」字轉出「交友」。）吾事吾君，而苟非主於忠，（又「主」字轉出「致身」。）何以能致身乎？吾交吾友，而苟非主於信，（又挈「主」字轉出「有信」。）何以能有信乎？吾故於若人之事君，而知其平日之主於忠者已素也；（再挈一「忠」。）吾故於若人之交友，而知其平日之主於信者已久也。（再挈「主信」。）天下有如是之忠臣信友，而不謂之學乎哉！天下有如是之忠臣信友，（本題帶補上文二句，方可還清「學」字，此即上偏下全法。）賢樂得之爲徒，親樂得之爲子，而猶謂之未學乎哉！　然學而等於未學者亦有之，（即接二截「學」字，一折而下，藕斷絲連。）不重不威，而學因以不固是也，然則君子當如之何？亦曰「主於忠信」而已矣。（然入化。）夫主於忠，則無一事之不忠，（了本義。）主於信，則無一事之不信，而何俟驗之事君，（反繳題首。）而何俟驗之交友；　然主於忠，而無一事之不忠，主於信，而無一事之不信，則事君而何難於致身，（正繳題〔三一一〕首。）交友而何難於有〔三一二〕信。　而重在是矣，而威在是矣，而學之固在是矣。　吁！凡爲學者亦學爲忠與信而已矣。（應起作結，篇法一氣。）

能好人能　仁者（搭截題）

李隆九

以好人歸仁者，而好仁者難矣。夫能好人之仁者，其始必好仁者也，（題竅在此，故下如破竹。）然其如未見，何哉？且人情各有所好，（題之「好」字作照應，故起講中提「好」字。）而能當於理者罕覯。非好之加乎人者未能當理，而平日於理之至當者先未嘗加以篤好之情也，因是思仁者，不置矣。夫仁者，非所謂志於仁、不去仁，（本是真挈「好仁」，却一齊借勢抬起，真吸盡西江之勢。）且終食不違仁，造次顛沛必於仁，而孜孜然以仁爲好者哉？而業已爲仁者矣。故苟有好仁而不去仁者乎？（俱收入「好仁」内，綰定首尾。）吾知仁者必好之矣，不然則惡之矣。（「好」字側重，「惡」字自〔三一三〕宜輕帶。）苟有好仁而不去仁者乎？吾知仁者必好之矣，不然則惡之矣。苟有好仁而終食不違仁，造次顛沛必於仁者乎？吾知仁者亦必好之矣。不然則惡之矣，何也？仁者之人原好仁之人，故仁者所好之人，亦必好仁之人也。夫何而志於仁者之寥寥也，則好仁之人〔三一四〕能見之耶？夫何而不去仁者之寂寂也，則好仁之人能見之耶？夫何而終食不違仁、造次顛沛必於仁者之落落也，則好仁之人能見之耶？夫仁不好仁，則存養之功疏，取舍之分昧，（將閑處補點，滴水不漏。）且幾幾乎不免惡之有矣，而又何好之能也？雖然，不能好而能惡者，（繳〔三一五〕前起後，得意自恣。）吾見亦罕矣。

此時文之化不可爲者。渾淪看去，真是無縫天衣。然其得竅處全在將「好仁」納入「仁者」内。故不消犯手，自然融貫。凡做題者不可不先看題中竅要處，讀文者又可不先看文中訣要處也？（樓季美）〔三一六〕

吾從衆拜下禮也今拜乎上泰也雖違衆（割截題）

李隆九

衆有可從者，（破題首。）而亦有不妨違者焉。（破題尾。）夫猶是衆也，（拴兩題「衆」字。）而可從則從之，（點「從」字。）不妨違則違之，（點「違」字。）聖人亦審乎義耳。且士君子處世，而必欲戾乎俗焉，則矯矣；（借「違」字反撲「從」字。）然士君子處世，而必欲同乎俗焉，則徇矣。（借「從」字反撲「違」字，兩頭緊緊環抱。）矯固不可爲也，徇亦不可爲也，而安得不審量於其間乎？（綰兩頭渾收。）吾先即易麻爲純者思之。夫此易麻爲純者，非衆耶？（提出「衆」字。）冕而以麻，禮也；冕而易麻爲純，非禮也。得毋違衆，而亦不妨乎？（挈題尾。）不知衆不必盡可從，（又用暗挈。）而尚儉之衆則猶可從也。吾亦非必盡從衆，而冕而崇儉之衆，則固可從也。吾惟衆之是從耳，（點睛〔三一七〕。）而烏乎異耶！所謂士君子之處世，不必戾俗者，此也。（應起逗上層。）獨奈何尚儉之衆，即昧於拜下之禮之衆耶？（全上搭下是過遞處。）獨奈何冕而崇儉之衆，即不免拜上之泰之衆耶？然則衆而尚儉，可從也，（又借「從」字引出「違」字。）衆而昧於拜下之禮，顧不可違耶？衆而於冕崇儉，可從也，衆而不免拜上之泰，顧不可違耶？雖曰違衆，不恤也。所謂士君子之處世，不必同俗者，（應起講下層。）此也。寧得盡從乎衆，（又應起尾作總結。）而不爲之審量於其間哉！

以「衆」字作經，以「從」、「違」字作緯。一往一復，不減天孫弄杼。（樓季美）

乞人不屑　受之（割截題）

李隆九

乞人猶知禮義，（破便交互。）遇萬鐘而不屑者，屑矣。夫不屑則不受，以其辨禮義也。（逆承題尾，一篇機軸。）乃萬鐘當前，而求如乞人之不屑者，（收點題首。）誰乎？且天下人之賤者，至乞而止矣；（擒題首。）人之貴者，至受萬鐘而止矣。（擒題尾。）然吾謂天下受萬鐘之人，皆天下之乞人，（交互作收，語有深味。）而天下之乞人且愈於天下受萬鐘之人，何也？乞人猶能辨禮者也，（由起意挈下不覺。）猶能辨義者也。如其不辨禮義，（再一轉並「不」字，「受」字亦提起矣。）則宜受無禮義之簞豆矣；如其不辨禮義，則宜受無禮義之簞豆，而寧生勿死矣。而乞人者，胡爲乎怏怏然而避也，（落到「不屑」，正位。）望望然而去也？夫亦曰「吾固有所不屑也」云爾。（點清題首。）吁！乞人也，而猶有所不屑乎？此則辨禮之明驗也，（遥抉前意，在前是挈，在此是渡，一氣相生，又自各極其妙。）此則辨義之實徵也。夫能辨乎禮，豈有遇萬鐘而不辨也者？（此二比叙起「辨」字。）能辨乎義，豈有遇萬鐘而不辨也者？遇萬鐘而辨禮，禮所不在，必弗屑之，則亦必弗受之矣；（此二比駁起「受」字。）遇萬鐘而辨義，義所不居，必弗屑之，（帶上「屑」字玲瓏。）則亦必弗受之矣。而孰意其竟屑之也乎？（用「屑」字正陪「受」字，挽亦令人不覺。）而孰意其竟屑之而受之也乎？夫受之，而禮果何在？義果何在乎？噫！竟不辨矣，夫不辨禮義而受萬鐘，此真乞人之所不屑也。

（首尾盤結，奇絶趣絶。）

此題自當以「辨禮義」字作機軸，以「屑」字、「受」字作轉换。然難其筆之所至，且如飛雲在空，隨風舒卷，其變態真不可以迹求也。（樓季美）

子曰飯疏食　一節（横擔題）

楊尚訓

無在而不樂者，無之而可動也。夫聖人之樂，难以名言矣，疏水曲肱之中，亦自喻焉，豈不義之富貴所能動乎！子蓋微示所得以爲教也。若曰：夫人惟得於天者，有至足之分，（却以「樂」字爲主。）而人世之境遇不得而與之也。丘嘗静以自維，而本體之洋溢者，曠然見天地之心；（題前只此二比，函蓋一切。）動以自驗，而大用之流行者，怡然徵性命之素。我心蓋甚樂焉。（争先抱要。）夫亦何所不在耶？即如飯而疏也，飲而水也，枕而曲肱也，以人世之境遇言之，亦似無可樂矣。然執乎此中以求樂，（「亦在其中」句一開一合，只就自己身上痛快言之，絶無自难自解習氣。）雖澹泊足以明心，而中有所滯，則天機未暢；以吾之樂而處乎其中，即食息固已甚薄，（二比中權大有力量。）

而心有所適，則俯仰何弗快然也？若乃以疏水曲肱之我，忽焉而富，忽焉而富且貴，苟爲義所應得，（妙有分寸。）我豈惡此而逃之？不然則如浮雲而已矣，豈以不義之富貴而易吾樂哉？（只完「樂在其中」意。）夫浮雲之去來靡定，（後勁又有力量。）而本虚清明之體常存萬古；富貴之得失無端，（聲徹绘圃。）而我心自得之故喻於幾微。丘亦惟樂其天之至足而已。噫！後之學者，其亦可因是而知所尋也夫。

通身力量只注「樂亦在中」一句，深得横擔題作法。至其透説素養，絶不自誇；反筆相形，絶不傲物。此又其用筆之透脱而不可以形迹求者也。是題得此，應稱絶作。（樓季美）

蘧伯玉使　全章（横擔題）

陳琦〔三一八〕

聖賢之相知，得使者而益彰也。夫伯玉賢矣，復有賢使，寡過未能，此伯玉之心也，夫非使者其孰知之？且昔吾夫子所至諸侯之國，輒與其賢公卿遊，於衛悦蘧瑗。瑗，有道君子也，夫子嘗稱之矣。想其在衛時，相與面質平生，（題前先透「夫子何爲」一筆，神閑而意不閑。）殷勤告語者必多有，而闕然不傳其詳，不可得而記聞云。無何別去，蓋時時不忘於懷也。（接筆又古又逸。）一日者，伯玉進使者而告之曰：「孔子去衛久矣，吾顧念之，獨不知其家居之進修若何，（反將伯玉想念孔子何爲，又就伯玉想孔子念己所爲，層層透起，千伶百俐。）其於吾也又懸懸若何，子爲我往而致念焉。」使者遂駕車騎，登孔氏之堂，坐而道伯玉意。及承「夫子何爲」之問，乃作而對曰：小人不敏，豈敢知君子之生平哉！顧嘗事夫子日久，猶頗能識之。（語妙天下。）夫子時時自見爲過，（滿身鱗甲，片片龍飛。）亦時時自欲其寡；時時自求其能，亦時時自以爲未也。夫子之所爲如是而已。請以奉教於君子，而加之以訓辭，夫子其有幸乎！言已則再拜辭出。子曰：「使乎！使乎！賢使者賢伯玉之深也，而使者亦可謂真能使矣。」使者歸，而以致命於伯玉，（回眸一盼，姿態横生。）伯玉將如何也？

題體既屬横擔，則所重全在「寡過未能」一句。「夫子何爲」開出此句「使乎使乎」，讚此一句，此文前前後後，顧盼有神，深合横擔作法。汪選但稱其點題處無一滯筆，尚未得此文之訣也。（樓季美）

食不厭精　一章（全章長題）

洪肇模

飲食有節，聖人之瑣事可詳矣。夫聖人者，即一飲食而不敢苟也，是故《魯論》之誌之也詳。且禮始諸飲食，而其節莫善於聖人。聖人者必愛身，愛身而頤養之道備矣；（愛敬二義包括弘遠。）聖人者必敬身，敬身而神明之德通矣。夫縱欲則極珍奇，而矯情則矜淡泊，（二語以襯作波。）是二者皆過也。食何必不精，亦何必精，不饐餲而可矣；（看他帶法。）膾何必不細，亦何必細，無餒敗而可矣。然且辨色臭，調水火，權冬夏，不已煩乎，傷生則可虞也；甚矣，程邪正，別魚醢，不已迂乎，敗度則勿長也。既詳於所不食以示嚴，（頓束脱卸。）亦酌於所當食以示慎。肉以輔穀，而不以勝穀，夫何患於多？酒以成禮，而不以喪儀，夫何拘於量？要之，寧潔無穢，沽市非弗便也，而不與薑並陳；（帶法又變。）寧廉毋貪，多食非弗甘也，而亦與肉同節。乃若忠臣所以事君，則神惠其勿敢留矣；孝子所以事親，則餕餘其勿敢棄矣。其食而專於食之内，故比類於寢，而不言不語者從同；其食而追夫食之先，故推類於疏食菜羹，而必祭必齋者如一。

和;二以見身之當敬,豆觴之間而儼通陟降。斯《曲禮》之遺也夫。(對法又變。)此聖人飲食之節也。記者詳誌之,一以見身之當愛,匕箸之地而具有中

其嚴整處如程不識、李光弼之用兵。(查梅婿)

局密法變,兼曆、啓兩代之長。(樓季美)

莊暴見孟　全章(全章長題)

樂期同民,無問今古也。夫與民同樂,雖今猶古也,否則雖古亦今也,知此而後可與論樂。且夫先王作樂,所以同民心而出治道也。(扼「同樂」意,直入偏師陷陣,所向無前。)是故民心洽,斯雅樂興,區區新故之迹非所云也。齊宣,世俗之主也,(銛説〔三一九〕。)而所樂所好可知也。(蘊藉。)一日者孟子以暴語語王,而王色遂作。嗟乎!王既能好樂矣,不問其好之同與獨,(翻點筆快如風。)而第論其樂之今與古,尚可謂好樂之甚者耶?是以孟子於此,(鈎勒老勁,力能截鐵。)且置今古不問,而止與王論同獨。蓋今古名也,同獨實也。今不讓古,獨不若同。鐘鼓田獵能令民蹙額,亦能令民色喜;(點化題句如金在冶。)能令民念父子兄弟妻子,亦能令民念君王。其政在同獨之間而

已矣，王苟棄獨而尚同，雖以之致王可也，（題目至此已盡，以下都是餘波。）齊國庶幾豈謬也哉！由是以思，則孟子之所慮於王者，惟其好之不甚而已矣，果其能甚，將耕夫饁婦皆伶工也，（臨了伏起議論如日落西山，霞光四映，深得先民虛者實之之妙，且題後亦正須得此，方覺筆有餘閑，才思不竭。）蕢桴土鼓皆樂器也，巷語塗歌皆詩章也，襏襫耰鋤皆萬舞也。吾恐古者希聲之奏亦未逾此，而齊王顧以其不當好也而疑之，其亦未離於莊暴之見也夫。（補點法密。）

寥寥尺幅，有叙次，有波瀾，有起伏，有收繳。高古簡老，遂當突過前人。（樓季美）

子曰語之　四章（連章長題　橫擔作法）

樓渢

善保畏者惟大賢，（首顧尾。）則後生之惰者可慨已。（「顔子」、「後生」緊接，尾顧首。）甚矣！學之不可以惰也。（單講「惰」字，貫起次節末節。）進而不止則爲可畏之顔子，（就次節頰〔三二〇〕互末節。）止而不進則爲不足畏之後生矣，（就末節逆互次節。）人奈何不睹物而自警也哉？（補找「苗而不秀」節。）且夫君子之學求諸已，不恃乎天。（三句切首二節，却有第三節。）君子之心慎於終，一如其始。（三句切末節，亦顧第三節。）吾嘗曠覽於無窮，不禁爲天下之自棄者慨也。（句重扼第三節，駕馭全題。）我夫子設教洙泗，四方之請業者不一矣，而其中最後生者莫如回，（挈醒末節，截去各章。）學之最可畏者亦莫如回。夫禮耕學耨，誨人弗倦，子之望二三子也，不啻農夫之望歲焉。（處處將第三節雙關映帶，姿態横生。）脱爲後生者，（倒提後生，掀醒全題，中間從「顔子」卸到「後生」，只是順蹊而下。）果能心解力行，語而不惰，請事服膺，進而無止，則學之暢茂，德之充積，自無異於苗之秀而實矣。孰是其無聞，孰是其無聞而不足畏者哉？夫何博之以文，回方致知而弗惰也，而人或惘惘以自安；（引起「後生」。）約之以禮，回方力行而弗惰也，而人或悠悠以自廢。（又引「後生」。）吁！學者之學有進無止，（正收次節，映入第三節。）則穎也栗也，堅且好也；有止無進，則石田而草宅也。（反收次節，映入第三節，直走末節。）後生乎！後生乎！年富如爾，力强如爾，吾方冀枝葉之峻茂，（此又反映第三節，逼出「無聞」。）吾方謂俟時而可刈。奈之何四十無聞，五十又無聞乎？子於是迴翔洙泗，一顧後生，一悲顔子也，（此從末節掉轉第一節。）何也？以其有進而無止也。一嘆後生，一思顏子也，（此只後末節掉轉首節。）何也？以其語之而不惰也。

迴環穿插，操縱自如。長題簡煉，允稱作手。（胡容齋先生評）

季康子問　三章（連章長題）

吴承淋

政以弭盜而長善，（逆破。）要在正己而已。蓋己不克正，（順承。）盜之興而善之隳也。夫子以正責康子，非弭盜長善之本乎？且夫爲政之本，不可他求也，一在乎正己之心，（擒賊擒王，出手最辣。）一在乎正己之身。昔者康子爲政，魯之中竊盜潛滋，而無道横行。（逆提下二章倒入，筆意最古。）康子曰：「此民之不正也。」而不知此非民之不正也，康子之不正也。何則？己與人相爲本末，（空中提唱，披郤導窾。）然正人必先正己；心與身相爲表裏，欲正身必先正心。民不正故爲盜，（運化三節，水乳交融。）盜固多欲者也，康子而多欲，則康子先爲盜矣；民不正故無道，無道固不善者也，康子不欲善，則康子先無道矣。今夫君子之德猶之風也，（補點只在有意無意之間，如絳雲在霄，卷舒自如。）小人之德猶之草也。草固無乎不偃，風當善其所加。康子爲政，亦惟帥之以正而已矣。帥以正，雖賞之亦不竊矣，何患盜？帥以正，雖不殺亦爲善矣，焉用殺？（二節一氣呵成，一煞尤見古峭。）

穿插玲瓏，轉折遒勁，慶、曆、啓、禎能事，於兹備矣。（查梅婿）

行雲流水之文，斬釘截鐵之筆。〇長題繁瑣，便是拙筆。此文盡會三章脉絡，信筆一揮，而提掇穿插，顛倒離合，無不入神入化。洵是長題能事。（樓季美）

楚狂接輿　三章（連章長題横擔作法）

樓灃

避世者亦避人，隱士之所同也。（特提中一節，横擔首尾，法奇而老。）夫避世者，沮溺之行也，孰知楚狂、丈人專以避人爲高乎？君子於是傷其僻已。且夫聖人之志嘗欲以救世者救人，（一筆提起，挈領通篇，大意一目了了。）隱士之心嘗欲以避人者避世。即如楚狂接輿，避世者也，如使果能避人，則迷陽之曲不宜入於孔子之耳矣。（挈出「避世」、「避人」，飛騰而入。）乃接輿不避孔子，孔子亦不避接輿。（首一章翻疊玲瓏。）及孔子不避接輿，接輿反欲避孔子。然則孔子果避人之士乎？抑非避人之士乎？（次章一片神行。）且夫天下之大，無人非耦，無耦非人，（陡然提筆，就「避人」二字帶出「耦」字，巧力俱勝。）人亦安往而可避哉！長沮與桀溺爲耦，耦以朋友者也；（中一章無起無落，只用「避」字一穿而過。）夫子與子路爲耦，耦以師弟者也。迨夫子使子路問津於沮溺，則又以賓主爲耦矣。倘謂斯人可避，（又將「耦」字暗收入「辟人」二字内，借勢帶出「君臣」、「父子」、「長幼」等語。）勢必棄而君臣，去而父子，絶而長幼，以同群於鳥獸而後已，而烏乎可哉！一日者，子路從夫子遊，相失在後，嗒然似喪其耦者。（渡帶「耦」字，筆法甚峭。）忽而丈人止宿，何賓主之彬彬也；（似應非應，何等文心。）忽而見其二子，何長幼之雍雍也。即此以思，亦可知斯人之必不可避矣，（又顧「避人」緊。）使其知有君臣之義，則天下之無道者可易從，（掉轉次章。）政之殆者可安矣。（掉轉首章。）而奈何明日之告，反見之使，早已飄然遠避也哉！（歸到「避人」二字，法密。）是故隱士之避世，由其無心於世也； 隱士之避人以避世，由其無心於人也。若夫聖人亦惟以救世者救人而已矣，（此一段歸重「聖人」作結，至末一筆帶繳二人，筆力雄大無比。）彼楚狂、沮溺、丈人之徒又烏足以知之？

只因首章有「趨而避之」一語，末章有「至則行矣」一語，遂將「避人」二字横擔

上下，章法左縈右拂，姿態横生，其妙趣步步領略不盡。（亭植）

逸民伯夷　一章（連章長題　兩對做法）

樓渢

聖人時中之用，非隱士所能知也。夫隱士之諷似乎高矣，然逸民有心於隱，伶人有待而隱，烏足以語於時中之用乎？且大聖人之行，一任乎時而已矣，（提出夫子，壓伏衆人，識高法老。）可任〔三二〕則仕，而不必偏於止也；可速則速，而不必偏於久也。而以語夫隱逸之士，則往往不然。即如商周之季，天下無道，以聖人憂世之心處之，（二比俱以夫子作主，衆人只是一筆帶過，便無呆叙之病。）未嘗不可以仕也。然而偏於止者，或則以不降不辱而逸矣；或則以降志辱身，中倫中慮而逸矣；或則以隱居放言，中清中權而逸矣。即如魯國之衰，三桓僭妄，以聖人傷時之志行之，未嘗不可以速也。然而偏於久者，或則有感而後適齊矣；或則有感而後適楚、適蔡、適秦矣；（對仗天然。）或則有感而後入河、入漢、入海矣。夫潔身避世，（二比以流水對法收住本位。）自衆人論之，誰不服其制行之高？而任意違時，自聖人觀之，或且傷其立心之僻。今日者伯夷諸人雖已往矣，（題意歸重夫子咏嘆作結，全題頓如冰消露化。）而孤峻之標猶可想也，試較諸聖人之行，其高下顧何如哉？今日者太師諸人雖已去矣，而盈耳之聲猶如昨也，試思夫正樂之功，其神化果何如哉？

題中許多人名，不啻滿屋散錢，文以夫子作主，一綫穿成，重規疊矩，反若無法可尋，真是長題化境。（張亭植）

附録（陳本多出之篇）

陳本起講目録

正起法（同一正起而用筆不同，故目録不能依書編次）

反起法

父母俱存　二句

先正後反法

吾斯之未　一句

行己有耻　一句

悠久所以　一句

溥博如天　一句

先反後正法

子不語　一句

沽之哉沽　二句

當仁不讓　一句

植其杖而　一句

旁襯法

晏平仲善　二句

小子　二字

微生畝　三字

比干諫而　一句

叟　一字

二老者　三字

柳下惠不　一節

對襯法

諸侯多謀　一句

是簡驩也　一句〔三二六〕

反襯法

旱　一句

二母彘　一句

夾襯法

乘桴浮於　一句

君子有九　一句

疊襯法

舜有臣五　一句

有攸不爲　一句

連襯法

飲水　二字

泰山之於　一句

補襯法

從我於陳　二句

爲之者疾　二句

暗擒法

吾未見能　者也

夫子欲寡　一句

予一以貫

明擒法

文王視民　一句

單擒法

行人子羽　一句

雙擒法

群居終日　一句

孔子聖之　一句

鼻之於臭　一句

雙擒關鍵法

默而識之　一句

正剔法

夫子温良　一句

開合相形法

題前脱卸法

急入法

緩入法

倒入法

引證入題法

翻論入題法

借徑入題法

小心覓題法

大膽潰題法

着意追題法

予然後浩　一句　始舍之圉　三句

翻跌取勢法

學而不思　一句　人而無信　一節

而耻惡衣　一句　愼而無禮　一句

不可以作　一句　今之成人　一句

驥不稱其　二句　爲之猶賢　一句

憑空寫意法

與朋友共　一句　日月逝矣　二句

別開生面法

君子不施　一句　所謂立之　四句

百世以俟　一句　如琴張曾　一句

移步換形法

自西　二字　自東　二字

自南　二字　　自北　二字

引伸不窮法

吾黨之小　一句　　其二

其三　　其四

其五　　其六

其七　　其八

以上起講四十八種，計一百六十八個。爲父師者隨人指授，務令多讀熟讀久讀。俟其文興勃勃，自己愿做破承，然後與之命題開筆，如此則一做即通。以後節節容易矣。蓋讀起講，正所以釀破承；讀文章，正所以釀起講。資之深而取之少，自然才力有餘。乃世之教子弟者，讀破承，即强之作破承，讀起講，即强之作起講。究之越做越苦，越苦越怕，勢必至廢業而後已。嗚呼！天下不乏聰明之子，往往爲庸師所誤，真可惜也。小試大考全以起講取勝，成人與考者能將此四十八法朝夕〔三三〇〕摹擬，必然唾手成名，慎勿以此爲引誘初學之方，夷然置之度外也。

起講式

學而時習（正起法）　王選

聖人於已學者，（下句可接。）而溯其無間之功焉。夫學而習，習而時，功斯無間矣。然非學而不厭者，烏能溯及於此哉？昔先王之造士也，家有塾，黨有庠，（四句引古推原「學」字根根〔三三一〕。）合斯世之大，相與春誦而夏弦，則知學也者。（轉出「學」字。）通之天下，非一人之業也；（二句承上舉世皆學。）傳之千〔三三二〕載，非一日之功也。（二句承上四時皆〔三三三〕學。）要其馴而致之，（是「習之」。）以求遂乎中之所欲者，（是「習之」之意。）固有不容驟期之候矣。今試與天下言學。

一起氣局甚大，法度甚精。初學從此加功，名家大家皆可漸進矣。日居月諸，深思熟讀，是所望於有志者。

臣事君以忠（正起法）

王選

聖人明臣道，惟盡其事君之心而已。（順破。）蓋忠固事君之極也，（逆承。）〔三三四〕不以之而臣道寧無愧乎？且自乾坤定位，而以卑承尊之義，（三句從「臣事君」説起。）夫人而知之矣。然臣道之所以常存，不恃乎義之能明，而恃乎心之克靖。（三句從「事君」轉出「以忠」。）故夫臣之自盡而不容已者，即其分之當然而不容易者也。（一句又從「以忠」煞轉「臣事君」三字。）則試言爲臣之道。

篤厚端凝，大臣風度。

君子矜而不争群而不黨（正起法）

黄淳耀

聖人欲化争黨，特爲君子辨焉。蓋有争有黨，非君子也，君子則矜群而已，世豈可誤觀君子耶？且士負當代之望，則身世之交，不可不求其無過矣。（三語總起。）至高者砥俗之操，非所以矯俗；至大者〔三三五〕容人之量，非所以殉人。（四句平分。）此觀君子者，貴得其真也。（二語總收。）

拔地倚天，巍巍乎泰山喬岳之象。

君子不可小知而可大受也（正起法）

黄淳耀

爲用君子者謀，則當從其重矣。蓋以大者收君子，則小者不足計矣，知受之間，不當有以權之乎？且天之生大德大賢也，非以靈團斯人，而將以輔生民之治；人之負大才大智也，非以精治一物，而將以觀天下之全。爵之不稱其才，用之不盡其量，則萬事抗弊而君子窮於下，深可惜也。

閎中肆外，氣象萬千。

夫子之道忠恕而已矣（正起法　先虛後實）

蔣拭之

大賢發聖道之要，從其切近者而指之也。（切「而已矣」虛神。）蓋忠恕，固學者所以體道，而夫子則純乎此者也。（兩〔三三六〕面打通，「而已矣」三字自然活見。）不知一貫獨不知忠恕乎？曾子若曰：以事物之無窮也，自聖人出之，獨見其約而易操，（暗承一貫。）此豈果有異術哉？（剔一筆。）其心即吾人同具之心，其理即吾人同得之理也。（明明是「忠恕」，明明是「而已矣」，卻又渾含不露。）

凡正起最苦直率無波瀾，此文一承一〔三三七〕剔，然後到題，作法最妙。

設其裳衣薦其時食（正起法　先實後虛）

盧生薰

設與薦，不惟其物而心與之俱已。夫裳衣時食如見先王，則其設也薦也，夫豈徒設之薦之已乎？嘗觀達孝者之於先王也，（清來〔三三八〕脉。）佩服不忘其舊，而備物每致其新。豈曰志事所在，徒區區口體間哉？（振一筆。）〔三三九〕以天下之奉我者奉先王，而先王往矣；（一開一合，文情縹緲欲仙。）以先王之自奉者奉先王，而先王〔三四〇〕雖往不往矣。

上一起先虛後實，此一起先實後虛。蓋以彼題宜先清來脉，此題宜先清題位也。參互思之，文訣自現。

是以君子有絜矩之道也（正起法　先分後合）

方苞

君子絜人之心，（心即矩也。）而以道濟天下焉。（切「平天下」。）蓋天下之人之心，（能截。）即一國之人之心也。君子絜之而得其道以平天下，易易耳。且國與天下之同然者，理也；而不必盡同者，事也。因其同然之理以致其不同之事，（此是上文，此下本題之上有理，急急提清，「是」、「以」、「有」〔三四一〕三字神理方醒。）而遂其不言而皆同之心，道行乎其間矣！

順筆寫來，層折俱透，此爲大家筆意。○凡學開講，必須講究起句，起得好自然轉得好，轉得好自然收得好。然必須胸中先有轉筆，方可作起句，不然則能起而不能轉者，往往有之矣。

大孝終身慕父母（正起法　先分後合）

樓澐

孝之大者，（順破。）其慕有獨純焉。夫慕親之心，（逆〔三四二〕承。）誰則無之，而慕以終身者，則惟大孝獨也。且夫人子之身，父母之身也；則人子之心，亦父母之心也。（四〔三四三〕句分。）是故人子之用其心於父母者，（一句合。）必終其身於父母，始得稱爲人子而無憾焉。（煞到「大孝」。）

此一起，與上《絜矩之道》起法頗似，然彼從國人之心卸落天下，必順起順承，方能熨〔三四四〕貼「是以有」三字。此題不難於「慕父母」，而難於「終身慕父母」，必須順起逆承，方能合到大孝。故作文必須相題，運筆不可執定死法也。

四十五十（正起法　先分後合）

年而既壯，（扣題。）非復後生矣。（對〔三四五〕上。）夫四十五十則年已壯矣，尚得自命爲後生乎？今夫往而不返者時也，忽而不覺者年也，（四句分。）以不自覺之年乘此易往之時，蓋久矣銷沉於歲月中矣。（二句合。）

一起透發所以至於四十五十之故，所謂「少年不努力，老大徒傷悲」也。後生讀此，不知亦能動心否？

赦小過舉賢才（正起法　先合後分）

江嶠孫

慎於赦而公於舉，亦宰政之所尚也。夫過曰小過，則無損於政；人曰賢才，更有益於政。赦之舉之，政體不已立哉？且天下事，有可忘者，有不可忘者。（用《國策》語，縹緲無際。）偶誤者苦不自知，適也非故也，此可忘者也；負長者樂爲世用，人也猶己也，此不可忘者也。

聳身雲端，俯視塵世，有行文之樂，無扣題之苦。小子學此，一出考便自雞群鶴立。

有朋自遠方來（正起法　簡煉）

朋來自遠，（題面。）而學之及物者廣矣。（找〔三四六〕上起。）夫學非徒自有餘而已也。朋自遠來，（正一句。）其所及不既廣乎？（足一句起下。）且天下之德，無孤立之理，（二句伏彼題理。）吾儒之學，有類應〔三四七〕（二句扣住題位。）

是禮也（正剔法）

唐順之

聖人以敬言禮，禮斯大著於天下矣。（可見全爲禮辨，非爲己辨。）夫禮無不敬也，入廟而問之詳，一〔三四八〕敬心之形耳，彼或人烏足以知之！想夫子曉或人，若曰：人以每事問爲不知禮者，蓋以爲知禮者無待於問也，孰知問焉乃所以爲禮乎？

只求神情活現，不求字句新奇，此即先生之所以超出於後人也。

疾病相扶持（正剔法）

薄有德

同非相憐，成於同病矣。夫疾病一人所獨也，而扶持者乃在人家。若非同井，安得此恤鄰之義？即且夫鄉人之在同井者，豐凶憂樂，雖共當之，然亦惟爲己已耳。乃有時專於爲人而不啻其爲己，（以「爲己」剔出「爲人」，□□爲人，不啻〔三四九〕爲己，妙妙。）且若忘乎其爲己焉，則其情誠可思也。

得此一剔，文情乃覺生動，不然，槁木死灰難以言文矣。

我愛其禮（反剔法）

顧憲成

聖人之心，惟知有禮而已。夫告之禮，至大禮也，聖人之心於是乎在，而何暇爲餼羊惜哉！夫子意謂禮之重於天下也，尚矣！（捉「禮」字直入「我」上。）其不幸而至於廢也。智者無所用其謀，强者無所用其力，（此等反剔倍加□□〔三五〇〕。）而一物之微有足以志之者，誠不幸中之幸也。（收「愛」字蘊藉〔三五一〕。）

此古文倒注之法也。「禮」字特捉，以下曲曲折折，一氣注〔三五二〕入「愛」字，精神無比。

雖疏食菜羹瓜祭

董士弢

祭不計物，想見追始之心焉。夫食與羹，必有其始之者，聖人祭其所自始耳，遑計疏菜哉？且自粒食之風開，萬世而下，相與厭飫於中，人徒知飲我者天和，（二反切。）食我者地德，鞠我者父母，養我者大君，（一氣奔赴，直溯源頭〔三五三〕。）孰知其先有人焉？慮飢渴之害而道我以飲食之利者，其功尤可念，其德尤可懷也。

一筆數行，嬝嬝而下，昔賢留此妙文，真後人發墨至寶〔三五四〕。

竊負而逃遵海濱而處（反剔〔三五五〕法）

呂懋修

曲全其親者，聖孝之極思也。夫竊逃，豈所以擬聖哉？遵海之説，亦曲盡其全親之心耳。孟子以此推〔三五六〕論舜孝也，以爲人但知舜孝之大，大於尊爲天子，而不知大孝之極，正極於不爲天子。

如出匣芙蓉，頓〔三五七〕使司衡者神悚。

遊必有方（題前反逼法　逼是逼，與先反後正□〔三五八〕不同）

遊不可以無方，愈知遠遊之當戒矣。夫子而出遊，將如父母何？惟是有方，或者其可遊耳。爲人子者，奈何而欲遠遊也哉？且夫人子之事親，使果能承歡膝下，而無一時之偶離也，（二語太逼。）豈不甚快？然而不可必也。故雖迫於勢之無可如何，（暗切「遊」〔三五九〕字。）亦必有道以處之，（暗切「有方」。）庶幾離乎親之身者，或可安乎親之心耳。（以有方。）

逼題狠，歸題穩。

丹之治水也愈於禹（題後倒托法）

宋學穎

與神聖爭水功，侈極矣。夫禹之水功遠矣，而丹未之知也，乃抑之以自侈。曰：豪傑舉事，識遠力卓，即身處叔季，以樹開闢之業無難焉。而或者與古人遜功，陋也；即不然，僅與古人同功，猶之陋也。（二層一淺一深，倒托「愈」字。）

此法至奇至妙，惟《左傳》頻頻有此。

揖讓而升下而飲（賓主相形法　○賓非襯也，襯須用心援引，賓只一陪而已）

樓渢

純乎揖讓者，即一射而亦無所苟焉。夫升也，下也，飲也，射之始終備矣，而揖讓者無間，此豈衆人所能及乎？且夫射之事，屬於武；而射之意，主乎文。勿謂較長絜短不必履蹈夫中和也。

亦自明净。

硜硜然小人哉（賓主相形法）

袁宏道

狀拘執者之爲人，亦非浮僞比矣。夫拘執，非小人也，然異於大人，即謂之小人亦可。且〔三六〇〕士品亦甚不同矣。世有壞〔三六一〕世道之君子，（有理有趣〔三六二〕。）亦有持世道之小人，則華實之辨也，獨不觀之必信之果者乎？

人雖小，猶然人也。抬高小人，極是。

愛之能勿勞乎（賓主相形法）

吴默

觀愛於父，而得其所以成之者焉。蓋勞固所以成其愛也。愛而不勞者，其必不愛其子而後可。嘗謂：子之於親也，（賓。）患情之不足；而親之於子也，（主。）患情之有餘。惟有餘而其究也亦歸於不足矣。

尖新雋穎，雖弦誦至今，尚如新開花樣也。○此係賓主相形法。似開合却非開合，似對襯却非對襯，讀者參互觀之。

作者七人矣（賓主相形法）

魏允中

聖人嘆賢人之多逸，亦以嘆世道也。夫世道之盛衰，視乎人也。作者七人，而聖人寧不爲衰世嘆耶？且君子之出處，惟其時而已矣。時當其盛，則在野者常聚而升之於朝；（賓。）時值其衰，則在朝者常散而歸之於野。（主。）是故見幾而作，達人之節，而非邦家之幸也。

提出「時」字作主，即以時盛而出，陪出時衰而處。思路清爽，風調高華。

見君子（賓主相形法）

朱朝聘

小人偶有所見，非小人之幸也。夫小人與君子不相入也，今一見之，其幸乎？其不幸乎？且君子之心，（賓。）不必操之於共見，而每於不見惕之；小人之心，（主。）不獨警之於獨見，而反於乍見儆之。

題是「見君子」，文即以「君子」陪出「小人」，作者抑何機警乃爾！

孝之至也（賓主相形法）

李杜

至孝無方，庸行之極也。蓋孝無終始，惟至者可以立極一周，洵不可及矣。嘗謂：聖人之德無加於孝，而孝如聖人，要非當然之孝也。其外焉者，盡倫盡制，既可於人心之所同；（即於陪筆中透出題義。）其内焉者，無聲無形，遂成其天性之所獨。吾觀於武〔三六三〕周之事文王，（塘納上文。〔三六四〕）乃益念武周之孝，不置也。

以「達孝」陪起「至孝」，意沉語煉，闈墨體裁。

必有禎祥（賓主相形法）

錢禧

興機之先見者，惟至誠知其然也。夫以禎祥卜〔三六五〕興，此必待興而後指爲禎祥也。惟至誠必之於未有之先，故能前知其興〔三六六〕耳。且夫有必昌之運，則有必昌之機。既事而安之者，天下之人也；（賓。）將事而示之者，神明之用也；（賓。）未事而信之者，至誠之所以爲至誠也。（主。）

雖是賓主，却從既事、將事、未事一串寫出，較他作〔三六七〕尤爲自然。

處士橫議（賓主相形法）

議有稱橫者，亂徵又在士矣。夫天下亂而處士橫議，士橫而天下愈亂，可慨也。嘗謂聖賢不得志，則救天下也以口；奸雄不得志，則傾天下也亦以口。

即以拒處士之人陪起處士，椽筆鳴文，光昭日月。

舜見瞽瞍其容有蹙（賓主相形法）

周宗建

以臣父誣聖人，因誣其見父之容焉。夫天子亦人子也，乃二朝共父而僅蹙其容哉？此誣聖之甚者。咸丘蒙述之曰：自古以頑父而遇孝子，則瞍於舜是也；而以貴子而臨賤父，則舜於瞍是也。（無法無天語，聞〔三六八〕之駭絶。）吾聞舜見瞍之朝也，其容蓋有蹙焉。

以瞍於舜陪出舜於瞍，一陪即過，不復拈惹，此陪法之〔三六九〕不同於襯法也。

力役之征（賓主相形法）

湯有譽

征民之力者，當惜民力矣。夫力役雖常征，先王豈設此以困民者哉？且王者既規天下之大，以勞其心，（賓。）勢不得不徵四海之人以勞其力，要以人道使之而不傷其至隱，（用范氏《采薇》詩傳。）則公旬之召，非特其分之所安，抑亦其心之所樂也。

以「勞心」陪出「勞力」，大義既已分曉，又能恤其力，而服其心，則力役雖勞民非病民矣。高文老識，情理俱圓。

既富矣又何加焉（開合相形法　○此法與賓主法〔三七〇〕不相同，互參自見）

金聲

商治庶之政，而有加於富焉者矣。夫富，聖人之所先施，非能盡於富也。富然後可以有加，豈遂無加哉？蓋聞王政有施爲之序，是故卑而可急，則不必其務廣而貪也；（一開。）而亦有無已之心，是故風而多防，則不欲其得少而足也。（一合。）

一開一合，「既」字、「又」字神理俱已曲曲傳出。

夫子自道也（開合相形法）

樓渢

聖心之謙，惟知聖者喻之也。夫夫子之無愧於仁知勇，即夫子亦不自知也，然而子貢已喻之矣。意謂天下之無窮者，理也，淺者見之謂之淺，（開中開。）深者見之謂之深；（開中合。）吾人之無盡者，學也，淺者每自見爲深，（合中開。）深者每自見爲淺。（合中合。）

開合中又有開合，較之《既富》作，更變化無窮。

君子而時中（開合相形法）

樓渢

以君子而深主敬之功，（「而」字濯〔三七二〕。）君子之中庸也。蓋主敬弗純，則君子而不中者有之矣，然則人而君子豈遂敢以中庸自信哉？且夫至中之理，散於天下，而人必舉而歸諸君子者，何也？爲其德之已成也。然君子之德，具於一心，而終不敢自許以中者，何也？爲其理之難合也。

此又以「理」、「德」二字顛倒連環，爲開合作法，比前又變矣。

君子無入而不自得焉（開合相形法）

樓渢

君子〔三七二〕無不得之境，以其道之充於內也。夫人之所以不能自得者，道未充耳。君子素其位而行，又何不自得之有。且天下原無累人之境，而人之所以受累於境者，（一開。）心爲之也；天下亦無順心之境，而心之所以能順夫境者，（一合。）理爲之也。

此又以「人」、「心」、「理」三字串遞鈎連，爲開合作法，比前更變。

則苗槁矣天油然作雲沛然下雨則苗浡然興之矣（請主作賓法　此法與題外旁襯者不同，與借徑入題者亦有別）

樓渢

天不嗜殺，（照史旨。）則槁者立興矣。夫苗之槁，皆天槁之也。而何以忽焉而興耶？曰：是唯不嗜殺之故。（此承破題旨〔三七三〕句。）且民當困極之餘，未有不待澤於君者；物當困極之餘，亦未有不待澤於天者。何則？司萬民生殺之權者，（文深而議趣。）君也；司萬物生殺之權者，天也。

人君不嗜殺，在通章則爲主，在本題又是賓矣。引來作陪，題面既靈，題意又醒，此亦千慮之一得也。

許子冠乎（請主作賓法）

王思位

以冠詰異端，詰其必用者也。蓋冠非農夫事，而必爲農夫用，當以此問許子耳。孟子曰：天下有天下之體統，一人有一人之體統。（起老辣〔三七四〕，題正大。）天下之體統在君臣，一人之體統在冠履。此皆必不可廢者。吾因許子之衣，而又疑許子之冠矣。

大人之事，尚在下文，此引正意，只於有意無意間作陪客耳。讀之但見其有注射之巧，而不見其有侵犯之弊也。

王問臣臣不敢不以正對（請主作賓法）

錢敬忠

大賢發親臣之義，而明變之爲正焉。夫易君之對爲正，則易君之事非異矣。人主可無深念乎？且夫易位之事，人臣所不敢行，而貴戚行之，非敢行也，乃不敢不行也；（就上文陪出本句，最是討便宜法。）易位之說，乃人臣所不敢言，而臣言之，非敢言也，乃不敢不言也。

此引上文作陪，說來却是一套説話，眼前道理，鬼神不測。

山節藻棁（化實爲虚法）

求所以悦蔡者，謂工於媚蔡則可矣。夫山也、藻也，蔡之所悦者也。而山節、而藻棁，其媚蔡也，孰謂不工哉？且吾觀世之媚人者，大抵欲其心之悦（三七五），而不欲其不悦也；（淺一層。）且惟恐其不悦，而必極求其所以悦也。（深一層。）乃不意文仲之居蔡也亦然。（一語歸題，敏捷無比。）

文仲媚蔡之工，一實説便失之笨，此借「媚人」作替身，字字刻劃形容，至末一筆鈎轉文仲，則上文所云媚人之工，無非文仲媚蔡之工矣。是謂化實爲虚之法。

子之燕居申申如也夭夭如也（化實爲虚法）

觀聖人於燕居，而得其中和之養焉。夫夫子中和之養，不易窺也，然而申申之容，夭夭之色，固已見於燕居矣，故記者記之。以爲天地之化，無斂而不舒之時；（平易之題正須[三七六]以高闊取勝。）天地之氣，無肅而不温之候。此萬物所以共適於太和也。乃自今思之，不特天地之氣也如是也，即聖人之容色亦然。

雖云化實爲虚，亦是預留地步，以爲下文實發張本。

孟武伯問孝（立身題外法）

錢世熹

以問孝世其家，孟氏有子矣。（得問而入，思路甚别。）夫武伯之問孝，繼懿子而起者也。雖曰父在則禮然，獨不可謂之能子乎？嘗考魯之公族而疑矣。强暴如三家，鬼神不即降之罰，而乃篤生一入孝出弟之人以昌其後，天之報施安在哉？追觀《魯論》所載「問孝」諸章，始知孟氏一門實有隱行，未可與〔三七七〕兩家同律也。

凡題中無可刻劃者，必須决彼藩籬，別開門户，方能不爲題困。此題意義甚淺，文只連合前章，間作評論，一若無意爲文而文已奇妙無比。

仲尼祖述堯舜（立身題外法）

樓渢

至聖以師祖帝，而中道傳於萬世矣。夫中庸之統，開之者堯舜也，而祖述之者惟仲尼。一師二帝，寧有異道哉？昔《中庸》之作，人皆曰「此子思之所以述仲尼也」，而不知子思之祖先已述夫堯舜。是故天道人道之别既已詳哉言之，至此則以爲天人之道，惟我仲尼能會其全也。乃復奮筆而書之曰「仲尼祖述堯舜」。

意亦人人所有，愚竊以健筆運之，故覺稍異庸俗。

詩曰衣錦尚絅惡其文之著也（立身題巔法）

樓紹梁

有文而惟恐其著，一詩人爲己之心也。夫文何足惡？所惡者〔三七八〕其著耳。然則「衣錦尚絅」之詩，不可令人思也哉。且天道虧盈而益謙，人情善華而厭樸，此鶩外者之所以見忌於造物也。夫吾儒有志爲學，即一名一物，亦莫不深求其故，（又作一曲，通體俱靈。）況大義之垂諸風雅者乎？

高視闊步、氣慨不凡者試爭先，定推此種。

勾踐事吴（立身題巔法）

黄淳耀

越能用奇徵，智者之所必及也。夫越非能隸吴者也，降而爲事，非勾踐之智不及此。且夫人不能忍天下之大辱者，（一縱一横，論□英當。）必不成天下之大事。千〔三七九〕古英雄往往有大過人之才，而功業無所就於世，則以雄略有餘而深沉之智不足也。

眼照勾踐，自出評論，故氣象獨超題表。

誰能出不由户（俯探題旨法）

樊大綍

户不可離，當亦人所共知也。（下句已起〔三八〇〕。）夫使出而能不由户，吾亦無望其他矣。然試問其能之者誰耶？且夫耳目之前苟爲人所當由者，（暗提「道」字，逆入〔三八一〕有法。）固無日不望人之由也。然使漫然示人以所由，則人之疑其不當由者有之矣。雖然，獨不見夫户乎？（□〔三八二〕入「户」字。）

一題必有一題正旨，如在上文，必須回顧上文；如在下文，即須俯探下文。此題全爲人不由道，故舉由户爲例，如只株守本題，爲題愚，即爲題縛矣。試看此文，手揮目送，抑何靈敏乃爾！

厩焚（俯探正旨法）

所焚在厩，物之灾也。（反擊下文。）夫厩而不焚也，厩而焚則有與厩俱焚者矣，（他人當此，未有不〔三八三〕問馬者。）故記之以觀聖人。且夫愛有差等，不必於其常也。驗仁民者，當觀之於水深火熱之餘；（是記者此以記廄焚之故，行人解此用筆，非大聰明又不能。）則驗愛物者，尤當觀之於水溺火焚之頃。

善探下文，胆識俱勝。◯水深火熱作陪，妙不宛説火焚。

有託其妻子於其友而之楚游者比其反也則凍餒其妻子（俯探題旨〔三八四〕法）

有負所託者，即友而已然矣。（遥注〔三八五〕下眼。）夫妻子而凍餒，謂所託何？然而天下如王臣之友者，多矣。故孟子首舉之以託諷也。若曰：天下未有任其責〔三八六〕而可不爲其事者也。（神注何處。）乃不謂有寄託甚殷而身其任者，竟反漠然置之，蓋即一交遊間而其責之多，所負者已往往如此主。（妙筆可思。）

手寫此處，眼照彼處，正是此等題真訣子，一起已曲盡其妙矣。

蚋（回顧題旨法）

物有與桶並生者，亦若與軛同往焉。夫蚋非與蠅並時而生者也，其以䐗〔三八七〕爲宅也同，故其聚也亦同。且物類之蕃衍也。或以胎〔三八八〕息，（廣作陪襯〔三八九〕。）或以卵育，要皆由一本而生。（妙想。）而惟是化生之物，有生之者，即有化之者。是生之者，一本也；（筆鋒尖利無比。）化之者，又一本也。然則天下二本之物，舍昆蟲其誰與〔三九〇〕歸乎？若是則蚋之爲物，又將於䐗乎遇之矣。

提一本意説入，既能照顧來脉，又令題情生動，可謂天賜妙想，天生妙筆矣。

使弈秋誨二人弈（回顧〔三九一〕正旨法）

張壎

以善誨弈者誨人，人有二而誨無二矣。（反擊「俱學」、「弗若」〔三九二〕。）夫弈而恃誨，莫善於弈秋也，使誨二人，豈曰二人也而二誨乎？嘗謂朝夕納誨以事我一人，人臣之大義也，誨之有益也明甚。雖然，誨亦未可徒恃也。（轉筆快。）如其徒恃夫誨，即一技之

末〔三九三〕，彼善誨者亦何嘗有所吝，而亦何嘗有所偏也耶？（「户」字入以下之「俱學」，「弗若」已自躍躍毫端。）〔三九四〕

前顧章旨，後擊下文，此題作法，復何遺憾。

君子之至於斯也吾未嘗不得見也（直擒題旨法）　顧天峻

叙所見以請於聖人，可以諒其情矣。夫聖人未必不與封人之見也，而至於叙其素以自明，殆所聖若弗克見者耶？想其因從者而請曰：吾聞〔三九五〕夫子天下之聖人也，（眼明手快。）其不可以當吾世而不得見聖人也。今夫子之人於儀也，其又不可以當吾儀而不得見夫子也。

慕聖人，所以叙君子，因夫子至斯，所以叙君子至斯，惟恐不得見聖人，所以叙未嘗不得見君子。一起從直道破，以爲通篇發論之根，爽絶快絶。

從先生者七十人（直擒題旨法）

韓菼

欲知先生者，觀從先生者焉。夫去者先生也，而知先生之去者，則從先生者也。沈〔三九六〕猶以此知曾子也。曰：君子之所决去〔三九七〕就者一己而已，而亦有可概之他人者；即吾人之所從决去就者一人而已，而亦有可信之人人者。

不説先生而説從先生者，沈猶氏立言原妙，此文直破題旨，眼明手快無比。◯題本是賓，若不顧主，即是客喧主位矣。題有當説破者，落筆時即須與〔三九八〕之説破，讀此可以類推。

萬物育焉（跟〔三九九〕領上文法）

蔣栻之

物無不遂之生，斯致和之效也。夫萬物固無一日不生於天地之間也，而使之各遂其生，則惟賴乎能致和者。《中庸》若謂：天資始，地資生，萬物之在兩間者，（跟領天地〔四〇〇〕，套出萬物。）天地育之也。然而陰陽出入之機，雖流形於造化而範圍曲成之理，尤待命於人功，有如致中而天地位矣。則其致和也，豈無其效哉？

萬物之有即天地之氣也。靠定朱注發出灾理，此等跟領又與〔四〇一〕他手勉强拉扯者不同。

魚鱉生焉（跟領上文法）

樓渢

水族不遺乎微物，洵不測矣。夫魚鱉之品，至微也，而亦與〔四〇二〕黿鼉四者並生，水之生物，可測乎？不可測乎？《中庸》若謂：物之生於水者，若黿若鼉若蛟龍，固皆至奇而至貴矣。然黿之生也先於鼉，並非生而驟長者也；（起「鱉」字〔四〇三〕。）龍之生也神於蛟，亦非生而驟靈者也。（已「魚」字。）

就上文引出魚鱉，以下便不必再領，是爲跟領上文之法。〇此法易失之平，須是脱卸有致，方可用之，不然不可輕用也。

齊莊中正足以有敬也（跟領上文法）

吴龍

禮備則敬無不足，於至聖之德信之焉。夫統而言之曰禮，析〔四〇四〕而言之則齊且莊也，中且正也。臨天下需敬，不可預信其足乎？曰：至聖以德臨天下，（跟領「仁義」〔四〇五〕。）仁義而外，嘉天下之會者，莫如禮矣。小其心以應物，勿二勿三；（齊莊。）謹其志以應幾，無偏無陂〔四〇六〕，（中正。）雖功用未著，（是足以有敬〔四〇七〕。）而畏天尊祖之實有餘裕焉。

此係正鋒文字，雖實寫却有包含，故下文尚可發揮。

莫見乎隱莫顯乎微（題前脱卸法　〇此係要緊脉絡〔四〇八〕，與〔四〇九〕跟領上文者不同）

樓渢

静也而之動，此尤易於離道時也。（還他虛步〔四一〇〕。）夫隱微似非見顯比矣。然而自知之明，莫過於此。人奈何以隱微而忽之也哉？《中庸》若謂：戒慎忽惧極之不睹不聞，則一動一静固已交致其功矣。然道之離也，固在於一動一静之間，而人之易於離道者，（上下脱卸，剔然分明〔四一一〕。）尤在於由静而動之際。

此題之上，上文之下，必須有此一補，題目方有着落。然此乃高材捷足之彦，所必不肯爲者，而余乃安然爲之，此亦守拙之一徵也。

子奚不爲政（急〔四一二〕入法）

張讓

疑聖人之不仕，不知聖人者也。夫夫子不仕，必其時之未可仕也，彼或人烏足以知之？想其意曰：夫人而無意斯世也，（一剔。）吾無論焉耳；即有意斯世而時會難逢，（再〔四一三〕剔。）吾亦無責焉耳。吾今者獨不能不致疑於吾子。（禽題。）

此急調也，讀之可藥人鬆軟之病。

及階子曰階也及席子曰席也皆坐子曰某在斯某在斯（急入法）

張用遂

聖人之詔師也，詳聖之待師也誠矣。夫階也、席也、坐也，皆非冕之所能見也，夫子歷舉而告之，冕不且忘乎其爲瞽耶？且夫老安少懷之志，皆聖人所不能忘也，而於不成人者尤必深其憐惜之心，（一事之仁亦從全體流出，看題圓到。〔四一四〕）何以見之？於待師冕見之。

以補筆作襯筆，入題甚緊，不同緩調。

子貢賢於仲尼（急入法）

甄昭〔四一五〕

敢於侮聖者，借賢者以干意焉。夫子貢而賢於仲尼乎？乃武叔而云爾也，何其敢於侮聖耶？想其意曰：天下師弟之際，寧有定哉？爲師者不必賢於弟，（引用恰好。）爲弟者不必不賢於師。亦視其造詣何如耳？

一唱一還無閑句，亦無閑字，緊健無比。

是故以堯爲君而有象以瞽瞍爲父而有舜（急入法）

張以班

即一門之人以驗性，而善不善已分矣。夫使象非不善，則必見化於堯舜，而非善則必見化於瞍矣。乃既有善有不善也，雖君父其奈之何！且夫權莫重於人主，情莫親於家庭，（英鋒快剪，咄咄逼人（四一六）。）是天下之最易轉移者，莫如君臣父子間矣，而正不然。

劈下翻語，老氣橫秋，此君屢試冠軍，少年早發，誠哉名下無虚也。

韞匵而藏諸求善賈而沽諸（緩入法）

黄徵

賢者婉商處玉，欲識聖人之行藏也。蓋人之處玉，不於其藏必於其沽矣，賜兩商之，非欲觀聖人之行藏也乎？且夫人於世所希覯之物，未有不思擇一術以處之者也。

（一層。）况珪璋琬琰之重，（二層。）尤有無容輕置者，即奈何不於爲隱爲見之際，（三〔四一七〕層。）而斟酌之以共參耶？

緩入之法多係平調，然題以内「諸」字非此不合，則平調亦不可廢也。

暴未有以對也（緩入法）

查迷〔四一八〕

欲對而不對，亦齊臣之慎也。〔四一九〕夫好樂之對似易而實難者也。暴而未對，暴亦加人一等矣。想其問孟子曰：臣子之賢愚，每以對揚人見；君心之邪正，即因獻納而分。甚矣夫！應對之難也。

入〔四二〇〕題意甚薄，不容一口道盡，自當如此平平説起。

而未嘗有顯者來（緩入法）

黄徽〔四二一〕

顯者之不來，齊婦之疑起矣。夫使齊人果交顯者，何顯者之不來？而顧未嘗來也，齊婦能無疑耶？告其妾曰：余雖婦人，亦知禮尚往來，故人之相與，往而必來，此情之常也。若夫此可以往，彼不可以來，在漠不相知者，固亦有之，何爲交遊日習者，竟亦若是也耶？

紓〔四二二〕緩嬌嫩，恰是婦人聲口。

貧而無諂（倒〔四二三〕入法）

李璠

貧之易於諂也，爲舉夫能自守者焉。夫諂亦貧之常也，苟能無諂，寧非自守其貧者乎？子貢若曰：吾初不解夫世之人，何爲靡然自付於申屈也？（從「諂」字倒入「貧」字，超思宇凡〔四二四〕。）進而思之，乃知其人自貧中來也。夫境處於貧，（鬆一筆〔四二五〕，好。）誠亦〔四二六〕

芻蕘者往（引證入題法）〔四二七〕

……耳。顧不意君王遊觀之所。而也率以往者，乃如在汝墳間也。

引《詩》得斷章取義之妙，此才人識解通方處也。

南方之强與（翻論入題法　〇内藏俯探正旨法）

樓灃

强不必偏於南也，（便説〔四二八〕而强。）聖人姑以詰勇士焉。夫子路意中之强，不必在南，亦不必不在南也。子即不以此望之何妨，（「與」字單見。）姑以此詰之。意謂：昔者有虞氏，緼瑟而歌風，一則曰南風之薰，一則曰南風之時，似南方亦至人之所樂矣。然山〔四二九〕天道之敷，固未嘗偏於陰慘；人事之用，亦不必倚於陽和。子今者有意於强乎？

只注「而强」大段便不走〔四三〇〕作。

固國不以山谿之險（翻論入題法　〇内藏俯探正旨法）

潘瓚

存所以固國者，（注「人」、「不」。）而山谿不足恃矣。夫山谿之險，何嘗不可以固國?而要非國之所以固也。欲固國者,其可徒恃山谿乎?今之謀國者,動曰表裏山河,(扣「山谿」。)子孫萬世之業也。夫不問基業之所以不拔,(折到「不以」。)國祚之所以無疆,而漫謂區區形勢,遂可恃以無恐也。則吾又未之敢信矣。(收「不以」。)

雖不説出「人和」,而吞吐間已有「人和」在言下。

坐以待旦(翻論入題法　○内藏對襯法)

張用有

元聖之待旦,急於行也。夫旦亦時所必至也,何必待?何必坐以待哉?然周公既已得之,有欲不待而不能者矣。孟子意謂:　昔周公之繫《易》也,於乾元之九三,則曰終日乾乾,夕惕無咎。是則由日而極之夜者,周公志也。(對面襯入,難切之甚。)又何事由夜而需夫日哉?雖然,夜之必至於日者,天之行健也;　夜之必需夫日者,人之自强也。則試於幸而得之之後觀之。

襯筆大方,不落纖巧。

日月星辰繫焉（借徑入題法）

孫鴻基

以所繫觀天，而天已不測矣。夫日月星辰，匪伊繫之也，而若或繫之，吾又何從而測之？且吾言至誠，而曰高明配天，（特地借作語柄。）是天固以高明爲體者也。雖然，天何體哉？（語本民〔四三一〕家不同。）夫亦即以懸象於天者，著其高明之體而已，試以其無窮者言之。

借徑而入，扣題自不費力。

霜露所隊（借徑入〔四三二〕題法）

殷善根

究舉聲名之洋溢，又極之於所隊矣。夫霜露固無有不隊之地也，（題面〔四三三〕。）然霜露及之，而至聖之聲名亦及之，（題言〔四三四〕。）其洋溢爲何如耶？嘗觀天地之小德，其川流也，固無在而不流焉者也。有時流而爲義，（來路清輕。）則肅殺之威以立；有時流而爲仁，則沾〔四三五〕濡之澤以行。由此而驗至聖之聲名，又不盡於日月之所照矣。

霜露原是天地仁義之氣，此借小德川流意，老實説出霜露來，又能照顧至聖仁義之德，扣題何等〔四三六〕大方。

夫子之求之也（小心覓題法）

韓菼

即求之以觀聖，若自有其求之者焉。夫夫子而求聞政乎？然其得之也，即以爲求也可。子貢曰：吾黨之測聖人，而已微窺之矣。（含下「温良恭儉讓」，一去「求」字一筆。）益信其非挾術以遊於世也。然其不期然而然之，故至不可知，（取「異」字倒入「未」〔四三七〕字，筆使婉妙。）則宜若有術焉。而吾即於其間益知聖人矣。（倒入「夫子之」三字。）

此種文最易看，然却最不易讀，讀得即學得矣。

不可不知也（小心覓題法〔四三八〕）

韓菼

即人子之所知者，（首題入。）而復警其不知焉。夫人子而不知父母之年哉？然知之猶慮不知也，此意堪爲知者警耳。子若曰：人子之事親，何一非其所當知者？使僅知之而其情已淺矣，（用一「知」字而若味迥别。）然至知之而其情自深矣。吾試人子之所易知者而還以悟人子焉，則如父母之年是已。

只説人子不知便淺，此説知而不知便深。考試奪取前列，只争此一些〔四三九〕子耳。

孟子見梁惠王（大膽潰題法）

項塤

大賢有見梁王，欲救梁以救天下也。（大識力，大議論。）夫孟子之道可以救天下，而要必自救梁始。惠王之凶豈偶然哉？昔孟子之道，即孔子之道也。（直從仁義。）孟子救世之心，亦即孔子救世之心也。然而春秋之時，天下尚知有天子，而最親於周者惟魯，（高談雄辯，聞猶心助〔四四〇〕。）故孔子以尊魯者尊周；　戰國之時，天下甚畏乎强秦，而最近乎秦者惟梁，故孟子以救梁者救世。

識見高超，筆仗凌厲。大有謝上蔡揎拳裸袖，旁若無人之概。

今以燕伐燕（大膽潰題法）

劉巖

非所以而以之，其罪均也。夫燕雖有可伐之罪，而齊非伐燕之國也。然則以齊伐燕，直以燕伐燕耳。且古人有伐國以取殘者，義士而或非之，曰以暴易暴兮。（虛虛反襯題面〔四四一〕。）古之人仁也而猶被暴之名，今之人暴也而假仁之號。今試觀人有溺於水而爇於火者，（此一惟乃實實足蹈題意。）而忽焉以水救水，以火救火，人莫不知其以之者之非也。今避水火者燕也，而伐燕者誰哉？

極奇横，却極工穩，文人挾此膽氣，真是横衝直撞，無所不可。

以約失之者鮮矣（着意追題法）

樓渢

寡過之學，惟在主敬而已。夫人之所以多失者，由其心之放也。敬斯約，約斯斂矣。於寡過乎何有？且凡人有當然之分焉，過乎其分，雖智亦愚；凡事有當然之理焉，越乎其理，雖巧亦拙。是以見幾之□□□以多事邀功，惟願以謹身寡過。誠以吾生萬全之術，無有過於主敬者也。

是皆平生親歷語，聊寫一通，置以自警。

夫婦也（着意追題法）

樓渢

夫婦有別，道之所由造端也。夫不有夫婦，安有父子？不有父子，安有君臣？然則夫婦雖居達道之三，寧非達道之端乎？（承明。）且夫太極之理，動而生陽，則乾男之所由兆也；靜而生陰，則坤女之所由成也。（就「道」字發出夫婦，方見夫婦之所以爲達道。）夫一陰一陽之謂道，則一男一女亦謂之道。是道也，豈自今日昉哉？（是天下古今所共由。）

實實抉出根柢，題理方不模糊。

謹庠序之教（着意追題法）

婁瀛

教以繼養，則庠序在所必嚴也。夫庠序何當無教，而不能謹之，則教非所教矣。此王者所以盡心於養足之後乎？且天生民而作之師，原欲使之敷教於萬民也。養之未舉，豈能枵腹而事詩書？養之既興，胡爲淫逸而忘禮義？是故厚生之餘，必繼以正德，欲盡心於國者，正未可苟且從事也。

切定養足教興，盡心於國，方與《齊宣》章有別。

夫子不爲也（輕筆敲題法　内藏反襯法）

婁瀛

聖人之不爲衛君，賢者以意決之焉。夫衛君之失，夫子初未明言也。何自知其不爲哉？此子貢之所爲知聖□□□□□□□□□與論之不可憑也。（開目得神。）日者衛君踐祚，衛之群臣爲之，衛之百姓□□，即吾子亦幾幾乎爲之矣。惜也，其未折衷於夫子也。

只用末句着題，不爲意□（四四二）自不言而喻。

朱張（輕筆敲題法）

樓 渢

逸而僅傳其名，深乎逸者也。夫他人之逸，莫不有事可傳矣，而朱張則僅以名傳，其人不誠可異乎哉？且夫人之得傳於後世者，以名乎？以實乎？必曰以實矣。（虛虛引入。）名以實傳乎？實以名傳乎？必曰名以實傳矣。若是則名彰而實隱者，（一筆跌入。）其不得傳於後世也明矣。彼朱張者，又何以稱焉？

朱張既無論斷，文即以虛還虛，亦有一篇虛虛文字，觀末句輕筆一敲，即已知其梗概矣。

養其大者爲大人（輕筆敲題法）

樓渢

人以善養而大，則大體誠不可忽矣。蓋人之一身，固以大體爲主也。養其大者爲大人，則大體顧可忽乎哉？且夫乾稱父，坤稱母，人處其中，可謂藐乎小矣。而吾特不知夫三才之位，何以從兹而立也？則不禁穆然於大人也。

末句空中一擊，「養大」意即已閃爍毫端。

校勘記

〔一〕「浦江」，原誤作「江浦」，今據序末改。

〔二〕陳本作「乾隆五十年歲次乙巳孟春浦江樓渢季美氏題」。

〔三〕陳本無「浦江樓渢採」五字。

〔四〕「汩」，原誤作「泊」，今據陳本、《遜志齋集》改。

〔五〕「佻」，原漫漶不清，今據陳本、《遜志齋集》補。

〔六〕「尸」，原誤作「富」，今據陳本、《遜志齋集》改。

〔七〕「秖」,《遜志齋集》、《五種遺規》作「祇」。
〔八〕「稟」,《遜志齋集》作「棄」,陳本作「乘」。
〔九〕「推」,原誤作「傳」,今據陳本、《遜志齋集》改。
〔一〇〕「憂」,原漫漶不清,據陳本、《遜志齋集》補。
〔一一〕「節」,《遜志齋集》作「或」。
〔一二〕「字」,原脱,今據陳本補。
〔一三〕「盧攜云」,原誤作「盧雋去」,陳本作「盧雋云」,今據《書法精言》改。
〔一四〕「字」,原誤作「子」,今據陳本改。
〔一五〕「真以轉而得妍,草以折而得勁」,《書法離鈎》等作「真以轉而後遒,草以折而後勁」。
〔一六〕「蔡邕」,原脱,今據陳本、《書法離鈎》補。
〔一七〕「芒」,陳本、《書法離鈎》作「毫」。
〔一八〕「雲」,原誤作「上」,今據陳本、《書法三昧》改。
〔一九〕「斂」,《書法離鈎》作「留」,「放」,原誤作「敖」字,今據陳本、《書法離鈎》改。
〔二〇〕「上」,陳本作「立」。
〔二一〕「字」,國圖本作「子」,誤。今據陳本改。
〔二二〕「直」,陳本作「正」。
〔二三〕「仰」,原誤作「伸」,今據陳本、《書法離鈎》改。
〔二四〕「一」,陳本作「二」。
〔二五〕「短」,原漫漶不清,今據陳本補。

〔二六〕「匀」，陳本作「旬」。
〔二七〕「齊」，陳本作「齊齊」。
〔二八〕「土」，陳本作「上」。
〔二九〕「直」，原誤作「有」，今據陳本改。
〔三〇〕「毡」，陳本作繁體「氈」。
〔三一〕「側」，原誤作「則」，今據陳本改。
〔三二〕「瓣」，原誤作「辨」，據文意改。
〔三三〕「若四」，原漫漶不清，據陳本補。
〔三四〕「匀」，陳本作「平」。
〔三五〕「多」，陳本作「三」。
〔三六〕「畫」，陳本、《歷代文話》本作「書」。
〔三七〕「彎」，原漫漶不清，據《歷代文話》、陳本補。
〔三八〕「成」，陳本作「大」。
〔三九〕「磔」，原誤作「傑」，今據陳本改。
〔四〇〕「二」，陳本作「一」。
〔四一〕「率」，原誤作「學」，今據陳本改。
〔四二〕「仆醜」，原漫漶不清，今據陳本補。
〔四三〕「視」，陳本作「觀」。
〔四四〕「真」，原誤作「直」，今據陳本改。

〔四五〕「爲」，原誤作「緩」，今據陳本改。
〔四六〕「利器」二字應是衍文。
〔四七〕「又」，原漫漶不清，今據陳本補。
〔四八〕「遊戲」，兩字漫漶不清，據陳本補。
〔四九〕「一兩」，陳本作「此由」。
〔五〇〕「白」，陳本作「朗」。
〔五一〕「難」，陳本作「未」。
〔五二〕「講」，陳本作「讀」。
〔五三〕「後」，原漫漶不清，今據陳本補。
〔五四〕「夏」，原漫漶不清，今據陳本補。
〔五五〕「意」，原漫漶不清，今據陳本補。
〔五六〕「槁」，原誤做「搞」，今據陳本改。
〔五七〕「此」，陳本作「以」。
〔五八〕「文氣通矣」至「隨手變化也」，原本缺漏，今據陳本補。
〔五九〕「若」，陳本作「善」。
〔六〇〕「而文理皆不能明通」至「雖讀」，原本缺漏，今據陳本補。「雖讀乃」，陳本作「雖讀之」。
〔六一〕「三」，原誤作「二」，今據陳本改。
〔六二〕「此」，陳本作「一」。
〔六三〕「致」，原誤作「至」，今據陳本改。

〔六四〕「愚按」，原漫漶不清，今據陳本補。
〔六五〕「詮」，原誤做「銓」，今據陳本改。
〔六六〕「又」，原漫漶不清，今據陳本補。
〔六七〕「大」，原本空缺，今據陳本補。
〔六八〕「文」，原脱，今據陳本補。
〔六九〕「欲開」，原漫漶不清，今據陳本補。
〔七〇〕「乎」，陳本無此字。
〔七一〕「木」，原誤作「禾」，今據陳本改。
〔七二〕「閱」，陳本作「閒」。
〔七三〕「願」，原誤作「顧」，今據陳本改。
〔七四〕「妄」，原誤作「旻」，今據陳本改。
〔七五〕「有」，陳本作「以」。
〔七六〕「館」，陳本作「舍」。
〔七七〕「字」，原誤作「意」，據文意改。
〔七八〕「辭」，原漫漶不清，今據陳本補。
〔七九〕「合破則分承」，原誤作「合承則分承」，今據陳本改。
〔八〇〕「倒」，原誤作「間」，今據陳本改。
〔八一〕「阪」，原誤作「版」，今據陳本改。
〔八二〕「住」，陳本作「佳」。

〔八三〕「加」，陳本作「如」。
〔八四〕「且」，原誤做「日」，今據陳本改。
〔八五〕「破」，原脱，今據陳本補。
〔八六〕「不」，原漫漶不清，今據陳本補。
〔八七〕「與」，原誤做「典」，今據陳本改。
〔八八〕「者何」，原漫漶不清，今據陳本補。
〔八九〕「從納字」，原漫漶不清，今據陳本補，「納」疑「約」之誤。「又」，陳本作「以」。
〔九〇〕「善」，陳本作「言」。
〔九一〕「合脚」，原漫漶不清，今據陳本補。「用」，陳本無此字。
〔九二〕「主」，陳本作「至」。
〔九三〕「故」，陳本作「固」。
〔九四〕「忘」，原漫漶不清，今據陳本補。「轉」，陳本作「將」。
〔九五〕「二」，陳本作「一」。
〔九六〕「收」，陳本作「反」。
〔九七〕「不」，陳本作「自」。
〔九八〕「轉」，原本作「博」，據文意改。
〔九九〕「既」，陳本作「也」。
〔一〇〇〕「方過題後一步，鄧艾追兵之手」，原本作「透進題後□步鄧艾進兵之手」，據陳本改。
〔一〇一〕「子」字不清，或為「干」、「于」等字。

〔一〇二〕「式」，原本漫漶不清，今據陳本補。
〔一〇三〕「講」，原誤作「誨」，今據陳本改。
〔一〇四〕「人十能之」之前，陳本還有十三篇，見附録。
〔一〇五〕「夫子温良」下，陳本還有九十三篇，見附録。
〔一〇六〕「後之人……精不過」，原爲墨丁，今據陳本補。
〔一〇七〕「乏」，原誤作「發」，今據陳本改。
〔一〇八〕「蘇文好看如此」，陳本無此六字。
〔一〇九〕「縱筆一撲，無非蘇文氣脉，爽快無比」，陳本無此十四字。
〔一一〇〕「浚」，原誤作「唆」，今據陳本改。
〔一一一〕「物不成，必由其誠之不能悠久」，陳本無此十二字。
〔一一二〕「又」，原漫漶不清，今據陳本補。
〔一一三〕「懼」，陳本作「惟」。
〔一一四〕「謂」，原漫漶不清，今據陳本補。
〔一一五〕「客」，原漫漶不清，今據陳本補。
〔一一六〕陳本「于」側有舊讀者標注「干」字。作「干」爲上，「矯情飾節」與「要譽干時」對文。
〔一一七〕「大」，原誤作「夫」，據陳本改。
〔一一八〕「遒」，陳本作「老」。
〔一一九〕「不苟合」，原漫漶不清，今據陳本補。
〔一二〇〕「稱」，原漫漶不清，今據陳本補。

〔一二一〕「二」,原誤作「一」,今據陳本改。
〔一二二〕「路」,原漫漶不清,今據陳本補。
〔一二三〕「君子有九思」,原为空白,今據陳本補。「夾襯法」,原漫漶不清,「夾」字隱約可辨,據文意補。
〔一二四〕「君子切於自治,九思不容已」,原为空白,今據陳本補。
〔一二五〕「焉」,陳本作「則」。
〔一二六〕「惧」,陳本作「慎」。
〔一二七〕「乂」,原誤作「入」,陳本誤作「又」。今據《歸有光全集》改。
〔一二八〕「爲」,《孟子》作「惟」。
〔一二九〕「義」,原文誤作「文」,今據陳本改。
〔一三〇〕「上」,原文誤作「士」,今據陳本改。
〔一三一〕「情」,原漫漶不清,今據陳本補。
〔一三二〕「忘」,原漫漶不清,今據陳本補。
〔一三三〕「王」,原漫漶不清,今據陳本補。
〔一三四〕「道」,原漫漶不清,今據陳本補。
〔一三五〕「初」,原漫漶不清,今據陳本補。
〔一三六〕「勸」,原漫漶不清,今據陳本補。
〔一三七〕「有」,原漫漶不清,今據陳本補。
〔一三八〕「訟」,陳本作「詣」。
〔一三九〕「未」,原漫漶不清,今據陳本補。

〔一四〇〕「克」，原漫漶不清，今據陳本補。
〔一四一〕「原評擒□題精卓，元家手法」，陳本作「擒題精孟元家子法」。
〔一四二〕「思」，原漫漶不清，今據陳本補。
〔一四三〕「瓚」，陳本作「讚」。
〔一四四〕「觀」，原漫漶不清，今據陳本補。
〔一四五〕「視」，陳本作「見」。
〔一四六〕「久」，原誤作「人」，今據陳本改。
〔一四七〕「討」，原誤作「詩」，今據陳本改。
〔一四八〕「事」，原誤作「家」，今據陳本改。
〔一四九〕「楊證」，原脱，今據陳本補。
〔一五〇〕「有」，原本作「飾」，今據陳本改。
〔一五一〕「予」，原本作「子」，今據陳本改。
〔一五二〕「江喬孫」，原脱，今據陳本補。
〔一五三〕「接」，陳本作「移」。
〔一五四〕「際則」，原漫漶不清，據陳本補。
〔一五五〕「就」，原誤作「然」，今據陳本改。「所見」，原漫漶不清，據陳本補。
〔一五六〕「以至德」，陳本作「公婆從」，此據陳乙本改。
〔一五七〕「以至德之中藏，剔醒外見之德輝，文情淡遠，得子貢默會夫子之神」，原漫漶不清，據陳本補。
〔一五八〕此篇至「吾黨之小子」數篇，陳本缺。陳本多「是禮也」一篇。

〔一五九〕「語」，原漫漶不清，似「詎」，據下文改。
〔一六〇〕「立」，原誤作「五」，據前後文意改。
〔一六一〕「恩」，模糊不清，似爲「思」字；□字右邊爲「各」，左邊紙片脱落。
〔一六二〕「鍾」，疑「鎬」之誤。
〔一六三〕「詣」，疑「詩」之誤。
〔一六四〕「二」，原漫漶成「一」，據文意改。
〔一六五〕國圖本原題作「幼學分法濬靈秘書目録」。
〔一六六〕「含」，原誤作「舍」，據文意改。
〔一六七〕「綽有」，原本漫漶似「縛在」，今據陳本改。
〔一六八〕「粱」，原誤作「梁」，今據陳本改。
〔一六九〕「妙」，原漫漶不清，今據陳本補。
〔一七〇〕「人」，疑衍。
〔一七一〕「夾」，原誤作「夫」，今據陳本改。
〔一七二〕「情」，原漫漶不清，今據陳本補。
〔一七三〕「扑」，原漫漶不清，今據陳本補。但看字形疑为「折」。
〔一七四〕「論」，陳本無此字。
〔一七五〕「以飛」，陳本作「六」。
〔一七六〕「入手」，原本上字不清，下字作「乎」，今據陳本補改。
〔一七七〕「擻」，原漫漶不清，今據陳本補。

〔一七八〕「二」，原本漫漶作「一」，今據陳本改。
〔一七九〕「二」，原漫漶不清，今據陳本補。
〔一八〇〕「籠」，原漫漶不清，今據陳本補。
〔一八一〕「通」，原漫漶不清，今據陳本補。
〔一八二〕「何」，原誤作「研」，今據陳本改。
〔一八三〕「異」，原漫漶不清，今據陳本補。
〔一八四〕「大」，國圖本、陳本均漫漶不清，又似「更」字。
〔一八五〕「横」，原漫漶不清，今據陳本補。
〔一八六〕「見」，陳本作「日」。
〔一八七〕「三」，原漫漶似「二」，今據下文及陳本改。
〔一八八〕「襯一」，原漫漶不清，今據陳本補。
〔一八九〕「箪」，疑「箪」之誤。
〔一九〇〕「止」，陳本作「土」。
〔一九一〕「進」，原漫漶不清，今據陳本補。
〔一九二〕「須」，國圖本不清，略似「須」，陳本作「顧」。
〔一九三〕「二」，原脱，今據陳本補。
〔一九四〕「甚」，疑「堪」之誤。
〔一九五〕「得」，陳本作「待」。
〔一九六〕「統」、「匀」，原漫漶不清，今據陳本補。

〔一九七〕「好之」，原漫漶不清，今據陳本補。

〔一九八〕「又將勉之曰爾不當」，原漫漶不清，今據陳本補。

〔一九九〕「爾當爲好之者也人而」，原漫漶不清，今據陳本補。

〔二〇〇〕「於好之者也落下好之」，原漫漶不清，今據陳本補。

〔二〇一〕「好也」，原漫漶不清，今據陳本補。

〔二〇二〕「中」，原作「申」，據陳本改。「伸」下有缺文，陳本脱一頁，疑接陳本第一四四頁，此頁只有單獨一句：「題本天然照應，文之照應處又極天然。可謂天然入妙也。（樓季美）」

〔二〇三〕「雖」，原作「難」，據陳本改。

〔二〇四〕「含下起」，陳本作「合下文」。

〔二〇五〕「脱」，原本漫漶似「照」，今據陳本補改。

〔二〇六〕「去」、「一」、「撲」，原漫漶不清，今據陳本補。

〔二〇七〕「可」，陳本作「下」。

〔二〇八〕「都」，原漫漶不清，今據陳本補。

〔二〇九〕「下」，原漫漶不清，今據陳本補。

〔二一〇〕「以」，陳本無。

〔二一一〕「蹠」，原漫漶不清，今據陳本補。

〔二一二〕「舜」，原漫漶不清，今據陳本補。

〔二一三〕「包」，原漫漶不清，今據陳本補。

〔二一四〕「而」，原漫漶不清，今據陳本補。

〔二一五〕「扼」，原漫漶似「抱」，今據陳本改。
〔二一六〕「自」，原誤作「目」，今據陳本改。
〔二一七〕「應」、「成」，原本漫漶不清，今據陳本補。
〔二一八〕「乎」，陳本作「呼」。疑皆「平」之誤。
〔二一九〕「壯」，原本爲墨丁，今據陳本補。
〔二二〇〕「且」，陳本稍微模糊，疑爲「宜」字。
〔二二一〕「折」，原誤作「析」，今據陳本改。
〔二二二〕「亨」，原誤作「亭」，今據陳本改。
〔二二三〕「塞」，原本漫漶不清，今據陳本補。
〔二二四〕「阻」，疑「徂」之誤。
〔二二五〕「上二」，原漫漶不清，今據陳本補。
〔二二六〕「跟」，原漫漶不清，今據陳本補。
〔二二七〕「福」，疑爲「法」。
〔二二八〕「點非」，原漫漶不清，今據陳本補。
〔二二九〕「亦」，原漫漶不清，今據陳本補。
〔二三〇〕「而」，原漫漶不清，今據陳本補。
〔二三一〕「領」，原漫漶不清，今據陳本補。
〔二三二〕「比句」，疑「此句」之誤。
〔二三三〕「愛」，原誤作「爰」，今據陳本改。

〔二三四〕「二」，原漫漶不清，今據陳本補。
〔二三五〕「今」、「凄」，原漫漶不清，今據陳本改。
〔二三六〕「飲」，原誤作「欲」，今據陳本改。
〔二三七〕「此」，原漫漶不清，今據陳本補。
〔二三八〕「今」，原漫漶不清，今據陳本補。
〔二三九〕「點」，原漫漶不清，今據陳本補。
〔二四〇〕「轉」，原脱，今據陳本補。
〔二四一〕「轉」，原脱，今據陳本補。
〔二四二〕「逼」，原誤作「過」，今據陳本改。
〔二四三〕「與」，原作「典」，今據文意改。
〔二四四〕「唱」，陈本作「喝」。
〔二四五〕「愈」，原誤作「俞」，今據陳本改。
〔二四六〕「若」，國圖本、陳本皆作「苦」，今據文意改。
〔二四七〕「矜」，原漫漶不清，今據陳本補。
〔二四八〕「符首尾」，原漫漶不清，今據陳本補。
〔二四九〕「畫」，原漫漶不清，今據陳本補。
〔二五〇〕「考」，陳本作「部」。
〔二五一〕「一」，陳本無。
〔二五二〕「竹勢」，陳本作「作執」，疑皆「作勢」之誤。

〔二五三〕「鏗」，原漫漶不清，今據陳本補。
〔二五四〕「綫」，原誤作「緑」，今據陳本改。
〔二五五〕「從」，原誤作「欲」，今據陳本改。
〔二五六〕《問人於他邦》一篇，整篇脱落，只剩文後兩則評語，今據陳本補。
〔二五七〕「輒」，疑「轍」之誤。
〔二五八〕此段評語原在《趨而辟之》篇之後，單獨一頁，内容與上文不相關聯，把陳本原在《問人於他邦》後兩則評語與此段評語相互調换，則題文評語相貫，故作此調整。
〔二五九〕「句」，陳本作「節」。
〔二六〇〕「追」，原誤作「迫」，今據陳本改。
〔二六一〕「致」，原漫漶不清，今據陳本補。
〔二六二〕「郢」，原漫漶不清，今據陳本補。
〔二六三〕「故」，原脱，今據陳本補。
〔二六四〕「有」，原漫漶不清，今據陳本補。
〔二六五〕「又、主」，原漫漶不清，今據陳本補。
〔二六六〕「照」，原誤作「風」，今據陳本改。
〔二六七〕「日」，疑爲「自」之誤。
〔二六八〕「王」，陳本作「主」，疑作「主」是。
〔二六九〕「古」，陳本作「江上」。
〔二七〇〕「一」，原脱，今據陳本補。

〔二七一〕「忽」、「補」，原漫漶不清，今據陳本補。
〔二七二〕「無」，原漫漶不清，今據陳本補。
〔二七三〕「遥」、「手」，原漫漶不清，今據陳本補。
〔二七四〕此句與下句評語陳本原在《問人於他邦》篇後，單獨一頁，與文章不相關聯，故將此二句評語與《趨而辟之》篇後之評語相調换。
〔二七五〕「及」，陳本作「乃」。
〔二七六〕「落」，陳本似「茫」。
〔二七七〕「誼」，陳本作「篇」。
〔二七八〕「伎」，原誤作「伍」，今據陳本改。
〔二七九〕「過」，陳本無此字。
〔二八〇〕「首二句」，原漫漶不清，今據陳本補。
〔二八一〕「開」，原本、陳本皆漫漶似「間」，今據文意改。
〔二八二〕「乎」，疑「平」之誤。
〔二八三〕「二典三謨」，原漫漶作「一典一謨」，今據陳本改。
〔二八四〕「二」，原漫漶不清，今據陳本補。
〔二八五〕「話」，原漫漶不清，疑为「話」，陳本作「活」。
〔二八六〕「儈」，國圖本、陳本均作「繪」。據文意改。
〔二八七〕「達」，疑爲「違」之誤。
〔二八八〕「正」，國圖本模糊似「臣」，今據陳本改。

〔二八九〕「漬」，陳本作「清」。
〔二九〇〕「邊」，陳本作「透」。
〔二九一〕「感」，陳本作「惑」。
〔二九二〕「園」，陳本作「圓」。
〔二九三〕「自」，原漫漶作「目」，今據陳本改。
〔二九四〕「立」，原漫漶似「立」，陳本作「進」。
〔二九五〕「襯」，原漫漶似「視」，今據陳本改。
〔二九六〕「題」，原誤作「顯」，今據陳本改。
〔二九七〕「一」，原漫漶無字，今據陳本補。
〔二九八〕「形」，原漫漶不清，今據陳本補。
〔二九九〕「他不一」，原漫漶作「也一」，今據陳本改。
〔三〇〇〕「爲」，陳本作「矯」。
〔三〇一〕「感」，原漫漶不清，今據陳本補。
〔三〇二〕「子」，原誤作「于」，今據陳本改。
〔三〇三〕「極」，陳本作「柚」。疑應爲「杼軸千怪」。
〔三〇四〕「歡」，疑爲「嘆」之簡寫。
〔三〇五〕「去」，原漫漶作「夫」，今據陳本補改。
〔三〇六〕「布景」原爲「希景」，從後文改。
〔三〇七〕「理」，疑爲「埋」之誤。

〔三〇八〕「忘」，原漫漶不清，今據陳本補。
〔三〇九〕「大」，原誤作「夫」，今據陳本改。
〔三一〇〕「學」，原漫漶不清，今據陳本補。
〔三一一〕「正緻題」，原脱，今據陳本補。
〔三一二〕「有」，原漫漶不清，今據陳本補。
〔三一三〕「自」，原漫漶似「可」，陳本似「目」，據文意改。
〔三一四〕「好仁之人」，國本、陳本皆作「好人之人」，今據文意及網上殘本圖片改。
〔三一五〕「緻」，原漫漶空缺，今據陳本補。
〔三一六〕「可不先看題中竅要處，讀文者又可不先看文中訣要處也。（樓季美）」，此句爲單獨一頁，原本、陳本皆脱，據網上殘本圖片補。
〔三一七〕「點睛」，原漫漶不清，今據陳本補。
〔三一八〕「琦」，原漫漶不清，今據陳本補。
〔三一九〕「説」，疑「鋭」之誤。
〔三二〇〕「頬」，陳本作「頓」。
〔三二一〕「任」，疑爲「仕」。
〔三二二〕此篇陳本殘缺。
〔三二三〕《季氏旅於》至《居則不曰》四篇，陳本有目無文。
〔三二四〕自《人十能之　二句》至《夫子温良　一句》，國圖本已録。
〔三二五〕此篇陳本殘缺。

〔三二六〕「一句」原無，據上下文補。
〔三二七〕此篇陳本殘缺。
〔三二八〕《不得其門》至《棄甲曳兵》四篇，陳本有目無文。
〔三二九〕陳本正文至此篇止，以下諸篇有目無文。
〔三三〇〕「夕」，原作「也」，據文意改。
〔三三一〕「根根」，疑「根柢」之誤。
〔三三二〕「千」，原作「于」，據文意改。
〔三三三〕陳本「句」誤作「曰」，「上」誤作「士」，「皆」字漫漶，今據陳乙本改。
〔三三四〕「逆承」，據陳乙本補。
〔三三五〕「者」，原作「著」，據文意改。
〔三三六〕「兩」，原誤作「西」，據文意改。
〔三三七〕「剔」前「一」字，原漫漶空缺，據文意補。
〔三三八〕「來」，原漫漶不清，據評語補。
〔三三九〕「振一筆」，據陳乙本補。
〔三四〇〕「王」，原漫漶空缺，據文意補。
〔三四一〕「是」、「以」、「有」三字或有脱誤。
〔三四二〕「逆」，據陳乙本補。
〔三四三〕「四」，據陳乙本補。
〔三四四〕「熨」，原作「慰」，據文意改。

〔三四五〕「對」，據陳乙本補。
〔三四六〕「找」，原誤作「我」，據文意改。
〔三四七〕「應」字已是本頁末，與後頁不相接，疑有脱漏。
〔三四八〕「一」字較長，似乎不是「一」字，而是作爲分隔符號的横綫。
〔三四九〕□□，據陳乙本補。「啻」，陳本作「居」，據陳乙本改。
〔三五〇〕□□，據陳乙本補。
〔三五一〕「藴藉」二字，陳本漫漶，據陳乙本補。
〔三五二〕「注」，陳本誤作「住」，據陳乙本改。
〔三五三〕「溯源頭」三字陳本脱，據陳乙本補。
〔三五四〕「寶」，原誤作「空」，今據文意改。
〔三五五〕「剔」，原誤作「易」，據文意改。
〔三五六〕「推」字，陳本漫漶不清，今據陳乙本補。
〔三五七〕「頓」字，陳本誤作「損」，據陳乙本改。
〔三五八〕□，漫漶不清，似「沾」字。
〔三五九〕「遊」，原誤作「進」，據文意改。
〔三六〇〕「且」，漫漶似「早」。
〔三六一〕「壞」，原誤作「懷」，今據文意改。
〔三六二〕「趣」字，陳本誤作「赴」，據陳乙本改。
〔三六三〕「武」，原誤作「弑」，據文意改。

〔三六四〕此批語疑有誤字。
〔三六五〕「卜」，原誤作「十」，今據《欽定四書文校注》改。
〔三六六〕「興」，原誤作「與」，今據《欽定四書文校注》改。
〔三六七〕「作」，原誤作「作」，據文意改。
〔三六八〕「聞」，原作「門」，據陳乙本改。
〔三六九〕「之」字，陳本誤作「二」，據陳乙本改。
〔三七〇〕「賓主法」之「法」，原空缺，據文意補。
〔三七一〕「濯」，似「醒」字之誤。
〔三七二〕「君子」，原紙張破缺，據文意補。
〔三七三〕「旨」，疑「首」之誤。
〔三七四〕「辣」，漫漶不清，疑为「辣」。
〔三七五〕「悦」，原誤作「棁」，據文意改。
〔三七六〕「須」字，陳本作「順」，疑爲「須」之誤。
〔三七七〕「與」，原誤作「興」，據文意改。
〔三七八〕「者」，原誤作「著」，據文意改。
〔三七九〕「千」，原誤作「于」，據文意改。
〔三八〇〕「起」字，陳本誤作「這」，據陳乙本改。
〔三八一〕「入」，原誤作「人」，據文意改。
〔三八二〕□，漫漶不清，疑爲「淡」字。

〔三八三〕「不」，原誤作「木」，據文意改。
〔三八四〕「旨」，原誤作「著」，據文意改。
〔三八五〕「注」字，陳本作「法」，據陳乙本改。
〔三八六〕「責」，原誤作「貴」，據文意改。
〔三八七〕「壑」，陳本作「上」，據陳乙本改。
〔三八八〕「胎」，原誤作「股」，據文意改。
〔三八九〕「廣作陪襯」，陳本作「不作陪見」，此據陳乙本改。
〔三九〇〕「與」，原誤作「典」，據文意改。
〔三九一〕「顧」，原誤作「頑」，據文意改。
〔三九二〕「反擊俱學弗若」，陳本漫漶，此據陳乙本。
〔三九三〕「技」，原誤作「枝」，「末」，原誤作「未」，據文意改。
〔三九四〕「户」字或爲「益」字之誤。此句陳本原作「户字入以下士俱學中若已自佳之毫知」，今據陳乙本改。
〔三九五〕「聞」，原誤作「開」，據文意改。
〔三九六〕「沈」，原作「沉」，據《孟子》改。
〔三九七〕「去」，原誤作「方」，據文意改。
〔三九八〕「與」，原誤作「典」，據文意改。
〔三九九〕「跟」，原誤作「根」，據文意改。
〔四〇〇〕「跟」字據陳乙本補。「地」，原誤作「也」，據文意改。
〔四〇一〕「與」字，陳本誤作「人」，此據陳乙本改。

〔四〇二〕「與」，原誤作「典」，據文意改。
〔四〇三〕「起鱉字」，陳本作「起下了」，此據陳乙本。
〔四〇四〕「析」，原誤作「折」，據文意改。
〔四〇五〕「跟領仁義」，陳本作「昭領仁不」，此據陳乙本。
〔四〇六〕「陂」，原誤作「波」，據文意改。
〔四〇七〕「是足以有敬」，陳本作「足以自」，此據陳乙本。
〔四〇八〕「絡」字，陳本誤作「絲」，今據陳本改。
〔四〇九〕「與」，原誤作「典」，據文意改。
〔四一〇〕「還他虛步」，陳本作「不即虛」，此據陳乙本。
〔四一一〕「上下脱卸，剔然分明」，陳本作「上下也不人照分明」，此據陳乙本。
〔四一二〕「急」，原誤作「以」，據文意改。
〔四一三〕「再」字，陳本脱，據陳乙本補。
〔四一四〕此句陳本作「一事之仁亦人今仲池出有起員對」，此據陳乙本。
〔四一五〕作者甄昭，據陳乙本補。
〔四一六〕「咄咄逼人」，陳本作「出人還人」，此據陳乙本。
〔四一七〕「三」，據文意補。
〔四一八〕「迷」，正文有同題文，作者爲「查潾」，此處「迷」或爲「潾」。
〔四一九〕此句陳本作「欲對而不對之而臣聲未以」，此據陳乙本。
〔四二〇〕「入」，原誤作「人」，據文意改。

〔四二一〕作者黄徽，據陳乙本補。
〔四二二〕「紓」，陳本、陳乙本均作「紂」，疑爲「紓」之誤。
〔四二三〕「倒」，原誤作「即」，據文意改。
〔四二四〕此語疑有誤字。
〔四二五〕「筆」字，陳本作「法」，此據陳乙本。
〔四二六〕「誠亦」在原書頁尾，下接「耳。顧不意君王游觀之所」，是《芻蕘者往》篇末語。對照起講目録，《貧而無諂》與《芻蕘者往》之間缺《不得其門》、《虎豹之鞟》、《寬則得衆》、《棄甲曳兵》四篇。
〔四二七〕此篇只剩末尾一行及評語一行，篇名據起講目録補。
〔四二八〕「説」字，陳本漫漶，此據陳乙本補。
〔四二九〕「山」，疑「而」之誤。
〔四三〇〕「走」字，陳本漫成「疋」，此據陳乙本。
〔四三一〕陳乙本此字作「民」，疑爲「傳」字。
〔四三二〕「徑入」，原誤作「狂不」，據文意改。
〔四三三〕「面」字，陳本誤作「河」，此據陳乙本。
〔四三四〕「言」字疑爲「旨」之誤。
〔四三五〕「沾」，原誤作「沽」，據文意改。
〔四三六〕「等」，原誤作「寺」，據文意改。
〔四三七〕「未」，疑爲「求」之誤。
〔四三八〕「小心覓題法」，原缺，據目録補。

〔四三九〕「些」，原誤作「此」，據文意改。
〔四四〇〕「聞」、「助」，漫漶不清，依稀辨得爲「聞」、「助」。
〔四四一〕「面」，原誤作「西」，據文意改。
〔四四二〕□，僅餘上面「口」字，似是「只」或「足」等字。

復初齋時文 帖經舉隅

〔清〕翁方綱　撰

李文韜　點校

復初齋時文與帖經舉隅提要

《復初齋時文》不分卷、《帖經舉隅》三卷，翁方綱撰。

翁方綱（一七三三—一八一八），字正三，一字忠叙。號覃溪，又號彝齋、蘇齋。直隸大興（今屬北京）人。乾隆十七年中二甲進士，欽點翰林院庶吉士。乾隆三十八年，任《四庫全書》纂修官。翁氏一生以文學清華之職，多次出任鄉、會試考官以及地方學政。嘉慶二十三年卒，年八十六。著有《復初齋文集》、《石洲詩話》、《兩漢金石記》等。傳見《清史稿·文苑二》，今人沈津編著《翁方綱年譜》述之甚詳。

《復初齋時文》、《帖經舉隅》均爲翁方綱督學江西時編著，初次刊刻於乾隆五十二年六月至五十四年九月之間。《復初齋時文》採取選輯時文并加以評點的方式成書。《帖經舉隅》則以有關四書各題的題解爲主體，并附有關於字説、碑銘法帖的筆記以及部分論説雜著。兩書透露出明顯的學人之時文的主張，内容豐富。一是論述時文以經學爲旨歸，從文體流變的角度出發，爲時文正本清源，指出「爲時文者當先研極於經傳」。二是系統論述時文技法理論，分別從涵養文氣、注重機法、不棄辭章三個方面，在時文創作層面進行了精微的闡釋。三是針砭江西文風之時弊，并呼應沉潛經學的主張。翁氏一面批駁「浮靡姿媚」的江西時文文風，一面將「體氣深厚」的學人之時文立爲時文正格，以期江西文風一返於正。

《復初齋時文　帖經舉隅》現藏於美國哈佛大學燕京圖書館，爲乾隆刻本。上海圖書館所藏《復初齋時文》與哈佛本爲同一版本，惟篇目數量及各篇次序有異，哈佛本實缺時文九篇；上圖本各篇内容完整，但書頁排版有錯亂之處。上圖本曾爲清末民初教育家王培孫所收藏，目録首頁鈐有「王培孫紀念物」印章。前有王培孫跋文：「小友沈亦吾君避兵金華，由金華而玉山。以余好書，偶購以寄贈。沈君非知書者，所購乃無用物，獨此八股文一册，翁方綱作，名人之遺墨也，重裝存之，爲沈君友好之紀念，亦彼此避兵之紀念矣。時民國二十八年居大同坊寓廬。」下有「培孫」陽文印章。王培孫（一八七一——一九五三），名植善，晚歲以字行。幼居南翔，從舅祖黄翰卿習舉業。光緒十九年遊邑庠，後入南洋公學，一生致力於教育事業。

《帖經舉隅》爲乾隆刻本，三卷，中國國家圖書館有三卷本與四卷本兩種，内容有所增減，而未作改動的部分則完全一致。

茲據美國哈佛大學燕京圖書館藏合訂本《復初齋時文　帖經舉隅》爲底本，以上圖本《復初齋時文》和國圖本《帖經舉隅》參校。

復初齋時文序目

往在粤東撿篋中舊存制藝，自壬申至戊子，所作凡七十首，分爲三集，鋟板於藥洲西齋，今二十年矣。此後校讎天禄，日事鉛槧，於時文未多作。己亥秋典江南鄉試，闈中首題，輒有擬作，歸以視同年趙鹿泉，鹿泉謂：「『巍巍乎』三字，前輩必有渾發見真力處，子文雖氣韵超逸，終以少此數語讓前人也。」是以此稿今亦不存。猶憶是秋於江寧試院，判牘尾作四律曰：「採芳盧阜廿年心，澹泞空濛寄遠襟。借問巖泉無結構，如何山水有清音。躊躇妄嘆千秋畏，悵望孤情一往深。不是文章烟月語，典謨儼若帝天臨。」「夢裏巉巖石骨青，移文欲問草堂靈。己山字豈元夷簡，陽羨茶非陸羽經。薪火誰能傳既燼？巾箱幾見貌真形。天機刻露諸前輩，不獨滄洲怨鶴銘。」「雄奇更要選和平，果否聲音是性情。原委隸蝌韓八代，縱横禮樂魯諸生。山中老宿還風氣，江上秋空又雨聲。多少津粱渟蓄在，他時幾個可施行。」「敝帚毫錐等自憐，忍將長物笑寒氈。兔園馬肆成何用，麟角牛毛敢望傳。九穀膏腴非下地，六經日月正中天。相期閉户深追琢，莫遺菑畬付石田。」此四詩，蓋深感於宜興儲氏以經術爲文，而金壇王氏盡舉看題窾郤以示學者，學者不能深體而實踐之，爲可憾也。然近時高才博學者又多矜言文境超詣，於己山義法，耻復受其繩墨，此則賢知之過，不流於蕩檢逾閑不止。故愚嘗謂：「往日言時文者不甚留意注疏，恒傷於固陋。而近日稍知看注疏者，又高談漢學而喜駁宋儒，此學者之大患也。」兹來江右，輒復尋理舊編，删其與初學無甚切益者，稍附以新作一二，得四十首，舊所存評皆雜集諸友人語，綴爲一條，是以不復記其出誰某矣，非前後體例有異也，惟自記尚仍其舊耳。編次前後則依昔時所存，以作文先後爲次，故與刻稿者按經文題目之例亦不同也。乾隆五十二年六月望日大興翁方綱自序。

計目（二）

女得人焉爾乎

政在得人，聖人深探其本也。夫邑宰之前，不患無人，而特難乎其得人也，（重頓「得」字。）故爲子游一探政本也。曰：「吾自轍環以來，閱人多矣。惟是女二三子小試於外，舉凡出治之要，（按題大方。）爲政之本，將皆於二三子是望焉。乃今停車此土，而欲有咨於女也。」古者體國經野，必有所資焉而後有所立，（「得人」二字發源甚大。）而師之、友之之殺生焉。大而天下，小而一邑，無二理也。吾人立心端術，必氣相感焉而後德相薰，（「得人」二字消息甚微。）而賢者仁者之例起焉。退而讀書，進而莅政，無異道也。乃今而欲有咨於女也，女得人焉爾乎？以宰一邑者，宏獎風流，（二比重發「得人」之難。）非不有才俊之彦供給於簿書文史之前，（此人而非得。）然而不可以云得人也。（「得人」一頓，「焉爾乎」三字之神自出。）夫言事而析秋毫，論政而至日昃，邑庭非不賴此人，而仰承風旨而鬻權力者，即伏於其中矣。（意俱照下。）我心目之間所懸而需者，何等乎？而猥漫以嘗也，則夫特出於風議聲稱之外者所當别具心胸也。以宰一邑者，優游清暇，亦不少報契之士，賞識於樽酒文字之間，（此得而非人。）然而不可以言得人也。夫出言而寤肺腑，握手而相徵逐，邑庭亦安用此人？而習乘顔色而近比昵者，即雜於其中矣。此几筵之側所設而待者，何等乎？而猥貿以充也，（凜然有聲。）則夫獨闢於士習民風之大者所當微寄精神也。而女也，自從游洙泗之時，（二比乃拍「女」字，瀉出「焉爾乎」之神。）澤身文學，久不欲以齷齪委瑣之習雜其芳情，則作吏以來，任有攸屬矣。聲氣非吾事，揄揚非我心，直以交道有神。（願与凡爲學侶者共質此言。）取夙昔服古之衷，而結象於一方之秋水，其與夫爲吏而艷稱有人者，異日談也。況蒞事茲土，而後化著弦歌，久不願於喧囂馳騖之場亂我心曲，則觀政之具，責有攸歸矣。雞犬可以恬，風草可以偃，唯是知人不易。從政化廓除之後，而决德於數顧之蓬廬，其可以副望而永式此邦者，今日事也。（「焉爾乎」三字眉後有紋。）然則出治之要，爲政之本，合在於此。此吾自停車爾邑以來，日夜念之至熟者也。

聖人當日提唱「得人」，頓挫「焉爾乎」，定非泛然概問，看下文子游淡淡作答，其於聖人發問微指，兩相湊合，自在常人心眼之外。中二比於聖人言下之意，固是應有，「非」比故意鈎探下文，前後更舉止大方，神情肖似，此等文熟讀，便知作大文之道。

古之道也　爾愛其羊

深於懷古者，非小愛之可擬也。夫古道，子未之逮也，而有志焉，及門亦寧無知此意者，然而止於愛羊矣。且聖人之懷大而遠，（渾古。）不可於一二作爲間肖似也，如不深維其慨然遠覽之志，而曰：「我亦嘗欲云爾。」則毫釐之間，而學人之真出矣。即如子之忽念於射不主皮之爲夫力不同科也，是爲天下人惜力云爾哉！（吊法亦猶人，却有此撐拄。）夫志正體直之士，未必皆抉門拔戟之才。而佩玉瓊琚，不利走趨，勢必將苦其不能，而使之增長其所未至。即以此爲惜力，豈不足重爲掄材者一喟歟？然而聖心所感者微矣。（離。）夫自先進之不尊也，麻冕之不復也，典制淩夸，不可一二舉。我夫子從山高水長之後，（合。）漠然遠想，思古者雝肅之休，已爲陳迹，與言古道，（唱嘆出之。）意不自持，蓋傷之也。夫不啻取官禮之遺書，挹其精華，一一與我先王質之也；又不啻進當世之爲君若臣者，（閑中頓宕。）相與把袂而商之也。於時及門之士，咸肅然動容，發思古之幽情矣。（洞庭波兮木葉下。）而子貢者，明煉材也，於是乃决然自思，欲去告朔之餼羊。告朔者何？先王授時之典也。餼羊者何？所以告也。欲去之者何？一不視，再不視，徒封羊而上請之，以爲若是其縻也，不如速去之爲愈也。君子曰：「夫賜亦猶行古之道也。」（閑中頓宕。）而於時夫子聞之矣。（緊。）夫古制行且殆盡，誰忍而與此終古？有與我同志者，吾將以爲類矣。然而志必觀其所托，而迹則視其所居。今賜也，（合。）憂古禮之徒文，而發憤激昂，若不終日，是豈不足以風乎？而自夫子言之，則其意亦第一愛羊止爾。夫自古道日湮，徒以滋玩，必無愛惜一物而即可以轉其機者。如曰愛此物也，庸愈於縻此物，是宜固然，則請撤畫布之正，去棲皮之鵠，驅天下武勇之士，（倒捲入上一截，波濤洶湧，霞光滿天。）相與搏群獸而馳平原，伏弢中殪，以一矢復命，此亦足矣。猶沿此步武控縱之儀也，何爲也哉？夫唯吾子古道一嘆，言有窮而情不可終也，此所以爲聖人也。

法亦猶夫人也，控縱抑揚，如江水出峽，不可遏抑，上下一片，神似歐、曾。

赤之適齊也

曉傷惠者，不必指以他事也。夫赤之適齊，此寧亦求所不知者，而乃俟夫子之指以相曉也。子曰：「求也賢乎哉，乃爲赤躊躇審計若此也。」夫爲其人審計矣，而卒與未嘗審計之者等，此吾所深惜也。今也求，則失之於赤矣。夫人方切遠道之雅懷，而我亟以詞喻之，彼且執而不吾信矣。將曰：「吾深念吾友也，不然，曷觀其適齊也？」然吾當人懃懇之未釋，而遽欲以義正之，尤非無挾而云爾矣。亦將曰：「吾深悉吾徒也，不然，則請觀其適齊也。」臨事之多情也，（一路深情，烘雲托月而出。）無論同心執友，即爾師爾長，亦將提携扶杖。觀其欲去未去之踪，（中有一篇《別賦》。）甚至有目矚心悲而圖繪不能盡者。乃吾之使赤，彼亦終已不顧，吾亦未始往觀，（字字如新脱於口。）而特從人之旁觀而閑道者，指數歷歷，以爲赤之適齊如此也，所可從容而爲求道之者也。離緒之頻仍也，無論一時親對，即逾年逾月，猶且滿目縈懷。憶其遲迴顧戀之景，此真可對人屢告而形容不能盡者。乃赤之奉使數時，久已如忘，於今益復不憶，而反從求之輾轉而施惠者，（一鈎即出。）觸念重思，以爲赤之適齊可徵也，所願切指而與求明之者也。吾黨言赤，亦不必言及其適齊。然而觀人之心，每不注於其所掩，而注於其所顯。夫赤即謂可掩矣，寧是其適齊也而可掩也哉。與求言赤，更不須證以適齊。然而一時之情，每狃於其所見，而忽於所不見。夫赤之家即有求所不見者矣，曾是赤之適齊而謂求亦不見也哉？夫黯然不已，别理最繁，而人情之至，聖人弗禁。（到此乃追入求心，以見必舉此句以曉之之故。)吾知求之心,且唯赤之適齊是注,而反側不遑,至今未艾矣,非以此明示之,固不足以破其所見也。

「赤」字一頓,「之適齊也」四字,悠颺而出,緩緩開導冉求,不覺筆端宕漾,情味自生,此所貴乎聽題。

明日

止宿之明日,記者樂誌以觀也。夫一日之過,亦何足誌,而記者以爲是止宿之明日也。且天下之最足動人情者,其時乎?時不必與人緣也,(扣題在有意無意間。)而人之有意於時者,并若欲以有意誌之,事後追思,尤令人不能去於懷也。如子路於丈人,始受其倨侮,終與之款洽。是日也,(借頓。)途軌莫尋,受揶揄於野老,則吾道之重困者,即此日也,是所當極不忘也。道途驟合,投交誼於田間,則遇合之有緣者,即此日也,抑又宜特爲誌也。然吾所謂追之而不能去諸懷者,正不在此。我思百感茫茫,一日之勤劬,不能以暫憩而頓息,則林烟繚繞,此一日最難過耳。而一夕悠悠,寸心之輾轉,如當夫山野而適消,則旅次彷徨,此一日最易轉耳。亡何而明日矣。蕭條客路以來,所爲旦而昏，昏而旦者，不知閲幾時會矣。乃等此一曙，亦且泊與淡其相遭，而都不若蒼茫雲水之鄉之雞嘐嘐而星耿耿者爲足繫懷也，（長句。）則此日良可想也。關津歷止之處，所爲一而宿，再而信者，此後多應屈指矣。乃朝復一朝，亦都時與境而兩忘，而偏在此綢繆雞黍之餘之露已零而夜未央者爲足動情也，（唐人《早發》詩。）則此日不容恝也。彼造物者默與推遷，（大波。）日易一局以爲聖賢所置足，想天地之一旋一轉，皆爲吾黨設也。不知此一日者，欲覺吾黨耶？抑欲玩吾黨耶？彼晝夜者迭爲乘除，同此一候以任斯人之運動，想吾人之一作一止，皆爲氣化役也。不知此時之子路，猶視如昨日耶？抑自見爲明日耶？

作間慨嘆者，乃失緊脉矣，於空虛中宕而出之，後只略略展波，似淺而實得。

天油然作雲

機之導也有自，即天而已然矣。夫雲不作也，機誰自導焉，有所待於天者，其視此油然者乎？且吾欲有利於其物，而吾所持者，莫不有勢以導之於先，非故欲遲迴焉而動人瞻企也，其節候有所不可逾，（按中、後四比。）其機緘有所不可已，天人一致，盍不仰觀而一鑒之。七八月之間，旱則苗槁矣。然而斯時也，苗群仰給於天，（提「天」字。）天方下念夫苗。化育之精能，自在無形之處，而所以責其形者，殊動人以生機鼓舞之思。神工之結聚，原諸未發以前，而所以輔其發者，正只在人指觸空靈之宇。（領起「作雲」情事。）蓋天力有所融，（頓「天」字，冒出「作雲」。）則天機有所寄，而天心有所注，斯天趣有所呈。於是膚寸之間，八荒之際，始浮浮而上升，終陰陰而四布，一時陌隴之上，群相顧而謂曰：「自我天覆雲之油油矣。」（此段寫作雲之景已盡，以下乃純摹其意。）彼造物者流行不滯，原不必如人世中有先之以誓、次之以誥之勞。（好比喻。）然而流行之妙，實自有其節候焉：一觸石也，緣此而加彼；一出山也，由邇而及遥。（此頂節不可逾「來以雲」，貼政令。）空濛動蕩之區，天若深樂其秩然也，唯秩然也，故油然也。且覆物者運量自神，原不必如人意中有爲之四顧、爲之躊躇之想。然而運量之下，正别具一機緘焉：培以噓吸之力，則可假手而寄其權；輔以河岳之精，又可乘資而導其勢。（此頂機不可已「來以雲」，貼孟子，俱是空映。）施爲措注之間，天亦復倍爲之殷然也，一殷然也，即油然也。向使其節而可逾也，（反按。）則雲非獨能爲天代其責，天亦非必欲借雲以侈其觀。彼愚民睹之而不曉也，不作可也，唯取天之所施而次第計之，（此仍頂布政令。）殊不能外此而他舉，而萋萋之歌乃先樂利而發唱也，其亦可以知氤氳融液者之非多此布設也矣。而苟其機而可已也，則雲非有所憑而上於天，天亦無所事而得夫雲。彼造物之意而不在雲也，作之者誰也？唯從雲之所結而渾合思之，（此仍頂用孟子。）始嘆爲相得乃真，而容容之態乃載清化以俱傳也，其亦可以識紛敷蒸變者之非無因而至者矣。借生成於天地，一運動即是全仁；計功化於清寧，一展布尚需大澤。試語下民，天乃雨矣。（全神注此。）

「油然」、「沛然」，固是一氣叠下，然「下雨」之上，先着此層，此間關合了然，固非泛作一段雲賦看也。況又有孟子論政數章可例，與《禮記》「山川出雲」注可證乎。但又恐一知此意，輒復喧鬧可厭耳，文乃穆然大雅。

王使人瞯夫子　吾將瞯良人之所之也

一國中皆用瞯，而齊可知矣。夫孟氏自無庸瞯，而齊人自應有此一瞯也，然而君子於此觀齊風。戰國之時，一朝野上下相與心窺目伺之區也。是故諛容進於座，則君人明目以招；厚禄耀於家，則室人側目而視。謂予不信，人各有心，天下皆然，惟齊爲甚也。夫君之於臣，其以正大相見，不待言矣。厥孚交如，將无咎也；闚觀女貞，（借映。）亦可醜也。而况吾孟子事君立身，絶無不令人見而故欲引之使微伺而得者。彼齊王者，乃使人瞷之，吾不知其視孟子之在私與其在朝何如也，吾不知其視孟子自知之心與其闚孟子之心何如也，而猥曰：「吾將瞷孟子之所異也。」嗟乎！（頓挫。）彼昏不知，亦復何勞察燭；具曰予聖，壹似獨握深心。天下之不宜瞷而瞷者，有如是哉！乃若所宜瞷者，則亦有之。（借而折下。）齊之中有妻妾而居室者，出必饜酒肉，入必稱富貴，日誇於妻妾之前。而一旦見疑於妻妾之口，其疑之奈何，則曰：「將瞷良人所之云。」吾聞長者爲行，不使人疑之，而况床笫之側，豈有不能喻者，而其妻乃遲疑若是！夫其上以不令人知度人，（即以上截作襯，軒然大波。）而其下遂真有不令人知之事。齊之降也，流俗壞敗，争以詐力相傾，未有不側睨而相遇者。齊人困於醉飽，變態不測，不必復道，吾獨惜齊國相窺相伺之風，浸灌流溢，（歐、曾《學記》。）而遂至閨門之内，亦用之也。士也罔極，二三其德，（倒捲而上，亂雲歸壑。）非挾此術也以往，固不足發其伏匿。而齊王以萬乘之主，負養賢之名，而亦用此婦之術，豈不出齊人妻下哉？爲我謝儲子曰：「孟子固不敢居堯舜，然王幸勿以齊人見目也。」

只爲齊風作慨嘆，而情景自得。

選於衆

惟帝亦以知人爲難，故用選也。夫舜惟深念此衆耳，念之深，則知之艱；知之艱，故選之亟也。考帝世之謨，曰：「在知人，在安民。」嗟乎！安民則難矣，知人亦復不易也。豈唯今日見爲不易，當時已見爲不易矣。豈唯日贊諸臣見爲不易，即當時黎民懷之之君，亦自見爲不易矣。（渾成之句。）不然，以舜有天下也，而安用選爲也。土則宅矣，穀則播矣，一切平天成地之務，出一臣之手足，而即可以當後世千萬人之勞。愠之解也，財之阜也，一時乃乂乃休之謀，肅一人之冠裳，而即可以成臣下千萬人之績。舜有天下而焉用選爲也？而舜曰：「吁！咈哉！爲我宅百揆，爲我典三禮，爲我若上下。穆乎雍乎，天下且謂我揮弦而理矣，而豈知我固有注意於盈庭交贊之外者也。既已絶地天通矣，而中間蒼茫錯綜之數，不爲之剔理而澄清焉不可也。（中有「仁」字汁漿。）其自深宫之聽聞，左右之稽考，以曁二十二人之班列，予咸將博採而周咨焉。門則曰予闢，目則曰予明，聰則曰予達，釐然秩然，天下且以我恭己無事矣，而豈知我固有精心於百辟卿士之中者也。既云從欲以治矣，而平時參差出入之條，不爲一紀綱而綜覈之不忍也。（直透深際。）其自前代之苗裔，（更切。）先賢之令嗣，以及十有二州之俊彦，予皆將試德而考言焉。」然則是選也，其在黜陟幽明之日乎？曰：「非也。自受終文祖以來，實藹然而惻顧矣，（滿紙「仁」字。）吾知此選已開其源。自文明協帝之年，早茫然而長思矣，吾知此選已儲其具。迨乎命禹、命益、命夔龍之日，而乃申之以詔示也，亦初不必有薦擬而上之文。」是選也，其在四方風動之時乎？（尤切。）曰：「非也。三十載之侍於君側也，深爲天下慮也，吾知此選已有成議於胸。七十年之切於躬也，復爲天下急也，吾知此選先有定形於目。所以聞覲、聞訟、聞謳歌之後，而乃欲大收其拯濟也，亦非必有特命以徵之典。」於斯時也，環視時叙之儔，颺言之列，有一人焉，凛然正笏而起者，臯陶是也。

元是從「仁」内做出「知」，又從「知」内見「仁」耳，必須將此根源剷透，語言方有歸宿。至於按切中天時勢，則文之肌理所在，是又不得一字泛填。

食不厭精膾不厭細

首觀聖人之飲食，聖心依然人情已。夫食之有精，膾之有細，不必聖人爲然，而不必聖人不然也，記者故微體之而以爲不厭云。今夫日用食息之間，莫不有一斟酌恰適之處，而過激者矯之。自有聖人者出，不惟其適而惟其當，而或者遂心擬其必有異焉。夫聖人者不溺焉則有之，而矯焉則未也，知此可以語聖人之飲食。先王之制爲飲食也，所以養人也。養之，則粗糲肥炙恒足以奪生人精腴之氣，故食有精焉，膾有細焉。後世之工爲飲食也，所以奉人也。奉之，則備物備巧始足以饜斯人豐飫之情，故食必精焉，膾必細焉。若吾夫子之於飲食，其所以爲養非所以爲奉也，明矣。雖然，而我竊微體之。食以穀爲主，日蒸以進焉，相與安粒食之常已耳。一自有妙舂揄之理，而薌澤甘芬別有味於宜魚宜雁之外者，自不覺其即之而彌旨也，惟聖人亦以爲彌旨也。（**妙！只畫出頂上圓光而止。**）食以肉爲輔，日沃其膏焉，但以爲厚供之資焉耳。一自有中聶切之宜，而葱薤和柔獨有深於載燔載炙之用者，自不禁其咀之而益腴也，惟聖人亦以爲益腴也。是何也？天地清和之氣，（**至大至精。**）日流行於千品萬彙之中，而九穀之良，百羞之粹，亦與造物者同分呼吸感召之微。假令常人而饜此，（極平等。）彼雖自弗知其故，而其所以培精而歛液者自在也，而况乎其在聖人也！性命醇微之理，時游寄於動静居處之内，而維嘉維旨，既戒既平，亦於敬身者兼有翕合闢生之益。（尤微。）即使聖人而静處，雖不與世味相緣，而其所以養息而導和者自同也，而况乎其當食也！（如此看書，則《鄉黨》一篇處處融會貫通矣。）學者知此，於飲食之外别見聖人焉。几筵有妙理可收，方寸原有太和可飲，一粟一臠所以貴人口，即所以重人氣，此故自在神明淡定之中。學者知此，於飲食之内即見聖人焉。百姓日用而不能棄，至人偶觸而亦不能遺，鹽梅水火可以爽人口，即可以平人心，此事原在旦夕周旋之内。吾黨故嘗微體之，而見以爲不厭也。知此則可以論聖人之飲食矣。

注中「言以是爲善，非謂必欲如是」，乃注解之體云爾。要之，「以是爲善」，自是正訓本文「不厭」；「非謂必欲如是」，則恐後人誤認，作此掉筆以醒人耳。「言」字、「謂」字，皆指記者説，今時文謂「不厭」之訓，介在「以是爲善，非謂必欲如是」二句之間，則是以「言」字屬記者，而以「謂」字屬夫子矣。但須善會「以是爲善」句，而反以注中掉筆作文中開筆，與下數項若合若離，情味自得，而於聖人身分亦復描畫得到。若徒用注中兩語板分對比，則猶未知作文與説書之不同也。

亦可宗也

爲所宗者計，人當重念其所可矣。夫人誰不願得一可宗者，人亦誰其深計夫可宗者。有子蓋爲人計此至熟矣，而乃以明告曰：「吾今日始知所因之重也。」（發口沉摯。）夫人與人接，而竟能分不必相倚、勢不必相資也乎？審如是，（拗折頓宕。）吾猶願以不失其親之説增人持重。乃吾有以知人之必不能也，則吾説尤宜深長思已。何則？一介之士，亦有股肱心膂之寄。交游也，而勳名庇焉；異姓也，而室家託焉。縱非盡我之好依人，而無奈彼之實知我，則我之畢生以之矣。（讀史者所以撫卷三嘆也。）名教之地，不無羹墻趨步之守。兩心也，而寤寐仿焉；兩身也，而性情準焉。其始尚相輔，而以我附彼，其終遂相入，而以彼主我，（「宗」字的確。）則我之全歸視之矣。若是者何也？凡以爲宗之云爾，而後知因不失親之重，而後見因不失親之用。夫天下脱略之士其未必預料，夫異日之相將相任也，亦情耳。然誠令合前後而策之，豈不亦念後日之需與長久也哉？（百折之筆，萬鈞之力。）吾則實有券其需者，而胡弗一來驗也！雖蒙其力而不必慚，雖假其資而無可憾。蓋至事後之獲濟已多，而身且帖然，而心且油然，乃始喻吾説之不爲迂謹也，夫吾則已早喻之矣。且天下交際之途，其必馴致，夫異日之相維相恃也，又勢耳。然誠皆合彼我而量之，其敢遽言後日之易與聯固也哉？吾則正有圖其易者，而殊願一共商也。雖得其援而不爲邀勢力，雖佐其用而不爲立門户。蓋當事過之倚重愈深，而人不得而議，（「可」字如此滿足。）而世不得而疑，乃始徵吾説之非矜曲察也，夫我則不啻先徵之矣。是故古之人，百年而周一日之盟，千里而恃一心之合。甚或髮膚與結，言行與符，舉吾身至重之事，悉以屬諸其人。而册書流播之餘，不指爲私事，而指爲美談，則人争羡之矣，夫羡之固不如身試之也。而以今之人，獨處而念無援之苦，獨立而興無輔之嗟。一旦有勢可攀，有力可攸，舉吾身待託之事，悉以望諸其人。而平心静證之後，非涉於榮名，（面面具到。）則涉於樹黨，即已亦更悔之矣，夫悔之固不如預籌之也。夫人固未有無所宗者，乃人實罕有計所可者。要其所宗不關宗之日，而其所可不在可之時，故吾説不可不深長思也。

近時學金者，或於一挑半剔，掠取形勢，是未知真氣力所在耳，初學讀此，可悟學金文之理。

論篤是與君子者乎

論篤中非無君子也，而聖人轉欲爲熟計焉。夫人之所以與論篤者，正以君子皆論篤者耳，而抑思論篤皆君子者乎？（一噴，一醒。）嘗謂士行流失，得見君子者斯可矣。我抱兹懷也，故不獨見君子之地足慕，即觀君子之法亦足珍。乃今固有持其法以來者，我熟計之，似矣而猶未也。（淡語傳神。）夫人之處世，言論以爲端；人之持論，篤不篤以爲斷。吾之見非不謂然。（領起且按住。）顧神明之淵懿，每在形聲象貌之先。（二比高踞「論篤」之上，透「君子」，翻「是與」。）而身世之間又實有不容已於天人之故，遂不惜分内心之全。以誠中者，即爲形外，則事元一貫，而正須辨其由來。況鑒別之精微，本不關摛藻撚華之地。而風旨所廣亦兼復不容秘於蓄極之流，遂不難指禔躬之半。以沿波者，即爲討源，則理本一揆，而何事高其内揵。（語妙！）然則與其篤也，非與其論也；即論篤亦與也，非論篤必與也。若之何有論篤是與者？言説即持性命之徵，而由法者遽信其由衷，宛矣身文而身律；文章悉作見真之處，而有言者遂許其有德，居然心畫而心聲。吾則於其已決者殊未決也，吾則於其已計者更熟計也。（宕出「者乎」之神。）

今夫篤實之必輝光也，君子人與君子人矣，（再拈「篤」字，再頓「君子」一篇節拍。）而其間正有辨。夫與君子者，必其實知君子者也。實知君子，則君子之所以可與者，一知則無不知，斯一與而無弗與，是固隱以其與繪一君子也。（語妙！）吾顧其與而已爲帖然。然與君子者，又多思君子而未見君子者也。未見君子，則君子之所以可與者，或滯於見其所見，斯恐隔於與其所與，是又聊以其與卜一君子也。（更妙！）吾視其與而若爲惕然。然而無怪也，彼誠以論篤者爲君子耳。謂執其論而君子不見，則去其論而君子復安尋？吾原不謂此外別有衡鑑。然一日之話言與平生之積累，（説向深處，直刺「色莊」。）不知幾經陶冶而成。而祇分領其一途，以概施之百事，縱復幸而獲中，毋乃尚少分明與？然而難言也，（律融機走，一片神行。）吾亦欲以論篤者爲君子耳。謂論不篤者非君子，而論之篤者又疑其非君子，吾豈好於此中別著言詮？然語次之真賞與畢生之定論，總不過欲探實際而稱。而今捷取之晤談，以當後此之綜覈，則是寓全於暫正，何妨曲致低佪矣。（「者乎」字煞足。）夫君子者，人意中所有也。而吾之熟思君子，則又人意中所無矣，夫意中所無者，焉可不慎也哉？（如此落下「色莊」，無迹有神。）

題既截出，自須將上下句打迸一氣，不得因下有「色莊」句，遂欲將「君子者乎」

另爲一截，如上全下偏格也。但「論篤是與」四字，仍須略作一頓耳。此「者乎」是颺起，下「者乎」是拍攏，道理固是如此，但須實實從君子地步想過一遍，不得但作虛弄描摹口氣。文正在題中八字，一字不肯放過。

於斯爲盛

觀二代所與較盛者，聖人神往於周矣。夫誰得與唐虞比者，則謂其較盛於斯，固不易言矣，聖人所爲神往於周與。且論才要歸於盛，而盛之數有異。其不待較而獨見盛者，總彙貞符；其有所較而乃見盛者，祇憑運會。（眉目層層洗清。）至於不待較而盛之時，有所較而後見盛焉，則盛者見，而所與較盛者，乃亦並有千古。以予所稱唐虞之際，此將於誰比之矣。落落千年，使有尊唐虞爲勝己者，是其説固已侈也，然獨不有世無唐虞不當居次者乎？（空中淡宕，可以想見神味。）此亦無勞以盛推之矣。上下數朝，苟可遜唐虞爲尤盛者，是其位置又當何如也，然獨不有降於唐虞無可多讓者乎？（方是正落。）則其斯之謂與？自盛之相交接者言之，則固已盛於有夏。然而英六遺封，箕山餘澤，祇是枚卜之留遺也。何如斯之間代，鍾英而萃諸一姓，於唐虞且遠有光也。生周、召，早有禹、皋；生望、散，早有稷、契。天第移一階而使之居上，（畫出。）而遥遥輝映乃適均矣，斯與有榮矣。（語氣一絲不走。）自盛之耀後代者言之，則固又盛於有商。然而伊、萊以還，鳩、房而外，並不及疇咨之什一也。其必如斯之一堂，聚秀而清淑重開，乃使唐虞得相形而出也。制作烈矣，前有平成；疏附光矣，前有熙亮。事亦逢其會而與以居先，（穆然三嘆，神韵俱長。）而穆穆步趨允相稱矣，斯轉見多矣。況有唐虞之萃聚，而特無唐虞之交會。使思皇共逢朕師之總，而奉璋先届元圭之錫，則帝典王謨，聯爲一事矣。所以二國不獲，天亦不無曠隔之憾。（「於」字有此縱送。）而卒之進一籌以相勝，亦必俟雲漢作人，薪槱棫樸之朝。（何等鄭重。）乃繼唐虞之聖神，而正未得唐虞爲併合。使岳牧來參碩輔之班，而夔龍都補崧生之任，則堯雲舜日，竟成再見矣。所以中天比運，雖亦近於頌禱之詞，而其實增一格以相衡，即已是光華復旦，喜起明良之世。於斯之盛而爲盛，盛固殊倫；於盛乎斯者觀斯，斯亦不偶。論才者可以鑒矣。（無一筆走題氣。）

此題難處有數端。「盛」字緣空坐下，乍看似一論斷語，而徑作論斷之勢，坐落在「盛」字上，則語意不清，一也。不但「盛」字不應作論斷語，且最是「盛」字須看得破，提得空，「於」字、「爲」字，都是那展處，「斯」字反是坐落處，若先提「斯」字，倒落「於」、「爲」，則語勢反不出，其筋脉乃總在「於」字、「爲」字耳，二也。本題四字，注以「乃盛於此」代之，「乃」字即題中「爲」字，若將「乃」字徑放在「盛於此」三字之前，囫圇直說，則其勢必連上，三也。降自夏商，皆不能及，須併在「於」字中作波瀾，若照注順補在題句之下，則仍是連上，四也。說唐虞，是爲周而設，而此題說周，轉是爲唐虞而設，須賓主分明，則題位得而題神亦到，若欲截唐虞，遂但敷衍周才，則去之遠矣，五也。贊唐虞之盛，即是贊周之盛，而欲顯出周盛，即在說唐虞較盛上，除此不得妄動一筆，六也。題是說「於斯爲盛」，其不敢多說唐虞盛者，又做成斯乃遜之。此病雖小，然於文理終不合，七也。文無他奇，只於諸病不犯。

詩云桃之夭夭　一節

引詩以證家國之序，一人理之所通而已。夫教國在宜其家，此惟能言宜其家人者知之，（第一個。）故宜其家人之説長。（第二個。）且宇宙，一人理相緯而成，而有家者曰家人，有國者斯曰國人。夫至有國人矣，則家人固不言而默喻；然惟有國人矣，而家人愈必申言而始知。夫亦仍以人理還之，而無所庸其倒置也。治國在齊其家，此亦御人之大凡矣，顧吾重繹之。（一「繹」字領二比。）成教於國，此理初不於教之日見，而有必於教之日見者。渙家人於百族，凡以明行吾教也，（此一「教」字与首節「成教」二字有縮放之別。）豈以相濟倍艱於風火，遂遲遲而懸象魏之書。不出乎家，此際亦還與教國之事同，而有不盡與國之事同者。較國人而尤親，端視其與子宜也，（此一「宜」字换却「不出」二字。）正以潛滋倍效於雨風，斯隱隱而繪綏和之景。《桃夭》之詩咏之矣，其言宜家人也興以葉蓁，（此處不多衍本事最得。）慕宜之無已也。美以之子，祝宜之有屬也，其深有見於宜家人之難。（兩个「宜其家人」，脱卸鎔鍊而出，雲英化水，光采與同。）而特於之子明其實與？抑重有羨於宜家人之實，而姑於之子發其凡與？將毋咏之子不僅在之子，言家人不止在家人，而故引而不發與？要之，「宜其家人」詩，固善道人意中事耳。夫人主日討國人而申警之，苟計人之從不從，又安計我之可不可？實則從不從亦不必計，第還念深宫淑慎、左宜右宜是即千人億人之明案。彼詩人苟欲動上人之聽，即胡不侈其詞曰：「化及國女也。」（忽入詩詞，最得指點咏嘆之妙！）乃詩人反曰：「宜其家人矣。」（詠嘆之味正在烟楮外。）且國君即國爲家而例視之，但知國之在所當教，即安知教之在所當後。究則教不教亦職由誰始，第靜念婦子孚志、宜君宜王何非身教言教之實狀。彼詩人苟心知圖治之理，即胡不借其詞曰：「型於國俗也。」乃詩人止曰：「宜其家人矣。」當日氣化雍和，歸者詠者，都具一太平全象。而百兩生光，盈門萃福，儼如入宮寢，而指以恒規。妙祇渾吾孝弟慈於不言，而俱以人概之。（如此方是述詩口氣。）即此後分條設術，諒已略具言中。（《平天下》一章在目。）詩人風旨含蓄，言嫁言治，總歸一王道大原。而入門叶順，取女占祥，恍如爲政化，而存其等級。妙更融吾仁讓於俱化，而但以宜括之。雖未嘗竟委探源，正復當解意表。（愈活脱，愈結實。）夫吾屢言家，終必於教國人是曁，而詩第言家，亦未嘗明教國人之難。然吾味之，壹似非宜其家人而即無可以教國人者，故人不可不爲《周南》也。

第一「宜其家人」，指之子。第二「宜其家人」，指君子。而君子亦只泛言，非謂文王后妃二《南》之化也。然硬與劃斷，易涉訓詁；全講君子，又似末二句題。總難在「之子」之「宜家人」安置妥帖耳。又要即詩言詩，當下指點，不宜多作《大學》議論，乃似傳末附引口氣。

所以勸親親也

即以親親者得親心，而親親之事全矣。夫君之親親不可見，於其親之皆親見之；其親之皆親不可見，於君之所以勸親親見之也。且親親之名，不必自上立也。自上親下而名之曰親親，自下親上而亦名之曰親親。然用上親下之道，必馴致乎用下親上之境，而其分始立，而其事始竟。（仍括入一「事」字。）自古言親親者或不乏，顧皆上有親其下之名，而下未必有親其上之實。（所以必須如此説。）是所云親親者，究入之未深也，臣則曰：「是無以勸之之故。」曷爲親而須用勸也？則臣所云「尊其位，重其禄，同其好惡」者詳之矣。夫支庶有側足而防削者，皆曰：「上無以繫我肺腑也。」戚里有稽首而歸政者，皆曰：「上無以動我痌瘝也。」此其勢誠不得不勸。（一層。）假設親或夙席華寵，（二層。）非吾身親封賞之，一旦有不當意，不必其怨也。其自視一與異姓諸臣等而已，難堪矣。思及此，而人主無以勸之，能自安乎？其尤親者，（三層。）甚或入則侍席，出則同車，相與至驩也。苟或以纖介之意，有離宫寢之心，勿問其怨不怨，即向時一家共處之樂稍不能追，而人主欲涕矣。念此而不早思有以勸之臣，又有以知其必不能也。夫古之王者，非能必親者之皆無失其爲親也，又未嘗詳計異時親之於我若何也。（先揭去此層，方是九經正面語。）然而其親無不親之者，非其性異人，（頓挫。）固勢使然也。蓋必至是而親親之事始全，（仍歸到一「事」字。）必至是而勸親親之用乃出。今臣陳親親之事，曰尊之，曰重之，曰同之，夫有其事而無其實，非所以正對也。核其所起而不圖其所終極，尤非指事之方也。今以我尊之，重之，同之矣，曰：「是吾固親親矣，而親者莫應也。」是與未親親者同。親者或應曰：「是誠吾君之賜矣，而徐而察之，彼皆不以親親之道來。」是亦與未親親者同。親者咸以親親之道來矣，而或出於其天性之愛主，（此層尤緊切「事」字。）而非待於吾之潛啓而默發者，是仍與未親親者同。而今臣所陳者，則皆不然也。臣直以爲是所以勸親親耳，（方醒。）而豈第云是吾所以親親也哉？予以所願所以潛消其所不願也，（萬斛龍文。）撰以所安所以默去其所不安也。優之所以睦之，睦即所以聯睦也；（妙繪叠字。）慰之所以愛之，愛即所以觸愛也。不願消而所願奉之君，不安去而所安報之主，（重規叠矩。）兩睦相引而不知誰所始，兩愛相生而不知誰所招。問之諸父昆弟，皆曰：「吾君自親親也。」（此層繳得到。）問之君，亦曰：「我固親親也。」（此層尤到。）而臣則熟其事而悉其用矣，（仍歸「事」字。）仍爲君一言蔽之曰：「所以勸親親也已矣。」（方醒。）夫人主坐於廟朝，操進退予奪之柄，親不親我亦奚損，其親我又何加，而必斤斤乎勸之。且悃悃款款求其所以勸之者，是獨何與？誠動於其不容已而發於所不自知也。（收足。）故一日之澤，必周百世；一姓之篤，衍自一人。先王未嘗明言用勸也，（正結。）顧即故府所載，數十世之後，猶能心知其意，況當時所操以感激之者爲何如耶？臣恨不與我公並際其盛，一詳其所作爲，尚能爲公明之。

題中「親親」二字，全與上「親親」字不同，此即題間。《禮》經文字，自盧植已稱特多回冗。洎洪适《隸釋》所載，則十五碑皆毀，其間豈無傳寫之訛？後人何從而考？即如此節臚次九項，皆以事言，不以效言，何獨此句遂及親之親我？以愚意度之，似是傳録時，因上段、下段皆有「勸」字，遂誤多寫一「勸」字耳，此以義理論之也。以文勢論之，則四子書中，凡「親親」二字，未有不以上字作虚字，下字作實字者。蓋古人用疊字之道，勢必如此，推之老老、幼幼、長長等皆然，此處將上作實字，下作虚字，終是棘口。且上文既大書「親親」也，「親親則諸父昆弟不怨」。此承「親親」二字，直陳其事，於文義既明，而文勢亦順。然講家自來作親之親我解，學者稟承到今，豈敢妄增議論於其間！但較之上下數段接

句，終似加一倍刻剔，而作文則須語益加圓矣，此文於此處頗費苦心。（自記）

觚不觚觚哉觚哉

即一觚以寄慨，惜其實而并重其名焉。夫觚則已非觚之實矣，乃觚則猶是觚之名矣。（如此乃得古言之味。）一觚也，而固已如此，且以循名責實之貴也。循名而不責實，則謂實何矣；乃不責實而猶然循名，則又謂名何矣。物已非而號猶是，有心斯道者將焉處此？即如觚之一端是已，先王制器，必原其義，故數起黄鐘，理原一握。（用實語括《漢志》。）雖施之日用，而稱名可玩，厥舍德産之精。古人尚象，寓焉以言，故事通攻木，意寄司尊。（用活句括注語。）雖列諸几筵，而匠巧無加，聿徵類物之德。至於今，球璧雖留精氣，而好尚已移；巧縟日出新裁，而前規都變。噫嘻！觚不觚矣！（上三字重嘆而出。）君子於此，將重爲昔之觚慨，將重爲今之觚疑。謂今之名爲觚者，猶仿夫觚之意而稱之，似也。然試問古者制觚之始，其僅爲後人之襲其名乎？夫昔亦此名，今亦此名，而上下幾許年，形模頓易，其施之毋亦不安，而今人固已安之矣，吾轉欲撫此器而三嘆耳！謂今之名爲觚者，尚寄夫觚之遺而留之，似也。然試問今人變觚之心，誠樂爲古人愛惜此名乎？夫昔元以此名，今亦聊以此名，（最中當日兩「觚」字情景。）而因循稱謂間，意用頓殊，其傳之毋亦不順，而亦非必執以爲不順也，吾第重爲味此號而曠感耳！風氣轉移之故，日遷月異，而此器用象數，亦爲潛移默轉於其間，（後三比推之按之，所舉小而所感大，聲聲入破。）乃變局聽之世風，而外觀猶貌桓彝之古；改作任之當代，而傳聞幾混法物之藏。先民之流傳，而時世之面目，較諸名實盡去，其低徊鄭重爲尤深。雕鏤奇巧之變，迭起環生，而并世教人心，亦與更互乘除於其際。乃一物本無關政俗，而仍故説者必不欲依故矩；一製亦非遽澆漓，而襲古玩者竟不肯猶古法。舊儀尚在目，而異技已從心，即令供具依然，而本末情文已兩失。觚哉！觚哉！昔者人謂觚何，今者人謂觚何。蓋即一觚而今之視昔乃若此。（感喟不盡。）

第一「觚」字其名，第二「觚」字其實，下二「觚」字重提其名而想其實，往復循核，曲折動心。○本注：「觚，稜也，或曰酒器，或曰木簡，皆器之有稜者也。」按《漢志》：「六觚爲一握，本起於黄鐘之數。」此乃「觚」字所由名之始。不觚，蓋不爲稜矣。故提比一用《漢志》，一即用木簡酒器以實之。

唐虞之際　合下節

衡周才於古，惟其德有獨至也。夫以數人之才，可媲於唐虞，而實服事之德，莫盛於周，子故於斯三致意也。且一代人才蔚興，其所際者不偶也，而所關者又甚微。蓋惟英華發泄，其於古也無多讓；而忠厚開先，尤於己也無可慚。而後知其時爲千載一時，（「難」字意自括。）而又非僅言時所可幸者。蓋立乎今日以觀我周，（眉目。）而知才難非才自難也。孰構之而薈萃昌明，孰啓之而兆開師濟，此其事有不盡關氣數者，而安得以植基無自漫冀鍾靈。乃吾嘗删書斷自唐虞，（綫索。）而知才難正於才見難也。輝映也而孰得同時，交濟也而孰能滿願，此其間有可静覘運會者，而何妨以曠代相衡始呈積厚。夫揖讓同堂，此自應兩朝之景運，而赤舄鷹揚之佐，萃之一姓而不以爲嫌，（句有眼。）則自唐虞以後，惟斯爲盛矣。棫樸作人，亦祇由一代之累仁，而亮工熙績之儔，至遥接千年而與之相較，則惟唐虞之際，乃盛於斯矣。然乃有不由人定者。升陑而俘寶玉，（堆垛化爲烟雲。）絶少舊臣；服㫗而作祼將，尚留殷士。而疏附後先，獨併集以光新朝之顯命，天亦默有乘除也。所以毓秀中宫，特補九而成十，以見非此無以足亂臣之數，而祥映中天，猶多珍重也。則雖當極盛之時，而亦有所不可恃。然乃有不由人致者。衍疇抱器，自戕七廟之留遺；篤祜思皇，日贊哲王之壽考。而岐陽豐水，幾積累而成嬀汭之昌期，（綫索。）此亦大非偶然矣。所以眷增式廓，直畀二於分三，（工對。）以見前此早已著全盛之休，而生材王國，愈非無因也。則併合所有而觀，而又有所不得辭。然則所恃者何也？曰：「德而已矣。」（結穴。）宣風南國之時，祇代殷而述職。而對越敬恭，夫不啻多士濟蹌，效順於周之例也。演策玉門之日，惟奉殷而自責。而天王明聖，直不啻大麓温恭，效職於唐之義也。所有如彼，而服事如此，周德可不謂至矣乎？是非謂修德即以致才也，千古光岳之精，至我周而再見，此豈以侈符籙乎！想當年篤誠忠棐，上格天心，其肇開氣運者有自。又不謂言才即可見德也，二代嬗讓以來，得十臣於戡亂，此豈以開覬覦乎？實本朝厚澤深仁，久循臣度，而度越前古者尤深。吾是以俯仰往復於斯，而表揚不盡者也。

題既從「唐虞之際」截出，則「唐虞」自是題綫，「盛」字自是題之眉宇，而「難」字轉是題之波瀾。「九人而已」句下，若明掉「才之難得」，另提周事，便失移步換形之道。

此武王之勇也　二句

安民在於靖亂，大勇又其一矣。夫孟子非爲王述武之勇，正爲王述武之安民耳。（如此方是説武王，方是對齊王。）武之安民，則武之勇矣。對宣王曰：「臣嘗考鏡往古，稽周家一代之盛業，自勝殷遏劉，永清大定，皇皇乎皆勇烈也。」（正起却是虚扣。）而説者謂武之武宜微而隱之，（即用黄岡起緒處作翻襯。）不宜張而大之。是反使古先聖撥亂反正之精神不大白於天下，（一折題神全振。）臣爲王誦《書》之意則不然。（虚領却是實扣。）論武王之心，不欲有商之天下，而今必以勇觀武王，豈似與聖心相左，而不知取商社與蘇天民，（「此」字、「而」字，一氣折下。）固兩事也。無富天下之心，而後有拯天下之量，則雨露也而雷霆矣。論今日對王之心，固必推武王爲大勇，而武王實志在愛民，則又似與引喻相違，而不知除暴亂與求蒼黎，（「此」字、「而」字，一套摻出。）固一事也。勇能蓋天下，而後仁能覆天下，則斧鉞也而笙簧矣。此武王之勇也，不須爲武王諱；而武王亦一怒而安天下之民矣，不得爲武王没。（出題字字有力。）逖矣西土之人，載主誓師，秉白旄而灑泣，（此比用上節「文王」，楔出「民」字。）蓋戎衣已爲吾赤子著也。況厥考雖已父母之，而東、南、北三方未登衽席。禎尾之灾猶降，（「天下之民」四字如此方見着落。）蒼生之喘未蘇，迨至清明一會，而鐃鐲金鼓咸信其爲老弱少壯來也，千萬姓之身家，隱隱托威靈而東向耳。皇矣上帝之臨，稱天杖鉞，合鷹揚以奏功，（此比用本節「上帝」，楔出「民」字。）直以變伐爲畢吾撫字責也。況庶方雖已子弟之，而青、兖、冀三州未即晏休。揚恩繼南國之風，溥潤待西郊之雨，迨至甲子克定，而筐篚簞壺皆如其爲父兄妻子報也，六百載之長養，默默扶元氣而倒戈耳。我周忠厚開基，蓋國運人心，俱賴温仁之感，而武王當日直以揚威伐暴之精氣鼓之以行。蓋太和一神武之充周，斯至治皆神勇之發越，而指麾蕩滌，志念深矣。（頓折神味。）讀《泰誓》而警心，儼王靈之在目，（此字紙上有聲。）而回顧賜鉞錫征之始，覺怒一用而一新安，亦再擴而再大，（「亦」字只須如此已足。）誠古今用武之第一人矣。古者謨烈承家，蓋文章法度，無非仁義之施，（尤對戰國時勢。）而武王當日全以兼弱攻昧之風聲樹之而定。蓋惟揚者不可掩之武，則奮興者不可少之勇，而發揚蹈厲，吉祥至矣。告武成而紀績，即撻伐爲止戈。而按之兵凶戰危之條，（尤對齊王。）覺未安而一人怒，一怒而天下安，誠古今稱勇之第一事矣。大勇者此又其一也。

偶閲黄岡此題文，嘆其持論英偉，然行文須相題之着眼處。此題「此武王之勇也」，應上「王請大之」；「而武王亦一怒而安天下之民」，起下「今王亦一怒而安天下之民」。黄岡全篇，注一「亦」字，意蓋以題中餘字，皆於上節見過，故將「亦」字作波，與上節相顧盼。但孟子當日着一「亦」字，亦是説到第二節書，文勢不得不然，非如黄岡文中云云也。況此題「安天下之民」，亦與上節有虚實之别，上節承「篤祜對天下」，則「安」祇渾説。此節承「作君作師」，則「安」字不得囫圇吞過。而文勇、武勇，本是兩事，又不得併爲一談，泛泛作周家世本也。看來孟子引述武王，非爲其能翦商，正爲其能安民，須將此處説透，則於武王身分既得，而孟子言語亦無教齊吞周之病，況又上下文勢應乃爾乎！見邇時作此題者，亦有佳篇，然率皆祖述黄岡之作，恐遂認爲題理如此，故草此一紙爲諸生徒論題。（自記）

他日見於王曰王之爲都者臣知五人焉

約舉王臣於王前，必有以動王也。夫爲都則王之爲都者，知其五人，則亦王之五人也，故他日見於王而言之。且哲后重股肱之寄，而至其人數之多寡若何，亦必時存於心而不忘。誠以親民莫若臣，而知臣莫若君，苟旁觀者偶爲約擬其數，而皆將怵然爲動。夫然而君無愧於君，臣亦無愧於其君之臣焉。孟子之以民語平陸大夫也，首告之曰：「子之民固望其重視民爲己有耳，而大夫以罪自謝矣。」獨是孟子游齊久，所過大邑，類多與其大夫相識，非一人矣，此皆誰實臣之也哉。於是孟子徑以他日見王。（高唱而入，筆力直下，其重萬鈞。）夫王或者處臨淄之都，顧瞻郊邑，一一記主職之司，計遠近而考廉，書姓名而警目。吾知全齊之大，不下數十邑；衆邑之長，不下數十人。皆王所時時心識者，而何勞遠臣之入告。政恐王但據海岱之廣，高處宫闈，落落與疆吏不屬，僚采猶時修交道，堂廉竟弗問官聯。吾知齊之爲邑者，不過數十人；齊之爲重邑者，不過数人。都無一人歷歷王胸者，而胡不聽採風之上聞？夫都，重地也。爲都，重任也。實之以爲都者，明乎實有其人也；（字字醒，筆筆警。）别之以五人，從乎夙之所知也。而此五人皆係乎爲都，皆係乎王之爲都者，是五人皆以爲都重，而爲都更以王重也。此他日見於王所以必特言之，必牽連而言之也。夫以齊王之狃於素也，即聯五人於前而陳以頒爵之不易，庸必聽乎？語以王之爲都者，安知不以爲此自例設之常官？語以臣知五人，（字外出力，中藏稜。）安知不以爲此自先生之僚友？茫不知屈指百里外之職官，瀆陳堂上，竟何故也？而以孟子之主於諫也，度舉五人於口而迴念閲人之未遍，尚恨少耳。舉王之爲都者，明乎此事臣本無關；舉臣知五人，（聲音指顧俱活現紙上。）明乎此外臣特未見。試進問所有先宗社之大都，付之誰某當何云也。蓋至誦距心之事而王亦引罪矣，此王之爲都一語動之也，惜乎其四人者竟不問。（方是此題結法。）

只將題字個個咬出汁漿，而上下文一齊都到。若有意趨下一筆，即本題俱不見神理矣。

子曰於止知其所止可以人而不如鳥乎

即一鳥之知止，而深有慨於人焉。甚矣鳥之能止，鳥之能知也，不可不爲爲人者告。且萬物之性人爲貴，貴其爲人乎？貴其人之有知而已。（一筆剸入要害，再回環上二句，是通篇意匠。）彼萬物之性，非不各具一知，而用之或局於一所。則亦第分人之餘，以棲托於天地之間，而終不得與人之知並論，以是謂物之不若人也。《詩》詠黄鳥之止，夫子删《詩》，至此未嘗不撫卷而嘆也，曰：「爲此詩者，其明於得止之義乎？」天下惟得止而後止之境實，毋論止於理，止於地，而得則同得，有如鳥之所止是也。此鳥得而人亦得者也。天下惟既得止而後得之情見，毋論止在大，止在小，而知則均知，有如鳥之知止是也。此又鳥不自知而人知之者也。夫以人之靈也，告以人勝於鳥，方且愕然其不屑，試相彼鄭重而擇棲者，夫非鳥乎？（唤醒。）一枝而乍作躊躇，欲集而彌多審顧，想迴翔諦視之際，（「於止」二字低佪頓挫。）静有天倪而斂翮深深，寄好音而獨往，此亦静而能安之象矣。（説《詩》如説《易》之通脱。）且以人之智也，告以鳥或如人，亦且竊訝其弗倫，試思彼幽閑而得地者，夫非鳥乎？（次第。）不必見色而知舉，不必倦飛而知還，想空明寥闊之中，深勞曲注而會心隱隱，晒佳處而來棲此，亦慮而能得之譬矣。鳥無知而有知，（聲聲唤醒。）不觀其知，第觀其於止可也。（醒。）但如鳥之知，而此中真機已不可勝用矣。鳥不言止而得止，觀其止而不悟，觀其知所止而可悟也。（醒。）更不必高言止，而如是曠觀已不復見小矣。然而人必高言止也，終以人勝於鳥也。（到此乃一直赶入末句，真如新脱於口。）然而人必以鳥之知不足用也，終以鳥不如人也。則是等而下之，曰：「人不勝於鳥。」不可也。則是渾而概之，曰：「人直如鳥。」殆尤不可也。然則可以人而不如鳥乎？既已人矣，而靈明何用？終莫爲睹指之歸。（到此又重爲提撕，字字晨鐘暮鼓。）矧伊人矣，而去就何安？竟不得藏身之固。性府亦有高岑，豈合坐讓微禽之哲； 道岸誰云爰止，得不深慚弱羽之靈。吾願以問天下之爲人者，吾願以告天下之讀《詩》者。（重重結完，滴水不漏。）噫嘻！子論《詩》至此，其所責望於人者至矣，然第可爲知者道耳。（再結「知」字。）

合上下三句，乃是指點人語，若劃作兩截，便非。人不如鳥，只在不知所止，然本文但説「鳥之能知」，而「人不能知」一層，自在言下。作文若將「人之不知所止」痛爲詆斥，便失當年語妙。須知要點破「人」，全在上二句善於唤醒，元不在下一句多作唾罵也，一涉尖刻語，便非。又此題正應經中「定静」一節，須語語關合，喫緊爲人之旨，若一涉老莊機緒，便非。

子曰聽訟吾猶人也　二句

觀聖人之治訟，有存乎聽之先者焉。夫聽訟則訟不能無，無訟則訟不待聽，子之言治訟，深可味也。且治人非外務也，第問其所以治之何如耳。夫既曰治人矣，而顧謂待吾治而始治，（游絲裊空。）不若不待吾治而自治，則又胡爲有治人之説存也？然而難以概論矣。蓋吾夫子之論治訟，其辨訟之源甚明，而爲聽訟者計其深遠也。（必如此方是

《大學》題之領脉。）夫訟於何昉？則昉於有訟之日耳。（一口吸盡。）試思肺石鈞金，何事而設兹明例？則一自有訟，而吾固有不得不聽之勢。乃訟之有究於何見？則見於聽訟之日耳。試思度詰鑄書，數傳而遂成故事，則等此聽訟，而安有可矜吾善聽之時？而何世之謂能辦訟者多也，蓋亦第知所以處訟也；而何世之誠能理訟者寡也，蓋皆未知所以處訟也。子曰：「如以有訟而言，則聽訟吾猶人矣。」雖然，而豈但已哉！以人之明於相治也，方謂聽者由我，而訟者不由我，此即未善治之言也。夫凡來訟者，其始則皆無訟耳。（披霧見青天。）彼既變本而厲，而自入於訟内；吾亦踵事而斷，而相剖於訟中。是我與彼俱變其本然者以相見矣，則較之復還其本然者，孰得而孰失乎？以人之工於小察也，且謂聽訟則能自我展，無訟則機自人操，此又不深察之言也。夫凡以訟來者，皆必待我而後無訟耳。（「使」字一噴一醒。）彼既忘其元可無訟，而一憑於我；我復忘其元可使彼無訟，而一憑諸聽。是我與彼皆坐棄其固然者而相擾矣，則較之仍用其固然者，孰難而孰易乎？（只如此渾還，自不犯手，而題旨已得。）必也使無訟乎？且僅以息事寧人而論，則聽訟者之自喜，亦豈果炫明智，或亦謂解紛止兢，略同於無訟之風。然則此中等級，當亦了然矣，而豈知上之力能感而精能徹者，直遷之於訟外也。

非上强使之無，而彼固共安於無矣。况即以庭清事簡而言，則來訟者而偶詘，或亦頗似消融，（巧映不得盡其辭。）安知不頌化稱廉，爲近於無訟之象？然則人所便安，諒亦可想矣，而胡不思古之道爲洽而神爲通者，直去訟以相臨也。非彼偶然而無，而上固確信爲使無矣。夫子之言，非故不欲言訟也，如此乃善於言訟耳。（結住。）而吾繹此以釋經，則直以爲善言本焉。願人三復斯言而已。

此題所以與《論語》異者，只在如何是「使無訟」處，皆傳者繹而後得，非如《論語》「必也」句内。便可將正本清源、潛移默化等語直寫入耳，通身只出力跌打一「無」字。

其爲人也孝弟　一節

即孝弟以推人行，可擬一人以觀焉。（老。）夫孝弟與犯上作亂，皆人自爲之，則皆可從人自推之，而胡不就孝弟觀乎？且觀人必於其行，而觀行每不足盡人，非觀行之不足盡人也。吾見人之觀行者，極之銖累寸積，（此方是題氣、題神、題理一齊都到。）無不節節而曲索之，幾以爲一事亦不可略，則觀行誠不足盡人矣。吾嘗就人之一身思之，

（發端肖神。）最上則孝弟是也，其次則有未全幾於孝弟者，（一一布子，而局勢已涵。）漸次而有好犯上者，漸次而有不止於犯者，漸乃有好作亂者，蓋最下作亂極矣。顧人亦何苦而好作亂，其先則必有釀其作者；（二比純在鈎貫處用意，一逆一順，題蘊已足。）人亦并無利於好犯上，其中則必有畸於犯者。事本甚深而端不在大，則即當其稍未全乎孝弟，而吾已大憂矣，此不和不順之起也。然人亦豈甘以不好作亂自居，方且欲遏亂而何有於作；人亦并不僅以不好犯上自止，方且日事上而奚慮於犯。數往者順而睹指者知，則方當其專挾一孝弟，而吾已全見矣，此和順之極也。今有人焉，（指點。）由犯上而幡然不好犯上，此未有以知其終不好犯上也。何者？天下未嘗犯上之人固多，而其中好犯上者未必鮮也，至於其爲人也孝弟而好犯上者，鮮矣。（醒。）今有人焉，始作亂而卒乃不好作亂，此未有以定其終不好作亂也。何者？人固不常逢作亂之事，則好作亂者焉必其不或有也，至於不好犯上而好作亂者，未之有矣。（醒。）吾想和順之理獨於孝弟裕其全。（二比方從「其心和順」制，一題之筋節爲一篇聚精會神處。）方其孝弟藹然，而此理已滿於一所，彼不好犯上作亂，特分其一緒而有餘，而亦不必於其分之時見矣。吾想和順之氣特爲孝弟充而用。方其孝弟完然，而此氣自穆乎咸運，彼不好犯上作亂，特循其故象而無爲，而亦不必於其循之日觀矣。夫不犯上，不作亂，毋乃卑之無甚高。而少好犯，不好作，卒皆擬而不敢許。其爲人也孝弟，（弩牙撥聲。）亶其難矣。

「不好犯上作亂」，該過百行，「其心和順」，即「仁」字汁漿。解此則本節與「孝弟也者」二句，已自一串。但在此節，尚是就一人來指點耳。順衍「少好犯上，必不好作亂」，易涉呆相；重扼首句，易泄章脉。其竅郤只仍在節内數重鎖紐，解着便動耳，中間一噴一醒處，煞具苦心。

事君盡禮

禮自聖而盡，如其事君之分而已。夫禮者，所以事君也，於此而克盡焉，於事君豈有加乎？且自上天下澤，而履道光焉，凡以明自然之度數，有日習焉而不能肖其分者。（方見「盡」字之難。）人臣對越大庭，而事文周洽，内外充適，此事蓋難言之矣。吾蓋至今猶不敢自謂能事君也，（高唱「事君」。）而亦有願爲共白者。丹誠之勵，出自本來，原非有節文之可索。至於臣子當然之則，則名分之防，等威斯在，不敢越焉。供職之勤，各有定所，（兩意雙銜到底。）亦無煩儀制之曲推。乃若臣人自信之處，則趨走之小，天秩攸關，曷有逾焉？夫事君固自有事君之禮在也，一毫以加吾不敢，一刻以違吾亦不能，則庶幾云盡禮乎？禮之在人心者，恭敬退遜，本於天者是也。然見以爲有內心，而置矩法於不講者，有弗盡也。脱略中安有悃忱，疏漏時即成隕越，君王聖明，豈以此責小臣之過！（委婉頓挫。）顧返諸敬君之心，當於何處施乎？凜天威於咫尺，而跬步必嚴，繩度必謹，凡以明吾分云爾。禮之在朝宁者，周旋升降，出於人者是也。然目以爲有定制，而奉常式以免責者，尤未盡也。罄折之外而有威儀，出入之餘而深惕息，（一部《鄉黨》，非記者誰能看出？）朝章簡肅，豈以此黷下臣之寵？顧抱此對君之隱，敢以隨行例乎？（此即暗映「人」字。）辨臣節於微茫，而繁有不可删，勞有不遑恤，總以畢吾誠云爾。（句句臣箴。）股肱之寄難承，豢養之恩未報，即區區趨蹌拜跪，焉足奉我大君，而或併此尚有缺陷，則更何安矣。所以國有成憲，官有舊儀，不過載以臣心戀主之私，而此外一無增益，即其中情文曲折，莫非因其所固然。修飾亦等具文，奉行幾成故事，縱事事周詳重慎，尚恐視爲外觀，而謂舍此别昭忠藎，則又何憑矣。所以登庭不俟糾儀，敬事亦非避罪，祇期中乎朝綱軌物之常，而此中絕少鋪張，即其外掌故參稽，莫不如其所應有。夫臣有君而臣事之，敢云：「君非我獨事。」（又映「人」字。）而臣有禮而臣盡之，敢曰：「禮非爲我設。」願與善事君者共質之也。（到底不肯覷下。）

作虛颺之勢以覷下文，固非。而實説本題，則口氣輕重間，更難斟酌，只在平等説來，不動聲色，已極沉摯宛篤矣。

誠不以富亦衹以異其斯之謂與

富不敵異，深有味於詩言矣。夫匪富是以，緊異是以，詩之兩言，壹似爲景公、夷齊言者。今夫鼎鼎百年，榮名爲寶，此不從一日見也，亦復不從百年見，第問其何所挾以爲一日百年者則足矣，（注兩「以」字。）吾於景公、夷齊之事有感焉。蓋天下特立獨行之士，志高而氣清，蟬蜕塵俗之外，吾知其必有異也。（字字醒出。）若夫身都榮貴，而自立罔聞，則其無所異而徒富可知也。是二者，自事前觀之，壹似衹以富不以異，即自事後大概觀之，亦似以異而兼以富，然而《行野》之詩曰：「誠不以富，亦衹以異。」此何以稱焉？（頓住。）夫人嘯歌空山，抗懷今昔，（從詩詞起波，爲「其與」縱勢。）矯世厲俗之談，往往有之。究其後，厚實者、名高特行者湮滅，據禄位者藉聲聞而垂赫奕，巖穴之士終身蓬户甕牖而身名俱盡。故區區伸彼抑此、激揚風諭之詞，大抵皆幽而發憤者所爲作也。而今景公若此，（折入「斯之謂」。）伯夷、叔齊又若此，此豈非顯爍者淡無一長，寂寞者獨有千古耶？兹詩之謂，是耶？非耶？（方正煞「其與」。）夫富者自富耳，彼元無求異之心，（妙！）異者自異耳，彼已受當身之困，（妙！）而徒令儒者感激歔欷，興來情往，（影詩詞，起案爲「以」字架格。）直筆發昏諛之愧，華文闡潛德之光，揆之當年，（頓挫。）度亦何補。乃由今思之，富竟何如，異竟何如，以富竟如彼，以異竟如此。（此段方實實敲入兩「以」字，聲聲清鬱，唾壺欲碎矣。）富者至此，求異不可得，異者至此，視富誠無庸問富者乎？富者不料問異者乎？異者并不料而烟草荒蕪之後，問死者之誰歸。日月争光之餘，得後人之論定，然後平心息氣，涣然釋然，此際須問諸所以之重輕矣。（全神注此。）爲此詩者，可與論世矣。今日者，聲塵寂如之輩，或者猶祇以無聞概之；青雲顯致之士，或者猶但以有譽奇之。而豈知不以富、祇以異，（方字字醒。）古人固有味乎其言之也。嗟乎！《小雅》，旅人耳，（一彈再三嘆。）誰爲言之，孰令聽之，而其言上下今古，深關學問之意。（説入深處。）予每讀《詩》至此，輒爲之掩卷而茫然長思也。

上文「有馬千駟」，即富；「餓於首陽之下」，即不富，亦即異。「無得而稱」，即不以富，「到於今稱」，即以異，拍合齊景公、伯夷叔齊二案。即「斯之謂」入本題，獨有「誠」字、「亦祇」字、「其」字、「與」字，可味耳。爲「其」、「與」字摹唱嘆之神，爲「誠不以」、「亦祇以」敲深遠之意，題中字字有力，文外曲曲有神，雲烟往來，茫茫百感。

子路從而後　子見夫子乎

從聖者惟知聖，因所遇而輒問焉。夫子路因後而問，即因遇而問，豈不知所遇之爲荷蓧者？然而止知有夫子矣，且學者自奉先生以周旋，幾不識此外人更作何狀矣。（從「荷蓧」句導窾。）蓋有趨舍萬殊，皆所不計，而依歸一致，在所必伸，此非獨聖賢之真誼，抑亦聖賢之真意也。當夫子轍環之日，其執策以從者，子路也。未成浮海，先閱問津，想所逢之面目，俱入意中，（按「荷蓧」句。）知非復初出草茅，不悉人間情事矣。乃子路在後之頃，其心懸不置者，夫子也。足恨踟躕，心勞悵望，想欲接之儀型，結於即目，（按「子見」句。）更豈待徐爲尋迹，憚於隨地諮詢矣。當是時，未遇夫子也，而遇一以杖荷蓧之人，杖似爲蓧設，則宜其農人，而當時似因蓧在杖端，（字字分曉。）則目爲丈人云爾。故斯時，既遇若人也，而益思遇其從而後之夫子，因後而有問，則不必稱夫子，而當時似因從而有問，則指爲夫子云爾。夫子路見丈人而併見其以杖荷蓧，此豈全不暇擇人者？而顧聲言「夫子」，（此層極的確，而從來未經人道。）核擬「子見」，意似略而未詳，語若迫而無次，則何也？蓋道濟天下之實勇者，每時溢諸氣象，而雖一常語亦露之，直似斯世無不知夫子之人，因似斯地無不見夫子之人，而徑而叩之，遂忘乎其爲弟子稱也。（出神矣。）况祇就一已計之，而見爲從者夫子，後者夫子，而此外又奚知焉？而斯人一視之胸乍觸，（此義更大。）更渾忘於較量，而雖一野老亦訊之，直似斯人既共爲吾與，即不啻斯人可共例吾徒，（此二句於詞爲極新，於理爲極樸。）而引而相對，遂不覺其以質言進也。迨細從事後追之，（環解。）而始憶其手間有杖，杖間有篠，而當時又奚擇焉？以丈人也而問以所從之夫子，是固當非所樂聞；以荷篠者而問以所後之夫子，彼又將知爲何語。則其致丈人之倨，有以也。

不脱「以杖荷篠」句，看題獨到，後二股尤寫得出子路精神分際，并章末亦爲打通，此乃題目之真命脉，聖賢之真面目也。

季孫曰異哉子叔疑　一節

抉欲富貴之變局，而不可之故愈明矣。（顧母。）夫以孟子論，亦何必借觀之子叔疑，而以欲富貴論，則又何必不借觀之子叔疑，此所爲抉其變局也。孟子曰：「人之有所艷於世也，別而名之則曰欲富，渾而言之則曰欲富貴。」夫欲富不可也，欲富貴不可也，而至不得泛名之爲欲富貴，（刺入「獨」字、「私」字。）則尤不可也。然惟不欲則已耳，（仍坐入「欲」字。）一欲則百欲，專欲則兼欲，而其勢必至於此。夫時子豈知欲富之不可？如使予欲富，則豈但欲富而已，是使予爲子叔疑耳。爲子叔疑奈何？人之多欲，至欲富貴而盡人之欲，富貴至子叔疑而盡充。子叔疑之事，不過從一欲富貴起，而充欲富貴之事，皆當作一子叔疑觀。（提。）夫天下有富貴而我欲之，是身常在富貴外而心不釋然也，故構一必得之思而宛轉圖維以蘄申其所願，此所謂欲富貴者也，人之所有而子叔疑豈必無。然天下有富貴而我欲之，是即身日在富貴中而心猶不釋然也，（刺入「而」字一轉。）故據一獨得之見而兼營熟算以善用其所長，此所謂私龍斷者也，人之所無而子叔疑遂獨有。有私龍斷奈何？子叔疑者，嘗卿於國矣，已而其子弟亦嘗卿於國也。（筆筆倒敘。）其子弟何以亦卿於國？曰：「子叔疑使之也。」曰：「子叔疑自爲政，而不用，而不已，而又使之也。」（醒。）嘻！其異也！夫彼子叔疑，豈不知宦途已嘗矣，（一段了子叔疑案。）躬已不閱矣。且已則不用，而榮諸子若弟，以爲宗族交游光寵，所謂强顏耳，曷足貴乎？然而彼且亟亟乎不肯已，亟亟乎求獲用而使之、而卿之也，何者？患生於多欲，而人心難測也。夫人莫不重其官爵、惜其譽望、愛其子弟，（一段了欲富貴案。）至衡於義理者不然，乃有所可不可也。如其可欲，則可私；可私，則可獨其龍斷。固不積於成皐之日，而積於作基之日，末之難矣！何必子叔氏之訝也。（刀聲劍氣，談笑出之。）夫子叔疑誠不足道，（結。）顧亦實一欲富貴之念誤之耳，一欲富貴而齷齪凡猥，不可對人，一至於此。士大夫有進退回翔於龍斷下者，懷琬琰以就煨塵，卒不恤爲季孫所笑，可乎？不可也。

上節一「欲」字，此節一「欲」字、一「獨」字、一「私」字，一針穿出。

未若貧而樂　如琢如磨

爲言境者轉一境，而賢者轉不言境矣。夫貧富，境也。樂與好禮，進乎境矣，而究未離乎境也。若子貢所云切磋琢磨，則境乎？非乎？昔子貢心存貧富之中，問從貧富而止，貧富之外，初不他及一語。吾觀夫子於此，不過就問爲答，移一階以進之，而子貢之聽，亦可從貧富而止，如是足矣。故子曰：「可。」可無諂無驕也。可無諂無驕，則會心欲超貧富之外。（領上截。）乃子曰：「未若。」於貧富間未若也。於貧富間見未若，則轉環仍在貧富之中。（領通篇。）子蓋沉吟久之，而於一境之上又見一境焉。樂闢見大之素，以不知貧者處貧；好禮養德産之精，以無與富者持富。此亦言貧富之極則矣。（上截束住。）然乃有離乎處境而言樂與好禮者。（從上截返照入江。）樂自不因貧生，好自不從富起，陶镕涵養，一一根至性中來。正惟置困亨於不問，而乃見愈推愈上之藴，夫子則即境語境而已，故牽連而著之曰：「貧而樂，富而好禮耳。」且更有離乎樂與好禮而言進境者。樂亦歸義理之深，好總入修能之奥，剥粗存精，隱隱溯大源而出。正惟渾質學於無端，而更多彌引彌長之緒，夫子則仍就問還問而已，故第踵增而示之曰：「貧而樂，富而好禮耳。」乃此時之子貢，乃此時子貢之心，則已離貧富矣，抑併離樂與好禮矣。直曠然高唱曰：「如切如磋，如琢如磨。」切磋琢磨本無形，而此兩言言之有形，巧變前規而別開理象，壹似願有復者。（咽。）切磋琢磨亦非境，而是兩言指以爲境，目窮更上而心造無涯，得毋問更端乎？（宕。）吾從夫子之答思之。言樂好，則意中全乎樂好；言未若樂好，則意中併有驕諂。（此處八窗透日分明，畫出「告往知來」矣。）獨未嘗有切磋琢磨之言。吾從子貢之聽揣之，聽貧富，則益善處貧富；聽樂與好禮,則愈益妙觀貧富。而殊未聽切磋琢磨之語。蓋二言固《衛風》之美武公者也,在《淇澳》之首章云。(曲終江上。)

若但畏侵「其斯之謂」句,將上下截本面各還,豈復見行文三昧?然即使如此成篇,亦定難不越鴻溝一步,此板做一病,人所共知,乃談巧者亦有數病。下截四「如」字,在子貢目中,從空直下,若眼注上截,伍承彌縫,紐作魚麗之陣,不特理勢有碍,而侵下亦愈甚,此二病也。或者竟將上截輕略點綴,不敢觸犯「斯」字,而實義不明,子貢亦無從生悟,三病也。下截引詩詞畢,多不敢更繳「未若」一截,而勢乃益窘,四病也。上截兩「而」字,仍是貧富分中語,須將此故唱明,方見聖言之粘,方見端木之脱,「未若」句一串囫圇拖過,無怪乎下截不得手法,五病也。領題處須跟貧富坐實話本,不知者必重頓諂驕,則神去萬里,六病也。入下截,便提有會於《淇澳》之詩,則一往必成直瀉之勢,七病也。用實語安頓上截,而用虛語宕漾下截,以爲不侵,而其與口氣已到,八病也。故意宕開詩詞,去「未若」二句若近若遠,此乃古文作用。然有意作波,致生枝節,與其與口氣不能直接,九病也。上截咽住,下截漾開,即畫出「告往知來」樣子,此乃聽題關捩。然論理則聖言即已含蓋詩言，而在當日却未説出，則聖人初無鈎取新旨之意，須將波致放入上截，乃得通身活相，若徑説教者、望學者之别開一解，亦是賢智之過，十病也。雨中偶爲之，而因粗論其概。（自記）

先王有不忍人之心　猶其有四體也（其一）

申明人心之有，合聖凡而共信也。夫先王亦與人同所有耳，而人固已一有而兼有矣，此可以申明人皆有之説。今有人能信古人非有餘而我非不足，則幾矣。故吾謂人皆有不忍人之心，而已盡之矣，而其説猶有可申言者。古之先王尚矣，顧亦唯是耳目口體以載其賦受，（伏下。）先王豈有異焉！而澤被當時，聲施後世，是操何術哉？蓋唯一不忍人之心貫徹流溢，而先王亦不過如是有也。先王如是有，所以謂人皆有也。（老。）夫人即無不忍人之政，而必有不忍人之事；即無不忍人之事，而必有不忍人之機。試思當孺子之入井，既非内交要譽之時，又非避過惡嫌之會，而怵惕惻隱於何來乎？（點動欲飛。）此非不忍乎？且吾所以深知人之有者，（此處便一索挈起。）正以信此心者决，而信斯人者真也。信斯人，則信其有惻隱，信其有羞惡、辭讓、是非，而四端統舉諸此矣。信此心，即信其有仁，信其有義與禮、智，而四體可例諸此矣。夫四體之有不待言，而四端之有難實按。然而手足之痛癢，乍觸而動心；赤子之匍匐，乍見而怵心。（次節到此始完。）推此於義、禮、智，事有偏全而理無內外，故曰：「皆有也。」人第見古先哲王，（首節到此始完。）仁漸而義摩，禮備而智周，以之斯偕行，治之斯偕運，而豈知吾一身之中，乍有者全有、專有者兼有固如是乎？其近裏而著己也，故曰：「人皆有也。」夫先王亦人之身也，顧多望而不敢知；乍見即心之端也，顧多忽而不及知。則日具四體而不悟四端之何屬，又何怪乎？

中間所以謂「人皆有」句，自是全題關捩，而上面又有「先王」一節，若蟬聯叙説，又成三截之勢，勢不得不略用回帶，故亦稍用隆、萬人法，而却非汪遄喜所講一味穿插。

先王有不忍人之心　猶其有四體也（其二）

發於政者見於端，可以信其有矣。（高渾。）夫有是心乃有是政，而有是端即有是心，謂人之皆有，豈虛語哉！孟子曰：「人不一人，而吾信其皆有不忍人之心者，誠以古有則今有，外有則内有，一有則無不有，是乃吾所謂有也。」（老。）不然，則必以有之實專屬之先王而後可。徑寸自湛寂耳，而何以經綸萬有，都自此中出也。是先王之性分，必異常人矣。不然，則必以有之名專歸諸乍見孺子入井時而後可。平時自淡漠耳，而何以恫瘝片念，（此齊宣易牛之見。）偏於此時多也。是遇物之機緘，反異常時矣。吾蓋深觀於能有之之人，確驗於乍有之之時。建極者后受中者，人天地全付之，（提「先王」，扼「人」字，鈞天廣樂，其聲動心。）良怦怦有動也，夫乃可進而與人言有矣。（老。）在彼一刻之感觸，無所利，無所避，豈自解怵惕者之何心？（此齊宣是誠何心之見。）吾則從而指之曰：「此惻隱之心也由是。」（醒。）徵而爲羞惡，釀而爲辭讓，別而爲是非，而有是四端矣。在彼一念之發動，前莫究，後莫追，亦初不識惻隱者爲何端。吾則從而白之曰：「此仁之端也由是。」（醒。）義以宜此，禮以履此，智以知此，而有是四德矣。（收足。）然後知所謂有不忍人之心者，不特先王有，而人人有也。行政而此心在，未行政而此心亦在，而況乎治法不過羞惡，治體不過辭讓，治理不過是非，（所以「先王」節不必説三項。）而人則何一蔑有與！然後知所謂有怵惕惻隱之心者，不獨乍見時有，而時時有也。遇物而此端在，未遇物而此端亦在，而況乎義端即貢顔色，禮端即著官骸，智端即徵視聽，(所以「今人」節不必證三項。)而人又安得云不有與！猶其有四體，此亦切近之譬矣，吾故信以爲皆有耳。(老。)噫！吾安得盡人皆如乍見之時，而有心有政，一以貫之與？

通身逼勒，擴而充之。

君子易事而難説也説之不以道不説也

於易事中見難説，則非道不可矣。夫不難於事而難於説，則知君子非好爲其難也，視其於道何如耳。且世固有非人情不可近者，乃至有極近人情之人而亦不可近，(鎔成一片。)則益想其所挾持者甚大，而凛乎不可逾也。夫人誰不欲得君子而事之？而何以無因而至前者，(天衣無縫。)衆也此其故，豈君子致之哉！(恰好正落。)君子非故博長厚之名，而當人之事已，則何容心焉，第見爲易而已。人亦豈盡愜乎嚴正之胸？而方其事君子，固尚無他焉，(妙！)而何患不易乎？無如天下之事君子者，(一筆書。)皆思有以説君子者也，依然獻技而來，而不獲逢迎之一當，於是乃知君子之不可干。所以始而樂君子之易者，即其轉而憾君子之難者也。至於不合而去，而群訝門墻之太峻，於是又疑君子爲不可測。然則此中所繫者何也？（半幅中有萬里迴瀾之勢。）曰：「道而已矣。」古大人動静燕息，（肅穆之氣，純乎古文。）皆有當然之則，而用情之量悉準之。即一投合，而無非大公之順應也。故平日寬和樂易，早寓無私之範，而接物之地即因之。雖一嚬笑，而莫非天理之流形也。今也欲説君子，而不以其道，是先未審其所説者何在也。君子爲之乎？抑説之者爲之乎？况欲説君子，而嘗以非道，是適挾其所必不説者以往也。君子絶人乎？抑人自絶於君子乎？不然，君子固非矯情立異以爲難説者，君子固易事而難説者也，曷不觀其使人也哉？（通篇直如一句。）

題雖上全下偏，而與他處偏全題不同，其竅郤粗可尋者，約有五焉。合下「器使」句，本是一綱兩目，但首句中腰，以「而」字轉捩，次句拍尾，以「也」字輕拖，神致抑揚縱送，即此二句，已有吞吐「及其」二字之勢，此與他題板作幹補者不同，一也。注中「君子之心公而恕」，「而」字順推而出，本文「而」字，却是折轉而出。但題既截至次句，則首句「而」字，便須於折轉之中，寓打合一片之理，是從「易事」内套出「難説」來，方得一「而」字頂上圓光，貫徹前後。下截早已如金在鎔，此爲移步换形之道，二也。首句既從「易事」説起，似乎兩目雙承，亦必依次先申「易事」。今却先承

「不說也」三字，如截奔馬，從此得間而入，方見得必先揭其「難說」者，故用「而」字緊轉，「說之」緊承。此則就聖言中，已具前偏後伍、伍承彌縫之妙，作文更不宜平衍而下，不獨宜顧偏全體矣，三也。下兩句，一句「難說」，一句「器使」，「使」字從君子說，方是君子正面語，則首句何不亦提唱「使」字，而必先提「事」字，就從旁一面說者。蓋此章之旨，固在分别君子、小人用心之不同，而亦在指與旁觀，使識進身宜正，此尤屏絶僉人之微意。自古事君子之人，往往狃於寬大，積久而思揣摩幸進，豈但不知自處，抑且不知君子爲何如人矣。必勘透所以先唱「事」字之故，則「難說」即從此中敲出，冷然一提，令若輩通身汗下，如此看題，方能包羅史事，四也。若出全題，則「道」字與「器」字對看，只就「說之」一面，微露片羽耳。今既截到此句，則君子之「難說」，須實從「易事」中反覆看出。試問此中所自持者，定係何物。此則一「道」字内攝上兩重，方見語言歸宿，不但題位到此始清，而題竅亦一併於此結穴，五也。雖行文之妙，百變不窮，而題事大致如此。八月九日聚奎堂自記。

所以行之者三　朋友之交也

行不虛行，皆即身以推之也。夫明乎所以行，即明乎所以行之者，而倫類固已畢舉矣。且事有順布於天壤，（從「之」字落筆。）而皆具於吾身者，此何事乎？則不得不肫然求其勝任之具，（三者都從「之」字打出。）而燦然有以既其實矣。臣言天下之達道五，言道則必可行矣，言行則必有所以行之者矣，而所以行之者果安在哉？夫非謂日責斯人而詔之以必行，抑非謂猶慮人之有行有不行也。維皇降衷，若有恒性，此胡爲而設者耶？相協厥居，彝倫攸敘，此何託而流者耶？紀之以三，理不空寄也；析之曰三，義無泛屬也。其必有不依形而立，不恃氣而存，不以未行而阻，不以常行而滯者矣。古者萬物太和，百姓親遜，而敬敷之教先焉，此政之所以爲政也。亦粤三代后王，（上貫文武方策，下注九經。）遞昭懿訓，而明倫之義深焉，此人之所以爲人也。以禮以忠，定君臣也；言慈言孝，親父子也；有倡有隨，別夫婦也；克友克恭，序昆弟也；必忠必敬，篤朋友之交也。其事屬於邦，屬於家；其分宜於恩，宜於義。其用甚近，而皆關至極；其節甚繁，而皆獲所安。其繫於人之身，而不可離如此；其切於人之行，而不可逾如此。（層層收拾，兩大段到此只如一句。）儻謂日責斯人而詔之以必行，抑或猶慮人之有行有不行焉，則此五者固未嘗一日或息於天地之間也。

句句樸實説理，而勁氣直達，正如聽鈞天廣樂，九奏萬舞，其聲動心。

通身喫緊出力，在上截一「之」字。十一月十二日，五更不寐，枕上成此。

（自記）

爲仁由己　請問其目

確指爲仁之功，宜大賢之切以求也。夫子亦知爲仁之在己，非顔子不能决也，而果以其目請矣，此所以爲顔子歟。且聖門不輕論仁，仁難乎哉？仁正無難耳。顧其所以無難者，必返身内照，能以全力舉之，（方是顔子地位。）而後可以叩其由入之徑，則須俟其人自領之矣。有如克己復禮爲仁，仁則吾仁也；天下歸仁，歸則歸吾仁也。以問之者爲顔子，是寧待更端請哉？故夫子亦不復剖晰乎己與禮之界也，而直與之竟爲仁之方；亦不復推原乎克與復之幾也，而直與之核爲仁之責。蓋天下事之稍有待於外者，必不能如是之截然立判而刻不能容也。設非其全體大用、近取皆是而迎之，而即解欲之而斯至者，更有何物乎？天下事之不盡操諸己者，必不能如是之事事歸源而都如固有也。苟非其提綱挈要、衹此一心而藏之，（下截已暗伏而起，純是自然。）而至密放之而皆準者，是誠何境乎？「爲仁由己，而由人乎」，夫子於此，固已引之於至約之途，而此後之清明剛徤，即以其人之精鋭啓之，（總著眼顔子。）是顔子不得不進而問也。况既示之以至實之功，而此中之分寸節度，即於其人之體驗得之，微顔子，又孰能有所問也？而顔子果以其目請，是誠見仁之在我矣。（緊。）夫不求諸己而詳言之，與求諸己而詳言之，孰爲親切而有味乎？而豈復有一節之疏歟？是真知爲之由我矣。夫渾言一己而概求之，與明辨諸己而縷晰之，孰爲切實而可循乎？而豈尚有一隙之寬歟？（即可直接請事。）是故其目之緣，不從外假也。使顔子但知克由己，復由己，日於此身體之凡所不敢安者皆是也，（已畫出四「勿」。）而其問自不能已耳。請問之神，悉由中出也。蓋顔子既見一日之仁，天下之仁，皆以一身承之，益覺向所任者之倍重矣，而其目安得復緩乎？此所以爲顔子也。

《集注》於「一日」句、「由己」句二層，皆用「又言」字提起説。「爲仁由己」句，是跟上一串説，非以「天下」字爲寥廓而轉入「由己」也。上面「克復爲仁」、「天下歸仁」，到此都與坐實「己」字，併歸一路。其爲善誘下手處，更自直截分明，所以顔淵當下，便有「其目」一問也。惟聖人能知顔淵身分，惟顔淵能接受聖人交付，此方是紅爐點雪真境界，一切論仁、論爲仁話頭，及一切勉學爲己、程功請益話頭，俱無所用之。

正唯弟子不能學也

深知聖詣者，即以聖言實之焉。蓋知弟子之不能學，則知所以學矣。公西氏即於聖言得之，仰而嘆曰：「赤與二三子所日夜步趨以求心得者，何事乎？」（如聞其聲。）蓋則效必有要歸之地，而重遠又無駐足之時，此境固日往來於學人之胸中，而猝難舉似也，乃今聞夫子之自言而恍然矣。有是哉！夫子之辭聖與仁，而承以爲不厭、教不倦也。夫弟子亦學爲聖仁中事耳，學之久而冀一遇之，乃學之久而莫或遇之也，今乃知近而愈難也。且弟子亦皆有學爲聖仁之責耳，學之深而候可徐覺，亦學之深而候轉不覺也，今乃知瞻而彌遠也。夫弟子於夫子，其不能學豈待言哉？而正唯夫子之言有以示其程而指其實耳。（方醒。）夫子之心乎爲與誨也，蓋深引以爲己之事，而皇然如將不盡者也，然固已全乎其爲己之事矣。夫就將亦共仔肩，誰甘畫地以自阻，而獨是性天融結之故。若有潛司其契，而愈入愈安者，淵乎？（指點。）微乎？亦非讓夫子以獨往，而知味者誰矣。（「也」字一波三折。）夫子之絶乎厭與倦也，蓋深信其由己之爲，而歉然尚虞未至者也，然是即確乎其由己之爲矣。夫道德，人皆固有，孰敢自外以他岐，而獨至神力從容之境？若有默授以矩，而彌操彌永者，夐乎？卓哉！亦皆經夫子之善誘，而得路者誰矣。然後知所謂仰鑽莫罄者，猶渾而未明也。疾徐甘苦之數，弟子未能傳，而夫子代傳之，不知從事有年，何以似合而仍離也？夫子真以身教者也。（愈清空，愈真實。）然後知所稱仁智兼盡者，更不必外求也。日用行習之事，夫子片言括之有餘，而弟子終身用之不盡，正恐請事有人，尚將欲從而末由也，亦與二三子皆當設身處者也。夫以夫子不敢自居之意，而弟子因得所從入之途，若聖與仁，非夫子其誰歸？

題竅全在「正唯」二字，與上「云爾」句，箭鋒相直，弟子不能學，乃謂即此便是所以學聖之實地。「不能」二字，呆看不得，晁氏以爲「深知夫子之意」，正謂此也。然或欲圓之，而補出仍當勉學一層，理雖無礙，神則添足矣。《畫斷》謂吴道子畫佛頂圓光，只一筆，風落電轉，規成月圓，此間呼吸微茫，合作如是觀。

夫子循循然

深知漸進之味者，還以聖人實之焉。夫循循漸進之妙，夫子豈自知之？惟顔子知之耳。乃若以爲夫子實知之也者，仰而嘆曰：「吾道中有從容不迫之一境焉，當其時身入焉而亦難以形容也。」夫豈果其時之難以形容乎？誠以身入焉而不知誰爲之耳。乃今於高堅前後備歷其程，而始恍然於夫子矣。夫吾人怠緩之習，每賴長者之策勵，此其易知者也。若夫優游徐入之況，（是真閱歷語。）則幾於無迹可求，而誰知其出夫子乎？即至人言動之實，皆爲學者所步趨，此又易見者也。若其漸漬自得之致，則轉類於學者自爲，而寧知其自夫子乎？回蓋至今日追憶之，而始覺吾道中有循循然一境焉，（語氣圓活，不肯頓住。）而非夫子不能也。聖人之宏也，吾不敢知夫子昔日之優入聖域，亦曾似此循循以進否也。或夫子親經嘗試，而遂依故步而爲之；或夫子一發輒至，而特權事勢而爲之。第覺其時之沖然，如不欲進而又油然不得不進者，（妙於形容疊字意思。）不知夫子何以若是之斟酌而出也，而夫子無成心也。聖道之大也，吾亦不知夫子爾時之合計程途，亦自覺其循循有序否也。或夫子幾經籌度，而以次第就範者爲之；或夫子純任自然，而以行所無事者爲之。第覺其境之肫然，如用其力又若涣然如無所用力者，不知夫子何以若是之規矩從心也，而夫子亦併不言也。回固非敢以此循循然者遂竟夫子之量也。念歲月之已深，豈敢遽言得路？試歷從門墻堂室，静按行蹤，而前日何以過也。此間紆徐停蓄之妙，不在他人，而皆在夫子矣，吾至今乃知吾夫子矣。回正幸有此循循然者得遇夫子之真也。望函丈而請事，夫寧别有更端，亦衹此離合淺深，漸嘗境候，而當日豈預知也？（方是追憶神理。）際兹涵泳悠長之味，亦不知其他，而但知有夫子矣，吾自是益見吾夫子矣。以博約爲善誘之方，回蓋至今猶是在循循中耳，（聲動簡外。）過此以往，又何知焉。

若前半正落「夫子」，順推出「循循然」，未有不占下地步者，而「循循」亦空無可説矣。此必作翻身仰抱之勢，亦背水置陣法也。

舜亦以命禹曰予小子履

虞帝命臣之旨，即商王自述之心也。夫舜之命禹，不假他辭，即湯之所述，得不自己始乎？此聖人之同也。在昔帝嬀臣唐之代，首承咨爾舜之命，古聖人一堂誥誡，每於稱名相警之中，寓震動恪恭之意，或用以敷命，或用以自述，其理一也，即後聖何莫不然。間嘗論次虞夏以來左右史所記，至於先哲王申命之作詳已。錫元圭於敷土，惟凛祗台德先之辭；（按下大方。）俘寶玉於升陑，亦切來世以台之懼。是皆何昉哉！是不得不鄭重追惟於枚卜官占之日、成允成功之年，其命辭爲尤難也。懋乃德而嘉乃績，非以極褒賞之隆文。夫亦猶是宅揆時叙之精心，（「亦」字醒。）斟酌於慎憲省成之際，其於厥中允執，固一毫不敢有加。君可愛而民可畏，正以示仔肩之重任。則亦仍此天民天禄之至理，細剖於人心道心之交，其曰精一危微，更何嘗參以己見。若是乎舜以命禹也，亦猶堯以命舜而已矣。後四百年而篤生成湯。（史公合傳之法。）夫群后誓師而後，（應提處作波瀾，非空空用夏作過渡也。）宜有戒衆之言；塗山和會之時，不少述己之詔。顧儒者或不概見，書闕有間矣。至其後嗣子孫之弗共前訓也，（又繞題首。）乃俾聰明時人之后，（句含「天」字。）纘禹舊服，（又繞上。）言足聽聞不得已，（花落「曰」字。）而於亳誕告也。秉鉞而除韋顧，干羽正肖其雍容；（無數縈迴。）入門而詔鳩房，左右盡同於吁咈。即履癸之滅德，當時本採於民言；想天乙之圖艱，奕代猶聞其太息。（工對。）其自謂予小子者，撫藐兹之中處而責無旁貸，表正亦載以虛衷。其自謂履者，切對越於稱名而質諸當身，聖敬胥歸於切實。由史官述之，云肆台而不云履者，（妙即從《書》文大同小異處得問。）集明聽於兆人，尚等於哀痛之詔。由今日紀之，言小子而必言履者，凜明威於早夜，更長留惕厲之聲。此固自舜紹堯以來，一德相承，風聲踵武，前後數百年間，道洽心孚，如響斯應者也。夫以四海祇承，（上下一片，烟雲聯綿。）敷於文命，授受不爽既如彼，而聖人以身載道，其可以對上下、答四海者，自述自任又如此。豈非古先哲王不得已於斯世，而冥冥之中若有使之自言者耶？觀乎立賢無方，必本執中，信乎聖人之同也。（結穴工，是一篇之骨。）

上下綰合，機法之常。然逼窄處，却要伸縮如意；關動處，却要提掇大方。斯爲無戾於雅裁耳。〇文之渾古，全在識力，不盡關於風調。然由今文問津於古，則篇章句字，皆當留意，即如史公超逸，不可驟幾，而班氏方整，宜先研鍊，蔚宗、令升輩，皆其嗣也。韓文公文起八代之衰，乃是起八代積衰之弊，並非東京以下，皆目之爲衰也。今姑勿論孟堅非是對，追抗龍門，即以《王命》、《典引》諸作，正復高視少孫輩矣。若以《兩都》、《幽通》，下顧平子，又當何如。朱子嘗亟稱曾南豐之文，而其實瓣香所自，亦在班氏也，且使議論風骨，未到整鍊，而遽欲高挹群言，尤是必不能之勢。使者屢勸諸生勉力汲古，意在培根達枝，初不敢遽事高談。故因擬作大埔試題，爲諸生粗論其概。十二月二十五日潮州試院自記。

雖周亦助也　殷曰序

田制可以證古，則設教可稽古矣。夫周亦豈必求合乎殷之助，而其制自有相符者，是可進而溯古之設教矣。且居今日而言田制，而必上溯諸夏曰貢，殷曰助，夫非侈洽聞也。我先王酌古宜今，其必有精意貫通，可以質諸前人而不爽者。（純以真義含攝。）推此意以覺世牖民，雖往代之風規，正自去人不遠耳。不然則公田之制，惟助有之，何以繫我周哉？蓋當日疆理萬民，修古法而兼用之，我不可不監於有夏，亦不可不監於有殷。至今讀《大田》之詩，而知先王之善法，前王規模綦宏遠矣。徹之爲通也，似不欲區其爲助，乃簿書方册所未悉，而詩人已悉之。其説釐然可尋也，雖謂助法至今存可也。徹之爲均也，亦隱自寓其爲助，乃學士大夫所未言，而小民能言之。此義秩然爲經也，雖謂助法百王所同可也。然則古今爲國，當行之法一而已，（筋節。）雖設教何以異是。而或者曰：「教亦多術焉。」伊自昊穹生民，歷選列辟以敷典訓，率邇者踵武，逖聽者風聲，其詳不可得聞矣。或曰：「書在上庠，是庠可該教也，何又區以校？」元曰，於庠習射尚功，是庠亦習射也，何又區以序？」而吾立乎今日，而必謂田制既明，宜設爲庠序學校以教之者，豈好博徵往制歟？」古先哲王立學校，設庠序，其深思精蘊，（筋節。）誠有運諸百世而不改者，而指歸固各見也。迄今數典之士，或能言西郊之虞庠所以養老，顧第弗深考於千餘年來釐定沿革，輒有問其名義而不能舉者。悲夫！若稽有夏先后，亦越有殷先后，亦罔不以引年爲先務也。顧夏后氏收而祭，燕衣而養老，而其設於鄉者曰校，凡德行道藝之屬隸焉。殷人冔而祭，縞衣而養老，而其設於鄉者曰序，凡禮樂容節之屬隸焉。此豈僅資口耳之功，習弓矢之技哉？稽古者可以思矣。夫自夏以來，爲國之法大備，而觀其會通，較若畫一，蓋亦存乎其人焉。後王所宜監古而精之者，（一片渾成。）豈獨治地以助己哉！觀夫耆老皆朝於庠，則庠者，養也。而實不止於養矣，即謂雖周亦教可也。

題竅在「周」字，下截自應以「庠」爲綫索，但有心挑撥，便有走下之痕，且硬挈則苦不融洽，而與上截益不相攝矣。《孟子》此章本是論井地之制，養備而教興，因說到庠、序、學校，而敘三代治地，則層層歸結，總以周之助法爲主。至於敘三代設教，則考義徵名，只以皆所以「明人倫」一句括之。而庠、序、校三者沿革損益、監古宜今之法，孟子胸中必自有區處。設使當日滕能竟孟子之所施，經界既正，潤澤有人，此後學校事宜如何措辦，孟子自當更有釐定之道，而惜乎未得發之也。此處承井地而言，不過姑舉其概，他日告梁惠王亦以庠序之教並言，皆是就求治者撮其大端言之。況當日之人，馳騖功利，古人所謂學校名目，與設立本意，想亦日遠而愈莫能識也。孟子所以不憚牽連著之，不然，第言鄉學、國學二項足矣，何必一一分析許多名目乎？而究之先王立法，彼此兼該，又何嘗不條條踏實！所以聖賢言語，八面玲瓏，無不穿漏也。將此意看得融貫，自然與「雖周亦助」句神理一片，凡本章章旨節脉領會透徹，即無處非法也。

舜禹益相去久遠

相同而時異，相固無如何也。（元神。）夫舜最久矣，而禹之相舜，尚十七年也。至合而與益較之，其相去何如乎？孟子爲覆核之曰：「人疑禹不傳賢，吾不得不論及於益，既論及於益，遂不得不論及舜、禹。」夫非欲表揚聖相之風烈照耀先後也，夫固欲明揭其先後不同之迹，使後人併觀而得之也。彼歷年多者施澤久，少者施澤未久。吾想爲相者，應天地之運，而開萬世之利，孰不願同襄治績於有永，而豈料避政有遲速之殊。即在薦之者，體明命之赫，而遴佐命之才，亦孰不欲共昭謨弼於無窮，而焉計收功有久暫之別。而試觀舜、禹、益相去若此，可不謂久遠乎？謂重華文命，典謨各炳於中天，而益獨與稷同編，得毋勳澤所貽，因此而區其分量，而不知非也。告神宗而受命，視受終文祖而已；少十年避哲嗣於箕山，視避位陽城而僅留七載。而以塗山玉帛之碩輔，遠追徵庸協帝之時，此固邈不及之數矣。謂敷治隨刊，建樹皆乘乎草昧，而益獨在夏之世，得毋文明大啓，因此而減其功施，而不知亦非也。作司空而平天成地，尚際乎三十三載之倦勤；進朕虞而亮采惠疇，并未及乎十有七年之襄贊。則以安邑賡颺之遭遇，上擬詢事考言之會，夫固迥不侔之數矣。况乎艱鮮未奏之初，舜則納百揆，禹則平水土，益則烈山澤，（此尤得論世之實際。）固比肩而事欽明之主也，而二十八載中，拱手揖讓於一堂之上。即禹尚不自料其有十七年爲相之勤，（畫出「天」字。）益又何敢自期有七年作相之責！至於今，虞典丕昭，夏都肇造，而位冠熊羆，猶佐皋宮之化，（二字本杜詩。）固無怪歲月漸深耳。若以禄位與共而論，則生舜所以相堯，生禹所以相舜，生益所以相禹，又次第而儲代嬗之資也，而七十載中，薈萃精華爲數世之用。假令舜之爲相不止於二十八年，即禹之相舜尚不可知。禹之爲相不止於十七年，即益之相禹又焉可必？至於今，君推二代，相列三朝，而老臣吁咈，迴思掌火之年，更不知星霜幾閱矣。夫爲相者固以相自處，即薦之者亦仍以相處之。（結穴。）使舜、禹而相去未甚遠也，猶當視其子之賢不肖爲斷矣，而況又相去遠乎？豈非天乎？

語意自重在「其子之賢不肖」一邊，若以爲相之年多年少，多作淋漓感慨，便將下文語脉隔斷矣。又是總挈語氣，又是覆述語氣，叙案而外，添不得一字。

點爾何如　異乎三子者之撰

即一承問之頃，而異已畢見矣。蓋點之撰，不必於其異觀也，直可於子之問點、點之舍瑟觀耳。且一堂静對間，孰是淵深寥邈不能言傳之境，而待聖人叩動者。（一片静光。）乃既待叩矣，而又若其獨能言傳者，則此間尤可想也。如子之後三子而問點也，豈不以點方鼓瑟乎？點鼓瑟而問之，則所問者鼓瑟之點矣。夫以酬知之具，而問諸鼓瑟之點乎。即點之當鼓瑟而承問也，豈不知問同三子乎？同三子而承問，則所問者酬知之何如耳。夫以鼓瑟之懷，而慮及酬知之何如乎。（落句神妙！）而瑟胡以希也？夫人心有所獨至者，初非必其猝至，藉非師詔之來前。而神凝手撫、蕭然高寄者，必非託於音也，即投戛餘聲而尚覺有爲而起也。（深細微至想，入秋毫之顛。）而撰曷云異也？夫人情有所獨喻者，原不必其共喻，不解同堂有抒寫。而澄懷動操、渾然不露者，奚以剖其界也？即別具會心而究自何感而得也。（至微！至微！）吾黨故自問點時詳觀之，而即於舍瑟而作時微體之。聖賢應接之頃，無往而不得其真際。自終日環侍以來，意中象外，無非與聖游也，何如之問點？何與乎爾？（飛動。）而忽從無言之表，幾幾有卓立之可名，（神到。）借欲效三子出之而勢不能也，固不僅斤斤爲三子言之耳。性學微茫之處，自問而何敢以質人。乃相對良久之餘，安坐揮弦，俱以全神告也，（純是化境。）異撰之對三子，何與乎爾？而直從逸響所留，隱隱見當躬之實地，縱不必借三子形之而早不侔也，又豈不一一入夫子目中乎？（收足此，直是滴水不漏。）故曰：「各言其志也。」

八面玲瓏，一機鼓蕩，源頭澄澈，歸於自然，手揮心息，密證深詮，已在不言而喻矣。夫惟宗工哲匠，能以靜研之神，傳諸毫端，直與聖賢語言作止。神氣相爲流通，理學真傳，淵源一脉，豈止淳文妙義，程式粵閩英才。

在人

道有攸寄，而人之所繫重矣。夫日游於道中而不自知者，人也，孰知道固日在於斯人乎？且夫天下何者爲至實之區，其寓形於中而藐焉並處者，各有不容已之事，不得辭之責，而未可以遜謝也。文武之道，未墜於地，是果奚在乎？睢麟官禮之精華，造物能發泄之而不能收蓄之，故千百世之脉無一時或息。耿光大烈之佑貽，精神遞付託之而即遞推衍之，故十四王之澤有所寄而留。此其間蓋重賴有人矣。今夫人也者，天地之心也，文武之所篤也。其舉而措諸事，則道之顯者在焉，豐水鎬京以後，其式憑久矣。雖崧生岳降，僅效蕃宣而繼序思皇，實日起而萃五行之秀，初何異於昭陟降，拜手一庭也。如臨父母，庶幾無貳爾心爾。其隱而結於心，則道之精者在焉。梧岡苓隰之積，其維繫深矣。即秬鬯釜鬵，猶勞傀瘏而於論無斁，皆似續而爲一氣之承，夫不啻維皇陰騭，環而相質也。日用飲食，庶幾徧爲爾德爾。然則人將執道之權歟？非也。孰啓筦司，動皆規矩；孰聞命令，時凜鼓鐘。有官器而即箕裘，自高曾而皆法守，此所以吾徒吾與，日撫斯民而懷三代之英者也。然則道不擇人而屬乎？又非也。受以髮膚，皆成册府；受以趨步，悉是鼎銘。獨擔荷而不以爲艱，衆聞知而不以爲濫，此所以可大可久，日錫庶民而式訓行之極者也。夫言道或不盡知，言人則無不知者，人不虛立，道不虛附。賜蓋上下數百年間，而若常目在之也。

《集注》：「在人，言人有能記之者。識，記也。」此乃朱子合下二句解之，方得意義融貫，不然，則恐人認作兩層矣。此注解之法，與作文不同，作文則須每句各識其職。此「人」字，却是函蓋一切，上自王朝宫廷，布在方册，以及列卿群侯，率由舊章，下而至於愚夫愚婦，日用飲食，與知與能，皆所謂在也。下文「識大」、「識小」，方是專就學人言之。雖端木意在叙説師承，而此二字精神力量，正不當專指學人。是須善會上下氣脈，涵泳得之。風簷寸晷中，不識有見及此者否？然區區窺識題旨處，不敢不寫出尔。癸卯八月九日聚奎堂東齋書。

集大成也者　譬則力也

體聖詣所由成，爲遞詳其喻焉。夫不究乎智聖相成之實，則所以聲振始終者，奚從而遞擬之？孟子蓋真見夫聖詣之所以成始而成終者，故指以喻人曰：「學聖人者，當辨所從生，推所終極。」是故稽之律度，本之儀矩，以象事行，而能事畢矣。故吾以集大成擬孔子，而其所譬若更有進也：吾以集大成擬孔子，而其所成已全相告也。古者器物之宣，皆統乎律本，故五聲八音之節，達其所由繹，必反其所自生。後世疇人所授，猶類其指歸，故五行六氣之乘，功飭於斂藏，而事興於著始。則焉有不審夫聲之振之而能辨金玉者哉？焉有不該夫始之終之而能循條理者哉？知化窮神之極，盛德大業，學者日游乎其中，而端倪於何濬、體用於何全者，就其一端而終身莫喻也，而況萬有之會歸也。開物成務之功，翕闢範圍，聖者亦行所無事，而貞何以起元、原何以竟委者，履其一候而成言難設也，而況一時之並到也。知乎此，則智之事所以始條理者，非巧莫能譬矣；知乎此，則聖之事所以終條理者，非力莫能譬矣。就已志而繹之，焉有巧不符乎力者？然而難矣，即同一巧也，而所以巧者不同矣。本正己而求之，豈有力不原於巧者？然有辨矣，其巧不同，而所以爲力者遂不同矣。吾是以取諸身，合諸器數，窺其意用，驗其收發，淵乎？微乎？此豈稍涉偏倚者所能測歟？故曰：「惟聖人建中和之極，兼綜條貫，金聲而玉振之。」

孟子願學孔子，故在他人但見爲聖耳。惟孟子心眼中，拈出「智」字，此實前聖所未發，非孟子不能知也。只就中間「智之事」、「聖之事」二句，勘透此妙，而前後文「金玉聲振」、「始終條理」、「譬巧譬力」，層層在掌握中矣。若在汪遄喜一輩人，定目此爲横擔題，其實法從理生，但在題中扼要處，竅郤分明，全題自無不就範者，所以認題之法，即是行文之訣也。因南昌府學月課題偶擬爲此。丙午冬十一月廿三日督學使者北平翁方綱記於使院西齋。

相題獨真，行文彌脱，中間扼要争奇，具樸實力量，非掉弄空義者所能夢見，以此圭臬士林，風氣駸駸日上矣。（何惺庵先生）

子曰繪事後素曰禮後乎

有相因而致者，序所生也。夫事何爲而有繪乎？素何爲而不自行乎？是故賢者通之於禮。且夫天地萬物之情，果可以淡然而止者，斯無爲貴飾矣。豈知数若成於遞積，而理實反其自生，合次第以觀，而發人深省矣。子夏之問素與絢也，豈未嘗於素三致思乎？苟於素而致思之，必見其有自然而不容已者，必見其有不得不然而非强爲者。（提。）詩不能離素以言絢也，猶子之不能捨素以徵繪也。有天事之本焉：三入七入，淳而漬之；九章七章，等而殺之。朱湛丹秫，歷時以相成也，此漸近而使之然也。有人事之致焉：四時五行，迭相次也；五色六章，還相質也。夏造殷因，遞變而踵增也，此發外而不容減也。是則無所驗於内者，觀物弗之察矣。觀繪事而不由素也，弗之得矣。是其爲事有推而進者歟？是其爲後有順而摭者歟？子夏於是恍然曰：「吾因之觀禮矣。」禮無本不立。是故内心外心，揚詡而出之；大經大倫，稱宜而布之。苟非竭情盡慎而誠致焉，無以爲安也，此亦天事之自然也。禮無文不行。是故用物用幣，有美而章焉；備服備器，有表而坊焉。苟非章疑别微而曲致之，無以爲盡也，此亦人事之不得不然也。故曰：「白受采，忠信之人，可以學禮。」素功者，質也；禮也者，物之致也。質不能自竟其事，賁致飾而後亨，故君子之學以質厚爲本。

包一切，棄一切，片語之立，必歸體要，自不暇爲炳炳烺烺。至其宗經樹義，獨得真詮，則先生自評盡之，特慮窺見閫奥之非易易耳。（何惺庵先生）

《易》曰：「君子以言有物。」又曰：「言有序。」有物者，本也；有序者，由本而暨末也。六經之文，無不該通於禮，不特《儀禮》、《周官》、大小《戴記》也。夫子自言從周禮，從先進，《大學》、《中庸》載於小《戴記》，乃《禮》經最精實處，而及門諸賢，時時發明之，此二節其尤較著者也。《明堂陰陽》、《王史氏》之篇，今雖不存，然朱子《經傳通解》，暨楊信齋之圖具在。吴草廬取二《戴記》及鄭注，纂《逸禮》八篇，於經傳最爲有功。今就鄭氏目録，考其次第，則四《禮》經傳，先後同異，尚有可得而考者。又草廬《春秋纂言》一書，於三《傳》、三《禮》分合源流之故，尤爲可據。今之學者且先熟看注疏，各因其資性所近，漸由名物器数，精求義理，則於窮經之法，已適於大路矣。因擬爲此題文而附論及之。丁未正月十日方綱書於南昌使院之友善堂。

附　西江文體論

古今文，未有不出於《周易》「有物」、「有序」二言者。然物有本末，而序有原委，故吾嘗舉《禮》經之語以論文，曰「先河後海，或原或委」，此即摯虞《流别》之義也。曰「夏造殷因，或素或青」，此即江淹《雜體》之喻也。即以詩文西江派言之，明末時文五家，惟羅文止品最高，其餘皆以深心鋭氣，各極其致，是亦後海之説也。至國朝李石臺，則已不能更極其變，雖榆溪、石莊輩，其源出自古文，而質地思力，繼之者少。至於近日張南城，則又漸歸經訓，此質文相因之大較也。如山谷之詩，本出杜陵，其後吕居仁爲圖説，則推山谷爲江西派初祖，而后山、師川、四洪、二謝之屬，皆舉而附焉。然在南昌洪氏，以龜父爲山谷之甥，而玉父與編《退聽之集》，其淵源有自。而鄱陽洪氏之學以考據、金石、文字，因而該括經義，則兖公在前，彦發在後，實爲學者訂證所必資也。馬貴與《文獻通考》成於元英宗至治之初，實承王伯厚、鄭夾漈之後，爲宋元間實學之大綱。而其時發爲文章，合理學、詩文爲一手者，則虞道園一人而已，此亦質文相因之義也。江西之詩，自王半山本昌黎、仲初之天資學力，合而綜之。至於山谷，而自立大宗，此皆能化盡唐賢之門徑。而道園獨適於大道，爲儒者之粹言，此蓋能以詞章之功，而與草廬之諸經《纂言》相爲體用者。若以古文論，則草廬、道園，與黄文獻、柳待制、陳衆仲、戴九靈輩，一脉相導。而上溯廬陵、臨川、南豐，則廬陵、臨川皆韓之後勁也。然韓柳二家，皆從馬班得之，歐陽之文，由昌黎上追司馬氏，而經術之氣必以南豐爲至焉。南豐之文，蓋出於班孟堅，而孟堅所次劉向、匡衡、李尋、翼奉諸人，皆經術之文也。蓋孟堅史筆，出於左氏，而其文之發源乃在《儀禮》，此爲文之根柢，所以必源於經傳，而學人之立身行己，務以經訓爲圭臬。是故爲今日諸生計，必先以多讀書爲本，而慎勿從事於貌襲者，則虚心以泳之，切己以饜之，其於士習民俗，崇實還淳，蓋莫不由於此，而豈僅爲文體言之歟？

「六經治世之文。道者，文之根本；文者，道之枝葉。聖賢文章，從心寫出，故文便是道。」至哉紫陽之言！是論本此立説，而反覆以暢其義，原原本本，齒齒鑿鑿，因文見道，此所謂載道之文。願承學者，毋徒奉爲制藝律也。（何惺庵先生）

子路共之三嗅而作

就一轉念觀，而鳥之情出矣。夫即使子路之念，未必轉也，而形則已動矣，而鳥能無作歟？且夫萬物皆入於機，惟聖人爲能忘機。而學聖人者，或未能忘也，正惟有不能忘之一境，而凡物之游於機者，其神畢出矣。以山梁之有雉也，託飲啄於目前，夫獨非人世喧囂而栖止自若耶？此亦鳥之入於機也。以聖人之嘆雉也，寄遥情於一往，豈不計旁觀感觸而相對無猜耶？此亦鳥之忘於機也。而何以從游者適有子路乎？海可浮也，亦動於聞喜耶，而何與乎山之梁也？而何以共之者適出於子路乎？虎可暴也，亦例乎行藏耶，而何競於雉之時也。而於是乎鳥之入於機者，不得不出於機矣。子路豈必有成心？子路之共豈必有成見？而自鳥意覺之，竟儼然子路共之矣。而於是乎鳥之忘於機者，有時不能忘於機矣。鳥之作何必於嗅，鳥之嗅何必於三，而自共之者感之，竟倏然三嗅而作矣。斯時人之意，鳥之意，畢入於聖人静觀之中〔二〕，所謂擬之而後言、議之而後動者，即子路之共，未始不資於觀化也〔三〕。所以時止之止，時行之行，悉歸於學人體驗之内，所謂彰往而察來，其出入以度者，即一鳥之舉何所不關於聖諳哉。故於篇終記之。

「共」字不破一解，此亦本近日己山先生《本義》。然須知題之分際，融會精神，要在平日研求經傳得之。己山《本義》，雖駁邢疏，此亦近日講家所同。然義理至宋〔四〕儒以後，研求日密，而《論語》注疏則蓋毛包周，其義已遠。邢疏後出，本不〔五〕得以此概論注疏之全，如《孟子》疏，更多出後人摭拾矣。至己山《本義》發凡，引艾東鄉語「有學莫陋於驕語漢疏」云云，不知漢時未嘗有疏也，此亦學者所不可不知。

「共」從烏看出，「共」與「臭」又俱從聖人眼中看出，具斯妙解，正不減迦葉拈花微笑時也。至其融會經義，則根柢所在，非可筆舌摹擬者矣。（何惺菴先生）

帖經舉隅卷一

北平翁方綱手稿

論大哉堯之爲君也巍巍乎惟天爲大題

近時講章，有以「巍巍乎」指天言者，此大誤也。注中雖含蓄未明言，然精義所載二程先生之言，固已於堯挈其義矣。且即以聖言繹之，「大哉」二字，直貫全章，以下「巍巍乎」、「蕩蕩乎」、「巍巍乎」、「焕乎」，四「乎」字，皆從「大哉」中唱嘆出之，則其指堯之巍巍，無可疑者，豈有中間更夾入一「乎」字指天言者乎？況巍巍者，高也。如以天言，則當云惟天爲高矣。而況「巍巍乎」三字一頓，「惟天爲大，惟堯則之」八字是一連爲句，猶之「蕩蕩乎」三字一頓，「民無能名焉」五字相連爲句也。今若因「巍巍乎」之下係「天」字，遂以「巍巍」指「天」言，則北門成聽黄帝樂，固以蕩蕩默默形容聽者，其必有援此傅會，以爲「蕩蕩」字指「民」言者矣，而豈説之可通者哉！

論周有大賚節

注有明文，俗儒敢於顯然悖之，而人不以爲非者，莫若「周有大賚」一節。《書・武成》：「散鹿臺之財，發鉅橋之粟，大賚於四海，而萬姓悦服。」《孔傳》云：「紂所積之府倉，皆散發以賑貧民，施舍己責，救乏賙無也，此以散財爲賚之説也。」《周頌・詩序》：「賚，大封於廟也。賚，予也，言所以錫予善人也。」《鄭箋》：「大封，武王伐紂時封諸臣有功者。」孔疏《左傳》云：「武王封兄弟之國十五人，姬姓之國四十人。」《武成》説：「武王列爵惟五，分土惟三〔六〕。」《樂記》言〔七〕：「將帥之士，使爲諸侯。」此皆武王大封之事也，此以封爵爲賚之説也。《論語》此節，首述武王反商政之事，大書特書，自與工歌武廟主於敷時繹思者語意不同，而亦與止戈象舞包虎皮而名建櫜者指歸有別，則似應只以《武成》散財發粟一段本事爲之訓詁，不必復牽引《詩》之「徂維求定」與《樂記》之「封諸侯」矣。然「朱子或問」一條，問周有大賚之説如何，曰：「《詩序》曰：『賚所以錫予善人〔八〕。』蓋克商賞功之時，《樂記》所謂將帥之士使爲诸侯者也〔九〕。」此則轉似以《詩》之《賚》與《樂記》之封爲正解，而不及乎《武成》之散財發粟。是何故哉？

蓋緣本文所記，與《武成》文法自有不同。《武成》之文，既敘大賚於四海，而万姓悦服矣。又另敘列爵、分土、建賢、位能、重民五教等事，是以各自爲説也。此節則於大賚之下，即合併入「善人是富」一句，而錫予善人之文，則又屬《詩》中封功臣之語，則是兼該二義，而於一事内發之，此所以朱子必引《詩》與《樂記》〔一〇〕之文也。及朱子作《集注》，則仍引《武成》之本事於前，而以《詩序》之語〔一一〕詔證明於後，最有斟酌，中間插一句，曰：「此言其所當者，皆善人也。」「其」字正根《武成》篇本事來，「皆」字正根《武成》篇「於四海」字面來。上又分別加一「此」字，則隱隱見得《論語》之句，所包者廣，不止爲散財發粟一段事而記之，而併連後文之列爵分土無不記之，帝王之鴻業，聖人之傳心，一筆中鉅細本末無不該貫也。財亦賚也，粟亦賚也，爵土亦賚也，其克商有功者固善人也，其不與賞功之列而散處窮簷嗷嗷待哺者，又何嘗非天降烝民不爲殷紂之毒所染者哉！即此「善」字一提，其千八百國會朝清明之景象，善氣迎人，薰蒸宇宙矣。「是」字收裹上句，如印印泥，與「有」字如器之有蓋有底，相湊相成，固不鑿定「克商賞功」之一節，而散財發粟意中，則自有無不兼該之勢，方於「富」字圓足，而「善人」渾渾包舉，萬物吐氣，此所以爲反商政也。自雙峰饒氏之説，不知融會此二義爲一條，又復求其説而不得，則遂撰出中間多一轉折。謂「大賚」是普及四海，「善人是富」是於其中又加厚善人，併有勉人爲善、既富方穀之説，於當時立言紀實之氣象全不相符。而近時如己山王先生之《本義》，亦曲爲遷就其説，而不敢駁之。殊不知《武成》只有「大賚四海」之文，其中又加厚善人一層，出自何典？且如此説，則「善人」二字，必其表異於凡民者，是何等之人？賢乎？親乎？功勳之臣乎？當日此等情節，如何分别核辨，出於饒氏之口，遂爲故實乎？或者又爲之説曰：「注中所引《詩序》，語涉渾淪，況《詩序》非孔子所作，不足爲據。」此尤未喻。《詩序》即非夫子作，而武王列爵分土之事見於《書》，封諸侯之事見於《樂記》，則《詩序》之言，何不可引以爲據乎？且注中之引《詩序》，乃因《詩序》有此「錫予善人」之文，而援以證《論語》，非援《論語》以證《詩序》也。其意蓋曰：「讀《論語》此節，而後知《賚》之詩之所以得名也，此治經處處貫通之法。」今於《詩序》尚不之信，而於饒氏之言則信之，此處説到勉人爲善已落餘意，況本文二句，中間並無轉折，不特事不相符，而且文理不順矣。蓋爲彼説者，其亦有見於封爵賞功一節，而説得未融洽，遂將賞功之實事轉抛却，而杜撰出加厚之虚言。不揆情事，不循語勢，而今之塾師必此之遵，而注中引《詩序》一筆所以删之而不讀也。總之，此節既與《武成》篇專主散財者不同，亦與《賚》之頌專主賞功者不同，須以散財本事爲主，而融入賞功一層，是爲情事相合，而語意兩不相格，於朱子注意既能會通，而諸家之説亦可兼綜矣。

論曲肱而枕之題

有明黄陶庵先生，薈萃九經之藴而爲制藝，其根柢之厚，魄力之大，允爲後學所宜服膺。但讀先正文字，必宜精審題分，即如「曲肱而枕之」一題，陶庵文流傳百有餘年，姑毋論「枕」字在本文爲去聲，乃是活字，與上聲「枕」字之作實字者有别，且如通篇以常人相形，已非聖人分上語。至云：「推之此枕，得無焦勞終夜」等語，則是聖人以他人之不能，形自己之能，於當日語言渾淪之意，全不相肖，至於「身外身内」、「盈虚消息」等句，更自立言無當。蓋此題語氣輕圓，固無迫促之情，亦無矜張之態，如以飯疏、飲水、曲肱三項作一縱勢，而以下句「亦」字作拍合，此於注中「雖處困極」句固爲周到，而講書與作文道理自同，神致自别，非比「簞瓢陋巷」章贊嘆顔氏，可用「憂」字作一旁襯也。下文「亦」字，須於言下油然生之，不可於言中故意逼之。且聖人自言處境，此豈可着一毫粗膚之語，此際雖未吐出「樂」字，然細看「而」字圓光，已是一片化機。但心知此意，而下手却要圓活，不可徑趨「樂」字，致傷於涉下界耳。此全在心超象外，而恰得環中，意與筆隨，手爲心用，非賦才敏而功候熟者，不能辦也。韓文公教人自爲，學者讀書，須認得聖賢語言氣象，虚心涵泳，然後出以葩藻，範我馳驅，固不可隨人觀場，亦不得輕言變格，既受之以節制，又發之以性靈，善制題者不爲題制，善使事者不爲事使，庶乎詞必自出矣。

論地非不足也五字題

上節「不千里，不足以待諸侯；不百里，不足以守宗廟之典籍」，是代之設身處地揆時度勢以見其地無可減。此節兩言地非不足，是代之設身處地揆時度勢以見其地無可增。「而儉於百里」，乃就當下受封正面繳足之地。「非不足也」，是從後人意中代前人核算，而「儉於百里」，則是煞到前人定制不過如此。蓋後之思逾制者，皆坐意中先有不足一層，所以必要增益，故孟子先於溯始封之時，代爲間執其口，即如文侯之命，便是魯國初年事，而一切茭芻糗糧、敹甲敿干，取之立辦，彼時何嘗有五百里之加？而猝有緩急，未嘗不足恃也。此全是孟子胸中，於上下數百年形勢，計算爛熟，如家常日計一般，此五字是孟子論述之詞。「而儉於百里」，則是就事收結，「儉」字正摹寫「足」字，「而」字正縮入上句，是一氣坐下，並非轉語。而《體注》等説，於中間横截語氣云「當日之地非不足於封也」云云。則是溯及封國之始，不審制度之當然，而只屑屑於「封之」之具之足給與否，則必分晰錙銖計較便宜，而不在道理時勢上立論矣，此其於義理不合也。若以文章氣脉而言，則此節「地」字，即上節「地」字，章脉既發源於南陽，章尾復繳歸於取與，上下一綫，只在本國形勢上講，斷無於語言中間忽插入天下地輿之理，此非深體古文之氣脉者不知也。朱子謂古人文字，只在事證、義理、文勢三者而已，今此句既無事可證，而義理、文勢，皆宜一串直下，奈何欲徇俗説，必以轉下爲解乎？

論陳其宗器宗廟之禮所以序昭穆也題

嘉應童卷以時祭、祫祭立説者甚多，州學夙號能文，何以茫無講究至此？「春秋」二節分時祭、祫祭之説，久經前人駁正，近時講家已皆知其謬。然又或變而爲兩節俱指祫祭，又或定指兩節爲一時之祭，紛紛辨説，俱屬穿鑿。下節章句所謂「有事於太廟」，特本祭統之文。其實上節既言「春秋修祖廟」，則太廟豈有不在其中者乎？而祫祭之時，又豈有不陳宗器、不設裳衣、不薦時食者乎？四時之祭，亦必有事於太廟，則子姓兄弟豈有不咸在者乎？總緣上節特提「春秋」二字，此不過與「修其祖廟」等句文法相聯，乃書中記叙之體。而俗塾教師，舉眼但見題句，遂乃認爲時祭，又因下節有「群昭群穆」句，認爲祫祭。訛以傳訛，所以學者皆不知體味古書神氣，不善會古人語言，因陋就簡而莫之省，此烏可不明辨以正之哉！又其甚者，此題雖略截上下，而神理完全，與割截題迥然不同，而諸卷中竟有拈兩頭以擒題者。昔汪謚喜亟講隆萬機法，長題一切慣用穿插，識者猶或非之。今乃不顧神理，混拈起訖，此乃無理之尤者。夫法必從理生，而理從題出，五載以來，使者日久諄諄與學人研切經義，冀其深心體認古人語言意味。而嘉應文風夙優，何以至今尚未領悟耶？其以分時、祫爲説者，特因塾師講究不精，於其人之文筆無責。已就其中酌文氣通順者，姑録一二以示節取，至其擒起訖兩頭者，則竟是文理不通，一概不録，以示警戒。諸生童其益加服習研摩，討求古人神理，毋汩没於俗下高頭講章。至於二節、三節之書，中間抽截出題者，總須相其理脉神致，斷不可鈎棘字句，挑剔一二字以爲清題位。致如搭題之吊、渡、挽者，則將混長題、搭題爲一例，俱目爲機巧串合之法，此則大有關於學術之淳漓，文體之正衰，不得不動色相戒者也。

且以使者誨人之意，併搭題一項，并不必另存爲文字一門。四子書中，從來無游戲之題，其偶以無情字句巧合搭截者，亦必於映帶之中，不失章旨節脉之所以然。而其聯合機致之處，又必運以古文之波瀾意度，萬無游戲爲文之理。是以本院所出試題，從未有以此等巧搭試人小慧者。曩時嘗欲選舊人搭題文字之有雅裁者，彙爲一編，以餉後學，以救外間坊選巧搭題文之弊，因循未得就緒，兹因論題先舉隅以待善學者思之。

論入云二字題（二條　又附一條）

此題雖就亥唐一面説，而實從晉平公一面照會而出，在平公之敬亥唐，固惟其言入之詞是重，而在唐則初非敢徑以入召其君也。童卷中竟有以倨侮其詞爲説者，不過援引《戰國策》「王前」、「斶前」之説，其實顔斶對齊王之語，乃戰國習氣，草野倨傲之風，何可爲訓？近人講章，不善體會聖賢立言和平莊重之旨，乃竟以孟子語氣，攙入雜霸干主之習，此即是侮聖人之言，讀書人所當切戒。如下章「交際」，則講家又多誤認作以交際爲行道之媒，不知士品自宜端正，而倨傲之習則不可長。後世讀書人敢於大言，輕議〔一二〕論短長，皆戰國之士習不正有以啓之。讀一部《孟子》，全要此等界限認得清，看得正，所關風俗人心非細。

此處三「云」字，全是晉平公耳聆而出一片神理，須設身從晉平公耳中手揮目送，乃得語意分明，而題氣乃一絲不走，且語氣亦和平無策士習氣矣。昔人每患作孟藝，易涉《戰國策》一種言語，不知全自不善體會題神者啓之。聖賢本文，豈有此之可慮哉！

《孟子》文章之妙，渾然天成，不可以字句求之，而即字句間亦莫非神氣之妙！如此章章首「不挾長、不挾貴、不挾兄弟而友」，一個「不挾」，疊入三層，而通章大勢，即以孟獻子、費惠公、晉平公三大段爲之章法，此即文勢之不得不然者。陰陽翕闢，自然之理也，而其中又有音節之蟬聯應和處，如上「費惠公」節内，已有「吾於子思」之三疊，此節遂有「入云」三疊以應之。而其下「然」字一轉，又有「弗與共天位也」三疊以結束之。此起伏之大勢也。○「然終於此而已矣」句，特提特開之筆，非本節晉平公内之文，乃下節帝舜内之文也，不然以孟獻子百乘之家尚無貶詞，費惠公小國之君尚無貶詞，而於晉平公乃轉有貶詞乎？范翔之流不知此理，乃於「非王公之尊賢也」句下，又找一筆以贊晉平公，蓋其意惟恐過貶晉平，礙難爲上數節收束地步。茫不知「然」字一轉，特因孟子胸中有帝堯、帝舜迭爲賓主一層，高出天外，所以作此特筆，而彼作《體注》者，方且認作只爲晉平公説，乃復以找足一語隔斷孟子之語言神氣，甚矣其不知看書之道矣！然則朱子當日何以不將「然終於此而已矣」句劃入「舜尚見帝」一節，而必繫之「晉平公」節内者，何也？曰：「此朱子所以得文章秘妙法也。」故曰上有「入云」之三疊，而以此「弗與共之」三疊收應之，「然」字意轉，而「弗與共之」句法不轉，「然」字意已到下節，而「弗與共之」三疊仍完繳上節，此則前偏後伍、伍承爾縫之大章法，開合翕闢乘除關紐之理備矣。

論萬章曰士之不託諸侯章（四則）

細玩朱子《本義》，原未分前後兩義，其劃分前三節論士之自處，後三節論君之待士，乃俗講章不善體會聖賢語言文字，致爾自生畦畛，以至《體注》等書，於「以爲不恭也」下，硬裝「士之自處之禮當如此」句，此大錯也。

此章如神龍行空，層層雲烟波浪，而一鱗一爪，時時變現，至於全身則終未直泄。在萬章之問，重重推衍，孟子亦與之重重安宅，及至「何如斯可謂養」之問，則真面欲見矣。而廩人、庖人等句，意猶似未全托出者，乃轉遥接子思之事，以掉筆結案，此只是隨問随答也。至説到堯之用舜，可謂舉頭天外，然亦只是借作榜樣，孟子之意固仍在「與賢共天位天禄，諫行言聽，膏澤下於民」一段、扶世用世之本懷上，而其告門弟子，則但随事随語以足其義，不必直説出本懷，而自無不説出也。

惟其心事自在行道濟時，所以廩人、庖人一層，是貼身一層之影子，堯之於舜，亦即是頂上一層之影子，此二層决不可呆煞也。此二節在本章俱是借來作結穴，猶之畫月者到無可着手，乃不得已而畫雲以烘托之，而正文之迤邐引伸則託一層，餽一層，賜又一層，常繼又一層，此四節前半宛轉關生之勢盡矣。前半之勢到「可謂悦賢乎」是一小歇脚，（如此看，則豈有將前三節與後三節對看分看之理？）而「悦賢不能舉」、「舉」字，微微逗漏真際矣。下節萬章之問，却又忽從對面國君養賢問來，而孟子亦即與之就地還去，「子思」一按，「堯舜」一提，即就「養」字作結，其聲大而遠，乃是文字自生層折，即自生收裹，通身如神龍夭矯，令人莫測其首尾端倪，而孟子結念之微，則不特不能以喻後之講家，而并且不能以告萬章也。此章與「交際」章、「不見諸侯」章，皆是門人輩疑聖賢之太峻太矯，而反覆致問，所以只得就問還問，而姑不必與深言，不然，繼粟繼肉，此何足道，豈孟子之志所希哉！而九男二女、百官牛羊加諸上位，此是何等地位，又豈孟子之所敢援以例時君之待士者哉！後人不察聖賢語言歸宿之實地，與所謂簡外之神，文外之味者，因而於孟藝内闌入戰國時蘇、張一輩人口角抵掌大言之習，將士之身份，抬入雲天之高，而不知其自流於夸誕，遂有以圭角太露轉議《孟子》之近戰國習氣者，欲去此等疑徑，皆須從書旨細玩之耳。

孟子并不欲斤斤論餽論養，因萬章區區於形迹比擬問講求。先自託諸侯問起，孟子之心滋戚矣，而不便深言，只得據理層層回答他耳。到得一篇之中所論皆餽賜周養之事，此安足以見聖賢之深處？然而彼問餽則姑與言餽，彼問賜則姑與言賜，彼問養則姑與言養，原是處處有一定之則，當然之理，面面玲瓏，節節疏通，聖賢言語，隨處發現，莫非至理，聽人自見而已。

論夏后氏以松題文

今日因食餼諸生與招覆各童俱集堂前，諄復諭以讀文之法，適吴川學官以坊間所注釋《證是編》呈閲，此選本皆可讀之文，而持擇講貫之道，則非可易言。雖同一文，而領受之益，乃相去大有懸殊者，皆坐不知古人神理之故也，即如所選儲中子《夏后氏以松》篇，即今日覆試各童之題，已於牌内示諭不許抄襲一字矣，然此地之人讀文之道，原爲抄襲而讀之，豈能真有見於文之所以佳乎？如此篇乃膾炙人口之作，而其佳處，則此處生童等皆不知之，何也？在陸草堂之學，醖釀經術，而行以西漢文之法，故其評此文，目爲匡、劉説經之遺，而此選内删去此評，是亦不知此文所以佳也。中子之從游於草堂也，得力全在班氏，而班氏之浸灌入經，則大小夏侯、京房、翼奉、李尋之屬，谷偏而匡較正，歆細而向較大，皆根柢六經以開揚崔之徒者也。宏詞家説經，必援《中説》以嗣《法言》者，喜其閎實也。而東京以下逮於隋、唐，自玉瑩一變丹青，而文章入理，必究於河汾，亦以援經爲主也。非必取韓以接班，而勢有不得不然者，則以范太雜而陳太潔，皆不得與班儔也。是則初元、永光以後，永平以前，諸人之學，皆於草堂得之，而行之於時文，則中子一人而已。此篇援據之核，筋節之厚，其尤著者也。然以題理細按之，則尚不無微待於商確者，爰留府學吴川二學官於場而面訂之。此題語氣完全，無所庸其截題位也明矣，而文之講下二比，則似爲「戰栗」句作伏勢，何也？蓋先生固非截題位之謂，其謂宰我之對，其全神併注於「使民戰栗」之一言，而不覺一發口即神氣貫攝通節也，此非爾尋章摘句但知截題位者之所解也，此則原因下節有聖人之言，見得宰我之病實坐在此，所以作者之心力，亦全赴於此而不少假焉。雖節奏從容不迫，而實精悍之至也，此其文之所以佳也。若不知此故，而但見其講下二比即以伏題末句爲能，則無識之徒，不論何題，凡數句數十句者，以至一節兩節脱卸過接之題，不擇其文勢語氣之完與勿完，而皆以伏末句爲事。一入手便急搶題尾，硬牽横掣而不顧其安，此則所謂以履戴首，坐於案而以指爪取食者，乃天下至不通至可笑之事，而尚恬不自知，且曰：「前人之文亦嘗如此。」而豈知前人固嘗體會題氣與章旨節脉相爲吞吐呼吸，而後以人力包舉而爲之，豈亦嘗如爾等之急搶末句者哉！所以昨日發課卷時，曾諄切曉諭各學官士子，以爲長題則分全與不全，搭題則分有情無情，其長題之割裂不全者，與搭題之無情者，乃可用吊、伏以清起止。若其長題之章節完全者，與搭題之神聯理合者，概不得但扣兩頭以蹈於纖巧、以流於不通。而今日恰因覆試出此題，適有中子先生此文爲之證明，可見前人之文，每一下筆，皆有其所以然之故，而非若爾等漫爲撏撦、不根題理者之可比也。然則由斯以談，中子此文，其爲精審聖賢語脉而無復可商也乎？曰：「是亦不然。」聖門弟子，自有聖門弟子之身分，朱竹垞《齋中讀書》詩云：「素王六經外，《論語》其總龜。紀者六十四，義取《春秋》辭。同門有不善，一一具書之。由求予亢賚，言失不可追。揆諸朋友義，情得徇其私。寧形弟子短，但以尊先師。後儒不曉事，吹毛務求疵。」此數語真通人之論也，社爲周之大典，宰我爲聖門能言之士，而且國君親問，自然須博徵三代之制。其二代之制，既無從考其所以然，而本朝之制，豈得亦蹈數典忘祖之誚？當日百國寶書，皆在聖門，宰我述到「周人以栗」一句，仰稽旁考，自不便以空言述過，與「夏殷」二句作一例順舉之詞，而其向日亦必夙有所聞，因「栗」字考證字義，不覺帶出一句，原是考典求其詳實之意，而不知其説之大失，此時亳社方灾，三家僭竊，多少匡正扶救之辭，何不以入告，而顧爲此語乎？此則宰我意想所不及，而聖人聲入心通，一聞此言，自然致慨，此則越見得宰我之非有心於啓時君之殺伐，而乃越見得聖人之言之大之精，非門弟子所得幾者矣。看來宰我説「夏后殷人」二句時，並不必有「周人」一句在意先也，即説到「周人以栗」一句，亦不必即有「使民戰栗」一句在意先也，原不過順口考述，沿其勢而討論引證，而不覺其蹈於不可諫之成説，此所以爲聖門弟子之過也，此所以愈當觀於聖人之言也。若説成宰我有心啓時君之殺伐，則哀公自問社，與殺伐有何關涉？而乃引之入殺伐一層，是誠何心？此豈是聖門弟子之所肯出哉！注中「又啓時君殺伐之心」，此自是從下節聖人意中體會而出，所以上節注中着「又言」二字，本自截然分曉，朱子固未嘗以此有心之惡億度宰我也。況若果係有心之惡，則下節之聖言轉不相對，此較之聚斂之鳴鼓何如？而肯輕易以三言揭過乎？觀下節聖人之言，則宰我之對非其本心，益可見矣。而中子此文，未免尚有意貫注末句，則其意欲尊聖言，而未知所以尊也，雖與俗儒之不知題理急搶末句相去遠甚，而此中分寸節度，則亦未能深察而微中之矣。王己山《八編》亦選此文，但以氣體賞其援據，引義門語，謂似漢唐人一種僻論，此尚是讀書人之論。而題事之分寸微茫，所不宜預透末句，則己山亦未言之，甚矣此事之難言也。使者七年以來，諄切誘掖學者，俾從事於己山先生之選本。蓋己山先生所選之文，最有分寸斟酌，於古人語言神理，不差銖黍，誠可以爲學人之師，此種有待於商訂者，特一二處耳。學者且能就己山各種選本，精心討取，再以經書白文日加研究，何患俗學究之病不除，而古人之難及哉！今日論此一藝，而讀書作文之法具在焉，此紙宜傳寫熟玩之。

論人能充無受爾汝之實至是以不言餂之也題

此兩節皆申言「充」義，而「穿窬」之類一句，於「言不言」一面泠然點出，是乃深中當時策士捭闔從横之病。「士未可以言」四句，直括盡一部《戰國策》矣，然「穿窬」句既在下，則是案而不斷，安可與上節作一反一正相爲對射之勢乎？且并有作完下截重找上節者，尤無義理矣。此中翕合關紐，非熟於古人蓄泄之法者不知，而通學竟無佳作，甚至有以上節「爾汝」字爲貴者臨下之詞，不知何處有此一種僻論。推原其説，蓋沿於《國策》「士前」、「王前」之語，殊不知「士前」、「王前」，乃當時游説習氣，特蘇張一流之唾餘，孟子豈肯言之！讀書人必於此等處灼見立身立言之旨，其或矜傲自處、大言不慚，皆七國時偏氣所鍾。有此一種陋習，而讀者不察，往往以文士高自位置，動援古人以長其驕凌欺慢之漸，皆此種習氣有以啓之。不思《國策》一書，原非出自一手，其偶爾形容過甚，乃一時文筆之頓宕變化，豈可過泥，此即不善讀書之一端也，因論題義並及之。

論雖孝子慈孫豈不曰以位二題文

諸生試卷内，有套用陳大士《雖孝子慈孫》題文者，本不爲疵謬，而不得不細論者，亦因多士邇來漸能洗舊習而受要道也。使者前於論文體示諸生時，已曾言及金、陳二家文，佳作甚多，而俗學於小題，必推《豈不曰以位》、《雖孝子慈孫》二篇。殊不知此二作在二先生集中，非其至者。蓋作截下題之道，不患於筆之不尖，而患乎神之不圓，若作截下題而筆不尖，則呆則滯矣，安能照下乎？安能逆取順受、凌虚倒影乎？此在稍服膺先正者皆知之矣。至於神之圓，則不但關乎人之識見筆力，而且關乎人之氣質涵養，非可幾及者也。以正希、大士兩先生，其於識見筆力、氣質涵養，固無一不造其極者矣。而此二篇則猶美而未盡善者，如正希《豈不曰以位》篇，擒縱之妙，咫尺萬里，在先生固不足爲異也。至其中二比對比，「茫然失據」句下，神氣突湧而出，詞色雖精悍，而揆之孟子語氣，則謂之神未圓可也。此或在古文篇末凌厲無前、詘然竟住則可，而在時文一比内上下銜接則不可。且其屈、伸二義，非可出於士對君之言，殊露劍拔弩張之態，似是《戰國策》、《長短經》之文字，而非孟子之文字矣。孟子言語何嘗有圭角哉？皆坐後世文人放筆太尖，未嘗深體當日語味，解經而經義反失之。是以使者每言講書之體，不可順口氣，一順口氣，則輕重之間，必致易生語病，而况於爲文乎？且截下題所貴乎神圓者，此伯昏之步也，止水之審也。若大士《雖孝子慈孫》文，其承題煞句，後二比之煞句，皆不留下句神氣地步矣。且半句凌空之勢，最易險絶，而精能之至，反以虚和圓活出之，所以爲大家也。若大士此文云「甚矣其愚也」、「吾非爾靳也」、「我不爾競也」等語，則神氣太覺獰狰，全無含蓄矣。且此題語雖對幽、厲説，而其語意則在乎鑒幽、厲者，此全在傳出從旁指點之神，不在痛罵幽、厲也。若大士此文，直至結句，皆是痛斥幽、厲之詞，於孟子當日言外之聲情、弦外之頓挫，皆所未嘗體貼，不過只管用掉筆播弄「雖」字之虚機，以致後人凡遇有「雖」字半句之題，村館塾師，必首舉此篇奉爲金科玉律，使前人偶然涉筆之作，竟成活套，此何説也！使者爲文體、文品諄切丁寧，兢兢致慎，正望諸生以先正爲師，豈敢於前人妄生議論？顧讀書作文之道，在乎心細手和，深體古人語言意味，則從此虚心涵泳，切己體察，必有能增長識力而變化氣質者，用是因此一條反覆剖晰之。

論召之役三字題

今日試「召之役」三字題，因與值場教官商略題事，此三字内以何字爲關鍵？據該教官始而云重「召」字，繼而云重「役」字，皆無定見。大抵此處，人所以不曉爲文者，全在不知法因題立，而題有移步换形之道。姑即以此題言之，萬章口中，重頓「庶人」二字，以下分開「召役」、「召見」二層，假如出「庶人召之役則往役」八字爲題，則其所重在

「役」字，不必言矣。假如題出「庶人召之役」五字爲題，則「役」字之神尚未全，而「召」字爲之提綱，則當重在「召」字矣。今此題又將「庶人」二字截去，只「召之役」三字爲題，則其敲動處全在一「之」字。蓋「之」字乃上文「庶人」二字之影，此字敲得動，而下文「則」字自響應矣。如此一小題，而去一字，添一字，其關鍵所注，輒如以燈取影，横斜平直，惟在善看題者得其間而激動之。可見天下無苦人之題，而斷無千步一形之題。彼三家村中學究不善讀古書，不知穿穴古人氣脉者，舉眼但見一二實字，相與搬演而凑砌之，其題中往來向背虚活之字，則熟視而若無睹也，故書此一紙，以俟善學者自得之。

論孔子登東山節題

孔子登東山，登泰山，雖「孔子」二字略頓亦可，而語意本自直下。登者，即孔子登也，舊人講説本極明，自范翔之流作《體注》，始極力避於一邊，不敢説是聖人之自登。蓋惟恐一説聖人登，則不便説聖人自看魯小、天下小之意，以此爲疑碍。而「登」字含糊懸擬，竟不知出自何人登矣，此并文法亦不識，而況道理乎？以文法論，則「孔子」二字下直接「登」字，此是孟子想聖人所處之地位，有何不可？況亦本即吴門匹練之故實，非懸空臆度也。此句「登」字屬孔子，所以下層之「觀」字屬人，若此句「登」字先屬人，則下二句不須再用「故」字接卸矣，此講家之無識，不知古文氣脉，不足道也。若上而以道理論，則以孟子之心眼，想聖人所處，地位愈高，而下愈小，自是實境如此。正因登之者是孔子，方是如此，「小」字亦非輕重渺視之謂，直言見得全耳。然則非聖人之登泰山，孰能當之乎？境地越高越真，初何假借，初何避就，而况又自孟子代爲叙説，更自朗朗明明。「故」字接下，神氣更爲恢潤大方矣。注中言「聖人之道大」一句，固已全括在内，甚矣朱子之善於立言！而講章家皆莫能體認也，此皆關係看書之語脉，道理之真僞虚實，非可掉弄筆舌者也。

論正五音三字題

此題向來講家作家，皆苦「正」字説不透。本院前年曾於科考廣州時，集教官、生童於堂，面講此句六律所以必不可言十二律之故，詔之人士豈無風聞其説者！而今日面問該學教官，仍皆不省，甚矣書理之難遽誨人也！蓋「正」字所以不得分明者，五音與六律之關捩，譬如器然，有蓋有底，此中筍縫粘合不真，必多浮談，是以徒搬樂語而迄不能透也。且以理言之，則六吕、六同、六間皆六律也，似乎六律、十二律無甚異矣；以文法言之，則「繼之以規矩準繩」句亦已變爲長句，則似乎此句即言十二律，與言六律，又皆無不可者。而當日所以不言十二律，必言六律者，則有説焉。天一地二、天三地四、天五地六、天七地八、天九地十，五位相得而各有合。五六者，天地之中也，是故必有六氣，乃生五味，必有六律，乃正五音。故曰：「日有六甲，辰有五子，十一而天地之道畢。」十一者，五與六也，如此看，則奇耦雙單，鬭筍合縫。所謂「正」者，猶之《國語》之言「均」，京房之言「準」也。蓋就以律定時言之，則曰十二律，以配一歲之十二月，所謂天地之風氣正，十二律定者是也。就以律和聲言之，則曰六律，大衍之數五十，成陽六爻，得周流六虚之象，太極元氣函三爲一，一而三之，三與三相積，得十有七萬七千一百四十七，而五數備矣，此三統之義，乾坤二策相乘相成之大數也。如此，則「正」字若合符節，不煩繩削，而「五音」二字，如金在鎔而水歸壑矣。雖十二律與六律，理本相通，而當日所以必云六律者，其義精微恰好，渾然天成，至於如此，讀者豈可隨口吞過，而概以正性情、正禮樂之「正」字來相溷乎？因口講不能使聽者記受，故復筆之於此。

論中庸第二十五章

群經著録，自宋元以後，博學而詳説者數千百家。大約解經之法有三，而貫之者一也。義理也，事迹也，文氣也，此解之之法有三也，而所以貫之一者，何也？則曰：「求之吾身而已。」俗學因循苟簡，爲師若弟者，皆貿貿焉不知講書之法久矣。近數十年講書者，功莫高於王己山，而咎莫深於范紫登。范紫登之無識，不達文字之本，而掇拾時文考卷之緒餘，以自命爲講書，蓋亦通人之所不屑齒及，而使者數年來再三飭禁其書，士子中尚有未能喻此意者。嘉應尤多性慧之人，則其記曩日所習范翔之言，必較他處人更熟，更不易遽改，此不可不再加諄復者也。即如昨日下學講書時，一生員講《中庸》第二十五章，其所講本不足深論，而本院聽其講至第三節「誠者」句，似是借第二節「是故君子」句卸下，此則必是溺於范翔《體注》之俗解者。爰即以此題試諸生，而其中竟無一人不溺於范翔之解，直以上二節「誠者」「者」字作理言，以第三節「誠者」「者」字作現成境地之人言，此其説歷來無所師承，皆自范翔一人之私言釀之。試思若指人言，則「非自成己而已也」、「所以成物也」此二句，「非」字、「所以」字是指人言乎？是指理言乎？況且上文「君子誠之爲貴」句，是結上語，非起下語，「君子」二字，是通章「實理實心」之質幹，並非立一現成之人作逐境推度之詞也。而且「成己」、「成物」，是就人身上指點，則「誠者」二字，愈見得是以理言之，而「實理實心」，提一層有一層實地矣。蓋就理言之，則方可將「成己」、「成物」合併貫注而出也。若就現成人之境地説，不特義理既滯，而「所以」字亦講不去，通章之血脉俱爲之不順，所關豈淺鮮哉！且由范翔輩俗下之講，則是於第二節已有心先將「誠者自成」安頓一層，而以下再卸出「成物」，則必云「誠者」既已「成己」而又當「成物」矣，何以白文此處却着「所以」二字？此可見聖人語言，無内外之痕迹，當下一片渾成涵蓋，特提「誠者」二字，而人己内外全在其中。所以爲性之德也，合外内之道也，講章家但坐不知「成己」、「成物」合而爲一之理，所以生出無數脱卸之痕迹。聖言八面照徹，如月印川，如金在冶，假如居家孝友立品之人，必其善處倫理使各得其所安之人，以禮自處之人即能以禮處人之人。時措即此，性德即此，同條共貫，一源而出，有何不分明融洽者乎？爾諸生思之，譬如爲師長者，勤於訓迪，此是「成物」也；而自盡其爲師長之道，則即是「成己」也。且如此處人之好具詞狀，若有向爾諸生談及者，爾諸生不但不肯爲之寫作呈詞，并且委曲開導勸止之，俾各守睦婣之義，此即「成物」也。而爾既勸止彼之訟端，則自問其心亦坦白而安舒矣，是即「成己」也。假如生員逢考，不營弊，不妄攻訐，且於所認童生皆一一具知其實，此則盡心盡力以裨益人之功名，即謂之「成物」也。而自問則又不失爲清正無過之生，則即「成己」也。凡事皆似此最淺最近處，逐層體認，不待深辨，而知「誠者」字與「所以」字之針鋒相應矣。此處名爲讀書之人，病在書自書而我自我耳，是以剖晰言之，此皆極淺近易曉者也。

帖經舉隅卷二

北平翁方綱手稿

論書同文題

昨試高安童生，以「書同文」命題，不但童卷内無一佳卷，即所查取坊間刻文，亦無佳作。蓋近日士子，於讀書識字之功，茫無研究久矣。《章句》：「今，子思自謂當時。」則是周時之書也。《周官》：「外史掌達書名於四方。」不言其爲何書。即鄭氏注，亦渾言古曰名，今曰字，未嘗質實言之也。「保氏，教國子以六書，曰指事，曰象形，曰形聲，曰會意，曰轉注，曰假借」，孔疏云，皆依許氏《説文》也。然鄭注次序，與許氏不同，而《漢書·藝文志》引保氏之文，又與鄭氏、許氏互有不同。蓋所謂畫成其物，隨體詰屈云者，皆古書有韵之言，其來已久，非始自許祭酒也。許氏云：「《易》孟氏、《書》孔氏、《詩》毛氏、《禮》周官、《春秋》左氏、《論語》、《孝經》，皆古文。」又曰：「宣王太史籀，著

《大篆》十五篇，與古文或異，至孔子書六經，左氏述《春秋傳》，皆以古文，厥意可得而説。」據此，則子思自謂當時之書者，當即以史籀《大篆》之合於古文者爲正也。然據經傳所言，止戈爲武，人言爲信，二首六身爲亥者，則正與小篆合，而許氏亦不能詳言之。《大篆》之全書，亡於東漢之初，今惟賴許氏《説文》所載者，得以見其涯略而已。故知《中庸》所謂「同文」者，要舉其作書之本指，許氏所謂「至於小大，信而有證」、「本立而道生」者也，所以方爲三重之一端也。坊選時文，不曉此意，但雜舉所見經傳内言書之語，以爲徵實，而不知所以爲經藝之本，王政之始，則「同」字之義不出矣。方今聖人在上，《欽定同文韵統》以昭示海宇，而況有《康熙字典》、《欽定叶韵彙輯》、《音韵闡微》、《音韵述微》諸書，發千古未發之精蘊，綜古今之製作，括南北之聲音、書學至今日，信乎集群書之大成矣。使者方勸迪諸生以研精經史諸書，而其本尤在根據六書，是以開考瑞郡首邑，以此題爲之正鵠。在諸童子之文，本不能與之深言，而其崇本務實之理，不可不使知之，故以此正告學官弟子，俾勤加審訂焉。

論旅酬下爲上題

《儀禮·特牲饋食禮》賈疏曰：「主人奠觶於薦左，下文賓舉爲旅酬。」蓋其時主人洗觶，酌於西方之尊，西階前北面酬賓，賓在左，主人奠觶於薦北，賓坐取觶奠於薦南。至行旅酬時，「賓坐取觶阼階前，北面酬長兄弟，長兄弟在右」。注云：「薦南，奠觶也。」又「兄弟弟子，洗酌於東方之尊，阼階前北面，舉觶於長兄弟，如主人酬賓儀」。疏曰：「弟子奠於薦南，長兄弟奠於薦北也。」又「長兄弟酬賓，如賓酬兄弟之儀」。疏曰：「此長兄弟所舉奠觶者，即上弟子舉觶於其長是也。」此以上皆旅酬之禮也。又「賓弟子及兄弟弟子洗，各酌於其尊，中庭北面西上，舉觶於其長……舉觶者皆奠觶於薦右」。疏言：「此下皆無算爵之事也。」然則旅酬時，則有薦南之觶、薦北之觶，至無算爵，則惟奠於薦右而已。又疏言：「堂下行旅酬無算爵，並在室中者，不與旅酬之事。」則旅酬與無算爵，自是兩事。雖特牲饋食禮，謂諸侯之士祭祖禰，不過推而致於天子之禮耳。然據今所傳《儀禮》之文如此，則賓弟子、兄弟之子合舉者，自是無算爵中事矣。《中庸》以旅酬貫下爲上，則旅酬是綱，無算爵是其中間之目耳。蓋言當行旅酬之時，其間則有賓弟子、兄弟子各舉觶於其長一節也，必如此疏解，乃得經傳融會，又不致與注疏相膠葛矣。

「下爲上」三字，是禮節中實事，非推原武周之意也。即如《儀禮》全經，通是儀注，至其《記》，乃是推原立制之義，説經者不可越次，此謂之言有序也。昨考試瑞郡廣文，文皆知用意，而皆不無推原武周立制之意，則是下句「所以」二字之神理矣。江西士子，每不善作截下題，尚望諸學官有以化誨之，凡案而不斷之題，不可有心直取下意，此爲侵佔地步，文所最忌者。況此題乃舉典耳，題中並未申説武周立制之義如何，而文内顧可急取之乎？《記》曰：「其數可陳也，其義難知也。」凡作典制題，須時時玩味此二語乃爲得之，至於截下題法，其變千狀，非一語所能盡矣。二月二十七日東軒手書。

論禮所生也題

此題向來講家有等殺生禮、禮生等殺二説，膠葛牽纏，惟朱子説等殺處即是禮，語最渾圓，或又不察。而云等殺即禮，則於「生」字之義，又來剖析，是以此題不敢出以考試生員，恐多誤會而列下等者多也。今日以此題考試袁州諸學官，幸而諸學官所解尚皆不謬，因查取坊間刻文，據所繳進者，亦惟近日王已山一篇。已山文律極細，中間節文二比，片言居要，實堪爲學者法程，惟是中後四比，尚嫌太空。蓋《中庸》本是禮經，其言禮特爲提綱挈要。此上二章既綜覈郊廟喪祭諸制，本章之首，提唱方策，則此處重規「禮」字，正指周禮之在魯者言之。就《春秋傳》所及，一則曰：「魯猶秉周禮。周禮，所以本也。」再則曰：「先君周公制周禮，曰：『則以觀德，德以處事，事以度功，功以食民。』」此即下文九經之總序也。《正義》乃謂制禮時有此語，不知正賴此文，知周公制禮之精言，猶有存者，而後人顧疑左氏引經不及《周官》、《儀禮》，其亦疏矣。此題正須依此立說，乃於等殺處即是禮之義。融會「生」字，切實分明，非可即以等殺生禮畢其說也。至於禮生等殺，乃是講家誤會「生」字，此不通之論，又在所不必辨者矣。近日王已山先生，於書理文格，皆能力挽時趨，一歸先正，而爲文之法，尚有稍事虛機者，以此後來劉海峰、郭昆甫之徒，全以虛機行筆，謂之古文氣脉，則與但襲墨調者，高下何擇焉？使者所以勸吾學侶務本窮經，以求實際，不可因崇尚五家舊派，而蹈於艱深，亦不可因眼習已山，而流於空弱，所當與諸學官共相慎擇者尔。

論孔子之去齊至遲遲吾行也題

此題「去齊」一層，神完氣足，至於「去魯」一層，則題氣未完，直至「去父母國之道」也，一句方爲完足。此衆所共知者，而何以對作、總作之格紛紛皆是也？凡題之可以對作者，必其兩扇配對，題理、題氣，無絲毫疑別者，乃可以或對發或渾發耳。若此題上半完足，下半不完足，則直是截題矣，何以漫無分別，公然對舉乎？對作尚不可，而況於總發乎？且如對矣總矣，將置下句於何地乎？是皆由爾等平日父兄不善教，而子弟久廢學，所以一遇此等稍費手法之題，輒形扞格耳。此題之法，應於上截清還，而下截作含毫不盡之勢，所以必應截作方合，而尚非尋常截作之板法可盡者也。正因有「遲遲吾行」一段光景，映淅而行，亦未必門弟子時時熟記於口而如逢於目也。須知去齊之日，接淅而出，乃忽觸憶去齊時之情事，是以大書曰「接淅而行」。而上句孔子之去齊，特提一「之」字，以別於去魯，尤當着眼，是則叙上截時，已自神光注射下截，此即史遷叙事法也。史遷叙事，如《魏其武安列傳》，中間一事之下，忽插一事，而烟云卷舒，如將不盡，全在情景相生處用意，杜少陵夔州百韵詩，中間叙柏中丞一段，亦是如此。此必平日深悟古文章法，而後知之，所以每勸學者必多讀古文，而後精於時文之法也。

論子曰法語之言能無從乎題

「法語之言」，句内「語」、「言」二字義相類，而下句「巽與之言」，却作「與」字者。須知法言、巽言，雖若相對出之，而其爲用，則層遞出之，此原是遞下之勢，所以「法語」二字，極其鄭重，即此二字，聖人全體提警之意，已完足之至矣。但二字不能成句，故必以「之言」二字找足其文勢耳。至於下句「巽與之言」，則是因「法語」一層之外，又想出一婉轉開導之法，乃是聖人一片苦衷，曲爲誘掖，所以一「巽」字略提，隨將「與之」二字圓轉而出。若爲人商量教術者，是因上文已有「法語」一層，而徐徐颺起以折下者，此雖同是四字文法，而其虚實闢動之不同如此。在他章題有「子曰」字者，本可不必盡留述口氣之地步，而此題既連「子曰」二字，則「法語」字與「言」字相生，「子曰」字即與「法語」相生，實見當日一啓口之際，森然規矩，如臨師保，即「子曰」二字，言教身教，精神已全攝足於此矣。此題既如此截出，而作文者能如此領會，則能無從乎之神理，自然如物在貫也。所以文從法生，法從理生，理從題出，全在虚心涵泳，先將通章咀吮數十遍，再將本題融會看之，未有不能爲佳文者也。至於本章上半章，先言「從」，後言「説」，而下半章，却先言「説」，後言「從」者，學者亦多不察其故。蓋聖人誨人之意，原以「法言」爲主，即人之受教也，亦全以能改爲歸。至於「説」字，乃是「從」字中之體驗一層，「繹」字，乃是「改」字前之體驗一層，是聖人代爲學者設身研求。想到其中，必先有「説」之神味，必先有「繹」之境界，而後可收功到「從」字上去也。解此，則愈可見「法言」、「巽言」之似相對而實相遞也。《周易》先天八卦，震居東北，巽居西南，而後天八卦，震東方也，巽東南也，則對待之中，已寓遞相爲用之義。是以此章先由「法語」遞到「巽言」，而後半統計指歸，仍從「説」遞到「從」，此則妙理迴環，相爲體用，仍是一義錯綜，相濟相成，故曰：「寬以濟猛，猛以濟寬。」不特聖賢教人，義理天然，樞紐合一，而即以文法，亦極前偏後伍、伍承彌縫之妙！今偶與諸生解此一題，而看書之法、爲文之法，無不在其中矣。

論修身則道立二節題

「修身則道立」一節，是言九經之效；「齊明盛服」一節，是言九經之事。其所以先言效，後言事者，講家以爲歆動哀公也。此與前文先言「及其知之一」、「成功一」，而後言「好學」、「力行」、「知耻」，同一機軸。此説自是不可易，然作文則不可不知此一節之實義，如竟以「效」字空舉之，將九經實面盡入下節，而上節直似虚引歆動之口氣，則亦非也。朱子注書，最於節次眉目指劃分明，如前章此言文王之事、此言武王之事、此言王季之事三層，皆舉庸行之賞，推極其至，最爲分明諦實。又如《周易本義》，所謂「以卦德釋卦辭」、「以卦體釋卦名義」、「以卦變釋卦辭」者，亦是如此，此學者所當奉爲矩式者也。今人講書，喜於自便，而不知探討其所以然，是以於「無憂」章，則誤會注意，轉以「子述」串下，以武王、周公二節，俱爲子述，大失注中分節實詮之義。而於「修道」一節，則喜其「效」字、「事」字之易於畫分也，遂覺下一節有實際，而上一節若全無實際者。王己山《本義》云：「『修身』節，每句須將上半句重頓。」此説亦恐其落虚耳。然此説亦尚有所未盡，蓋前有「九經」之目一節，則於上半句亦已重頓矣，何煩此處又重頓之乎？此所謂有意斡旋耳。不知聖人語言，玲瓏透徹，其説效處，正未嘗不著事上説也。如「道立」二字，注引《洪範》「皇建有極」，此非事之實際乎？如「不惑」、「不眩」等字，具有全體大用，此非實際乎？即至末二句「歸之」、「畏之」，豈若全以效言矣。然「柔」與「歸」語義固有次第，而「懷」與「畏」，豈可一串空講？嘗謂孟子告齊宣「樂天者保天下，畏天者保其國」二句，以「樂天」指大字小，以「畏天」指小事大，而其下節引《詩》結束，借一層以貫上兩層。若論切齊宣，則應收入樂天内，方結到以大字小，而孟子反引畏天者，正以義宜該括，而所以警動時君朝夕乾惕之義，至深長也。成王命元子釗曰：「柔遠能邇，安勸小大庶邦。」此接上濟於「艱難」，却不用震疊語，而用「安勸」字，深可味也。所以聖賢語言，於用處見體，於體處見用，於實處見虚，於虚處見實，而爲文之乘承翕應因之。如此二節題，上一節原亦句句有實理實用，如「財用足」三字，中含一部《周官》之義藴，豈可但如己山所云「重頓上半句」而足者乎？至於下一節，則「官盛任使」句内，即是隱寓敬大臣之實驗，「既禀稱事」句，即是隱寓勸百工之實驗，則事中又復有效在焉。總之，上節是渾括，下節是詳徵其節目耳。下節每句著「所以」二字，則較上節益加鞭策入裏。由此言之，則「修身」節言其效，已較「九經」之目爲着實矣，「齊明」節言其事，則較其效爲更精詳矣。所以下一節乃以「行之一」貫攝總束，此則一節緊一節，而豈得於言效一節致涉於無實際之歆動耶？雖以言效歆動哀公之説，亦自不可廢，而此二節精神貫注，義藴互見，其妙如此，在講書尚宜逐層究心，而在作文又豈可僅以「效」字、「事」字空掉了事哉？昨試諸生，皆於分合處毫無闡發，是平日不善讀書之過，爰爲剖析其概如此。

制藝江西五家論

制藝之有江西五家也，皆以深想重氣，抉理奥而堅骨力，蓋得乾坤之清剛，而發江山之秀異，自成氣格，不蹈故常者也。後之能爲文者，或就一家引而伸之耳，至如羅、楊之沉邃，大士之淵厚，或未能以至也，而徒張大其名曰五家云尔，是豈真得乎五家之所以然者哉？然而有説焉。今日江西士習文體，漸入於浮膚矣，所以審其弊而救正之者，果必以五家歟？夫經訓之文，以和平怡愉爲主，而五家之文，幽者，峭者，險而肆者，各詣其極而惟變所適也，今使學人之心思，出蒼天而入黄泉，騖八極而游萬仞，則經云：「博學而篤志。」又曰：「博學之，慎思之。」吾又懼學人不善用之，而惟才力之是騁矣。然則由斯以談，居今日爲文者，竟弗敢涉手於五家乎？夫今日士子之心力，薄弱極矣，乃又禁之格之，使望五家而河漢焉。問其名，則曰：「戒其偏也，懼其恣也。」叩其實，則曰：「便於時墨之庸俗也。」是之謂懲羹吹虀，因噎而廢食耳。是故爲江西今日文體計者，學五家非也，不學五家亦非也。然則如之何而可乎？曰：「使者昨在臨江，與諸生論《七經小傳》、《權衡》、《意林》諸書，以經學之有二劉，譬時文之有五家，此則大意已曉然矣。」爲經學者當先從事於注疏，而後及於師儒百家之説。爲時文者當先研極於經傳，而後及於藝林流別之派。然則欲學人致審於五家之文，乃轉置文藝弗論，而專欲其窮經也，其高才者則可矣，不然，則於爲文之格力，不稍遠乎？曰：「吾非欲置文藝勿論，且非欲置五家弗講也，蓋有得乎五家之同歸，而出於江西文體之至正而無弊者，豈其必艾、陳、章、羅、楊之謂歟？」曰：「歐、曾而已矣。」歐、曾者，經訓之文也。歐陽之文，出於史遷，出於韓。而曾子固之文，出於班固，出於劉向。學者誠能於二家之文，熟讀而深思之，則五家之所以爲五家者，蓋亦不外乎此，如是則出乎五家而非庸矣，入乎五家而非偏非恣矣。救五家之弊者，當以中正；救今日江西之文弊者，當以深厚。於中正求深厚，則非歐、曾不可，上而經傳注疏，下而時藝，一以貫之矣。

歐陽文選目

有美堂記
吉州學記
讀李翺文
資政殿學士户部侍郎文正范公神道碑銘
瀧岡阡表

南豐文選目

新序目録序
禮閣新儀目録序
戰國策目録序
移滄州過闕上殿劄子
唐論
爲人後議
書魏鄭公傳後

附　黄集詩文選目

大雅堂記
與王觀復書
書王周彦東坡帖
古風二首上蘇子瞻
題王仲弓兄弟巽亭
次韵曾子開舍人游籍田載荷花歸
留王郎
寄裴仲謨
仁亭
復庵
亨泉
次韵子由績溪病起被召寄王定國
送李德素歸舒城
次韵文潛同游王舍人園

次韵子實題少章寄寂齋
卧陶軒
題宛陵張待舉曲肱亭
和邢惇夫秋懷十首
次韵謝斌老送墨竹十二韵
用前韵謝子舟爲予作風雨竹
次前韵謝與迪惠所作竹五幅
拜劉凝之畫像
次蘇子瞻和李太白潯陽紫極宫感秋詩韵追懷太白子瞻
三月辛丑同徐靖國到愚溪過羅氏修竹園入朝陽洞蔣彦回陶介石僧崇廣及余子相步及余於朝陽巘徘徊水濱久之有白雲出洞中散漫洞口咫尺欲不相見介石請作五字記之
以椰子茶瓶寄德孺二首
跋子瞻和陶詩

送范德孺知慶州
次韵子瞻題郭熙畫秋山
詠李伯時摹韓幹三馬次蘇子由韵簡伯時兼寄李德素
次韵子瞻和子由觀韓幹馬因論伯時畫天馬
謝黄從善司業寄惠山泉
次韵錢穆父贈松扇
戲和文潛謝穆父松扇
次韵王炳之惠玉板紙
雙井茶送子瞻
和答子瞻
省中烹茶懷子瞻用前韵
以雙井茶送孔常父
常父答詩有煎點徑須煩緑珠之句復次韵戲答
戲呈孔毅父

以團茶洮州緑石研贈無咎文潛
謝送碾賜壑源揀芽
以小團龍及半挺贈無咎并詩用前韵爲戲
送謝公定作竟陵主簿
次韵子瞻詠好頭赤圖
觀伯時畫馬
次韵子瞻寄眉山王宣義
聽宋宗儒摘阮歌
博士王揚休碾密雲龍同事十三人飲之戲作
再答冕仲
再答元輿
戲詠子舟畫兩竹兩鸜鵒
武昌松風閣
次韵文潛

花光仲仁出秦蘇詩卷思兩國士不可復見開卷絶嘆因花光爲我作梅數枝及畫烟外
遠山追少游韵記卷末

書磨崕碑後

和答錢穆父詠猩猩毛筆

神宗皇帝挽詞三首

司馬文正公挽詞四首

范忠文公挽詞二首

病起荆江亭即事十首

往歲過廣陵值早春嘗作詩云春風十里珠簾卷髣髴三生杜牧之紅藥梢頭初繭栗揚
州風物鬢成絲今春有自淮南來者道揚州事戲以前韵寄王定國

戲答

北窗

題高節亭邊山礬花二首

薛樂道自南陽來入都留宿飲會作詩餞行

送曹子方福建路運判兼簡運使張仲謀
奉送周元翁鎖吉州司法廳赴禮部試
徐孺子祠堂
池口風雨留三日
衝雪宿新寨忽忽不樂
郭明父作西齋於潁尾請予賦詩二首
次韵裴仲謀同年
和答登封王晦之登樓見寄
次韵答柳通叟求田問舍之詩
過平輿懷李子先時在并州
讀曹公傳
次韵寅庵四首
揚州戲題
李君貺借示其祖西臺學士草聖并書帖一編二軸以詩還之

題虔州東禪圓照師新作御書閣
贈別幾復
初望淮山
宿廣惠寺
初至葉縣
陳氏園詠竹
哀逝
迎醇甫夫歸
道中寄景珍兼簡庚元鎮
雲溪石
夜觀蜀志
贈清隱持正禪師
觀秘閣西蘇子美題壁及張矦家墨迹十九紙率同舍錢才翁學士賦之
伯時彭蠡春牧圖

觀劉永年團練畫角鷹

戲用題元上人此君軒詩韵奉答周彦公起予之作病眼皆花句不及律書不成字

元師自榮州來追送予於瀘之江安綿水驛因復用舊所賦此君軒詩韵贈之并簡元師從弟周彦公

書郭功甫家屏上東坡所作竹

和王明之雪

附 書法舉隅卷上

逢。遭逢之逢，内从丰，與鼓聲逢逢之从夅者不同，蓬、篷、峰、鋒、縫等字皆从丰，至於逢姓之逄與洚、降、絳等則皆从夅。

彝。内从系，不从分。

祇。神祇之祇，从氏，無下點。祗敬之祗，从氐，有下點，又「祗，適也」，字亦从氐。

惟。思惟，从忄，不可作維。

祁。邑名，从阝，不可寫卩。

釐。上半从未，从攵，不可寫牙，氂、犛、嫠等字同。

黎。内从水，黍、暴、滕、漆皆四點。恭、慕、忝等字皆从心，内作小。忝，从小，即彡之變也。

圖。不可作啚，啚即鄙字。

毐。人無行也。音哀，見《史記·秦始皇本紀》，與毒不同。

漙。《詩》「零露漙兮」字，从專，與溥不同。凡團、傳、剸从此，其博、傅等字皆从甫。

廛。内从八，不从灬，與墨不同，纏、躔等字同。

坳。内从幼，不从幻，凡窈、拗字皆同此。

巙。山名，元康里子山之名从此，與峱同。或作巎，非也。

襄。贊襄之襄，無力旁。其有力旁者，劻勷，忙迫之貌，與此不同。

商。商周之商，商量之商，从㕯，不从古，其鏑、適、嫡、蹢等字則从古，與此不同。

肓。膏肓之肓，从月。與目盲之盲从目者不同。

昂。低昂之昂，内从卬，與邛不同。邛，地名，从卩。

滎。滎陽，地名，與榮不同。

聽。耳旁，不可作𦔮，其内壬，或作土亦可。

登。登陟之登，與豆登之豋不同，凡癸、發等字皆不可作夕，至於祭、際、蔡、察等字則从癶。

虯。虯與虬同，又糾、叫、觓等字皆从丩，不可作斗。其蚪字乃蝌蚪之蚪字也。觓，角爵也，與斗斛之斛不同。

覃。下从早，與卑不同，潭、鐔、簟等字皆仿此。

含。内今字，不可作令，貪字仿此。

佔。《禮記》「呻其佔畢」，佔字不可寫作呫嗶。

奉。从丰，不可寫⺧，舉字同。

紙。紙筆之紙，从氏，無下點。

軌。内从九，無點，不可作丸，宄、氿、究等字同。

第。床第之第，阻史切，《周易》「噬乾胏」胏字。又秭歸縣名秭字皆同此，與第不同。

芈。音米，楚姓也。下半作丰，與羊、芊（草芊綿也。）、芋等字不同。

机。《周易》「涣奔其机」，机字从此，與機不同。

灃。《楚辭》「沅灃也」，與關中八水「灃」字不同，艷、灩不可从艷。

剿。剿説雷同之剿，從刀，與勦不同，勦又音巢，勞也。

欸。欸乃一聲之欸，从矣，與款不同。

宛。内从巳，苑、畹等字同此，與死字不同。

衮。此字从公，从衣，虞永興《廟堂碑》「衮」字乃裕之别體，非此衮字也。

壼。苦本切，與壺不同，晉卞壼字如此，《史記》上大夫壺遂，壺字與此不同。

館。此字从食，不可从舘。

眄。音勉，此字从丏，與丐不同，沔、麪等字同此。

卯。寅卯之卯，或有作丣者，其上横畫不連，若作丣，則是申酉之酉。

爪。手爪之爪，中丨不挑起。

導。《封禪文》「導，一莖六穗於庖」，下从禾，與導不同。

祼。裸也，與祼獻之祼从示者不同。

潁。水名，地名，此字从水，與鋒穎之穎从禾者不同。

眚。過也，从目，不可寫月。

卬。卬首之卬，从卩，與卭不同，凡即、節、卸、御、厀（即膝字。）字皆从卩。

臼。杵臼字，下畫相連，舊字同此，與臼不同，臼音掬。

斂。收也，从攵，不从欠，蘞、瀲同此。

諂。諂媚之諂，从臽，與謟不同。謟，土刀切，疑也。凡諂、陷、餤、鵮、閻、窞、欿等字，皆从臽。凡滔、慆、蹈、稻、搯等字，皆从舀。爪掐之掐，从臽，與搯不同。

範。内㔾與巳不同，范、氾、犯同此。氾與汜水之汜音似从巳者不同，妃、配皆从己。

鬩。鬥與門不同，鬭、鬧、鬮等字同此。

刺。刺，殺也，七賜切，字从朿。朿，木芒也，棘、棗、策字皆从此。又剌音辣，戾也，从束縛之束，與此不同。

臮。音記，唐人竇臮，或作泉，訛。

步。下半从少，不可寫少，涉、陟、騭同此。騭，俗作隲。

戍。音樹，人荷戈也，與戌亥字内从一者不同。

軑。車轄也，音第，从大，不从犬，忕、釱等字同此。

藝。内从坴，不从幸，勢、褻、熱同，與埶不同。

沬。沬鄉从此，其涎沫之沫，从末。秣馬之秣，韎韐之韎，皆从末。

閏。内从王，不从玉，潤同。

鍛。鍛鍊之鍛，从段，與鍜不同。鋞鍛，頸鎧也，凡从段者皆仿此。其霞、遐、葭、假、瑕等字，皆从叚，與此不同。

券。券約之字，不从力。

盼。顧盼字，不从兮。肹，恨視也。

莧。莧菜之莧，不从見。

涎。「燕尾涎涎」之涎，音電，不可作涎。

貌。内从皃。皃，莫角切，與皃不同。

冒。下从目，帽、瑁、媢、賵並同。

證。不可寫證。

灸。針灸，上半从久，與膾灸字不同。

速。迅速字，从速，不可寫速，速乃迹字。

沐。沐浴，與沭水名之沭不同。

玉。與王不同，金玉之玉，點在下半。玊，音肅，其點在上半。

朿。朿縛之朿，與束不同。剌、辣从此。

福。从示，與《西京賦》「仰福帝居」之福从衣者不同。

寔。不可寫寔。寔，止也，足也。

輒。内从耴，不可寫取。

越。此字内从戉，鉞、狘皆从戉，至於茂字，不可如此。

斡。斡旋，不可寫斡。

羍。他達切，達字从此，幸字不可如此。

离。内禹非。

櫱。《孟子》「萌櫱」、《盤庚》「由櫱」字，並从㠯，與木同。或作蘖，非。

涅。「涅而不緇」之涅，从曰，从土。與毀字上从臼者不同。

郤。即却字也，从卩，不可寫阝，脚同，此與《左傳》晉大夫郤氏字从阝者不同。

虐。不可寫彐。

易。《周易》之易，難易之易，皆如此。不可寫昜，昜即陽字，乃陰陽之陽也。凡湯、錫、（《詩》「鈎膺鏤錫」。）陽、颺等字，皆从昜。其埸、（疆埸與場不同。）賜、錫，（錫賚之錫。）皆从易，惟吹簫賣餳之餳字，从易不从昜。

帟。帟幕字如此，若誤將上半作亦，則無其字矣。

汩。汩羅之汩，汩没之汩，又水聲汩汩，字皆从日。又水流音聿者，从曰。又沓沓之沓，亦从曰。

怗。安也，怗泰字，从忄，與帖不同。

卷下

歐陽率更《化度寺邕禪師塔銘》，唐楷無上超逸之品，此即右軍《蘭亭序》、《黄庭經》心印也。唐人書，虞、歐並稱，而此碑雖虞亦不能過之。然世無真本久矣，其李百藥撰文，百作伯者，皆僞本也。

虞永興《夫子廟堂碑》，是五代重刻。今世所行有二本，陝本圓潤，山東城武本清勁，皆晉法問津處也。

《孔穎達碑》，極似《廟堂碑》，不著書人名，蓋精於虞法者，在《昭仁寺》、《張阿難》諸碑之上。世所行虞碑既少，此種即可作虞書觀。

率更《九成宫醴泉銘》，唐碑入晉法之正矩也，右所品歐二種、虞二種，皆唐賢最上之作，雖翻刻本皆可學，不必真本也。

率更《虞恭公碑》，次於《化度》、《九成》，而高於《皇甫君碑》，其中實有可擬《化度》處，此石尚存，勿學翻本。

褚河南《孟法師碑》，次於《廟堂》，雖翻本亦尚可學。

河南《伊闕三龕碑》，唐楷之可通於隸者，其字大，尤便於學習。凡學書，必從一二寸以外大字入手也。

河南《雁塔聖教序記》，即黄山谷楷書所本，瘦硬通神。又有同州一本，則骨太露矣。

河南《房元齡碑》，亦《雁塔聖教》之匹，大約褚公書，上接虞、歐，下開顔、柳，爲書家正脉中間所必由之大路。

顔魯公書，以《宋廣平碑》側字爲第一，其超逸入神，直接褚公以溯張長史者也。《廣平碑》正面，冲和端静，亦居諸碑之上。

魯公《殷君夫人碑》、《元次山碑》，皆次於《廣平碑》，此三碑皆魯公之上品。

魯公《茅山元靖先生碑》，在公書中亦爲傑出。

魯公《干禄字書》，雖經屢翻，而典則猶存，精緊遒勁，絶無肥重之習，此皆學人所當服習者。

魯公《浯溪中興頌》，在唐楷爲最大者。學者幼年學書，宜先學此碑。

魯公《金天王廟題名》，雖寥寥数行，而風骨端凝，方圓合度。學顔者必於是取則焉。

《顔氏家廟碑》，惟額之陰面小楷一方，爲字無多，而精勁遒厚，非他碑所及。

魯公《臧懷恪碑》，在前諸碑之次，然尚不至過肥，亦尚可學。

柳諫議書，今所存者，惟《李西平碑》，得二王矩度，學柳者非此不可習也。近日塾師教子弟學書，於顔則《多寶》，於柳則《元秘》，愚竊未敢謂然。

右唐碑，略舉五家之作，凡二十通，楷法備矣。《莒公唐儉碑》，亦略得《化度》之一二，而微近行楷之法。《褒公碑》，近隸而難學。《蘭陵公主碑》，最近虞、歐，亦可學。《李衛公碑》最易學，然不免太熟，若骨格既定，學之亦可。又《磚塔銘》，極似褚河南，此一種最可學。若張長史《郎官石記》，世久無之。陳諫《南海神廟碑》，亦得晉法，而拓本頗少。然其石尚存，學者若能習此尤妙，然不敢必期也。徐嶠之《姚彝碑》，最爲得中，而見者亦少。《道因》、《不空》、《圭峰》、《田仁琬》、《鐵像頌》之類，則姑舍是焉。

附論唐後楷法。宋人不以楷名，惟吴傳朋説，得晉唐楷書正脉，而傳者甚少。蘇長公楷書《乳母任氏墓志》，晉唐矩則尚未遠也，黄山谷《伯夷叔齊廟碑》，得褚河南之神，《廬山七佛偈》直追《瘞鶴銘》，此尤西江學人所當知者。米、蔡諸家楷法，偶於雜帖摹本見之，皆非原刻，蔡書《洛陽橋碑》二幅，其字極大，然一真一翻，究竟大字必以唐人爲則耳。元人惟趙松雪《七觀》，足繼前賢，真本亦不易遇，《閑邪公傳》則不可學矣。

《淳化閣帖》，今奉欽定重刻，爲藝林楷式，集書學之大成，但恐學者未能力購。其外間所行閣帖本，惟甘肅蘭州刻本，稍爲近真，陝西碑洞本次之，泉州重刻本、濟源本皆失真，其餘有銀錠紋者，有王著模字者，大率皆重翻耳。愚嘗著《肅本閣帖考》十二卷，以辨各本之真僞。

《大觀帖》，今所行皆僞刻，必其帖字極肥，而每卷後「大觀三年」楷字二行極瘦勁者，方是真本，然極不易遇。且真本必無十册俱全之理，今世所行《寶賢堂帖》，多是從《大觀》摹出，而坊賈因取《寶賢》舊拓者，以冒充《大觀》。凡外間所稱宋拓《大觀》，高行而細秀者，皆是物也。

《絳帖》，久無真本。今坊間所賣十二卷之帖，每卷首有八分書標題者，乃以翻本之《秘閣續帖》與星鳳樓諸翻本，雜凑而成，並非《絳帖》也，愚嘗著《絳帖考》一卷辨之。

《鼎帖》，雖不精，然所取最多，足資書家印證。《潭帖》、《修内司帖》諸本皆久無真者矣。

《汝帖》，宋刻之存於今者僅此耳，模糊幾無完字。其稍舊者，尚可看，筆法本不甚精，愚嘗撰《汝帖考》一卷論之。

《停雲館帖》，内小楷，皆從宋《越州石氏帖》摹出，亦尚可看，微嫌稍弱耳。

《真賞齋帖》，僅三卷，内《季直表》未爲佳本，《袁生帖》亦失之。

《餘清齋帖》，亦可看，刻手不甚深厚。

《欝岡齋帖》内有從《真賞齋》重摹者，此二種皆在《停雲》之次，然《停雲》今翻本頗多，非《停雲》之真也。

《墨池堂帖》，乃《停雲》之支流，内所摹《化度寺碑》，却實自真宋本摹出，但因原拓太泐而致誤者多耳。

《戲鴻堂帖》，摹刻不精，董文敏所刻諸帖，以《汲古堂帖》爲上，《戲鴻》所取雖多，而未爲佳品。

《快雪堂帖》，刻手最精，得舊拓蟬翼本，可學也。大約《黄庭》以《秘閣續帖》本爲佳，《樂毅論》則快雪所刻亦可學，《洛神十三行》，則諸帖所刻皆非其佳者，杭州本尚可學。

《玉烟堂帖》，所取亦博，山谷云：「大字莫若《瘞鶴銘》。」此帖内《瘞鶴銘》與山谷所書《七佛偈》皆足以資印證。

《渤海藏真帖》内《靈飛經》暨褚書《千字文》，皆小楷之可學者，山谷云：「小字莫作癡凍蠅。」唐人書，以虞、歐二家爲至，而《破邪論序》、《姚恭公碑》二種久無善本。唐人小楷，莫善於《御史臺題名》及《郎官題名》，但二碑拓者頗少耳。停雲館真本内，《萬歲通天帖》跋及顧璘《古詩十九首》跋二段，皆小楷之足問津虞、歐者。

帖經舉隅卷三

北平翁方綱手稿

論或學而知之或困而知之及其知之題

此題若以上列三項，而下一句總承，則如此截出，自然是上偏下全題矣。上偏下全題，文家每於上截之下找補上文，使偏勢融合爲全勢，而後落出下截，此定法也。然在此題，則有所不可。蓋「一也」二字，既截去在下文，則一用找合之筆，必至於俯占下位矣，此不覺其犯而自犯者也。況以義理論之，聖人當日所以必説到「及其知之」者，原是爲學利、困勉諸人而言耳，若只説生知一種人，即何消説得「及其知之」乎？即以章句云：「及其知之成功而一者，勇也。」又云：「困知勉行者，勇也。」雖以分以等，語言各有指歸，而當日對哀公之意，在「困勉」一層更爲着力，則豈非因學利、困勉遞降而下，方説出「及其知之」以爲歆動比較乎？然「勇」字是徹下徹上境界，原不專指人功，即天事原自涵蓋在内，所以謂之「達德」。即以生知之知，其窮理盡性知化達天一段神力，即是「勇」字究竟，則生知之知，豈不亦在「及其知之」四字渾淪承接内乎？吾所謂不必找上者，非欲人竟不用補筆也，但看其補在何處耳。爾諸生試思上截之下落下處既不可補矣，則將「生知」之醖味意境，補於何處乎？近日汪易齋撰《明文商》，其言曰：「兩截題之法，至今日益加密，前人於中間過峽處始補全神者，今則於分發偏位處，即用穿插闗動之筆以補之。」此易齋、遡喜之同論，所爲機法日密者則固然已。諸生中新進少年，或亦併此未必知之，若其稍有功候者，則必持此以爲融合之秘鑰矣，而豈知在此題亦有所不可。蓋此題所以難於作補筆者，爲其一補即直吸一「也」字不留餘地，是則此處人士所謂直頭布袋之照下，而非先輩之照下也。今若於作上截二句内，先用融互之筆以補「生知」，則與中間過渡時找補「生知」者何以别乎？則此亦非法也。然則於何處用補筆乎？曰：「此在讀書研理，方得題竅也。」全在作下截二比内，於「及其」「其」字分際上用補筆耳。蓋此一「其」字，則生知、學知、困知兼説在内矣。須於實地上着筆，則句句是本位所應有，而何嘗有心以照下乎？此又必須作上截時，將兩个「知之」説得極見真切，兩个「而」字極見筋節，則説到下截，「其」字有蹤有影，卓然有物矣。如此看則下截

「知之」二字，元在上截兩个「知之」内順摭而出。而着眼全在「其」字，重使下截「知之」二字振起作提筆，則收束更爲有力，而不缺不侵，百法俱備矣，此爲移步換形之道。要之，其緒原在題中，不假外索，顧諸生不察耳，解此一題，凡題之形神虚實、轉换乘承，胥視此矣。

論有弗辨四句題

所謂偏全題者，必其一句爲綱，數句爲目，而後可目爲偏全也。今「博學」五句，雖以擇執分屬，然並非「篤行」爲綱，學、問、思、辨爲目也，何得亦以偏全題例之。使者最不取汪易齋諸家，凡上下二句三句，稍有層次之題，皆目之爲兩截題，此最有損於文格者。如此題所以如此截出者，正以博學、審問、慎思三項，「弗措」句内皆别出一字。而此二項即用上文「明」字、「篤」字，蓋以此二字上下内外無不貫徹。是以兩節語脉相承如此，此即題之窾郤也，而豈得以偏全題目之乎？須實實從此等處精切發揮，道理既足，而題位自得矣。所以使者每勸士子作文，先須研求義理，而理即在題中，不煩外索，其舍此而空言機法者，皆大誤也。

論爲難能也題

昨以「爲難能也」句題試信豐童子，有專以本句作贊美詞者，在此地文不足深論，原不過以其文氣取之。但似記得此解出於時下講章，恐是《四書體注》之説。因覓其書檢之，乃《四書體注》之説，亦並不如此，可見其説之無徵，不必言矣。惟是《體注》之不善體會書理，愚向日曾諄切言之，而此章則尚是其最平正無疵者，然寥寥數行演説之間，而語病已自不少。如云：「『未仁』雖在上句，然語氣却婉轉。」此語似是矣，然「未仁」二字，初非直指上句也，此即其不善體會也。如曰：「人所不能爲者，彼却爲之，是難能也。」此三語則其謬百出矣。此句「爲」字似虚似實，似用力似不用力，平心論之，自然是用力一邊之神理。《集注》云：「子張行過高。」「過高」二字，詁「難能」；「行」字，即詁「爲」字也，則「爲」字自然是用力之字矣。然在他處文義，則句首用力之「爲」字，較其下實面「之」字爲尤重，而在此處則句首之「爲」字較其下「難能」二字尚屬稍輕。蓋子游意言之間，着眼全在「難能」二字，而「爲」字却不過作領挈之勢，非比他處「爲」字之十分着力也。今《體注》乃將「爲」字坐實，而轉將「難能」二字飄起，作輕颺之勢，則大謬矣。

須知此「難能」二字與「不可及」等字，迥不相侔，直作「苟難」二字看耳。蓋務爲人所難能之事，此即是子張之病也。俗儒但見「也」字一揚，「然而」一抑，以爲欲抑先揚，故不得不目此句爲贊美之詞，此不特不得語言實地，并虚神亦失之。蓋此處「然而」二字，與他處轉語不同。此二章，記者以言、曾二子之詞並書，實是言子見道之言，「爲難能也」四字，就顓孫本領一向如此精神結聚處，盡力目送之，目送到飛鴻天際之勢矣。則其言下自然徐徐令人想出尚有商量在也。於是不用正接之筆，而用折迴之筆，則一眼直覷到聖人身分上去，而意味包含，無所不貫，其深微廣大，非復僅僅才高意廣者所能識矣，所以此章方能記於《論語》篇内也。至於「少誠實惻怛之意」一句，《集注》亦幾經等秤出之，不得不如此説，乃能内外攝盡也。若《體注》所引《存疑》云：「少誠實是虚僞，少惻怛是寡情。」則太粗太過矣，豈有顓孫子而虚僞寡情者乎？孔門諸賢，不特其好處後人不能測識，即其病處後人亦不能測識，惟當日共學共適於道之人，覺得此間即離分寸，到不得「仁」字地位。淵乎！微乎！知此理，乃會得「然而」兩字一折之精神也。竹垞詩云：「素王六經外，《論語》其總龜。紀者六十四，義取《春秋》辭。寧形弟子短，但以尊先師。後儒不曉事，吹毛務求疵。」達哉言乎！俗儒不善解題，總坐不能虚心涵泳，是以虚字、實字之所以然，皆舉目失之。而范紫登《體注》内似此者，連篇累牘，指之不可勝指，兹特偶舉一隅而已。

論于時保之題　二則

《周頌》「保之」，自渾言保天命。孟子引《詩》，雖以「畏」字證上「畏天」，然必泥此以爲保之止是保其國，則非也。况孟子告齊君引此，齊乃大國，非小國也，何獨以保其國爲言乎？蓋「畏」字一層，内兼收「畏」、「樂」二層，則「保」字一層内，亦兼收「保國」、「保天下」二層，正與《頌》言保有天命之意相爲貫攝。即本詩中「日靖」、「夙夜」，皆「保」字中内斂之境，則此「保」字，乃正是「畏」字精神凝聚處耳。作文自應會取詩人渾括之旨，收入孟子警勉時君之意，方爲合解，正不必復沾沾以小國爲辭，重拈大王勾踐，致滋淴灃矣。

讀書如看山水，千巖萬壑，必無一直瀉下之理，中間沈頓渟蓄處，最爲喫緊。如此章，若概以仁、智、勇三層一綫穿去，豈復得聖賢立言之旨？孟子平日與時君言仁義，未嘗言仁智也。蓋智字在當時，恐其涉於功利一邊，所以孟子不甚暢言之，惟《矢人》章，因仁及智，正以不仁之人，多自託於智，是以先將其所最恃之「智」字抹撥之，曰：「莫之禦而不仁，是不智也。」到得「不仁」、「不智」，一齊攝住，然後徐徐仍引到「仁」字上，此孟子文章之妙，即立言之指歸也。若此章，正因時君於「仁」字目爲迂遠不切久矣，而於「智」字則心所自矜，日事憑陵侵侮，以爲能用智也。孟子則雙管齊下，以「仁」字、「智」字並提出之，不但講「仁」須刻刻依天理，即講「智」尤要刻刻依於天理，若不依天理，直是不智矣，令戰國諸君，一時無地自容也。所以「樂」字、「畏」字並提，若以題面看來，則似乎以「樂」字歆動齊君者。若以題理论之，則實是以「畏」字打動齊君。然在上節，尚屬兩下分承。就其文勢迤邐相生，勢不得不以「樂」屬大國，「畏」屬小國。及至引《詩》一節，則變作中權節制之師，伍承彌缝之法。一个「畏」字，直攝到齊王心裏去，使其平日好大喜功一切雄心，俱消歸無有，此之謂善讀《詩》也。所以「于時保之」，「保」字與上節「小國之自保其國者」語意迥不相侔。不然，孟子之時，古書尚多，孟子若欲雙承「樂」、「畏」，即何難別引一二語以並證之，而必爲此遷就斷章取義之文字哉。如此看來，則通章神理一大關紐，全在此中間引《詩》一節，沈頓渟蓄。此一「保」字，全是兢兢業業，聖賢學問。然上文若不從仁、智一路雙銜而下，則時君於「仁」字既不能自占地步，遂欲自託於智，以爲交鄰之道，雖於仁或未盡，而於智則有餘，其視儒術爲迂疏，更何待言，則又安能以此沈頓細切之語折之乎？孟子乃語意渾然，直從大處立言，「仁」、「智」二字對起，如建瓴於高屋之上，令人聽之，若不覺其爲時君發病者，而漸漸説來，渾成一氣。妙在第一節用四件事，作兩个證據，到此節只用二句詩，作一个證據，此爲萬壑歸源。「仁」、「智」二義，到此結穴，天然關鎖，密入無間矣。必如此，然後下半乃可以言勇也。竟是通身大合大開之文，而俗眼顧乃誤看「畏」字、「保」字，以爲與大王、勾踐作一例語，豈不謬哉！

論子曰孟子曰題〔一三〕

凡題首有「子曰」、「孟子曰」字者，乃四子書原文，在出題時偶然連寫者耳，並非有關於章指、節脉、義理、文勢之所以然也。乃近來見諸生遇題首有「子曰」、「孟子曰」字者，必斷作起講，與論體之作論冒者無異，因而講下入語氣之後，勢不能遽用分股，遂亦重復用提冒之段，此所謂頭上安頭，屋上架屋，爲文理不通之甚者也。然而俗下塾師，無不以此法教其子弟，以爲一定之訣者，何也？推其始，則先輩皆無此法，而起講開首，偶有先作數語，謂之原題者，則又初不必是題首有「子曰」、「孟子曰」之題也。此先輩文勢之不得不然，必須於起講開首用原題數句，以挈其要，以著其緣起，並非於起講之上，重作起講者比也，亦非必爲口氣之上，須爲記者地步而設也。今人不曉此義久矣！而獨於「子曰」、「孟子曰」題，必斷作起講者，蓋緣往時論文諸家，因極小之題於「子曰」、「孟子曰」下，只帶一二字，或只帶半句者，其境地不多，界限窄小，若遽入口氣，難於伸縮。是以姑權設此法，因題首連帶「子曰」、「孟子曰」，或「某人問曰」、「某人對曰」等字，可以就此作勢，生出文情，則較之入口氣易於謀篇，此則因題立制，亦是補偏救窮之一法，而並非文家正格必如此也。若至於「子曰」、「孟子曰」之下，語句完足，或二句，或數句，以至一節一章之題，則題首之連此字與不連此字，無以異也，豈有斷作起講之理？并起講開首之原題一二句，亦不必也，猶如《周易朱子原本》，彖傳與彖傳相接，象傳與象傳相接，本無逐節「象曰」字也。今日讀本，有後人加「象曰」字，而若連出之，則即爲後人作記事地步可乎？即《禮記》中，亦惟「子言之」稍有不同，其餘「子曰」、「子云」，亦皆不必另作文字者也。況今功令，起講多用「今夫」、「且夫」、「嘗思」等字，場屋中勢不能別用「若曰」、「意謂」等字，則遇有「子曰」、「孟子曰」之題，將必人人斷作、篇篇皆講下入口氣，不問何題，千手一律，此豈非通套作冒依類總括之辭，而何能於起講盡得全題之真脉乎！此所關於文體者非細，諸生其深味之。

再論中庸第二十五章

前卷已論其概矣，今日以此題試南城諸生，乃面質之查場教官，而竟不知此解，是以復申論之曰：「此章三个『誠者』，皆特提之筆。」第三節所以覆提「誠者」，正恐第一節「誠者自成」、「而道自道」，不知者誤會作止於一身之事，是以重與融徹表裏言之。此章申言人道，最爲切實，内聖外王，一以貫之，有第二節之徹終始而爲言，則必有第三節之合内外而爲言。一部《中庸》，全體大用，未有詳盡於此章者也。一个「君子」，貫下「誠之爲貴」，即貫下「時措之宜」；一个「物」字，剖出「己」、「物」二層，又剖出「仁」、「智」二層；一个「性」字，攝下「外内」，即攝上「終始」。通體瑩然，節節疏通，八窗洞達，此即《易》所謂太極、《禮》所謂太一、《漢志》所謂元氣函三爲一者也。

論臨川樂安童子試孟藝二題

此二題皆有最關於文義之二層，而講家未之發也。「導其妻子」，「導」是西伯導之也。然以情理論之，五畝之宅，八口之家，自以匹夫爲倡，匹婦從之，則西伯養老之政，原是導其民，而又使之導其妻子耳。然孟子文法，却不明出導其民一層，而直云導其妻子者，則二「其」字中有兼該之義焉。蓋上節云「匹夫耕之」、「匹婦蠶之」，則義已具矣。《禮》之言至教也，曰：「君在阼，夫人在房，君西酌犧象，夫人東酌罍尊。」又曰：「大廟之内，君親牽牲，夫人薦盎。君親割牲，夫人薦酒。卿大夫從君，命婦從夫人。」推此文義，可以得自上達下孝養之經式矣。且上文云：「制其田里，教之樹畜。」此二句，即括上節耕蠶之文，所賅者廣，則此處承接，勢不可從匹夫之一身專言之，所以必渾言其妻子，而「導之」之義始爲具足也。若作文，則必應圓融斯義而出之，而後匹夫之自導妻子，即是承西伯之導以導其妻子，固可無庸剖爲二層者矣。至於樂安縣童次題，「得之不得」四字，則講家亦所未言而有必剖爲二層以發明之者，何者？「得」字承上文「衛卿可得」句來，此固彌子之言也，曾是彌子之言足爲聖賢所忖度者哉！然而行道濟時，聖人之心也，以行道濟時爲心，則又豈有惡此而逃之者？然則「衛卿之得」一層，其即此題「得」字之正位歟？此間分寸淺深，關係非細矣。所賴於文之分股者，以其體味聖賢語意必如是而后盡也。此則須將世人之見，但以卿位之得與不得作一比，此乃圓足題脉來處之「得」字，與本題題面之「得」字也。然後對比探入聖人周流心事，以道之能行不能行、時之能濟不能濟作一比，此乃是聖人意中之「得」字。在聖人當日並未明言，而惟孟子轍環既久，心迹略同，可以曲爲傳之者，此方是聖人分上之「得」字也。必分如此二層，方得淺深俱到，而於立言之旨爲有補矣。諸童子或未能深體之，而向來亦未有解及此者，故爲略論其概。

論大學之道四節題

今日以聖經前四節爲題試諸生，并當堂面論諸生，宜用功於大題長題，前後融貫之法，勿爲枝枝節節平鋪直叙之文。而諸生所作，皆未能得其要者，蓋由不審書理之故也。三綱領總挈，八條目析舉，此一定之章法，不待言矣。所難者，中間插入「知止」二節耳，所以前人有重訂古本之議，此亦不必以王陽明、胡朏明二先生之説爲執矣。今題所以如此出者，正要看作文者如何立局耳。《中庸》前數章，亦以知、行並言，蓋知不離行，行不離知，必能知而始能行，亦必能行而始能知。解此，則此題如以物貫串矣。「知止」二節，似多在知上説，然漸漸説到「能得」，説到「近道」，則三綱領之實踐，即在此矣。「古之欲明明德」節，似多在行上説，然漸漸近裏，歸到致知格物，則三綱領之研幾，即在此矣。以鄙意，竟作前總挈二比，後分發二比，其總挈二比，於「明新」至「善内」，全要力透知行合一之源，其分發二比，則定、静、安、慮一層深一層，亦即與身、心、意、知一層細一層，相爲對照，而修、齊、平、治，則亦即與本末終始先後，一齊配合矣。若將此分發二比之實義，覓一老實注脚，即朱子《補傳》内所云「表裏精粗無不到，全體大用無不明」者也。如此，則「知止」二節，不涉於虚插，而「古之欲明明德」節並非另起之特筆，可以消後人無數疑竇，而綱領條目相生相貫，是聖經前半篇一大章法也。至下節乃重作前偏後伍、伍承彌縫之勢，而十傳俱在握矣，如此看，則此題原不消有留下節地步之見存也。今歲恭讀春仲經筵御論，以「安」字貼「意」字説，益見聖心精微，與孔、曾合符，而行文之秘妙，已該藴於中矣。此渾然天成之法度，未有不從題理中出者也。

論孰不爲事一節題

昨以此題試分宜童子，雖此地童子難與深言，然知其必與「事孰爲大」四句題可以通移得去也。今閲諸童之卷，果不出所料，蓋士子平日舉眼但見題句，則孟子此章開首發端，以「事」字、「守」字，襯托出「事親」、「守身」。而到此節，又復以「事」字、「守」字，襯托出「事親」、「守身」，壹似已經發揮一遍之義藴，而又重與發揮之者。則雖見題内「本」字與章首「大」字之不同，而亦莫解其何以不同之故矣，此則似乎義理之重複也。且古人文字，每有前分後合者，未有分而既合，合而又分者。如此章章首「事孰爲大」四句，既分説矣，其下即以「不失其身而能事親」二句串解之，則既已將分説之理合併説矣，何以此節乃又用合説乎？此則又似乎章法之重複矣。今試詳繹通章之旨，如下文以曾子之養志，立千古事親之準則，而酒肉問餘一層，不過隨舉一事以證之耳，非謂即此一端，足以盡曾子之本量也。孟子之學，本於孔、曾，平日所聞於私淑者，條件尚多。至於曾子生平得力，在戰兢冰淵、克全大孝之處，其根柢深厚之實，孟子自必更有師承精語，而此章轉不之及者，則孟子文字之神妙也。蓋章首以「事親爲大」、「守身爲大」並提而起，因恐人將「事親」、「守身」看作兩事，是以承接即將「事親」、「守身」合作一貫，方使人切己體察，勘透此中深相關注之要矣。及到此節，竟直是從合串處重申讚嘆之詞，拈出「本」字，使人領取而深思自得之，其味深長，非復章首起句之分説者比矣。就義理論之，若無此節之對舉，則亦似「不失其身」二句歸併到串講，恐人竟或以「守身」爲較「事親」更重者，所以必用雙銜雙接之筆，以兩個「本」字指點源頭。月印萬川，處處皆圓，其實要觀者善會，此非分説也。就文勢、章法言之，則「不失其身」二句一串合來，揆諸章旨正脉，竟欲以曾子平日戰兢冰淵直接矣。然孟子之文，却到此峰巒迴合，壹似重提對舉者，將胸中曾子平日守身一層融入空際，所謂神龍見首不見尾，直到結句收束「養志」，亦復無一字明找「守身」。後來馬氏之史，韓子之文，皆用此法，而孟子初無意於爲文，乃天地自然之篇章節奏，一定而不可直下者也。先輩作文，於兩對之題，每以兩大比、扇對爲正，而獨此題宜重拈「本」字，聲聲打入人心坎，作一章中權扼要處，頗不願人以兩大比、扇對之格爲之。如此看，則與章首「事孰爲大」二句，豈有一字可相移易者乎？

文體論　上

時文名曰八比，何也？曰：「舉其式也。其義難知，其式可舉也。」帖括之法，準於帖經，是以唐人律詩，亦曰試帖，或六韵，或八韵。今之時文，或六比，或八比，即其遺意也。唐人律詩，惟太白偶用散行，以其灝氣直達，而對偶之理寓焉。然此非太白不能也，自餘諸家皆不敢也。詩家李杜並稱，而杜之擅場，則曰鋪陳排比，其實李所以得與杜並稱者，亦在鋪陳排比之妙，而皮相者不知也。《易》曰：「一陰一陽之謂道，闔户謂之坤，闢户謂之乾，一闔一闢謂之變。」天地造化之秘，不出於奇偶，而况人乎？况於爲文乎？文章取士之法，由帖經墨義，而爲今之時文，此亦象數乘承之義，推衍發揮，所以可行之永久者也。故前人論文者，譬之於人身焉，譬之於宫室焉，譬之於觚器焉，未有不以比偶屬對爲規矩者也。至於散行者，特文中之一體，必其平日服習古籍，真氣充塞，而後偶一爲之。然亦必具有《史》、《漢》、韓、柳諸家氣味格律而後可，如其氣稍弱則不敢，議稍卑則不敢，詞稍平則不敢，蓋散行之難，百倍於對比也。乃近日坊間時文選本，不知始自何人，忽倡爲化板爲活之説，有於起講下省去提比直作一段者，甚至於提比下不作中二比，直用一段散行，而後以兩後比足之者。嘻！其有害於文體豈細哉！夫文以載道，而法從理生，時文名曰經義，是爲聖經而作，代孔孟立言，其事綦重。若以古文格律論之，尚在記、序、論、説之上，其託體如是之尊，而顧可以翻新之説誤之乎？且彼倡爲翻新之説者，特見俗下之文，流於空弱，雖有對比，而與合掌者無異，是以激爲此論耳。君子將欲救弊，必先原其受弊之始，未有輾轉變遷而反滋之弊者也。今之士所以論卑氣弱者，其病豈在對比哉？在於不讀書而已。故吾今勸爲文之士，先熟讀《周禮》、《左傳》，則經籍之藴、典制之華，融貫於心而沈酣於氣。其樹骨也，必嚴正而有則；其命意也，必堅卓而有本；其遣詞布局也，安有不精整而就範者哉！善乎陳大士之言曰：「前人定爲八股者，言之不已而再言之，明乎必如是而後盡也。若每股合掌，則四股可矣，且將并其一股而忘之。」大士此言甚精，今若厭八股之板重，以爲化作一段可矣，則且將并其一段而可省之矣。往時爲文者，崇尚排偶過甚，或失之堆砌，或失之肥膩。而今之欲變其習者，則又失之空疏，失之輕弱，所謂過猶不及，皆不讀書之弊也。大士又曰：「對股與出股，一字不同。對股既嚴，而後出股不苟，若二股一概而同之，則出股無論接句，即開首一句，已苟無思矣。」此言尤爲切中士人之病，凡今之欲化板爲活者，皆大士所謂苟無思者也。愚久聞外間坊選有此誤人之説，前在京兆試闈中，屢爲同人論之。今來江西，見外間所傳誦墨義，往往有此，是以不憚動色相戒，願吾學侶急改此弊，期於愜心研理，衷諸先民矩矱，毋日趨於軟薄滑弱，以貽文體之害。而其要義則在平日沈潜讀書，以醞釀充厚之，是所貴反其本而思之矣。

文體論　下

予爲時文分比之法作《文體論》，因上援帖經，而及於唐人試帖，以少陵詩擅場在鋪陳排比，蓋本於元微之作《子美墓志》，所謂「鋪陳終始，排比聲律」也。或曰：「子獨不見遺山之譏微之歟？遺山作《論詩絶句》曰：『排比鋪陳特一途，藩籬如此亦區區。少陵自有連城璧，争奈微之識碔砆。』據此詩，則微之、裕之二先生之論，已不同矣，子將曷從？」予曰：「微之説是也，遺山譏之非也。遺山嘗撰《杜詩學》一編，其書不傳矣。顧吾由《遺山集》觀之，而知其深於言杜也，蓋自宋人學杜者，若后山，若簡齋，漸入於平實而涉於迹相矣。是以遺山專主氣格以提唱之，所以起衰式靡者，爲功不細也。然遺山平生服膺，則全在蘇門之學，唐詩之入宋也，以王元之、梅聖俞之淵雅，而不能振之。何者？西崑之脉，遠紹齊梁，而猝難變也，是以蘇公亦有前輩宗徐、庾之微詞。少陵曰：『前輩飛騰入。』『飛騰』正與『綺麗』相對，則由蘇問杜，而上溯漢魏六朝，得不棄渣滓而測精微，超藩籬而尋堂室乎？故曰：『遺山深於言杜也。』然而遺山所以不能及杜、蘇者，則亦正在於此。蓋古人之學，未有不從平實築基者，今遽以沉欝頓挫直造前人勝處，而謂中間實際可以凌跨而飛越也，在遺山則可，在後學則不可。且亦思杜詩所謂鋪陳排比者何物乎？是即杜之沉鬱頓挫已矣。太白之體段家數，與少陵迥別，而詩家並稱李杜者，正以其才力縱横，皆於實際發之，不此之講，而徒欲求太白於超妙不可躋攀之域，夫亦賢智之過矣。是故灑掃應對，即精義入神之取徑也；兵農禮樂，即春風沂水之見端也。聖人之教人，形下即形上也。杜陵「文章千古事」一篇，後半言情，即其前半之歸宿，而或者乃劃作上下二段分別詁之，不亦惑乎？今之爲文者，必精於前後、淺深、開合、虚實、對偶之義，而後可以言《史》、《漢》、唐、宋諸家之格律，必熟復於先正文格，而後可言才情，可言筆力，未有舍人人共由之門户，而妄自馳騁以爲脱化者也。推此義也，讀書可以平心，平心可以窮理，窮理日深，則才力自必日益增長，久之則不求變化而自能變化矣。昔人言守駿莫如跛，又言養氣如嬰兒。蓋優柔饜飫之理，全賴乎固而存之，則閑邪立誠，爲修辭至要之詣，讀書制行，詩品文格，無不具於此矣。」

讀書養氣説

凡論文之善者，當原其所以善。而救文之敝者，先抉其所以敝，知其所以敝，則知其所以救敝者矣。使者來視江右學政，屢言文之積敝，而文之所以敝未之剖析也。蓋諸郡之文蕪累極矣，惟建昌一郡，若有可與言者，則不得不究其所以致敝之實。然而難以該悉也，則姑舉蘇子叙歐陽文所説者，曰「論卑氣弱」而已。夫論之卑，氣之弱，非一日之病也，積漸使之然也。吾欲一旦起之使不卑，振之使不弱，則流弊即由此生焉。何者？今姑以勸諸生敦行言之。夫勸諸生之敦行，無以爲實據也，故不得已而於訐訟者懲之，滋事外騖者戒之，此豈諸生之本然哉！亦積習使之也。人之受病也，不揣其本而治其末，則其病益以滋蔓，而治之爲益難。今如欲人之論勿卑也，必不能一蹴以幾於高且遠者，則矜高騖廣者作矣。今欲人之氣無弱也，不能一旦而充盛之，則虚憍浮夸者作矣。欲救其卑且弱，而適以長其騖僻驕志，是猶道之以外騖而戒其訐訟也。故必沈潛善下者，而後論可望其勿卑，必静虚善養者，而後氣可期其勿弱，是豈一日之事哉！亦積久而後覺耳。凡天下積久而成之事，皆於目前俄頃基之，今日之俄頃，他日之積久也，今日之小得，他日之大成也。江西士人，今日之病，蓋在於不讀書，而其所以病者，在於心不能入。今日使者於明倫堂講書，一生講「樊遲問仁」章，極力敷衍數十百言，而於仁智相成之義，不能融會一語。其敢於在學使前講書者，必通學内著聞之士矣，然尚至於如此。即仁智相成之義，在經書中亦爲最易習知者矣，然尚至於如此。則爾多士平日所謂研經訓而務修辭者，所居何業？所營何事？吾不得而知矣。使者今日所爲懲士習而敦士風者，亦祇去其太甚，治其大端耳。然而每舉一隅，輒相關於深至之處，故讀書養氣之語，亦人人所知，而必諄復申告者，誠願善學者三復斯言，久而彌篤爾。

論杜詩前輩飛騰入句〔一四〕

「前輩」謂建安、黄初也，「餘波」則及於徐、庾矣，「後賢兼舊列」乃綜括而言之，所謂關西、鄴下既已罕同，河外、江南頗爲異法者也，故曰「懷江左」，而「病鄴中」又抽出言之也。「入」字即承上句「漢道盛於斯」言之也。其曰「飛騰」者，盡古今文章風會之大端矣。文之制勝未有不以深心毅力入者。史遷首述五帝德，而曰「好學深思，心知其意」，故馬史之文，精鋭過於班史，而班以雍容整肅承之。有韓、柳之崛奇，闢唐宋文家之涂軌，而後歐、曾有以繼之。此天地造化之自然，陰陽翕闢乘承之勢也。論西江文者，必曰五家，五家之文，深想鋭氣，亦所謂飛騰入者也。然則繼之者將如何？將繼以綺麗乎？固不甘以餘波自處也，將以逸以奇乎？又非其中正之矩也。是則飛騰一入而難爲繼也，繼之奈何？曰：「以厚而已矣。」天地之精華，萬物之發泄，其可以悠久而不變者，惟深厚足以永之。所以勸人多讀書以植其根柢，則前人之所謂「飛騰」者，至此皆歸於切實矣！前人之所謂「入」者，至此彌探於精微矣！顧非口耳記誦之功所能冒也，其必上下貫徹深探而力體焉。凡事以精鋭而入者，必以堅重而成，故春發生而秋肅斂，所以貫四時而成萬寶也。吾於西江文體讀書養氣之道，既屢爲諸生〔一五〕

杜詩熟精文選理理字説〔一六〕

自宋人嚴儀卿以禪喻詩，近日新城王氏宗之，於是有不涉理路之説，而獨無以處夫少陵「熟精《文選》理」之「理」字。且有以宋詩近於道學者爲宋詩病，因而上下古今之詩，以其凡涉於理路者，皆爲詩之病，僅僅不敢以此爲少陵病耳，然則孰是而孰非耶？

曰：「皆是也。」客曰：「然則白沙、定山之宗《擊壤》也，詩之正則耶？」曰：「非也，少陵所謂理者，非夫《擊壤》之流爲白沙、定山者也。」客曰：「理有二歟？」曰：「理安得有二哉？顧所見何如耳。杜之言理也，蓋根極於六經矣，曰：『斯文憂患餘，聖哲垂彖繫。』《易》之理也；曰：『舜舉十六相，身尊道何高。』《書》之理也；曰：『春官驗討論。』《禮》之理也；曰：『天王狩太白。』《春秋》之理也。其他推闡事變，究極物則者，蓋不可以指屈，則夫大輅椎輪之旨，沿波而討原者，非杜莫能證明也。然則何以別夫《擊壤》之開陳、莊者歟？曰：『理之瑩也，而理不外露，故俟讀者而後知之云爾。若白沙、定山之爲擊壤派也，則直言理耳，非詩之言理也。』故曰：『如玉如瑩，爰變丹青。』此善言文理者也。理者，治玉也，字從玉，從里聲。其在於人，則肌理也；其在於樂，則條理也。《易》曰：『君子以言有物，理之本也。』又曰：『言有序，理之經也。』天下未有舍理而言文者。且蕭氏之爲《選》也，首原夫孝敬之準式，人倫之師友，所謂『事出於沉思』者，惟杜詩之真實足以當之，而或僅以藻繢目之，不亦誣乎？自王新城究論《唐賢三昧》之所以然，學者漸由是得詩之正脉，而未免歧視理與詞爲二途者，則不善學者之過也。而矯之者又或直以理路爲詩，遂蹈白沙、定山一派，致啓詩人之訾謷，則又不足以發明六義之奥，而徒事於紛争疑惑，皆所謂泥者也。必知此義，然後見少陵之貫徹上下，無所不該，學者稍偏於一隅，則皆不得其正，是豈可以矜心躁氣求之哉？但憾不能熟精而已矣。」

帖經舉隅卷四[一七]

北平翁方綱手稿

漁洋詩髓論

予來山東，亟與學人舉漁洋論詩精詣，而其間有不得不剖析者。蓋昔之推漁洋者太過，而今之譏漁洋者又太甚，二者相權，則無寧過推之矣。其過推者，蓋由未識漁洋心眼造微處，故稱引徒博，而不衷於所安。其實漁洋固未嘗必以李杜自任也，昨以《三昧集》不録韋柳，而《五言》不鈔王孟，欲觀齊魯士人所得，乃竟有援趙秋谷語疑漁洋之選未當者，此則大不可也。詩者，忠孝而已矣，温柔敦厚而已矣，性情之事也。秋谷之論詩，其與漁洋孰正孰畸，姑勿辨，第其意在於齮齕漁洋而已，使學人由此長傲而啓矜焉。性情之謂何？温柔敦厚之謂何？愚所以不敢不辨也。客曰：「漁洋自言與海内論詩，得髓者惟一吴天章耳。所謂詩髓者，非太白耶？」予應之曰：「果如是，是以目論矣。蓮洋之詩，正在興象超詣，此亦三昧之真境也，豈必執以爲學李哉？漁洋平生於問業之士，特取二人，曰蓮洋，曰丹壑，皆舉其興象言之，而深處抑更有在也。」客曰：「子言詩於齊魯，則滄溟、華泉，其詩髓所係歟？」曰：「是有辨也。華泉專以絶句與信陽、北地争勝豪釐，而滄溟學杜，雖接何李，然五七言初不鈔及之，而特以徐高並録著，此漁洋之深意也。」客曰：「子窺漁洋之意，於遺山、道園何如？」曰：「卓哉漁洋之識也！蓋平生職志在遺山，而於道園尤能得其微意，其論少陵曰，子美與孟襄陽不同調，而能真知之，故漁洋與道園不同調，而亦能真知之，與山谷亦不同調，而能真知之。視竹垞之譏黄詩者何如矣。」客曰：「所安、深裒若何？」曰：「先生於元，不推楊而推吴者，猶之高視《長慶集》耳，陳所安之於道園，悉能並論乎？此則不必以初唐專取短章爲疑矣。」客曰：「然則於蘇若何？」曰：「蘇律可以補李之闕，而先生置之，然於《郭綸》一篇，遂以爲司空王官之遺也，是又先生別具神理云爾。」客曰：「然則推是以言杜可乎？」曰：「愚固嘗極言《三昧》不録李杜之故矣，此愚所不敢質言者也。然而杜之神理，亦惟漁洋能識之。善夫玉溪之言詩也，曰：『李杜操持事略齊，三才萬象共端倪。』元相亦云鋪陳終始，排比聲律，而遺山顧詆娸之者，此亦漁洋不求備之説也。至於嚴滄浪之論詩，上接王官遺意，先生蓋亦偶借拈之，非直以此概千載詩家也，而秋谷第援馮氏以爲辭者，豈非矜氣之過乎？二李言格調，而先生言神韻，格調化而爲神韻，則千彙萬狀皆歸大治，而豈傷於執一乎？漁洋於五言，言陶謝，言韋柳，而於七言乃言《史》、《漢》。昔東坡亦教人熟讀三百首及楚騷耳，然則由漁洋之精詣，可以理性情，可以窮經史，此正是讀書汲古之藴味，而所謂不涉理路、不落言詮者，乃專對貌爲唐賢之滯迹者言之。其鈔五、七言，則三百篇之正路也，其選萬首絶句，則樂府之息壤也，其《三昧》十選，則《十籤》之發凡也。學者及此時，熟復先生言詩之所以然，而加以精密考訂之功，從此充實涵養，適於大道，殆庶幾矣。其僅執選本以爲學先生，與夫執一端以議先生者，厥失均也。愚將綜理《池北》、《石帆》卷目，析而究之。」

論君子動而世爲天下道一節題

凡爲文，不可涉機巧，至理題，則尤不可也。如此題，「動」、「行」、「言」三字平説，並無偏重「動」字一邊之説，何以諸生文多有偏着重在「動」字者，此即文義不通矣。「動」、「行」、「言」三層，古注原未嘗分析，朱子云：「動，兼言行而言。道，兼法則而言。」特恐人誤將「動」字專認作「行」，便易與下句「行」字相犯，故特以「兼下」二句意訓之，並非子思子當日立言時，原有「兼下」二句之義也。若以俗下塾師誤會此指，便謂此三句是一頭兩脚，則大誤矣。「動」、「行」、「言」三句平列，猶之下二句遠近平列也，且此章「動」、「行」、「言」三層神理，猶之第三十一章「見」、「言」、「行」三層神理，假如第三十一章「見而民莫不敬」三句，亦偏重在「見」字，有是理乎？所以説講書之法與爲文之法不同。朱子解此節書，意謂：「讀者不可因下句云『行而世爲天下法』，誤會上句『動』字與下句『行』字相復也。此『動』字乃是『言』、『行』俱在内耳。其實『動』字自有『動』字之義理，不可即將『言』、『行』二字合講，便算作『動』也。『動』字渾括，而『言』、『行』實徵耳。」昔汪雲喜諸君，每好講機法，甚至數句之題，挈某字以消納起訖，此在截搭題或偶一用之。而截搭究非文之正式，所以本院此次科試，亟以正大題目，觀諸生之學識。乃「人道敏政」二節題，尚有先挑剔「仁」字者，積習錮弊，至於如此，所當深戒者也。故因此題而論及之。

論大學之道二句題

汪雲喜、黄際飛諸家論列四書題式凡若干條，極爲有裨初學。惟是其中最害於理者有二種：一曰截搭題；一曰遊戲題。更有所謂巧搭題者，此皆所謂侮聖人之言，當逐漸細與諸生言之。截搭題一種，原非文體所禁，但本係出題者有意截出，以觀作者心思筆路之靈活，原自不妨。至於題理題神，本極聯合，即不得以截搭目之，即不得以機巧行之。況於理路正大之題，尤不得執此爲例，如所謂上偏下全、上全下偏者，甚至純用起伏消納斡補之法，此則以法害理矣。至於言法而害於理，則更何法之可言乎？本院深慮士習文體之漸流於滑弱，是以考試生童從不用巧搭等題，而尤以正大説理之題爲至要，所宜與諸生童再三切告者。即如此題，豈有照依上全下偏之作法者乎？「明明德」爲三綱領中植本樹基之要言，即「新民」亦從「明德」出也，若全出下句，自然以「明」、「新」對舉，若出此一句，合上「大學之道」句，則「明德」即是全節之主，即是全章之主，即是全書之主，奚必有意先爲顧下之手法乎？此總看題理所在，即所謂尊題之法，即所謂移步换形之法，此則不用偏全之法，乃真法也。若習於向日塾師所講偏全之格，有心挑剔，以照顧下文，則不特非題理，直非法矣。昨因「動而世爲天下道」一節題，爲諸生極言單拈「動」字之非，今日試卷内又多誤用偏全式者，可見題理不明，積習已久。因即此題再爲諸生示之，從此益宜研精書理，講求用法之所以然，爲師爲弟者，皆宜熟思之。

論能者從之題

此題無逆提「從」字之法，或謂針對公孫丑「可幾及」句，似此句着力在「從」字。其實不然，「從之」自是學者分上事耳。孟子此章語意，初不重在此也，正因「中道而立」句，神閑氣定，但視乎能者來從之而已。「從之」二字，輕盈如不着紙，乃見「能者」字如燈取影，如魚銜鉤，正對上節兩「拙」字，神光離合，其實并人之能不能，教者亦不計及，而豈計及於其從不從哉？《集注》所云「非難非易」，却不是「中道而立」之正詁，乃是妙繪「中道而立」之神。至結尾説到「能者從之」，則意言之表，愈放活而愈切實也。凡制題之法，多以逆取勢，而此題獨以邈然遠神，手揮目送，一逆提則乖其指矣，甚矣認題之難也！

論綏萬邦屢豐年題

愚最不喜作文者於此題呆衍《集傳》所引《老子》云「大軍之後，必有凶年」二語。蓋爲文之法，與注解之神理不同，既作《頌》詩之題，即應依《頌》詞之體也。周初之事，著在史册，在春秋時，尚有可考，故僖十九年《春秋傳》甯莊子曰：「昔周饑，克殷而年豐。」此雖衛大夫一時援引之詞，蓋必實據周初之事，是以《孔疏》依此爲證。啖氏助以甯莊子爲飾詞者，乃謂衛人赴告致雨爲飾詞耳，非疑周事也。作此題文，即應從此確證，則於當日時事既合，而立言亦爲得體矣。

論何謂知言六節題

遄喜、易齋諸君，於全章長題，不言機法，而於長題特言機法，蓋慮其平衍耳。於是穿插消納之法生焉，偏全斡補之法生焉。如此題從「知言」節截出起，似近乎所謂偏全者，則斡補消納，勢所不免矣。然而法從理生，乃非呆法。「宰我」節，《集注》云：「是兼言語、德行而有之。」此一句内，自是融合「知言」、「養氣」二層，然「德行」不專指「養氣」，其所藴者深矣，此便有直注章末之意。而「學」字、「教」字、「仁」字、「智」字、「體」字、「道」字，乃層層融合，如百川之歸海，則豈可但以找補「養氣」一面，遂盡當日答問之指乎？在戰國異學争鳴之時，群言淆亂，必衷諸聖，直至漢儒掇拾遺緒，亦以微言與大義並舉之，即後來韓子，亦以因文見道，皆孟子此章根極淵源之實義也。解此方知此題從「知言」節起，乃見孟子當日維世苦衷，並非好辨。直從剖析群言處，天德王道無所不該，智聖條例無所不貫，而「集義養氣」一層，自然攝入其中矣，更何有於所謂幹補消納之法之足云乎？所以讀書必從本原處勘透真際，則於爲文格律，自必如金在鎔，而徒言穿插，及徒事平衍者，厥失維均也。諸生家塾爲文，久不知講習此等義法，一見題有六節遞下，題散而文與之俱散，殊不知板正題乃當行以古文散筆，而散題乃當制以先正股法。此等語，諸生蓋久不聞之矣，總在多讀正書以蓄積涵養之耳。

論博學而篤志題

汪易齋、黄際飛諸家有所謂滚作題、截作題之式，其所論前後股法順逆之勢，原不可不知。至於上下二截之格，則必其題實是遞相脱卸者乃可耳，未有可以對發合勘之題，而輕用遞作兩截者。如此題，注中明言四者皆「學」、「問」、「思」、「辨」之事，自是四件並列，固無專重「博學」之理，亦無專重「篤志」之理。若云：「篤志即根上博學來。」此原在後幅互義内發之，自無不可，若因此先立串遞之局，則不可也。凡四書中「而」字，其虚實重輕，移步换形，不可執一，有轉下者，有遞下者，有縮上者，有平連者，有必須以「而」字着眼目、着精神者，亦有不必着力者。如此題，既是四項，則「而」字即無庸有心牽貫矣。圈外注云：「博學而志不篤，則大而無成；泛問遠思，則勞而無功。」此原是以第一項聯貫下三項以見義，然作二句四項之題，亦未可遽因此而將「博學」與下三項相對也，亦只於互義中見之可耳。今既專出此一句，自應對發，不應截作，且如「學」、「問」、「思」、「辨」四句，豈亦應遞下截作乎？此則中間「而」字不應泥執明矣。作文須在實處闡發義理，其有必應着筆虛字者，乃正是實字所歸宿，此乃批郤導窾所在，手揮目送之能，亦非不拘何題，皆須於虛字着筆也。其弊總在不審題理，是以多生歧誤，致有串截等格，皆非正也。蓬萊諸童，只可姑就文氣節取，而此等大端，亦不可不與講明。至於同日考試萊陽童「慎思之明辨之」題，題内並無「而」字，竟亦有誤作兩截格者，則竟嚴擯一卷不取矣。

校勘記

〔一〕哈佛本《復初齋時文》實缺《女得人焉爾乎》、《古之道也　爾愛其羊》、《赤之適齊也》、《明日》、《天油然作雲》、《王使人瞷夫子　吾將瞷良人之所之也》、《誠不以富亦衹以異其斯之謂與》、《子路從而後　子見夫子乎》、《季

孫曰異哉子叔疑　一節》九篇時文，今據上圖本《復初齋時文》録入。

〔二〕「聖人」、「中」，原脱，今據上圖本補。

〔三〕「未始不資於觀化也」，原脱，今據上圖本補。

〔四〕「亦近日講家所同然義理至宋」，原脱，今據上圖本補。

〔五〕「注疏則蓋毛包周其義已遠邢疏後出本不」，原脱，今據上圖本補。

〔六〕「三」，原脱，今據國圖本三卷本補。

〔七〕「《樂記》言」，原脱，今據國圖本三卷本補。

〔八〕「以錫予善」，原脱，今據國圖本三卷本補。

〔九〕「時」、「樂記」、「諸侯者也」，原脱，今據國圖本三卷本補。

〔一〇〕「詩與樂記」，原脱，今據國圖本三卷本補。

〔一一〕「詩序之語」，此四字原漫漶不清，今據國圖本三卷本補。

〔一二〕「議」，此一字原漫漶不清，今據國圖本三卷本補。

〔一三〕哈佛本《帖經舉隅》未收入，今據國圖三卷本《帖經舉隅》録入。

〔一四〕哈佛本《帖經舉隅》未收入，該篇存於國圖三卷本《帖經舉隅》中，原文篇後有所缺頁，今將殘存前文録入。

〔一五〕此句語意未完，當有闕文。

〔一六〕哈佛本《帖經舉隅》未收入，今據國圖三卷本《帖經舉隅》録入。

〔一七〕哈佛本《帖經舉隅》、國圖三卷本《帖經舉隅》均祇有三卷，無卷四，今據國圖四卷本《帖經舉隅》將卷四録入。